Sherryl Woods

Atrapar a un ladrón

~•~

El dilema

Tiffany

Editado por Harlequin Ibérica.
Una división de HarperCollins Ibérica, S.A.
Avenida de Burgos, 8B - Planta 18
28036 Madrid

© 2024 Harlequin Ibérica, una división de HarperCollins Ibérica, S.A.
N.º 171 - 1.9.24

© 2001 Sherryl Woods
Atrapar a un ladrón
Título original: To Catch a Thief

© 2001 Sherryl Woods
El dilema
Título original: The Calamity Janes
Publicados originalmente por Harlequin Enterprises, Ltd.
Estos títulos fueron publicados originalmente en español en 2003

I.S.B.N.: 978-84-1074-211-6
Depósito legal: M-15203-2024
Impreso en España por: BLACK PRINT
Fecha impresión Argentina: 28.2.25
Distribuidor para México: Distibuidora Intermex, S.A. de C.V.
Distribuidores para Argentina: Interior, DGP, S.A. Alvarado 2118. Cap. Fed./Buenos Aires y Gran Buenos Aires, VACCARO HNOS.

<u>PRÓLOGO</u>

El despacho del Café Toscana, en el Upper West Side de Manhattan, era poco mayor que un escobero. Tenía el espacio suficiente para contener un escritorio, una silla y una estantería repleta de libros de cocina, informes, menús y recetarios escritos a mano. En él solo podía entrar una persona cada vez, pero, en aquel momento, la sensación de claustrofobia que Gina Petrillo sentía tenía más que ver con el documento legal que tenía entre las manos que con la falta de espacio.

—Lo mato —murmuró, mientras se le caía la citación judicial de entre los dedos—. Como le ponga las manos encima a Bobby, lo mato.

Había conocido a Roberto Rinaldi cuando los dos estaban estudiando gastronomía en Italia. Bobby era un apasionado de la restauración y tenía un genio muy intuitivo para la cocina. La instantánea corriente de simpatía que había saltado entre ellos estaba más relacionada con la elaboración de salsas y los usos de la pasta que con el deseo.

Efectivamente, Gina no habría dejado que Bobby se acercara a su cama. Él era más veleidoso con las mujeres de lo que lo era con los ingredientes. Constantemente estaba experimentando con ambos. Se salía con la suya porque era encantador e imposible de resistir cuando tentaba a las féminas con suculentos platos o deliciosos besos. Al menos, eso era lo que decían sus muchas conquistas.

Gina había decidido no prestar atención alguna a sus insinuaciones románticas y se había concentrado en sus habilidades en la cocina. Él era el chef más creativo que había conocido a lo largo de sus estudios, lo que era decir mucho. Después de renunciar a ir a la universidad, había estudiado en algunas de las mejores escuelas gastronómicas de Europa. Aunque le encantaba la cocina francesa, era la italiana la que le llegaba al alma. Tal vez era genético, o tal vez no, pero la primera vez que se había metido en una cocina en Roma, el aroma a ajo, tomates y aceite de oliva la había hecho sentirse como en su casa.

Para Bobby había sido igual o, al menos, eso era lo que decía él.

Cinco años atrás, cuanto terminó un curso de un año de duración en Italia, habían acordado formar una sociedad, buscar inversores entre los contactos de Bobby y abrir un restaurante en Nueva York. Habían tardado otro año en hacer realidad su sueño, pero había merecido la pena, a pesar de los sacrificios económicos y de las largas noches rascando pintura y lijando suelos. El Café Toscana había sido un sueño para ambos.

Aparentemente, también lo había sido el plan de Bobby para hacerse muy rico rápidamente. Según la citación que había recibido hacía una hora, Bobby no solo había malversado los fondos del restaurante, sino que había robado también a los que los habían apoyado. Un cheque de la cuenta del café, que se había extendido hacía unos minutos, confirmaba lo peor. Las arcas estaban vacías y se debía el alquiler y los pagos de los albaranes de la mayoría de sus proveedores.

Gina no podía culpar a nadie más que a sí misma por el desastre. Había dejado que Bobby se hiciera cargo de las cuentas del café porque a ella le interesaba más la cocina y el marketing que las cuentas. Resultaba humillante el hecho de que una persona ajena a todo, un abogado que representaba a los inversores a los que supuestamente se había estafado, conociera mejor el estado de las cuentas que ella misma. No parecía importar que hubiera sido ella la que había hecho prosperar el negocio. Parecía ser tan culpable como el hombre que se había escapado con el dinero. Al menos, eso parecía que implicaba aquella citación.

Gina pensó en todo lo que había sacrificado para crear el Café Toscana, lo que incluía su vida personal. Sin embargo, había merecido la pena. Con el empuje de una de sus antiguas compañeras de instituto, la superestrella Lauren Winters, había conseguido que el Café Toscana fuera uno de los restaurantes más conocidos en una ciudad donde abundaban los establecimientos de calidad. Las mejores mesas se reservaban con semanas de antelación y en las fechas señaladas no cabía ni un alfiler. A los famosos les gustaba que se les viera allí y su presencia nunca pasaba desapercibida en los periódicos del día siguiente. En los acontecimientos que se celebraban allí el éxito estaba asegurado y cada uno de ellos acarreaba nuevas reservas que mantenían a Gina ocupada de la noche a la mañana.

Entonces, ¿dónde había ido todo el dinero? Sin duda, a los bolsillos de Bobby.

Cuando llamó a la casa de su socio, un carísimo apartamento del Upper East Side, había descubierto que la linea estaba desconectada. Tampoco respondía al teléfono móvil. Bobby había huido. ¡Menudo canalla!

Porque él, aquel abogado, aquel Rafe O'Donnell, le seguía la pista. Aparentemente, estaba convencido de que ella formaba parte del plan en vez de ser una más de sus víctimas.

Sentada a la mesa, Gina se dio cuenta de que su sueño no solo se terminaba, sino que se hacía pedazos. A menos que pudiera conseguir dinero, mucho dinero, tendría que declararse en quiebra y cerrar el Café Toscana.

—Tengo que pensar —susurró.

Decidió que no iba a hacer nada allí metida. Necesitaba aire fresco y espacios abiertos. Tenía que marcharse a casa, a Winding River, Wyoming.

Podría dejar el restaurante en las capaces manos de su ayudante durante una semana o dos. Podría llamar a ese O'Donnell para que pospusiera la declaración hasta algún momento del siglo próximo.

La reunión de antiguos alumnos del instituto le proporcionaba la excusa que necesitaba. Sus amigas, las indomables componentes del Club de la Amistad, lograrían levantarle el ánimo. Si se decidía a pedirles consejo, ellas se lo darían. Lauren estaría dispuesta a extenderle un cheque para sacarlo momentáneamente del apuro, Emma le daría consejo legal y Karen y Cassie encontrarían algún modo de alegrarla.

Gina suspiró. Todas ellas harían eso y mucho más si ella se decidía a contarles el lío en el que estaba metida. Incluso podrían prestarle una pistola que podría utilizar si volvía a ver a Roberto Rinaldi.

I

—¿Que Gina Petrillo se ha ido dónde? —preguntó Rafe O'Donnell, levantando súbitamente la cabeza al oír la información que acababa de darle su secretaria.

—A Wyoming. Llamó hace una hora para cambiar la cita de la declaración —repitió Lydia Allen, con un aspecto muy alegre.

Si Rafe no hubiera sabido que era imposible, habría pensado que Lydia se alegraba de que esa tal Gina se hubiera escapado de sus garras. Miró a la mujer, que se le había asignado como secretaria cuando entró a trabajar para Whitefield, Mason y Lockart, hacía siete años, y frunció el ceño. Por aquel entonces, ella llevaba con la empresa veinte años y había afirmado que siempre la asignaban como secretaria de las últimas incorporaciones al bufete para asegurarse de que se adaptaban bien a la empresa. Lydia seguía con Rafe porque juraba que a una secretaria menos experimentada le resultaría imposible trabajar con él.

—¿He dicho yo que se podía cambiar de fecha? —preguntó, muy irritado.

—Ha estado en los tribunales todo el día —afirmó Lydia, sin sentirse en absoluto intimidada por su brusco tono de voz—. Estas cosas se cambian de fecha continuamente.

—¡No para que una delincuente se marche de rositas a Wyoming!

—No puede estar seguro de que Gina Petrillo sea una delincuente. ¿Recuerda eso de «Inocente hasta que se demuestre lo contrario»?

—No necesito que una abuela me recuerde los principios fundamentales del Derecho —replicó Rafe, tratando de refrenar su mal genio.

Como siempre, Lydia no prestó atención alguna al insulto.

—Tal vez no, pero le vendrían muy bien unas cuantas verdades. Yo he comido en ese restaurante, como la mayoría de los socios de este bufete. Si usted no estuviera tan obsesionado por su trabajo, también sería un cliente asiduo. La comida es fabulosa. Gina Petrillo es una joven hermosa e inteligente. No es ninguna ladrona.

Así se explicaba la actitud de Lydia. Conocía personalmente a la mujer y desaprobaba la determinación de Rafe de vincular a Gina con los delitos de su socio. Teniendo en cuenta lo blanda de corazón que era su secretaria, seguramente había llamado a Gina para advertirle que se marchara de la ciudad.

—Dices que no es una ladrona —comentó Rafe,

con engañosa suavidad para luego ir a la yugular–. ¿Te importa decirme cómo has llegado a esa conclusión? ¿Tienes una licenciatura en Psicología, tal vez? ¿Acceso a los libros del restaurante? ¿Tiene pruebas que la eximan de toda culpa?

–No, no tengo pruebas. Y usted tampoco, pero, al contrario que algunas personas, sé juzgar muy bien el carácter de las personas, Rafe O'Donnell.

Rafe tuvo que admitir que era así... normalmente.

–En cuanto a ese Roberto –prosiguió la secretaria–, sí me creo que haya robado a las personas. Tiene la mirada furtiva.

–Gracias, señorita Marple –dijo Rafe, con cierto desprecio–. Roberto Rinaldi no era el único que tenía acceso al dinero.

Una buena parte de ese dinero parecía pertenecer a la madre de Rafe. Aquel hombre la había engañado con su encanto. Rafe no había explorado la verdadera naturaleza de la relación, pero conociendo a su madre, seguramente no había sido platónica. No era menos consciente que su padre, antes del divorcio, de las faltas de su madre, pero hacía todo lo posible para evitar que le robaran de aquel modo.

–Es Roberto el que ha desaparecido –señaló Lydia–. Debería de estar concentrándose en él.

–Lo haría si pudiera encontrarlo. Y esa es precisamente la razón por la que quiero hablar con Gina Petrillo. Tal vez sepa dónde está. Ahora, gracias a ti, ni siquiera sé dónde está ella.

–Claro que lo sabe. Se lo acabo de decir. Se ha ido a Wyoming.

—Es un estado muy grande. ¿Puedes reducir un poco las posibilidades?

—No hay necesidad de ser sarcástico.

—¿Sabes dónde está o no?

—Claro que sí.

—Entonces, resérvame un billete en el próximo vuelo.

—Dudo que Winding River tenga aeropuerto. Lo comprobaré —dijo Lydia. Su expresión pareció alegrarse.

—Lo que sea —replicó Rafe, no muy contento al pensar en las imágenes del salvaje oeste—. Cancela todo lo que tenga en mi agenda y haz que llegue allí mañana por la noche.

—Lo haré, jefe. De hecho, me adelantaré más y cancelaré todo lo que tiene para la semana que viene. Le vendría bien un poco de tiempo libre.

—No necesito tiempo libre —protestó Rafe, algo suspicaz ante el repentino interés de su secretaria—. Lo solucionaré todo este fin de semana y estaré de vuelta el lunes.

—¿Por qué no espera a ver cómo se desarrollan las cosas?

—¿Qué es lo que estás tramando?

—Solo estoy realizando mi trabajo —dijo ella, con una expresión inocente en el rostro.

Rafe dudaba que aquella inocencia fuera auténtica. Sin embargo, no podía imaginarse por qué Lydia tenía tantas ganas de que se marchara a Wyoming. No era la clase de secretaria que utilizaba la ausencia del jefe para marcharse de compras cada vez que podía o para tomarse más tiempo que el debido para el almuerzo. No. Era de las que trabajaban, de las que se enorgullecían de convertir la vida de sus jefes en un infierno inmiscuyéndose demasiado en sus asuntos. Era evidente que sentía aprecio por esa Gina Petrillo... De repente, descubrió lo que su secretaria estaba tramando.

—¡Lydia!

—No tiene por qué gritar. Solo estoy al otro lado de la puerta.

—Cuando me reserves la habitación en Winding River, asegúrate de que estoy solo.

—Pero claro, por supuesto —observó la mujer, fingiendo estar escandalizada.

—No me mires de ese modo. No sería la primera vez que ha habido una confusión en un hotel que me ha puesto a compartir la habitación con una mujer a la que tú creías que debía conocer mejor.

—Yo nunca...

—Ahórrate los discursos. Asegúrate bien, Lydia, o te pasarás el resto de tu vida profesional en esta empresa en los archivos.

—Lo dudo, señor —afirmó ella, lanzándole una pícara sonrisa—. Yo sé perfectamente en qué armarios están los esqueletos...

Rafe suspiró profundamente. Lydia también.

Cuando en Winding River se organizaba una reunión de antiguos alumnos, las celebraciones se prolongaban durante tres días. Había una barbacoa como fiesta de bienvenida el viernes por la noche, un rodeo el sábado por la mañana y un baile por la noche, para terminar con un picnic el domingo, a modo de despedida. Todo ello solía entremezclarse con las celebraciones del Cuatro de Julio.

A Gina no le interesaba nada de ello, excepto pasar unas horas con sus más queridas amigas. Deseaba disponer de unas horas en las que poder olvidarse de Roberto Rinaldi y del lío en el que él la había metido.

—¿No podríamos ir al Heartbreak a tomar unas cervezas, escuchar un poco de música y a relajarnos durante unas pocas horas? —suplicó, mientras las otras la sacaban de la casa de sus padres y la llevaban hasta un coche la tarde del viernes.

—Habrá cerveza y música en la barbacoa —le dijo Emma—. Además, ¿desde cuándo has desaprovechado tú la oportunidad de irte de fiesta? La única que estaba siempre más dispuesta que tú para una juerga era Cassie.

—Ojalá hubiera venido esta noche... —susurró Gina.

—Ha prometido estar en el baile mañana por la noche —le recordó Karen—. Y sabes perfectamente por qué no ha venido.

—Sí, ya sé que ha sido por lo de Cole —comentó Gina—. Eso le ha afectado mucho. Faltó muy poco para que Cole se encontrara cara a cara con su hijo.

—En mi opinión, eso hubiera sido lo mejor —observó Karen—. Creo que está posponiendo lo inevitable.

—Tal vez —dijo Lauren—, pero, por mucho que me

gustase que Cassie estuviera aquí esta noche, no voy a dejar que eso me estropee la velada—. Ahora, vayámonos, chicas. He estado viviendo de lechugas desde hace mucho tiempo. Hace años que no he tomado una barbacoa como Dios manda y estoy dispuesta a ponerme las botas esta tarde —añadió, empujándolas hasta el deportivo que había alquilado para su visita.

Veinte minutos más tarde, Lauren entró en el aparcamiento del instituto, donde había compartido algunos de los mejores momentos de su vida con sus amigas. Por aquel entonces, las conocían como las componentes del Club de la Amistad y las cinco habían creado más problemas que ningún otro alumno, antes o después que ellas. Cassie era la cabecilla, pero el resto había seguido de buena gana todo lo que a ella se le ocurría.

Años después, Karen vivía en un rancho, Lauren estaba en Hollywood, Cassie seguía tratando de evitar que se supiera el nombre del padre de su hijo y Emma era una abogada de mucho éxito en Denver. Junto con Emma y Lauren, Gina era uno de los miembros de la clase que más éxito había tenido. Su padre era agente de seguros y su madre había sido secretaria del instituto, pero Gina había decidido ponerse a trabajar como camarera desde muy joven. En aquellos momentos, era la dueña de uno de los restaurantes más exclusivos de Nueva York. A ojos de todo el mundo, su vida había sido un verdadero cuento de hadas. Si supieran lo cerca que estaba de convertirse en una pesadilla...

Cuando se acercaron al campo de fútbol, vieron

que todo estaba ya preparado para la barbacoa. Había comida y bebida en abundancia. Todo el mundo andaba de un sitio a otro, saludando a todos los que no habían visto desde hacía diez años, cuando todos se graduaron en el instituto.

De repente, Gina sintió que alguien le daba un codazo en las costillas.

—¡Oye! —exclamó, al tiempo que descubría que había sido Lauren—. ¿A qué se ha debido eso?

Lauren, de la que se había pensado que era la que más posibilidades tenía de alcanzar el éxito debido a su inteligencia, señaló a un hombre que estaba sentado, con las piernas estiradas y los codos apoyados en el banco que tenía detrás. Tenía un aspecto distante y parecía estar completamente fuera de lugar. También era muy guapo, aunque, desde hacía unos días, a Gina no le interesaban aquel tipo de hombres. De hecho, si no volvía a conocer a otro hombre guapo, estaría encantada. La desaparición de Bobby le había hecho dudar de todos los hombres atractivos.

—¿Quién es? —le preguntó Lauren—. Estoy segurísima de que no se trata de uno de los nuestros. Ninguno de nuestros compañeros de instituto podría mejorar tanto en veinte años, y mucho menos en diez.

Gina observó al desconocido con curiosidad. Efectivamente era muy guapo. Tenía un aire sofisticado, de ciudad. A pesar de llevar pantalones vaqueros y camisa de franela, que, incluso desde allí, se apreciaba que eran completamente nuevos, no había posibilidad alguna de confundirlo con un vaquero. Era

demasiado refinado. Llevaba el cabello castaño im-
pecablemente cortado y su rostro era demasiado pálido y aristocrático. Proclamaba a voces que era un
yanqui de buena familia.

–¿Y bien? –preguntó Lauren–. ¿Lo conoces?

Gina estaba segura de que no lo había visto nunca
antes, pero eso no evitó que el corazón se le acelerara
un poco más. Tal vez fuera el marido de alguien, pero
algo le decía que no era así. La estaba mirando fijamente, en vez de fijarse en Lauren, que era la que
solía atraer la atención de los hombres. En vez de eso,
no dejaba de observar a Gina Petrillo, con su cabello
indomable, sus caderas demasiado anchas y un viejo
vestido que había sacado del armario de su antigua
habitación.

–Solo hay un modo de descubrirlo –añadió Lauren, tras dedicarle una sonrisa a Gina.

Esta quiso impedírselo, pero sabía que no conseguiría nada. La luz de los focos había hecho que Lauren, que siempre había sido tan inteligente como
tímida, hubiera desarrollado una confianza en sí
misma que siempre había necesitado.

Gina decidió desaparecer de la zona y fue a por
una cerveza. Acababa de tomar un trago, cuando oyó
la voz de Lauren a sus espaldas.

–Por fin te encuentro, Gina –le dijo–. Este hombre tan guapo te está buscando a ti. ¡Qué afortunada!

Gina sintió que se le hacía un nudo en el estómago. Lentamente, se volvió hacia ellos, a pesar de
que cada fibra de su ser le decía que no tenía nada
de suerte. Estaba segura de que aquel hombre no la

estaba buscando para que le diera su receta para los fettucini.

—Gina Petrillo, Rafe O'Donnell —dijo Lauren. Entonces, tras guiñarle un ojo a su amiga, los dejó a solas, como si hubiera conseguido un enorme éxito por haberlos presentado.

Sin embargo, Gina reconoció el nombre con un enorme sentido de inevitabilidad. Se obligó a mirar los insoldables ojos de color topacio con los que él la contemplaba y se dio cuenta de que no había razón alguna para fingir que no reconocía el nombre. A pesar de todo, decidió mantenerse tranquila, por mucho que le costara. No quería que aquel hombre pensara ni por un segundo que se sentía culpable de nada.

—Está muy lejos de su casa, señor O'Donnell.

—Como usted, señorita Petrillo.

—Se equivoca. Esta es mi casa.

—¿Y Nueva York?

—Es el lugar en el que trabajo.

—Ya no, si yo tengo algo que decir al respecto.

—Ya veo que la estrategia para la batalla está ya preparada. Menos mal que no es usted ni juez ni jurado. Si así fuera, lo único que yo podría hacer sería echarme a temblar.

—Debería hacerlo de todos modos. Soy muy bueno en mi trabajo.

—¿Y a qué se dedica usted, señor O'Donnell? ¿A condenar a las personas sin necesidad de juicio?

—No. Llegar a los hechos, señorita Petrillo. Ese era el propósito de la declaración que usted decidió anular.

—No he anulado nada. Es mejor que compruebe su agenda. Lo único que he hecho ha sido dejarla para otro día.

—Sin mi permiso.

—A su secretaria no pareció presentarle ningún problema.

—Sí, bueno... A Lydia algunas veces se le olvida quién está al mando.

—Y estoy segura de que eso le molesta mucho.

—Principalmente, resulta un inconveniente.

—Sí, ya me imagino que perseguir a los malos como yo por todo el país debe de causar estragos en su agenda...

Para sorpresa de Gina, él se echó a reír.

—No tiene ni idea. Tenía unos planes estupendos para este fin de semana.

—¿De verdad? ¿De qué se trataba? ¿De un partido de fútbol con los niños? ¿Tal vez de un acto benéfico con la esposa?

—No tengo ni esposa ni hijos.

Aquella revelación le despertó una sensación de alegría completamente inapropiada en el estómago. Sin embargo, se negó a admitir, o a dejarle ver a él, que tenía la capacidad de desconcertarla en modo alguno... y mucho menos de aquella forma.

—En ese caso, debe de tratarse de una cita con una hermosa mujer.

—No.

—Estoy segura de que no puede ser que esos planes estupendos fueran pasar el fin de semana completamente solo, señor O'Donnell.

—Me temo que sí. Por supuesto, me habría divertido lo mío. Antes de marcharme, se me concedió el derecho de examinar los libros del Café Toscana. Hice que fueran a recogerlos ayer por la mañana. Tengo entendido que su ayudante se mostró muy colaboradora. Es una pena que ni usted ni su socio muestren la misma actitud. Por cierto, ¿dónde puedo encontrar a Rinaldi?

—Estoy segura de que esos libros le habrán resultado mucho más reveladores de lo que yo le pueda decir. Debería haberse quedado en su casa con ellos. Habría podido pasarse todo el fin de semana repasando números. En cuanto a Bobby, si lo localiza, hágamelo saber. Tengo algunas palabras que me gustaría decirle.

—¿Espera que me crea que se marchó sin decírselo a usted?

—Francamente, no me importa lo que usted crea o no. Ahora, márchese a casa, señor O'Donnell. No es demasiado tarde para poder disfrutar con esos libros de cuentas. ¿Por qué no toma un avión esta misma noche?

—Porque le di la noche libre al piloto del vuelo chárter que me trajo aquí desde Denver y no me gustaría estropearle la velada. Estaba deseando irse a bailar a un sitio que se llama Heartbreak.

—¡Qué considerado es usted! ¡Y qué caro resulta alquilar un vuelo chárter para uno solo! ¿Saben sus clientes cómo desperdicia usted su dinero?

—No tiene por qué preocuparse. Los gastos de este viaje corren de mi cuenta. No he estado en un acontecimiento como este desde hacía mucho tiempo – añadió, mirando a su alrededor.

—Para defender con tanto ahínco la verdad, señor O'Donnell, esa es una buena trola. Estoy segura de que nunca ha estado en un acontecimiento como este, ¿me equivoco? —le espetó Gina, mirándolo con escepticismo—. A mí me parece que usted ha ido a un colegio privado de la Costa Este y luego a Harvard. Si ha estado alguna vez en una reunión, estoy segura de que esta se celebró en un hotel de lujo o en un club de campo privado. Y mi instinto me dice que lo más cerca que ha estado de un caballo ha sido en una esquina de las calles de Nueva York, y que entonces había un policía montado encima.

—Pues se equivoca. Me eduqué en colegios públicos y luego fui a Yale, no a Harvard.

—No creo que sea una distinción muy significativa.

—Le sugiero que no le diga eso a un alumno de cualquiera de las dos universidades. Nos gusta aferrarnos a nuestras ilusiones de supremacía.

—Bueno, pues aférrese todo lo que quiera, pero hágalo en otra parte. Yo he venido aquí para divertirme con mis amigas. No quiero encontrarlo acechando en las sombras cada vez que me dé la vuelta.

—Pues lo siento, porque no pienso marcharme a ninguna otra parte.

—¿Qué es lo que de verdad lo ha traído aquí? —preguntó Gina, irritada por su vehemencia—. ¿Es que se teme que yo vaya a desaparecer? ¿Acaso está esperando descubrir que tengo guardado el dinero que falta debajo del colchón de la cama que tengo en casa de mis padres?

—¿De verdad?

—Claro que no. Ni hay dinero ni escondrijo. Lo que sí puedo mostrarle es mi billete de avión, para que vea que es de ida y vuelta. Márchese a su casa, señor O'Donnell. Lo veré, tal y como está establecido, dentro de un par de semanas.

—Podríamos quitarnos esto de encima ahora mismo —sugirió él—. Así, yo podría regresar a Nueva York y disfrutar del resto de mi fin de semana.

—¿Sin un abogado presente? No lo creo.

—En ese caso —replicó él, encogiéndose de hombros—, tendrá que acostumbrarse a mi presencia durante... ¿cuánto tiempo ha dicho que pensaba quedarse?

—Dos semanas.

—Entonces, durante dos semanas —dijo Rafe, a pesar de que aquel dato pareció entristecerlo mucho—. Lo que haga falta.

—Como usted quiera —suspiró Gina—. Yo voy a por otra cerveza.

—Beber no la ayudará a olvidarse de que estoy aquí.

—No, ya me imagino que no. Haría falta un buen golpe en la cabeza para conseguirlo, pero la cerveza hará que su presencia me resulte más tolerable. Lo veré en los tribunales, señor O'Donnell.

—Oh, yo creo que nos veremos mucho antes de eso —replicó él—. De hecho, estaré en todos los lugares a los que usted vaya.

Gina sabía que no era culpable de nada, a excepción de haber cometido la equivocación de meterse en el mundo de los negocios con Bobby, pero Rafe O'Donnell le parecía el tipo de hombre que podría desenterrar secretos, tergiversar palabras y pintar un cuadro muy negro de la persona más santa que hubiera sobre la tierra. Iba a quedarse en Winding River, rebuscando por todas partes, buscando pruebas que la incriminaran y molestando a sus amigas. Aquel último pensamiento la hizo echarse a temblar.

Tal vez sería mejor terminar con todo aquello, hablar con él y hacer que se marchara. Sin embargo, aquella idea tampoco la atraía. Necesitaba tiempo para pensar antes de ver a un abogado en Nueva York. No quería meter a sus amigas en aquel asunto a menos que tuviera que hacerlo. Era su problema y lo arreglaría sola, eso suponiendo que pudiera arreglarlo.

En aquel momento, se dio cuenta de que la música había empezado a sonar. A nadie le gustaba bailar más que a Gina. Decidió que podía posponer aquella cerveza durante algunos minutos.

—¿Sabe bailar esta música?

—No.

—No importa —replicó ella, agarrándolo de la mano—. Limítese a seguirme.

El abogado aprendió más rápidamente de lo que ella hubiera esperado. No se le daba muy bien, pero al menos no se tropezaba ni la pisaba.

—Veo que le gustan los desafíos —dijo Gina.

—Hay muy pocas cosas que no fuera capaz de hacer para ganar.

—¿Seguimos hablando del baile?

—¿Es que acaso hablábamos del baile antes?

Gina suspiró. Vio que nada iba a cambiar. Rafe O'Donnell nunca iba a olvidar qué era lo que lo había llevado a Winding River.

—Creo que me iré ahora a tomar esa cerveza —dijo, antes de que terminara la música. Se dispuso a salir de la pista de baile, pero entonces se dio la vuelta para volver a encararse con el abogado—. Deje a mis amigas al margen de esto.

—No diré nada… por el momento.

—Mire, señor O'Donnell…

—Creo que, dado que nos vamos a relacionar tan asiduamente durante las próximas semanas, deberías llamarme Rafe.

—Como quieras, pero te advierto que no saben nada de esto ni quiero que lo sepan.

—¿Por qué? Tu amiga Lauren gana diez millones con cada película. Podría extenderte un cheque y terminar con este asunto ahora mismo. Podrías pagar a todas esas personas que han sido estafadas, cuadrar las cuentas del restaurante y la vida seguiría como antes. No tendrías que volver a verme.

—Sí, claro que podría, pero no es su problema. Es el mío. No, un momento. Permítame que me corrija. Es el de Bobby.

—Pero él te dejó con la patata caliente, ¿no es así?

—No pienso hacer esto ahora. Buenas noches.

Gina se dio la vuelta y se marchó. Sin embargo, a cada paso que daba, sentía con más fuerza que la mirada de Rafe le quemaba la espalda. Se alegraba de que no pudiera verle la cara, porque habría sabido exactamente lo mucho que la había alterado aquella conversación.

A poca distancia de allí, se encontró con Lauren.

—¿Quién es ese hombre tan guapo?

—Ese hombre tan guapo es una serpiente —le espetó Gina.

—¿Qué es lo que ha hecho?

—Nada. No tienes por qué preocuparte. No se trata de nada de lo que yo no pueda ocuparme —replicó Gina, con una sonrisa.

—¿Estás segura?

—Por supuesto.

Sin embargo, aunque trató de inyectar una nota de confianza en la voz para que Lauren la creyera, Gina no pudo dejar de preguntarse si Rafe O'Donnell no sería una amenaza demasiado fuerte para ella. Recordó el modo en el que el pulso se le había acelerado en su presencia y entonces rectificó el pensamiento. Seguramente, habría varios aspectos en los que Rafe O'Donnell sería un formidable enemigo para ella.

II

Rafe se había quedado atónito al darse cuenta de que la mujer que se había acercado a hablar con él a primeras horas de la tarde había sido Lauren Winters, la famosa actriz renombrada por su belleza y sus éxitos de taquilla. ¿Quién se hubiera imaginado que encontraría a una estrella de Hollywood en aquel pequeño pueblo perdido de la mano de Dios? Además, nadie parecía extrañarse de su presencia. Nadie la miraba fijamente ni le pedía autógrafos. Evidentemente, no se trataba de una famosa que había sido invitada a la fiesta para darle esplendor, sino solamente una chica nacida allí.

No obstante, por mucho que lo atrajera verse cara a cara con la famosa actriz, Rafe no había podido apartar la mirada de su amiga. Desde el momento en el que Lauren le había presentado a Gina, se había sentido cautivado. Aquel era el único medio de definirlo y resultaba de lo más inconveniente. No confiaba en ella ni le gustaba, pero a su cuerpo no parecía importarle lo que dictara la razón.

Gina Petrillo era alta y esbelta, con ojos negros y cabello oscuro, que le caía hasta los hombros en un sensual desorden hasta los hombros. Tenía unas ciertas cualidades que le recordaban a las bellezas italianas más legendarias. Le resultaba tan fácil imaginársela junto a la cocina, preparando una suculenta salsa, como en su cama, en una tórrida maraña de brazos y piernas. No se acordaba de la última mujer que le había hecho reaccionar de un modo tan primario.

Por supuesto, el hecho de que ella fuera una ladrona, es decir, una presunta ladrona, quitaba parte del encanto de verse atraído por Gina Petrillo. Le daba la sensación de que se iba a pasar mucho tiempo recordándose que aquella mujer representaba problemas para él. Y probablemente se pasaría aún más tiempo dándose duchas frías.

Tenerla entre sus brazos durante aquel baile, contemplar el modo en el que contoneaba las caderas cuando se alejaba de él le había hecho lamentar el hecho de que fuera fruta prohibida para él. Y, una vez más, aquel era el verdadero atractivo.

No solo era que fuera fruta prohibida para él, sino que no parecía confiar en Rafe más de lo que él confiaba en ella. Aquello le ofendía. La mayoría de la gente creía que era un hombre digno de confianza. De hecho, era uno de los abogados más respetados en un bufete que se enorgullecía de su respetabilidad.

Y en algunos círculos se le consideraba el mejor de los trofeos.

No es que fuera ningún donjuán, pero estaba acostumbrado a que las mujeres quisieran estar a su lado. Casi nunca tenía tiempo para salir ni con la mitad de las mujeres que lo llamaban para que las acompañara a actos sociales. Sin embargo, le daba la sensación de que se helaría el infierno antes de que Gina volviera a invitarlo a bailar y mucho menos a cenar con ella. Aquello la convertía en un desafío y, como ella ya había adivinado, aquello era algo que le encantaba.

Lo más inteligente hubiera sido hablar con un juez local, organizar una declaración rápida, al día siguiente si era posible y marcharse de Winding River antes de perder su ética profesional.

El único problema era que aquello supondría que Gina Petrillo se quedaría a solas en Wyoming. Podría marcharse en el momento en el que él se diera la vuelta y ella era lo único que podría permitirle capturar a Roberto Rinaldi. Estaba seguro de que, tarde o temprano, Gina se pondría en contacto con él, aunque solo fuera para estrangularlo... o para compartir el dinero que había robado.

No. Iba a quedarse en Winding River al menos hasta que Gina regresara a Nueva York. Serían dos semanas interminables... Lydia estaría encantada...

Escuchó con desagrado la irritante música de violín mientras la orquesta afinaba sus instrumentos para otra ronda de canciones y se echó a temblar. ¿Por qué no podría haber huido a Italia, a París o a cualquier otro lugar civilizado en el que la música fuera clásica?

—¿Le apetece bailar, señor O'Donnell?

Al mirar los ojos azules de Lauren se preguntó por qué no se sentía en absoluto atraído por la famosa actriz. Los únicos ojos que había en su pensamiento eran negros como el ónice y pertenecían a una mujer que estaba muy lejos de su alcance.

—Será un honor para mí —respondió. Al menos, tendría una historia que contar cuando regresara a casa. Incluso, se la podría repetir una y otra vez a sus hijos, si alguna vez llegaba a casarse.

Solo habían dado unos pasos cuando Lauren se detuvo y dejó caer la máscara de la simpatía.

—No tiene ni idea de cómo bailar los bailes típicos de Wyoming, ¿verdad, señor O'Donnell?

—No puedo decir que sea así. Esta noche es la primera vez que lo he intentado.

—¿Considera usted que aprende con rapidez?

—En la mayor parte de las circunstancias, sí.

—Bueno, en ese caso, aquí tiene otra lección. No sabe más de Gina que lo que sabe sobre los bailes de Wyoming. Ella no quiere contarme qué es lo que hace usted aquí, pero está claro que su presencia le molesta y eso no me gusta. Es una persona maravillosa, además de ser una de mis amigas. Si se mete con ella, se mete usted con todas nosotras.

—Lo tendré en cuenta —replicó él, con una sonrisa.

—No he dicho esto para divertirlo. He hablado muy en serio y las personas que me subestiman viven para lamentarlo.

—Muy bien, señorita Winters. Ya me ha dejado muy clara su postura.

—Pues asegúrese de que no se le olvida.

Rafe observó como la bella actriz se reunía con un grupo de tres mujeres, entre las que estaba Gina. Lauren abrazó con fuerza a su amiga, sin duda para demostrarle a él públicamente lo mucho que apoyaba a su amiga. Admiraba aquella demostración de lealtad, pero no hacía que cambiara de opinión sobre Gina. Nada de lo que había visto u oído aquella noche lo había persuadido de que Gina Petrillo fuera inocente, sino más bien de todo lo contrario.

En su opinión, Gina era mucho más peligrosa de lo que había anticipado. Era inteligente e imprevisible. Sin nada que perder, podría decidir que era mejor escapar. Además, estaba rodeada de personas que, evidentemente, harían cualquier cosa por protegerla, aunque fuera culpable.

Iba a tener que tener la cabeza bien despejada y aquello le iba a resultar doblemente difícil, teniendo en cuenta el efecto que Gina Petrillo ejercía sobre él. Lo que necesitaba era dormir bien esa noche, aunque dudaba que pudiera conseguirlo con la sensual imagen de Gina turbándole el pensamiento.

Miró a su alrededor hasta que volvió a encontrarla. Estaba bailando otra vez, con la mirada prendida en la de un vaquero. Al verla, sintió que la sangre le hervía. Sentía el deseo de cruzar la pista de baile y apartarla de aquel hombre. Aquel arranque de celos tan inesperado y desconocido para él lo sorprendió. Nunca antes había sentido celos por una mujer. Aquello no era bueno.

Necesitaba regresar a la habitación de su motel, quedarse a solo y controlar sus emociones. No le había dicho a Gina que se había llevado los libros del café. Seguramente estudiar las frías y duras cifras lo ayudaría a poner la situación en perspectiva. Además, los números eran mucho más de fiar y más fáciles de entender que una mujer. Aquello era algo que le había enseñado su madre.

Gina no consiguió conciliar el sueño aquella noche. A pesar de sus frías respuestas y del coraje que había demostrado la noche anterior, Rafe O'Donnell había conseguido asustarla. Conocía perfectamente el elegante bufete de Park Avenue para el que trabajaba. Algunos de los socios fundadores estaban entre sus mejores clientes y sabía que no aceptaban casos que no tuvieran intención de ganar. No dudaba que Rafe O'Donnell fuera tan ambicioso y decidido como los demás.

Tal vez, al final, pudiera demostrar que Bobby había actuado en solitario, pero no sin pagar un precio muy alto. Su reputación se vería manchada. Entre facturas sin pagar y las costas legales, el restaurante se vería obligado a cerrar. Ella volvería a estar donde había estado cinco años antes, trabajando en la cocina de otra persona para ahorrar suficiente dinero para poder abrir su propio restaurante.

Aquella vez tardaría mucho más tiempo, dado que no contaría con Bobby para atraer inversores. De hecho, el vínculo que la había unido con Bobby durante aquellos años sería más que suficiente para que nadie quisiera prestarle ni un centavo.

Con un suspiro, se levantó de la cama y se vistió con un par de vaqueros deslucidos, una blusa de manga corta y las botas vaqueras que no se había puesto desde que se marchó de Winding River hacía diez años.

Hacía mucho tiempo que sus padres se habían marchado de la casa. Su padre trabajaba los sábados. Su madre se pasaba la mañana en la iglesia y la tarde haciendo recados. Gina estaba acostumbrada a acostarse tarde y a dormir hasta bien entrado el día. La noche anterior se había metido en la cama antes de medianoche, pero debido a la diferencia horaria, su reloj interno estaba completamente alterado. Le parecía que era mediodía, que sería seguramente la hora de Nueva York, pero el reloj decía algo muy distinto.

Se sirvió una taza de café y, tras prepararse dos tostadas, salió al porche. Hacía mucho calor en el exterior, por lo que pensó que tal vez sería mejor un vaso de té helado que el café, pero se lo tomó de todas maneras. A lo mejor la cafeína la ayudaba a pensar.

Desgraciadamente, lo único que se le ocurría era imaginarse cómo sería tener los labios de Rafe O'Donnell contra los suyos.

Se sentía tan inquieta que tomó las llaves del coche de su madre y se dirigió al pueblo. Aparcó en la calle principal y consideró sus opciones. Podría ir al café de Stella, en el que seguramente encontraría a alguien con quien charlar o podría ir al restaurante italiano que había un poco más abajo y en el que Tony le dejaría quemar sus frustraciones en los fogones de su cocina.

Tony Falcone había sido su mentor. La había contratado como camarera mientras ella todavía estaba en el instituto, pero no había tardado en descubrir que su verdadero talento estaba en la cocina. La había enseñado a cocinar y le había permitido experimentar con nuevas recetas cuando los platos tradicionales se hacían aburridos. Después, la ayudó para convencer a sus padres de que le iría mucho mejor asistiendo a cursos en las mejores escuelas de cocina del mundo que yendo a la universidad, lo que le había resultado algo difícil.

Mientras se acercaba a la puerta trasera del restaurante, sintió que la nostalgia se apoderaba de ella. Al llegar allí, llamó y entró sin esperar a que Tony respondiera.

—¿Hay alguien aquí que tenga una buena receta para preparar albóndigas? —gritó.

—*Cara mia* —dijo Tony, con una sonrisa en los labios—. ¿Dónde has estado? Había oído que ibas a venir a casa, pero nada más. Me siento insultado por no haber sido la segunda parada en tu lista después de ir a ver a tus padres.

—Lo sé, lo sé... ¿Me perdonas?

—Eso depende.

—¿De qué?

—De lo que pienses quedarte. Ha pasado demasiado tiempo, Gina. Mis clientes no hacen más que gruñir porque hago siempre los mismos platos. No pasa ni un solo día sin que alguien me pregunte cuándo vas a venir para animar el menú.

—¿Y qué les dices tú?

—Que ahora eres una cocinera muy famosa en Nueva York y que si quieren saborear tus platos, tendrán que viajar allí.

—Podría preparar algo para esta noche —sugirió ella, mirando la cocina con anhelo—. Tal vez unos macarrones arrabiata o una pizza al estilo griego con aceitunas y queso feta.

—Pero estás de vacaciones. No puedo pedirte que cocines...

—Y no me lo has pedido. Además, tengo que pensar en muchas cosas y siempre lo hago con más facilidad cuando cocino.

—¿Es que tienes problemas, *cara mia*? ¿Quieres hablar de ellos? Tal vez no pueda resolvértelos, pero te puedo escuchar. Algunas veces es todo lo que se necesita, ¿no te parece?

—¿Estás seguro de que no te importa?

—¿Cuántas noches te escuchaba hablar y hablar sobre un novio u otro? —preguntó él, con fingida indignación.

—Más de las que me gusta pensar, pero esto es diferente.

—¿Cómo?

—Porque es muy importante.

—Cuando tenías dieciséis años, esos chicos te importaban mucho también.

—De acuerdo. Tienes razón. Supongo que todo es cuestión de perspectiva, ¿no te parece?

—En ese caso, prepararé un buen café para cada uno y hablaremos —dijo, señalando la parte principal del restaurante—. Entra ahí y siéntate.

—Pero tienes cosas que hacer —protestó Gina—. Podemos hablar aquí.

—No hay nada que no pueda esperar. Venga, me reuniré contigo dentro de un momento.

Gina entró en el comedor, con sus familiares manteles de cuadros rojos, las velas metidas en botellas de chianti y los cuadros de paisajes italianos que había pintado Francesca, la esposa de Tony, que añoraba mucho Italia.

A los pocos minutos, Tony se sentó con ella en una de las mesas. Ella sonrió y aceptó la taza de café que su antiguo jefe le ofrecía.

—Sigue siendo el mejor —afirmó ella, tras dar el primer sorbo—. Yo muelo y mezclo mi café, pero no es lo mismo.

—Cuando me muera, te dejaré mi secreto en el testamento. Ahora, cuéntame. ¿Cuál es ese problema tan grande que tienes en tu vida?

Gina suspiró y miró a Tony a los ojos. Entonces, se dio cuenta de lo mucho que lo había echado de menos.

—¿Te he dado las gracias alguna vez por lo que hiciste por mí?

—Sí, pero no había necesidad. Para Francesca y para mí, tú eres la hija que nunca tuvimos.

—¿Cómo está Francesca? Te debería haber preguntado antes.

—Sigue siendo la mujer más hermosa del mundo.

Regresará pronto y la hará muy feliz volverte a ver. Entonces, le podrás contar todo lo que has visto en Italia. Sigue soñando con volver a ver su tierra algún día.

—En ese caso, llévala, Tony. No dejes que el tiempo se te escape entre los dedos.

—No estarás enferma, ¿verdad? —replicó Tony, mirándola con preocupación.

—No, no, claro que no.

—Es que has hablado en un tono tan triste, como si hubiera cosas que desearas y que tal vez no tuvieras nunca.

—No, solo se trata de cosas que significan mucho para mí y que podría perder —susurró. Entonces, le contó la situación en la que se encontraba, sin dejarse ninguno de sus sórdidos detalles.

Tony la escuchó atentamente, sin decir nada hasta que ella hubo terminado.

—Ahora, para rematarlo todo, el abogado que ha presentado los cargos contra Tony está aquí, en Winding River. Cree que soy tan culpable como Bobby o que, al menos, sé algo que lo ayudará a resolver el caso.

—¿Y no es así?

—Yo me quedé tan asombrada como todos los demás. Me da vergüenza decir que la primera pista que tuve de que algo iba mal fue cuando leí esa citación. Fue entonces cuando miré los libros.

—Entonces, díselo. Cuéntale a ese hombre lo que me has contado a mí. No le ocultes nada. Entonces, te creerá. Si no es así, envíamelo. Yo le diré que Gina Petrillo nunca miente.

«Si fuera tan sencillo», pensó Gina, resignada. Entonces, miró por la ventana y vio a Rafe, de pie en la acera, apoyado contra el parachoques de un coche muy llamativo. No dejaba de mirarla.

—Hablando del ruin de Roma...

—¿Es ese Rafe O'Donnell? —preguntó Tony.

—En carne y hueso.

—Parece un hombre razonable.

—No lo es. Si lo fuera, se marcharía y me dejaría en paz. Le he dicho cuándo voy a regresar a Nueva York, pero no me cree. Está decidido a pegárseme como el pegamento hasta que regrese.

—Entonces —dijo Tony, poniéndose de pie—, creo que deberíamos invitarlo a que se una a nosotros para demostrarle que no tienes nada que esconder. Ni nada que temer.

—No sé... —protestó Gina, pero Tony ya había salido por la puerta y estaba invitado a Rafe a que pasara.

—Es mejor que se siente con nosotros a que esté al acecho en la acera —le decía Tony, mientras lo acompañaba hasta la mesa—. Le traeré un café y luego tendré que regresar a la cocina para preparar las cosas para el almuerzo.

Rafe se sentó enfrente de Gina. Parecía completamente relajado y, para desgracia de Gina, seguía siendo el hombre más atractivo con el que se había cruzado en mucho tiempo.

Él miró a su alrededor con fascinación.

—¿Es aquí donde empezaste?

—Trabajé en el café de Stella durante una temporada y luego vine aquí. Tony me enseñó a cocinar.

—¿Quién es la artista? —preguntó, señalando los cuadros.

—Francesca, la esposa de Tony. Ella nació en Nápoles y dice que la pintura la ayuda a no caer en la nostalgia, así que te sugiero que no te burles.

—¿Y por qué iba a hacerlo?

—Porque seguramente las pinturas son demasiado horteras para un hombre tan sofisticado como tú.

—Hablo en serio. Me gustan.

—¿De verdad? —preguntó Gina, con escepticismo.

—He dicho que sí, ¿no? Yo no soy uno de esos esnobs del mundo del arte. ¿Acaso lo eres tú, Gina?

—A mí siempre me han encantado por lo que significaban para Francesca, pero sé que no son una obra de arte.

—No tienen por qué serlo, pero cuentan con una simplicidad que a mí me atrae. Le da al restaurante un toque personal, un cierto encanto. Me imagino que tu restaurante tendrá lámparas de cristal veneciano, viejos óleos que escogiste en Florencia, madera oscura, flores frescas y manteles verdes.

—¿Has estado en el café Toscana?

—No.

—En ese caso, no deberías realizar juicios.

—Eso debe significar que he dado en el blanco.

—No.

—¿En qué me he equivocado?

—Los manteles son rojos —murmuró ella.

—¿Qué has dicho? No te he oído.

—Mira, tengo que marcharme —dijo Gina, muy claramente aquella vez.

—Todavía no me he tomado el café.

—En ese caso, quédate y disfrútalo. Estoy segura de que Tony estará encantado de hacerte compañía.

—Desgraciadamente —replicó Rafe, poniéndose de pie—, no es su compañía la que yo ando buscando. Donde tú vas, yo voy, Gina, así que adelante.

—Hablas en serio, ¿verdad? ¿Vas a seguirme como si fuera una delincuente común?

—Oh, dudo que haya nada de común en todo tu cuerpo —dijo—. Podrías ahorrarme muchas molestias si me invitaras a acompañarte.

—Lo último que deseo hacer es ahorrarte molestias. Si quieres seguirme, entonces te sugiero que te metas en ese coche tan llamativo que tienes y que aceleres el motor, porque no pienso ir despacio para esperar a nadie.

—Como quieras —respondió Rafe, mirándola con expresión resignada—. Hagas lo que hagas, Gina, te prometo que no me quedaré atrás. En caso de que tengas intención de sobrepasar el límite de velocidad para dejarme atrás, quiero que sepas que tengo mi teléfono móvil encima y que lo utilizaré para llamar al sheriff si es necesario.

—El sheriff es amigo mío —le espetó ella.

—Eso no tendrá ninguna importancia cuando yo le sugiera que te has saltado una declaración que ha dictado un tribunal.

—Yo no me he saltado nada. La he pospuesto. Ya lo sabes —replicó Gina, cada vez más irritada.

—¿Sí? Me imagino que para cuando todo se aclare,

ya se te habrá hecho tarde para lo que sea que te has dado tanta prisa.

—No tengo prisa para nada más que para deshacerme de ti —rugió ella, apretando los dientes—. Mira, da igual. Mi coche está en la esquina. Es mejor que vengas conmigo. Voy a un rodeo. Resultará interesante ver qué tal te sienta el calor y el polvo.

—Si quieres verme sudar, se me ocurren muchas otras maneras de conseguirlo —dijo Rafe, a modo de desafío.

Gina sintió que la piel le ardía. ¿No bastaba con que aquel hombre estuviera atormentándola por algo que había hecho Bobby como para que quisiera volverla también loca con frases de doble sentido que acicateaban su imaginación, dejándola acalorada y frustrada?

—Eso ni se te ocurra —le advirtió ella—. Estoy segura de que estás rompiendo una docena de reglas solo con sugerírmelo.

—Creo que tienes razón —afirmó él, sin dejar de mirarla—, pero algo me dice que podría merecer la pena.

A juzgar por el modo en el que el corazón le cabalgaba en el pecho, Gina se temía que Rafe podría estar en lo cierto.

III

Solo habían pasado veinticuatro horas desde que había llegado a Winding River y ya le estaba costando recordar el motivo que lo había llevado hasta allí. Para un hombre célebre por una mente aguda y por sus poderes de concentración, la experiencia resultaba desconcertante. Nunca le había costado centrarse en su trabajo.

Sin embargo, en aquellos momentos, parecía resultarle imposible apartar los ojos de la mujer que estaba sentada a su lado en las gradas del rodeo, lo que ya era decir con la actividad que estaba teniendo lugar sobre la arena.

Se dijo que aquello solo demostraba que era un hombre viril y sano, que llevaba sin compañía femenina demasiado tiempo. ¿Quién no se desconcentraría con una mujer como Gina al lado? Contento con aquella conclusión, se dio permiso para estudiarla con más detalle.

Los ojos oscuros de Gina estaban fijos sobre el caballo y jinete que se encontraban en la arena en aquellos momentos. Tenía las mejillas arreboladas y el cabello, que llevaba recogido con un pañuelo, despedía sorprendentes reflejos castaños. Cuando pasó el tiempo y el jinete seguía sobre su montura, el grito de alegría que lanzó casi dejó sordo a Rafe. Con los ojos brillantes, se volvió para mirarlo.

—¿Has visto eso? Lo ha conseguido. Ese es el caballo más duro de la competición y Randy no se ha caído. Sorprendente.

—Sorprendente —repitió Rafe, aunque su comentario no tenía nada que ver con el jinete ganador.

—¿Me estás escuchando?

—Claro. Ha ganado tu amigo.

—Al menos va en cabeza de la competición. Todavía queda otra ronda.

Gina nunca se había mostrado tan relajada con él desde que se habían conocido. Verla de aquel modo, llena de entusiasmo, le hacía desear cosas que eran imposibles. Probablemente habría sido mejor que ella guardara las distancias. La tentación de besarla resultaba casi imposible de resistir.

—¿Te apetece algo de beber? —le preguntó Rafe, sintiendo la necesidad de poner espacio entre ellos.

—Vaya, ¿estás dispuesto a marcharte y dejarme sola durante unos pocos minutos? —replicó ella, con exageración—. ¿Estás seguro de que no voy a robar el caballo más rápido para huir hasta la frontera canadiense?

—En realidad, no, pero, dado que todos los caballos están comprometidos y que yo tengo las llaves del coche, no me preocupa mucho el tema. Aunque si las circunstancias fueran diferentes…

—¿Cómo sabes que no tengo un juego de llaves de repuesto?

—¿Las tienes?

—No, y para que conste, me gustaría señalar que me molesta el modo en que me has quitado las llaves…

—No he luchado contigo para quedarme con ellas, Gina. Tú me las entregaste para que yo pudiera conducir.

—Vale, pero eso fue después de que tú me dijeras que siempre te habías muerto de ganas por conducir un coche como el de mi madre.

—Pero tú te lo creíste, ¿no?

—El tiempo suficiente como para dejarte que te colocaras detrás del volante. Entonces recordé que el coche de mi madre es un Chevrolet que no tiene nada de especial.

—Lo que te dije era verdad. Nunca he conducido un coche como ese.

—Mira, eso sí que me lo creo.

—Bueno, ¿te apetece algo de beber o no? —insistió él, con una sonrisa.

—Un refresco de naranja, si tienen —respondió Gina, mientras se abanicaba con el programa.

Aquel movimiento provocó que Rafe se fijara en el sudor que tenía sobre la piel del pecho. Tragó saliva y reprimió la necesidad de agarrar aquel programa para refrescar su caldeada carne.

—Con mucho hielo —añadió ella—. Estoy muerta de calor.

—¿Quieres acompañarme? —sugirió él, olvidándose de su intención de alejarse de ella para controlar el asalto sensorial al que Gina lo estaba sometiendo—. Tal vez podamos encontrar un lugar sombreado en el que refrescarnos.

—Vale.

Fueron juntos al quiosco de los refrescos. Entonces, Rafe miró a su alrededor y descubrió un árbol bajo el que podrían refugiarse.

—¿Te parece bien allí?

—Perfecto —comentó Gina.

Rápidamente, se dirigieron hacia el árbol. Allí, sin importarle que hubiera más tierra que hierba, Gina se sentó en el suelo y suspiró.

—Esto es el paraíso —murmuró, mientras daba un sorbo al refresco.

Tomó un cubito de hielo del vaso y se lo llevó hasta la base de la garganta. Allí, dejó que se deshiciera. El agua le goteaba por la piel y le desaparecía entre los pechos...

Mientras la observaba, Rafe sintió que la garganta se le quedaba tan seca como la arena del desierto. Ni siquiera un largo trago de su bebida pudo refrescarlo. Estaba empezando a arrepentirse de haber invitado a Gina a acompañarlo. De hecho, lamentaba haber acudido a aquel rodeo. Debería estar en su fresca habitación del motel, con una cerveza en la mano y las malditas cuentas del Café Toscana y no allí, a punto de sufrir una insolación, lleno de más lujuria de la que había sentido en los últimos doce meses y todo ello por una mujer en la que no debía confiar, tal vez incluso menos que en su propia madre.

—¿Te ocurre algo? —preguntó Gina, con expresión inocente.

—Nada. ¿Por qué?

—Pareces algo acalorado.

—¿Y te sorprende eso? Fuera de la sombra de este árbol debe de hacer más de cuarenta grados.

—Pero es un calor seco.

—El calor es calor.

—Yo te podría ayudar a que te refrescaras... —sugirió ella, llena de picardía.

Antes de que Rafe pudiera contestar, Gina le vertió el refresco por la cabeza. Afortunadamente, solo quedaban los hielos, que se habían deshecho, pero el choque del fresco líquido con su ardiente piel lo tomó por sorpresa.

Para cuando consiguió reaccionar, Gina ya se había puesto de pie y se estaba alejando de él. Rafe también se levantó, luchando por contener la indignación y, para su sorpresa, las risas...

—Te has metido en un buen lío.

—Menudas palabras viniendo de un hombre que está completamente empapado. En realidad, te he hecho un favor. Trata de recordarlo.

—Te aseguro que no tengo intención alguna de olvidar lo que has hecho...

Esperó hasta que ella dejó de retroceder. Le dio tiempo para que se confiara y entonces se abalanzó sobre Gina tan rápidamente que ella no tuvo tiempo de reaccionar. La agarró por la muñeca y la tomó entre sus brazos.

Le atrapó el aliento con un primer beso y entonces se acomodó sobre los labios de Gina para descubrir exactamente cómo sabían. Estos tenían un ligero gusto a refresco de naranja y parecían plegarse dulcemente a los de él. El cuerpo de Gina encajaba perfectamente con el de él, como si estuvieran hechos perfectamente el uno para el otro...

Tardó mucho tiempo, demasiado tal vez, en descubrir todo lo que quería saber sobre el sabor y la textura de la boca de Gina. La soltó de repente, aunque sin mucho deseo por hacerlo, murmurando una maldición entre dientes.

Con los ojos y la boca abiertos, Gina se quedó mirándolo durante un minuto aproximadamente. Entonces, el calor que le surgió en las mejillas empezó a competir con la ira que se reflejaba en sus ojos.

—No tenías ningún derecho a hacer eso —le espetó.

—No, tienes razón —dijo él, muy suavemente—. Lo siento. Me he equivocado.

—Si crees que con eso basta para hacerme olvidar lo que ha pasado aquí, estás loco —replicó ella.

—Sí, me imagino que a mí también me va a costar bastante olvidarlo —comentó Rafe, riendo.

—No me refería a eso y lo sabes.

—De acuerdo, demos un paso atrás y analicemos lo que acaba de ocurrir —sugirió él, con voz razonable.

—Mira, no utilices ese tono de voz de picapleitos

conmigo. Los dos sabemos perfectamente lo que acaba de ocurrir. Me has besado.

—Tú me has provocado.

—Te eché agua por encima. Más que excitarte, debería haber enfriado tu libido y no encenderla.

—¿Qué puedo decir? Evidentemente, tengo una vena perversa en mi ser.

—¿Qué te parece algo así como «lo siento, no va a volver a ocurrir»?

—Ya me he disculpado, pero, desgraciadamente, no te puedo prometer que no vaya a volver a ocurrir.

—Tienes que hacerlo.

—¿Por qué?

—Porque es lo que hay que hacer, porque no debes besarme y yo no debo besarte a ti —respondió ella, frunciendo el ceño—. Tú crees que soy una delincuente, por el amor de Dios. ¿Lo ves ya o no?

Desgraciadamente, Rafe lo veía perfectamente, aunque dudaba que fuera lo mismo a lo que ella se refería. Se imaginaba metiéndola en la cama para terminar lo que habían comenzado. Dado que efectivamente creía que era una delincuente, aquella era una idea realmente mala... y también demasiado tentadora. Decidió que aquel desliz era prueba suficiente de que no podía estar a menos de diez metros de ella.

Se metió la mano en el bolsillo, se sacó las llaves del coche de Gina y se las tiró. Ella lo miró con sorpresa.

—¿Cómo vas a regresar al pueblo?

—Al modo tradicional —respondió, dándose la vuelta y comenzando a caminar.

—Rafe, no puedes regresar andando —le advirtió Gina, saliendo detrás de él—. Te va a dar una insolación.

—Gracias por preocuparte por mí, pero no me pasará nada.

—Eso no es cierto. No seas testarudo. Te llevaré en coche.

—¿Cómo sé que no tratarás de seducirme en el momento en que lleguemos a mi motel?

Gina lo miró con desaprobación.

—Bueno, creo que te puedo garantizar que estarás a salvo.

—De acuerdo —replicó él, encogiéndose de hombros—. En ese caso, confío en ti.

—¿De verdad?

—Al menos en ese tema. Ya veremos lo que pasa sobre el resto—. Ya lo pensaré por el camino.

—Supongo que no podrías seguir hasta llegar a Nueva York, ¿verdad?

—Ni hablar.

Gina exhaló un suspiro de resignación.

—Ya me lo había imaginado.

Aquella noche, mientras se dirigía al gimnasio del instituto para el baile, Gina no dejaba de pensar en aquel tórrido beso.

Ver a Rafe sentado frente a una de las mesas solo acentuó aún más el recuerdo. Para ser un hombre cuya arrogancia había comprobado de primera mano, parecía estar muy solo. Durante un breve instante, la compasión estuvo a punto de hacer que fuera a hablar con él.

—No me pienso acercar —murmuró, a pesar de que no dejaba de acercarse a él—. Evidentemente, tengo la fuerza de voluntad de una ninfómana —añadió, al ver adónde se dirigía.

—¿Quién es una ninfómana? —le preguntó Lauren, sobresaltándola.

—Nadie, espero —replicó Gina, deteniéndose en seco, aliviada por la distracción que le había proporcionado su amiga.

Lauren miró hacía donde Gina miraba y sonrió.

—Ah, sí. Ya he oído lo del beso.

—¿Que lo has oído? —preguntó Gina, horrorizada—. ¿Cómo? ¿Quién te lo ha contado?

—La mitad del pueblo estaba en el rodeo y aquí se sabe todo. Mi fuente dice que resultó más entretenido que lo que estaba ocurriendo en ese momento en la arena.

—¿Por qué lo hice? ¿Por qué dejé que me besara? —gruñó Gina—. ¡Y en público! Cualquiera creería que ya había aprendido la lección después de lo que ocurrió en Roma hace unos años...

—¿Y podrías haberlo detenido?

—Al principio no. Me tomó por sorpresa, pero luego...

—¿Luego? ¿Entonces es cierto que duró un poco, tal y como me han contado? —preguntó Lauren, sorprendida.

—De acuerdo, sí. Duró mucho tiempo. Fue un beso muy agradable. De hecho, fue un beso estupendo y esa es precisamente la razón por la que estoy metida en más líos de los que nunca hubiera creído posible. Quiero besar a un hombre que...

—¿Que qué?

—No importa. ¿Has visto a Cassie? ¿Ha venido por fin esta noche?

—Sí, está aquí. Está muy ocupada tratando de esconderse de Cole. A mí me parece que a ella también le está costando mantenerse alejada de los besos embriagadores. Y, antes de que preguntes, Karen está bailando y Emma está en el vestíbulo, hablando por su teléfono móvil. Creo que tiene alguna emergencia en Denver. Espero que le esté diciendo a su jefe o a su cliente que se vayan a tomar vientos. Emma necesita un buen descanso. Está tan tensa que creo que va a romperse.

—Emma puede cuidarse de sí misma. Siempre ha sido la más sensata comparada con las demás.

—Pues fíjate bien. Antes estuve en el rancho con Caitlyn y ella. Creo que incluso esa niña siente que su madre está a punto de partirse. Se acerca el cumpleaños de Caitlyn y me dijo que lo único que quiere es que su madre se mude aquí porque en Denver nunca la ve. ¿No te da pena eso?

En aquel momento, Gina miró hacia la puerta y vio que Emma se acercaba a ellas con una expresión muy seria en el rostro.

—¿Qué pasa? —le preguntó Gina.

—Uno de mis clientes más importantes tiene un problema. Quiere que regrese esta misma noche.

—¿Y vas a hacerlo? —quiso saber Lauren.

–¿Acaso tengo elección?

–Podrías decirle que te estás tomando el primer descanso que has tenido desde hace años y que puede esperar perfectamente hasta el lunes –replicó Lauren, acaloradamente–. Cielo, si no empiezas a cuidarte, ¿quién lo va a hacer? Estoy segura de que no serán esos socios, que no hacen más que amasar dinero por todas las horas extras que echas todos los meses, y mucho menos los clientes, a los que no les parece nada mal tratar de localizarte cuando se supone que estás de vacaciones. ¿Cómo consiguió ese hombre tu teléfono móvil?

–Todos mis clientes lo tienen –dijo Emma, a la defensiva.

Lauren extendió la mano y le arrebató el teléfono de las manos.

–Pues eso es razón de más para desconectarlo y dármelo a mí durante lo que queda de fin de semana. Si quieres, yo puedo llamar a ese cliente y decirle que has consultado tu agenda y que estás atada por una negociación muy importante, lo que supone que no puedes verlo hasta mediados de la semana que viene. Si es de verdad muy urgente, puede llamar a uno de los otros socios.

–Resultas tan convincente... –susurró Emma, mirándola muy sorprendida.

–Es actriz, Emma –comentó Gina, riendo.

–Claro, pero es que yo no me puedo imaginar a Lauren más que como la niña que solía pasar la noche en mi casa, hablando de los chicos hasta que amanecía.

—Tenía que hablar de ellos porque no salía con ninguno...

—Porque los tenías a todos asustados. Eras la persona más inteligente de la clase —dijo Gina—. Eso resultaba muy imponente, aun para los chicos que tenían notable de media.

—De mucho me está sirviendo esto hoy en día —gruñó Lauren—. La mayor parte de la gente con la que me relaciono ni siquiera saben que tienen cerebro.

—Lo que debe de significar que te subestiman —supuso Emma—. Seguramente es algo que puedes utilizar para tu propio beneficio.

—Tal vez las dos podáis intercambiar servicios —sugirió Gina—. Lauren puede librarte de los clientes insistentes y poco considerados y Emma, tú puedes ocuparte de los contratos de Lauren.

—No es mala idea —dijo Lauren—, pero aún no hemos resuelto la situación actual. ¿Llamo a ese hombre o no llamo?

—Déjame pensármelo.

—Emma, piensa en Caitlyn. Se lo está pasando estupendamente con sus primos y sus abuelos. ¿De verdad se lo quieres estropear todo volviendo a casa antes de lo previsto?

—Tienes razón —afirmó Emma, después de pensarlo un segundo—. Lauren, haz esa llamada. Dile al señor Henley que puede ponerse en contacto con uno de los otros socios si no quiere esperar hasta que yo regrese.

—Muy bien —dijo Lauren, con una sonrisa—. Marca

ese número —añadió, entregándole el teléfono momentáneamente a Emma.

Cuando el teléfono empezó a sonar al otro lado de la linea, se apartó para hablar cortés pero firmemente con el señor Henley. Al acabar la llamada, se volvió hacia ellas con una sonrisa.

—Va a esperar. Por cierto, ¿qué era tan urgente?

—No os lo puedo contar, pero os aseguro que no se trataba de un asunto de vida o muerte ni de que estuvieran en peligro sus millones —dijo, mientras trataba de agarrar el teléfono móvil.

—Ya te dije que me quedaría con él, y lo haré al menos por esta noche —dijo Lauren.

—Pero Caitlyn...

—Si llama Caitlyn, sé dónde encontrarte. De lo demás, se puede ocupar perfectamente tu secretaria.

—Estás disfrutando con esto, ¿verdad Lauren?

—En realidad, resulta bastante agradable hacer algo tan corriente. Tal vez debería dejarlo todo a un lado y convertirme en la secretaria de alguien. Se me da muy bien organizar las cosas.

—¿Estás loca? —le preguntó Gina.

—Bueno, tal vez no una secretaria —admitió Lauren—. Por muchas cualidades que tenga para la organización de la vida de la gente, soy demasiado mandona como para aceptar órdenes.

—¿De verdad? —preguntó Gina, en tono de sorna.

—¿Sabéis a quién envidio de verdad? A Karen. Ella lo tiene todo. Un marido que la adora y un rancho.

—En el que trabaja demasiado... —señaló Gina.

—Supongo que nada es perfecto —afirmó Lauren—.

Por ejemplo, tú, Gina, tienes a ese hombre tan guapo pendiente de ti como si fueras más tentadora que un Banana Split y, por razones que te niegas a explicar, no haces más que evitarlo.

Las tres se volvieron a mirar a Rafe, que estaba tomándose su bebida sin dejar de mirar a Gina.

—No está interesado por mí —protestó Gina—. Al menos, no del modo que os estáis imaginando.

—Pues ese beso del que tanto he oído hablar dice todo lo contrario —replicó Lauren—. De hecho, ese beso habla más claramente que las palabras.

—¿Beso? ¿Qué beso? —quiso saber Emma—. Lauren, ¿estás diciendo que ese hombre la besó? ¿Y tú querías que lo hiciera, Gina?

—No. Sí....

—No estás segura, ¿verdad? —preguntó Emma.

—Claro que estoy segura. Ese beso era totalmente inapropiado.

—Podemos demandarlo por acoso sexual —sugirió Emma.

—Tranquila —dijo Gina—. Nadie va a demandar a nadie y tú no vas a hacerte cargo de ningún caso en medio de un baile, y mucho menos después de que Lauren se haya esforzado tanto por que tuvieras la noche libre.

—No, tienes razón, pero, si cambias de opinión, házmelo saber.

—¿Es que miras la vida siempre a través del Derecho? —le preguntó Lauren.

—Más o menos —reconoció Emma.

—Pues eso tiene que parar —afirmó Lauren—. Y tú

y yo nos vamos a encargar de eso, ¿verdad, Gina? Vamos a encontrarle a esta mujer alguien con quien bailar, aparte de tu hombre, por supuesto.

—Rafe O'Donnell no es mi hombre —le recordó Gina—. Me encantaría pasárselo a Emma.

—Como quieras —replicó Lauren, recorriendo el gimnasio con la mirada. Finalmente, su expresión se alegró considerablemente—. Ya está. Ese nos sirve. Vamos —añadió, mientras tomaba a Emma de la mano—. ¿Lo conoces?

—No.

—Entonces, yo te lo presentaré.

—¿Es que lo conoces tú?

—No, pero eso no importa. No seas una aguafiestas. Se trata solo de un baile, no del resto de tu vida.

Emma giró la cabeza para mirar a Gina por encima del hombro mientras Lauren tiraba de ella.

—Ya veo que tu amiga anda ejerciendo otra vez de celestina —le dijo Rafe, que se había acercado a Gina sin que esta se diera cuenta—. ¿Crees que tendrá mejor suerte con esos dos?

—No hagas esto —le espetó ella, muy irritada.

—¿El qué?

—Sobresaltarme de ese modo.

Trató de no mirarlo a los ojos, fingiendo que aquella cercanía no estaba despertando una gran variedad de pícaros recuerdos de lo que habían compartido horas antes. Centró su atención en sus dos amigas. Vio cómo Lauren le presentaba a Emma a aquel desconocido y luego los dejaba a solas. Después de un incómodo momento, el hombre debió pedirle un baile y Emma, muy avergonzada, consintió que la llevara al centro del gimnasio. Ninguno de los dos parecía estar muy contento, pero Lauren sonreía abiertamente.

Aparentemente satisfecha, la bella actriz se acercó luego a Gina y Rafe y se colocó deliberadamente entre ellos. Rafe la miró, con un gesto de diversión en el rostro.

—Ya veo que sigues protegiendo a tu amiga —dijo.

—Por supuesto.

—Confía en mí si te digo que puede defenderse ella sola. ¿Te has enterado ya de cómo me roció con hielo esta mañana y luego me hizo volver andando a la ciudad?

—¡Eso no es cierto! —exclamó Gina, muy indignada—. Traté de impedir que volvieras andando.

—¿Pero lo del hielo sí fue cierto? —preguntó Lauren, mirándolos con una sonrisa en los labios—. ¿Ocurrió eso antes o después del beso?

—Antes —respondió Rafe. Aparentemente no le sorprendió que Lauren supiera todo lo ocurrido.

—Interesante... Yo hubiera dicho que ocurrió después —comentó la actriz, con una sonrisa—. Ya sabes, con la intención de refrescar tus impulsos...

—Habría hecho falta mucho más que un vaso de hielo para hacer eso —admitió Rafe...

—¡Vaya!

Gina los miraba con desaprobación.

—Si os estáis divirtiendo tanto, creo que es mejor que me marche. Hay muchas personas con las que no he hablado todavía.

Antes de que pudiera dar un paso, Rafe le agarró la mano.

—Ahora no. Estaba esperando que me dieras otra clase de baile.

—Esta noche la orquesta no va a tocar música country, sino canciones clásicas. Estoy segura de que sabes bailar lentas. Lauren, baila tú con él.

—Me temo que no —afirmó Rafe—. No quiero ofenderte, Lauren, pero Gina se muestra más paciente con mis meteduras de pata. El baile es una de esas costumbres sociales que no he tenido la oportunidad de aprender. Demasiados estudios. Eso me convirtió en un niño muy aburrido.

—Entonces, me sorprende que tantas mujeres te inviten a bailes de sociedad —replicó Lauren, provocando que tanto Gina como Rafe la miraran asombrados.

—¿Y cómo sabes eso? —le preguntó su amiga.

—Internet es algo sorprendente —respondió Lauren, con una sonrisa—. Te sorprendería saber lo que se puede encontrar. Solo he revisado unas cuantas ediciones de los periódicos de Nueva York. Adivina qué nombre aparecía una y otra vez en las columnas de sociedad.

—Creo que, después de todo, te he subestimado, Lauren —dijo Rafe, mirándola con admiración.

—Lo mismo les ocurre a muchas otras personas —comentó Gina—. Lauren, creo que tú y yo necesitamos charlar un poco.

—Podemos hacerlo mañana. Ahora, hay un hombre muy guapo que se muere de ganas por bailar contigo. Me da la sensación de que, aunque no quiera admitirlo, distingue muy bien el pie derecho del izquierdo —añadió, guiñándole un ojo a Rafe—. Gina, no bajes la guardia. Por lo que he oído sobre él, no es un hombre al que debas enojar.

Desgraciadamente, aquello era algo que Gina sabía perfectamente.

IV

Dado que la razón que la había llevado a Winding River había sido aclarar sus pensamientos y decidir qué era lo que debía hacer para salvar su restaurante, Gina se despertó a las siete de la mañana del domingo decidida a ponerse manos a la obra. Lo único que la ayudó a salir de la cama fue pensar que eran las nueve de la mañana en Nueva York.

Como Rafe la seguía a todas partes, sabía que el único modo de poder disponer de tiempo para sí misma sería salir a hurtadillas de su propia casa y marcharse a las montañas y tenía que hacerlo antes de que él se presentara para acompañarla a todas partes como un perro guardián.

Una mirada al exterior le confirmó que hacía un día perfecto para un paseo por el campo. El cielo mostraba un intenso color azul, que se veía adornado por algunas nubes blancas. La temperatura había bajado durante la noche y prometía mantenerse más baja a lo largo de todo el día. Además, no tenía nada que hacer hasta el picnic, que iba a celebrarse a mediodía.

Sin embargo, antes de que pudiera escapar, se encontró con sus padres en la cocina. La miraron con sorpresa, sin duda porque resultaba bastante extraño verla levantarse antes del mediodía.

—¿Qué estás haciendo levantada tan temprano, cariño? —le preguntó su madre—. Anoche te acostaste muy tarde. ¿Qué tal estuvo el baile?

—Bien —respondió, recordando lo bien que se había sentido entre los brazos de Rafe. Para ser un hombre que decía no tener muchas habilidades para el baile, se había mostrado muy experto en la pista.

—¿Te encontraste con alguien interesante? —quiso saber su madre, con aspecto demasiado inocente.

—¿Qué es lo que has oído? —replicó Gina, con resignación.

—Sí, Jane, ¿qué es lo que has oído? —inquirió su padre—. A mí también me gustaría saberlo.

—Por el amor de Dios, nada del otro mundo —respondió su madre—. Rose Ellen mencionó que Gina estaba con un hombre muy guapo en el rodeo de ayer por la tarde.

—¿Y? —preguntó George Petrillo, convencido de que había más.

—Ese hombre me besó —confesó Gina, con la esperanza de ahorrarse aquella conversación—, pero no fue nada.

—Eso no es lo que me han contado —afirmó su madre—. Rose Ellen me ha dicho que le puso la piel de gallina.

—Jane Petrillo, espero que no hayas estado hablando de la falta de discreción de tu hija con la mitad del pueblo —le recordó George. Como director de la compañía de seguros del pueblo, le preocupaba lo que sus clientes pudieran pensar.

—No, no, claro que no —le aseguró su esposa—. Solo con Rose Ellen. Y ella sacó a colación el tema. Tengo que admitir que lo encuentro fascinante. No tenía ni idea de que te hubieras traído un acompañante a la fiesta del instituto, Gina —añadió, refiriéndose a su hija—. ¿Por qué no nos lo has presentado?

—Yo no lo he traído. Y no está aquí por la reunión. No lo habéis conocido porque desearía con todo mi corazón no haberlo conocido nunca —dijo Gina, mientras tomaba las llaves del coche—. Voy a dar una vuelta.

—¿Adónde?

—No lo sé, pero no tardaré mucho.

Salió de la casa antes de que sus padres pudieran seguir interrogándola. Se detuvo un momento en los escalones del porche y entonces oyó que su madre le preguntaba a su padre:

—¿Qué crees que está pasando?

—No tengo ni idea —respondió el padre—, pero estoy seguro de que la mitad del pueblo lo sabrá todo antes que nosotros. Eso ocurre por dejarla tan suelta y permitir que se fuera a pasar tanto tiempo a Europa. Ha vuelto con un montón de ideas extrañas en la cabeza.

—Eso no es cierto. Yo espero que haya más de lo que parece en este asunto... ¿No sería maravilloso que se casara? No puedo esperar a que llegue el momento en que tengamos la casa llena de nietos a los que mimar.

Gina lanzó un gruñido de desesperación. Las especulaciones sobre Rafe y ella eran cada vez más exageradas y eso que él solo llevaba un par de días en Winding River. Hasta entonces, lo único que había hecho era seguirla a todas partes y, bueno, besarla en público. No quería ni pensar lo que ocurriría cuando la gente se enterara de lo que estaba buscando en realidad.

Rafe pasó por delante de la casa de los Petrillo a las ocho menos cuarto de la mañana. No se veía a Gina por ninguna parte, lo que no le sorprendió ya que sabía que no le gustaba madrugar. Lo que sí le llamó la atención fue el hecho de que no vio el coche de su madre. ¿Se habría marchado Gina con él?

Tal vez lo que Gina había dicho el día anterior sobre huir a Canadá no había sido una broma.

Como no le gustaba el rumbo que estaban tomando sus pensamientos, decidió que el mejor modo de averiguar la verdad era llamar a la puerta y preguntar por ella.

Cuando llamó a la puerta, una mujer, que debía de ser la señora Petrillo por lo mucho que se parecía a su hija, abrió.

—¿Puedo ayudarlo? —le preguntó, mirándolo con abierta curiosidad.

—Estoy buscando a su hija, señora Petrillo. ¿Está en casa?

—Ah, usted debe de ser el hombre misterioso del que todo el mundo está hablando.

—Me llamo Rafe O'Donnell —dijo él, algo sorprendido de la respuesta de la mujer.

Mi marido y yo nos estamos tomando una segunda taza de café, señor O'Donnell. ¿Le apetece tomarse una? Gina se marchó hace un rato, pero no creo que tarde mucho.

—Me encantaría —dijo Rafe, que nunca rechazaba una invitación a café ni dejaba pasar la oportunidad de sacar a alguien información sobre Gina.

—¿Le estaban zumbando los oídos? —le preguntó Jane Petrillo—. Estábamos hablando de usted no hace ni quince minutos.

—¿De verdad? ¿Y qué fue lo que les dijo Gina?

—No mucho, por lo que me alegro mucho de que se haya pasado por aquí. Usted no es del pueblo, ¿verdad? ¿Cómo conoce a nuestra hija?

—Vivo en Nueva York —respondió Rafe, con cautela.

—Entonces, ¿usted y Gina se conocieron allí?

—No exactamente.

—Por aquí no vienen muchos neoyorquinos —comentó el padre—. ¿Cómo es que eligió Winding River para pasar unas vacaciones?

—En realidad, estoy trabajando.

—No será usted un productor de películas, ¿verdad?

—preguntó el padre, entornando la mirada—. Vienen por aquí constantemente y pagan unas cantidades desorbitadas por las casas. Si sigue así, antes de que nos demos cuenta no podremos permitirnos vivir en nuestro propio pueblo.

—No —respondió Rafe, riendo—. No he visto una película desde hace más de dos años y le aseguro que no voy a comprar ninguna casa.

—Entonces, ¿a qué se dedica usted? —insistió el padre.

—George, estás molestando a nuestro invitado. Deja que se beba en paz su café.

—Solo estoy tratando de conocer un poco mejor a un hombre del que la mitad del pueblo sabe que ha besado a mi hija —gruñó George.

«Se han enterado», pensó Rafe. Eso explicaba el interrogatorio.

—Le pido mis disculpas por eso —dijo, con absoluta sinceridad. Aquello había sido uno de los mayores errores de su vida, aunque no podía negar que había disfrutado con él.

—No hay necesidad de disculparse con nosotros —le aseguró Jane, mientras advertía con la mirada a su marido—. ¿No es así, George?

—No, a menos que haya molestado a Gina —replicó el padre—. ¿Es así?

Justo en aquel momento, la puerta trasera se abrió y Gina entró en la cocina.

—¡Tú! —exclamó, al ver a Rafe—. Ya me había parecido que era tu coche el que estaba aparcado ahí fuera. ¿Qué estás haciendo aquí?

—Buscándote, por supuesto.

—¿Y aprovechando la oportunidad de interrogar a mis padres? ¡Qué truco tan bajo! ¿Estuviste esperando hasta que me viste salir por la puerta?

—No. En realidad, casi no he tenido oportunidad de decir nada —comentó Rafe.

—Eso es cierto, querida —verificó Jane—. Tu padre no ha dejado de hablar. Me sorprende que tu amigo no le haya dicho que se meta en sus asuntos.

Gina miró a Rafe, luego a su padre y volvió a mira a Rafe.

—Me gustaría hablar contigo fuera.

—Claro —replicó él, con una sonrisa—. Encantado de conocerlos, señor y señora Petrillo. Gracias por el café.

—Espero que vuelva a venir a visitarnos —dijo Jane—. Tal vez pudiera venir a cenar antes de regresar a Nueva York...

—Lo siento, mamá, pero no se va a quedar tanto tiempo, ¿verdad que no, Rafe?

—En realidad, mi horario es bastante flexible. Según me han dicho, voy a estar aquí durante al menos dos semanas.

—En ese caso, estoy segura de que podremos organizar algo —comentó la madre de Gina, encantada—. Nos mantendremos en contacto.

—Estaré encantado —dijo él. Entonces, siguió a Gina al exterior de la casa.

Ella no hacía más que caminar de un lado para otro del porche, por lo que Rafe se apoyó contra la barandilla y esperó a que Gina hablara.

—No quiero que estés aquí —le espetó ella, por fin.

—Ya me había parecido.

—Mis padres no saben nada sobre lo que ha pasado en el restaurante ni sobre Bobby. Déjalos en paz.

—No estaba tratando de sacarles información. De hecho, creo que estaba haciendo un buen trabajo eludiendo todas las preguntas que me hacía tu padre sobre quién era y a qué me dedico.

—¿No les has dicho que eres abogado?

—No.

—¿No les has dicho por qué me has seguido hasta aquí?

—No

—¿Ni siquiera has mencionado a Bobby?

—No. Mira, Gina, yo solo quiero saber la verdad. Nada más. Si no tienes nada que esconder, habla conmigo. Cuéntame la verdad.

—Tú no sabrías lo que es la verdad ni aunque la tuvieras delante de las narices.

—Tienes una opinión muy mala sobre mi habilidad para juzgar el carácter de las personas, ¿verdad?

—¿Acaso me culpas? No has dejado de perseguirme como si fuera una maldita delincuente, cuando soy tan víctima como todas esas personas a las que Bobby ha estafado. Ese tipo ha destruido mi negocio y ha puesto mi vida patas arriba. Y por él, un persistente abogado no me pierde paso.

—Podríamos progresar mucho si quisieras sentarte un rato y terminar esta declaración —señaló Rafe.

—No sin que mi abogado esté presente.

—Claro que no, pero, ¿acaso no es abogado tu amiga Emma?

—Sí, pero ella no ejerce en Wyoming y, además, está aquí este fin de semana porque tiene un fuerte exceso de trabajo y necesita descansar. No voy a implicarla en esto... Diablos, yo también estoy aquí porque necesito descansar, pero no he tenido ni cinco minutos para pensar, dado que tú no dejas de seguirme a todas partes. Para colmo, te encuentro interrogando a mis padres.

—No estaba interrogando a tus padres —repitió él, pacientemente—. Solo vine a buscarte. Tu madre me invitó a entrar y fue tu padre el que no paró de hablar. Eso es todo.

—¿No podrías marcharte? ¿Irte a tu casa? Yo voy a estar aquí un par de semanas y entonces responderé a todas tus preguntas.

—Por mucho que me gustara salir de la salvaje Wyoming para regresar a la civilización, no puedo correr el riesgo de que te escapes. Tú eres el único vínculo que tengo con Rinaldi.

—No he tenido noticias de él. Te aseguro que, como consiga pasar cinco minutos a solas con él, le retorceré el pescuezo.

Gina habló con tanta vehemencia que la fe que Rafe tenía en ella subió un poco más. A pesar de todo, no podía regresar a Nueva York, tal y como ella quería.

—A ver qué te parece esto —sugirió él, por fin—. Te propongo un trato.

—¿Qué clase de trato?

—¿Qué acto hay programado para hoy?

—Un picnic en el parque.

—¿Es el último?

—No, la mayoría nos quedaremos para ver los fuegos artificiales del Cuatro de Julio, que se celebran a finales de semana.

—¿Me juras que no vas a salir de este pueblo?

—No voy a ir a ninguna parte. ¿Cuántas veces tengo que decírtelo? Puedes marcharte. De hecho, sería muy agradable que te olvidaras completamente de mí.

—No puedo hacerlo, pero te daré espacio. Tengo trabajo que hacer.

—¡Aleluya! —exclamó, aunque su tono de voz no era demasiado entusiasta.

—No te prometo que no pase por el parque...

—Tendría que haberme imaginado que era demasiado bueno como para ser verdad....

—Pero eso podría ser solo porque quiero verte.

—Oh, por supuesto —dijo ella, sarcásticamente—. ¿Cómo no se me había ocurrido?

—¿Es que no crees que pudiera ser cierto?

—¿Acaso no estás aquí porque quieres hacerme cargar con un delito?

—Tal vez así fuera como empezó todo —confesó, arrepintiéndose de sus palabras en el momento en el que estas le salieron de la boca.

—¿Qué es lo que estás diciendo?

—Ya lo he dicho. No importa. Te doy mi palabra de que trataré de darte un poco más de espacio, pero no hagas que me arrepienta de haberlo hecho. Tengo muchos recursos y los utilizaré para encontrarte, así que ahórrate las molestias.

Rafe se había alejado ya unos pasos del porche cuando Gina lo llamó.

—¿Qué es lo que quieres? —preguntó, algo confuso.

—¿Estás diciendo que ese beso de ayer... significaba algo?

—No lo sé —dijo él, con una sonrisa en los labios—. Solo hay una manera de descubrirlo...

La alarma se apoderó de la mirada de Gina al ver que Rafe regresaba a su lado, se inclinaba sobre ella y le tocaba ligeramente la boca con la suya. Podría haberse detenido. Debería haberlo hecho, pero el suave gemido que ella emitió, el modo en que se acercó a él, fue demasiado para que pudiera soportarlo. Antes de que Rafe se diera cuenta, la tenía entre sus brazos y le estaba devorando la boca.

La temperatura, que había sido fresca hasta entonces, subió hasta que pareció resultar más ardiente que la del día anterior. El corazón le latía en el pecho y sintió que el cuerpo se moldeaba al de ella. Cuando finalmente se apartó de Gina, tenía la respiración entrecortada.

—Supongo que ya tenemos nuestra respuesta —murmuró.

—¿Respuesta? —repitió ella, mirándolo asombrada.

—Creo que ese beso ha significado algo.

—¿Qué?

—Problemas —respondió él, tras dar un paso atrás—. Definitivamente, problemas.

¿Problemas? Gina no dejaba de repetirse aquella palabra después de que Rafe se hubiera marchado.

No solo era un problema, sino un desastre. Si se lo hubiera pedido, lo habría seguido hasta la cama más cercana sin pensárselo ni un minuto. Se habría acostado con un hombre que quería meterla en la cárcel.

Tal vez estaba empezando a relajarse un poco, pero Gina sabía que seguía sin confiar en ella. Por supuesto, aquel beso había contenido solo lujuria, no amor. Suponía que un hombre, o una mujer, podría compartir una espectacular noche de pasión con otra persona sin preocuparse de cosas como la confianza. Personalmente, ella nunca lo había probado. Solo había tenido una relación seria, en Italia, pero desde que había regresado a los Estados Unidos casi no había tenido tiempo de salir con nadie, y mucho menos de implicarse con un hombre hasta el punto de llegar a pensar en acostarse con él. Su relación con Carlo le había enseñado todos los peligros de salir con un hombre con el que no había confianza. Sus constantes acusaciones, sus afirmaciones de que Gina lo estaba engañando habían terminado por destruir la relación.

Desgraciadamente, en muy pocos días, Rafe había despertado sus hormonas hasta el punto de que Gina quisiera dejar todo a un lado por acostarse con un hombre, otro más, que no confiaba en ella.

—Ya he visto a lo que se refería Rose Ellen —le dijo su madre, acercándose silenciosamente a Gina y rodeándole la cintura con el brazo.

—¿Lo has visto?

—Sí. Y tu padre también.

—Me sorprende que no haya ido a por el rifle.

—Creo que podría haberlo hecho si tú hubieras mostrado la más mínima señal de desagrado.

—Y eso no ocurrió, ¿verdad?

—No, lo que me hace preguntarte cuál es tu relación con Rafe O'Donnell.

—Ojalá lo supiera... Es algo confusa.

—¿Quieres hablar al respecto?

—Todavía, no, mamá, pero te lo contaré todo cuando haya puesto en orden mis pensamientos. Te lo prometo.

—Si quieres que tu padre lo eche de aquí, lo hará. Ya lo sabes.

—Lo sé y créeme si te digo que ese hecho no me desagrada, pero Rafe seguiría viniendo.

—Tu padre también era un hombre muy persistente... —dijo Jane, con cierta nostalgia.

—¿Trataste alguna vez de deshacerte de él?

—Durante un tiempo, pero, en realidad, mi corazón no lo deseaba. ¿Quiere tu corazón deshacerse de Rafe de una vez por todas?

—Aparentemente no —confesó Gina.

De hecho, estaba empezando a tener muchas ganas de volver a verlo cuando ella menos lo esperara. En cuanto a los besos, estaba segura de que se estaba enganchando a ellos.

V

Rafe había esperado regresar a Nueva York el lunes. Desgraciadamente, Gina se había mostrado decidida a quedarse en Winding River durante dos semanas. Él había esperado que su insistencia terminara por convencerla para que hablara con él, pero, evidentemente, era muy testaruda. Tal vez por eso no se había rendido a lo incvitable y había cerrado el café.

El domingo, había cumplido su palabra. Se había mantenido alejado de ella, aunque no se había podido resistir a darse un paseo por el parque en el que se celebraba el picnic. Gina había estado jugando al béisbol todo el tiempo. No la había visto tan relajada desde que habían llegado a Winding River. Rafe lamentaba ser responsable por el eterno ceño que tenía en el rostro, pero sentía que debía realizar su trabajo, tanto si le gustaba como si no.

Dado que parecía que iba a tener que quedarse, decidió llamar al bufete para que asignaran sus casos a otros socios o que los aplazaran hasta su regreso. Sin embargo, mientras marcaba, ya estaba empezando a temer el tercer grado al que le iba a someter su secretaria.

—¿Ha conseguido contactar con ella? —preguntó Lydia, con cierto retintín.

—Sí, ya he contactado con ella —replicó Rafe, con voz impaciente—. ¿Cómo van las cosas por ahí? ¿Se sabe algo del paradero de Rinaldi?

—Nada. Charlie Flynn dice que ese tipo se ha desvanecido. Probablemente, ahora ya está tostándose en alguna playa de las islas Caimán.

—Es completamente posible. ¿Cómo va el restaurante? ¿Has estado allí?

—Anoche, estaba a rebosar. Lo comprobé yo misma. La ayudante de Gina está haciendo que todo funcione a las mil maravillas. La ternera estaba deliciosa, como siempre.

—¿Te pagué yo la cena?

—No, pero ahora que lo menciona, creo que es una idea estupenda. Después de todo, parece que estaba espiando para usted.

—Si eso es lo que estabas haciendo, no creo que se te dé muy bien. No me has contado nada que me sirva, Lydia.

—Porque no hay nada que contar. Lo único que puedo decir es que es una pena que ese canalla pudiera poner en bancarrota un restaurante tan bueno.

—¿Se sabe ya que Bobby ha huido de la ciudad?

—No estaba en ninguna de las columnas de sociedad y Deidre, la ayudante de Gina, se comporta como si todo fuera completamente normal. Si se sabe algo sobre sus problemas, no ha llegado a mis oídos. ¿Sabe una cosa? Creo que si dejara de molestarla, Gina podría mantener abierto el restaurante y poder pagar el dinero que Bobby robó. No es que deba hacerlo, me parece a mí, pero supongo que alguien está obligado a compensar a los inversores. ¿Por qué no se le da una oportunidad?

—Si es tan culpable como su socio...

—No lo es —replicó Lydia, sin dejarle terminar—. Ojalá utilizara ese instinto que tan famoso le ha hecho con ella. ¿Ha estado con ella? Si lo ha hecho, estoy segura de que se habrá dado cuenta de que no es ninguna ladrona.

«Tal vez no», pensó Rafe. Sin embargo, no estaba dispuesto a darle a su sabelotodo secretaria la satisfacción de admitirlo. Además, le quedaba la intrigante pregunta de cómo se las estaba arreglando Gina para mantener a flote el restaurante ella sola. Aun asumiendo que no tenía nada que ver en la estafa, tendría que estar resintiéndose económicamente.

Una vez más, Lauren Winters probablemente tenía unos buenos bolsillos. Aunque Gina había insistido en que no iba a dejar que sus amigas cargaran con sus problemas, tal vez le había mentido y Lauren la estaba ayudando a capear sus dificultades económicas.

—Lydia, cancela mis compromisos para las próximas dos semanas. Si hay algún cambio, te lo haré saber.

—¿Se va a quedar allí? —preguntó Lydia, más contenta que sorprendida—. ¿Por qué?

—Porque Gina va a quedarse.

—¿Cómo se llevan los dos?

—Digamos que no hay posibilidad de que nadie nos nomine para pareja del año —dijo, tratando de quitar un cierto tono de arrepentimiento de aquellas palabras.

Aparentemente, tuvo éxito porque Lydia suspiró profundamente.

—Entonces, es usted más necio de lo que yo había pensado —dijo—, hablando en términos de romanticismo, por supuesto.

—Claro. Pues siento desilusionarte.

—Lo lleva haciendo durante varios años. Ya debería estar acostumbrada, pero no hago más que seguir esperando que uno de estos días recupere usted el sentido común y encuentre a una mujer que pueda soportarlo y que le haga sentar la cabeza. Ahora sería un buen momento, creo yo —añadió, tras una pausa—. No se está haciendo usted más joven y podría encontrar a alguien mucho peor que Gina Petrillo.

—Ya me lo has dicho antes... De hecho, más de una vez.

—Hay que repetirlo. Adiós, jefe.

—Adiós, Lydia. Espero que aprecien tu buen humor en la fila del paro.

—Sus amenazas no me preocupan.

—Lo sé, lo sé... Todos esos esqueletos —dijo Rafe. Entonces, colgó el teléfono.

Rafe pensó que ojalá pudiera encontrar él algunos esqueletos en el armario de Lydia. Una mujer tan descarada como ella debía de tener docenas.

Si iba a quedarse en Winding River, no podía llevar siempre la misma ropa. La única tienda que había en el pueblo ofrecía solamente prendas de estilo vaquero. Rafe se resignó a comprarse un nuevo guardarropa de prendas vaqueras que seguramente no podría ponerse una vez que regresara a Nueva York. Allí, su armario estaba repleto de trajes y de tres esmóquines, que solía ponerse para los actos benéficos a los que acudía.

Estaba a punto de entrar en la tienda cuando vio a Emma Rogers, que iba acompañada de una niña de unos seis años. Al verlo, Emma frunció el ceño.

—¿Todavía sigue aquí, señor O'Donnell? —le preguntó, en un tono bastante áspero—. Pensaba que ya se habría marchado.

—Me temo que el asunto que me trajo aquí me va a llevar más de lo que había previsto.

—¿De qué se trata exactamente?

Antes de que pudiera responder, Gina salió como una bala del café y se acercó a ellos. Entonces, sin prestar atención a los dos adultos, se arrodilló para abrazar a la niña.

—Caitlyn Rogers, estás ya tan alta que casi no te había reconocido. ¿Cuántos años tienes? ¿Diez?

—No, tía Gina. Solo seis —respondió la pequeña, entre risas.

—No me lo puedo creer. Creo que Stella ya tiene

tus tortitas haciéndose en la plancha, ¿Quieres ir corriendo para que te las puedas tomar cuando aún están calientes?

—¿Puedo? —le preguntó la niña a su madre.

—Claro que sí —contestó Emma, con una sonrisa—. ¡Oye! ¿Qué se hace antes de cruzar la calle, incluso aquí en Winding River?

—Mirar a ambos lados —dijo la niña. Entonces, hizo justo lo que acababa de decir.

—De acuerdo, entonces te puedes ir.

Los tres observaron cómo la niña se dirigía al café. Entonces, Gina se dirigió a Emma.

—Creo que deberíamos ir con ella.

—Dentro de un momento —replicó la abogada—. Rafe estaba punto de explicarme por qué sigue en la ciudad.

—¿De verdad? —preguntó ella, frunciendo el ceño.

—Emma estaba esperando que lo hiciera —comentó Rafe, con una sonrisa—. Si soy sincero, os diré que yo iba a la tienda a comprarme algo de ropa.

—No pareces ser un hombre que lleve vaqueros con frecuencia —dijo Emma—. De hecho, si tuviera que adivinar lo que te pones, diría que trajes de más de mil dólares. Reconozco a los de tu tipo. Los veo en los tribunales todos los días. De hecho, si tuviera que adivinar tu profesión, diría que o eres abogado o corredor de bolsa. ¿Me equivoco?

Rafe miró a Gina para ver lo que ella esperaba que hiciera en aquellas circunstancias. La joven suspiró.

—¡Por el amor de Dios! —exclamó—. Es abogado. Ahora que sabemos que tienes uno instinto estupendos, Emma, ¿podemos entrar en el café a desayunar? Estoy muerta de hambre.

—No hasta que aclaremos una cosa más —afirmó Emma—. ¿Por qué estás acosando a Gina?

—Tal vez sea un pretendiente que no toma un no por respuesta —dijo, viendo la indignación que se reflejaba en los ojos de Gina. Aparentemente, le gustaba menos aquella explicación que la verdad.

—¿Es eso cierto? —le preguntó Emma a Gina.

—Es el hombre más irritante que conozco —replicó esta, con sinceridad— Y eso es todo lo que pienso decir sobre el tema. Ahora, vayámonos —añadió, entrelazando su brazo con el de Emma.

Aquella vez, la abogada permitió que su amiga se la llevara de allí, aunque no sin mirar a Rafe con firmeza.

—No voy a perderte de vista —le advirtió.

Rafe pensó con resignación que ni ella ni la mitad de los habitantes de Winding River. ¿Sería posible que un ladrón inspirara tanta lealtad? Necesitaba hacer más preguntas sobre Gina, pero sabía que haciéndolo levantaría un verdadero revuelo. Tal vez ella nunca le perdonara por haber metido a sus amigas y a su familia en aquel asunto, lo que, por razones que no quería examinar muy detenidamente, le molestaba más de lo que debiera.

—Yo le estaba contando a mi madre que creo que deberíamos vivir aquí para siempre —le decía Caitlyn a Gina, con los ojos brillantes—. El abuelo ya me ha comprado mi propio caballo.

—El abuelo debería saber que no debería haberlo hecho —gruñó Emma—. Cariño, nosotras vivimos en Denver. Si nos mudáramos aquí, echarías mucho de menos a todas tus amigas.

—No. Aquí ya tengo muchos amigos y, además, están los primos. No tengo primos en Denver.

—En eso tiene razón —comentó Gina, con una sonrisa.

—Mira, tú no te metas en esto —le espetó Emma—. No te veo a ti viniéndote de nuevo a Winding River.

—Eso nunca se sabe…

Si Rafe tenía éxito en sus intentos por asociarla con la estafa de Bobby, acabaría en la cárcel, aunque lo más posible era que tuviera que dejar Nueva York una vez que se aclarara todo aquello. Los clientes se mostrarían remisos a acudir al restaurante. Se desvanecería cualquier posibilidad de pagar las deudas.

Suspiró y entonces se dio cuenta de que Emma la estaba mirando muy fijamente.

—¿Qué pasa?

—No estarás considerando seriamente venirte a vivir aquí, ¿verdad? Pensé que tenías ya un trabajo de ensueño en una ciudad de ensueño.

—Así es, pero las cosas cambian.

—¿Tiene eso algo que ver con Rafe?

—Sí, aunque te pido que no revuelvas el tema, Emma. Ya tienes tú más que suficientes como para que yo te vaya a contar mis preocupaciones.

—¡Eh! Somos amigas. Las amigas siempre pueden compartir las preocupaciones…

—Entonces, ¿por qué no me cuentas tú lo que te tiene tan tensa?

—Demasiado trabajo y muy poco tiempo —dijo Emma, muy brevemente.

—Mi mamá nunca, nunca está en casa —comentó Caitlyn—. Trabaja mucho.

—Te prometo que eso va a cambiar, hija mía...

—¿Cuándo? —le preguntó Gina, muy preocupada—. Ahora estás pensando en aceptar un caso aquí, con Sue Ellen. ¿Cuánto tiempo vas a tener si te pasas el día entre Denver y Winding River?

—Me las arreglaré...

—¿Y Caitlyn? ¿Se las arreglará ella también? —insistió Gina.

—Mira, estoy haciéndolo lo mejor que puedo, Gina, ¿de acuerdo? Tengo que ir a la cárcel. ¿Te importa llevar a Caitlyn a casa de mi madre?

—Claro que no, pero solo si, primero, ella viene conmigo a la juguetería —comentó Gina, guiñándole un ojo a la pequeña—. ¿Qué te parece, Caitlyn? ¿Quieres ayudarme a escoger algunos juguetes?

La niña se puso a saltar en el asiento.

—¿Para quién vas a comprar los juguetes, tía Gina? ¿Tienes niños en casa?

—No. Supongo que, si encontramos algo realmente especial, te lo tendré que regalar a ti.

—¿De verdad?

—Vas a mimarla demasiado —dijo Emma, con una sonrisa en los labios.

—Eso es lo que se supone que debe de hacer una tía honoraria, ¿no es así, Caitlyn?

—Sí —afirmó la niña, solemnemente.

—Muy bien. En ese caso, que os divirtáis —comentó

Emma, antes de besar a Caitlyn en la frente–. Hasta luego, tesoro.

–Adiós, mamá –replicó la niña, distraídamente–. Tía Gin, he estado pensando. Hay una Barbie estupenda que me gustaría mucho tener. ¿Crees que la tendrán en la juguetería?

–Si no la tienen, nos buscaremos un ordenador y la compraremos en internet.

–Estoy lista –exclamó la niña, saltando en el asiento–. ¿Y tú?

Gina se terminó de tomar el café y salió a la calle con la niña. Se sentía tan emocionada como ella. Sin embargo, su entusiasmo se desvaneció cuando se encontraron a Rafe frente a la juguetería. Estaba mirando atentamente una maqueta de tren que había en el escaparate. En su rostro tenía una expresión muy triste, para haber sido seguramente un hombre que lo había tenido todo en su infancia.

–Es un tren estupendo –comentó Caitlyn, al llegar a su lado.

–Así es –respondió él, cuando se hubo sobrepuesto a la sorpresa–. ¿Te gustan los trenes?

–Sí, pero más las muñecas. La tía Gina me va a comprar una Barbie, si tienen la que yo quiero.

–¿De verdad?

–No es un juguete muy caro –comentó Gina, a la defensiva.

–¿Acaso he dicho yo que lo fuera?

–No… Bueno, no importa. Vamos, Caitlyn. Vamos a ver si tienen la muñeca que tú quieres.

–Tú también puedes entrar, si quieres –le dijo

Caitlyn a Rafe—. Tienen muchos más trenes en el interior.

—Tal vez eche un vistazo —respondió él, sin prestar atención al ceño fruncido que Gina le estaba dedicando.

Una vez dentro, Nell Henderson, la dueña de la juguetería, salió de detrás del mostrador para dar un abrazo a Gina.

—Y esta es tu familia... ¡Qué bien que los hayas traído a todos!

—En realidad, esta es la hija de Emma. Se llama Caitlyn. Te acuerdas de Emma, ¿verdad?

—Claro que sí. Las dos veníais aquí muy frecuentemente, junto con Cassie, Lauren y Karen. Eran dos de mis mejores clientes —le dijo a Rafe—, al menos hasta que descubrieron a los chicos. Entonces, las perdí por la tienda de cosméticos.

—No me imagino por qué —comentó Rafe—. Aun sin maquillaje, son todas muy hermosas.

—¡Cielos, Gina! —exclamó Nell, riendo—. Has encontrado una joya.

—Rafe y yo no estamos casados —respondió Gina, muy irritada—. Ni siquiera estamos juntos. No somos nada.

—Pues entonces deberías hacer algo al respecto, jovencita. Un hombre galante es una rareza hoy en día. Deberías aferrarte a él si has tenido la suerte de encontrarlo.

—Es algo a tener en cuenta —dijo Rafe, mirándola con una expresión de diversión en el rostro.

Aburrida con la conversación de los adultos, Caitlyn

se acercó al lugar en el que estaban las muñecas. Volvió a los pocos segundos, con una Barbie vestida con un precioso vestido de baile.

—Esta es la que llevo queriendo mucho tiempo —le dijo a Gina.

—Es muy bonita —afirmó ella—. ¿Estás segura de que es esta la que quieres?

—Sí. ¿Qué te parece a ti? —le preguntó la pequeña a Rafe—. ¿No te parece preciosa?

—Sí, claro que lo es —respondió él, aunque estaba mirando a Gina, y no a la muñeca. La joven se sonrojó vivamente.

—Creía que querías mirar los trenes —murmuró.

—Yo iré contigo —se ofreció Caitlyn, agarrando a Rafe de la mano—. He estado aquí antes y sé perfectamente dónde están.

Gina observó cómo desaparecían los dos por uno de los pasillos y suspiró. Cuando levantó la mirada, Nell Henderson estaba sonriendo.

—No puedo decir que te culpe por suspirar por ese. Si yo tuviera treinta años menos, no te lo pondría muy fácil.

—No hay nada entre Rafe y yo.

—Entonces, es una verdadera pena, especialmente dado que ese hombre te mira como si fueras la criatura más fascinante con la que se haya encontrado nunca. No he visto una mirada como esa desde la noche que mi Herbie, que Dios lo tenga en su Gloria, me robó el corazón.

—Debes de echarlo mucho de menos —dijo Gina, recordando que hacía un año del fallecimiento de Herb.

—Todos los días, pero tengo mis recuerdos. Eso es algo en lo que deberías pensar. Tienes que conseguir todos los recuerdos que puedas, Gina. Son los que te empujan a través de los tiempos difíciles. Si no, lo único que te queda son lamentos. No creo que quieras que las dos últimas palabras que susurres en tu lecho de muerte sean ojalá que…

Gina sabía que Nell tenía razón. De hecho, se lamentaba de que Rafe no fuera nada propio o de no tener familia propia. Se había dedicado en cuerpo y alma al restaurante y sabía que su vida sin él estaría tremendamente vacía.

Apretó la mano de Nell y fue en busca de Rafe y Caitlyn. Los encontró observando un intrincado laberinto de trenes en miniatura.

—¿Es que coleccionas trenes? —le preguntó a Rafe.

—No he tenido nunca ninguno.

—¿Por qué no? Evidentemente te encantan.

—De niño, había cosas mejores en las que emplear el dinero. Ahora, ya no tengo tiempo para ocuparme con un hobby.

—Ya sabes lo que dicen que ocurre cuando solo se trabaja sin diversión alguna.

—¿Que se consigue finalizar el trabajo?

—No, que hace que las personas sean muy aburridas.

—¿Crees que yo soy aburrido?

—No exactamente, pero resultas algo limitado. En otras circunstancias, tal vez me vería tentada a cambiar esa situación.

—¿Sí? ¿Cómo?

—Déjame pensarlo. Tal vez uno de estos días te dé una lista con mis recomendaciones. ¿Crees que les prestarás atención?

—Tal vez. ¿Cuál será la recompensa?

—Más diversión.

—Creo que tendrás que proporcionarme mejores incentivos...

—¿Como cuáles?

—¿Me quedo con la chica?

—Supongo que eso depende —susurró ella, echándose a temblar ante la penetrante mirada que se veía en sus ojos.

—¿De qué?

—De lo mucho que la desees.

—Eso es algo que me estoy empezando a preguntar yo mismo...

Rafe pronunció aquellas palabras de un modo que a Gina se le hizo un nudo en la garganta. Le estuvo muy agradecida a Caitlyn de que escogiera aquel preciso instante para reclamar su atención.

—Tía Gina, dado que me vas a comprar a mí un juguete, ¿por qué no le compras uno también al señor O'Donnell?

—Sus juguetes son demasiado caros.

—Es cierto —afirmó él, sin desprender su mirada de la de Gina—. De hecho, hay algo que me dice que su valor es incalculable.

VI

Había habido veces a lo largo de su vida, incluso después de soportar el constante afán de Carlo por poseerla, en las que Gina se había lamentado profundamente de no tener un hombre a su lado al despertarse por la mañana y cuando se iba a la cama por la noche, un hombre que se preocupara más por estar a su lado que por su carrera. Por fin, parecía haber encontrado uno. Sin embargo, no era tan agradable como había previsto.

Rafe O'Donnell estaba en todas partes. Aquella interminable vigilancia no era lo que ella siempre había soñado. De hecho, le recordaba demasiado a Carlo. Además, no le gustaba que todo el mundo supiera que estaba allí para vigilarla por una razón que ninguno de los dos había revelado.

Aparte de su única conversación con Tony, Gina

se había negado a hablar de la presencia de Rafe con sus amigas o su familia. Solo Lauren conocía la verdad en parte: que tenía que prestar declaración cuando regresara a Nueva York y que no se moría de ganas por hacerlo. Cassie, Karen y Emma la miraban con preocupación, pero desconocían los detalles.

Rafe llevaba allí casi dos semanas, aunque había cumplido su palabra y se había mantenido en un segundo plano desde el encuentro que habían tenido en la juguetería. Por alguna perversa razón, aquello molestaba a Gina más que tener que tratar con él. Se sentía nerviosa y recordaba constantemente las veces que se habían besado y lo mucho que quería que Rafe volviera a besarla una vez más.

El hecho de que él hubiera admitido que también le habían afectado sus besos la había dejado atónita. No es que cambiara mucho la situación. Tal vez se sintiera atraído por ella, pero eso no lo hacía feliz. Además, no le parecía un hombre que fuera capaz de romper lo que la ética de su profesión le imponía. Besar a una sospechosa, aunque hubiera sido acusada injustamente, era sin lugar a dudas una ruptura de esa ética. Seguramente por eso estaba guardando las distancias.

En aquellos momentos, por ejemplo, estaba sentado en la mesa que estaba al lado de la suya en el restaurante, fingiendo que leía el periódico.

—Creo que sería mejor que vinieras aquí y te sentaras conmigo —dijo ella, por fin. Tal vez podrían charlar razonablemente y encontrar un modo de coexistencia pacífica.

—¿Estás segura?

—Últimamente, no me parece que yo esté muy segura de nada, pero me está poniendo muy nerviosa verte ahí, así que no me importa.

Rafe sonrió tan fugazmente que Gina estuvo a punto de pensar que lo había imaginado. Menos mal que no sonreía muy a menudo. Le parecía que aquel gesto sobre sus labios podría tener un efecto devastador. Entonces, él se levantó y, tras tomar su periódico y su taza de café, se sentó enfrente de ella.

—¿Sigues disfrutando de tu estancia en Winding River? —preguntó ella, cortésmente.

—Ha sido interesante.

—¿Has encontrado mucho que hacer?

—Ya sabes la respuesta a eso, dado que más o menos he estado haciendo lo mismo que tú. ¿Estás tú aburrida?

—Yo nunca me aburro cuando estoy en mi casa, especialmente cuando tengo a tantos de mis amigos por aquí.

—Si te gusta tanto este lugar, ¿por qué te marchaste?

—Quería ser una buena chef. Y Tony se quedó sin recetas.

—¿Y por eso dejaste todo esto y te marchaste a Nueva York?

—No inmediatamente. Primero estudié en una serie de escuelas de restauración aquí y en Europa.

—Eso debió de costarte mucho dinero.

—Conté con varias becas

—¿Y fue así como conociste a Rinaldi, en una de esas escuelas?

—Sí, pero antes de que avancemos más en ese

tema, acordemos aquí y ahora dejar todas esas preguntas para la declaración que realizaré en Nueva York.

—Eso podría dejarnos sin mucho de lo que hablar —respondió él, con una ligera sonrisa en los labios.

—Considéralo un desafío. Pareces la clase de hombre al que le encantan.

—Es cierto. De acuerdo, en ese caso, escoge un tema agradable y neutral. ¿De qué quieres que hablemos?

—De ti. ¿Por qué decidiste hacerte abogado?

—Para proteger a las personas de a pie de los estafadores y de los delincuentes.

—No has tardado mucho en volver a la mala opinión que tenías de mí.

—Esa es tu interpretación. ¿Es que tienes la conciencia intranquila?

—Yo no. Dime una cosa. ¿Por qué aceptaste este caso? Normalmente, tu bufete se ocupa de casos mucho más importantes y lucrativos. No trabajas con personas de a pie, sino para las grandes empresas de este país y, sin embargo, estás metido hasta las orejas en un caso que no te va a reportar mucho dinero. Aunque recuperes hasta el último dolar que Bobby, presuntamente, robó, no facturarás mucho dinero para tu bufete. Además, piensa en las horas extras que estás perdiendo aquí y que podrías utilizar para otros casos.

—Se me debían unas vacaciones.

—Sin embargo, tú nunca hubieras elegido tomártelas aquí, ¿verdad?

—No. Probablemente no.

—Entonces, ¿por qué aceptaste un caso que te iba a suponer tanto por tan poca recompensa?

—Era algo personal.

—¿Sí? ¿En qué sentido?

—Mi madre fue una de las personas a las que Rinaldi estafó su dinero. Me imagino que comprenderás perfectamente por qué quiero que se le atrape.

—¿Cuánto dinero le dio a Bobby? —preguntó Gina, que se había quedado muy sorprendida por aquella confesión.

—No creo que lo considerara un regalo. Invirtió cien mil dólares.

—¿Cómo? —exclamó Gina, atónita—. ¿Dónde consiguió tanto dinero? Mira, perdona si me equivoco, pero cuando te vi delante de la juguetería, me dio la impresión de que tu familia no tenía tanto dinero como yo había creído en un principio. ¿O es que acaso estabas tratando de conseguir que me apiadara por ti?

—No éramos ricos, al menos cuando yo era un niño. Mi padre tenía dos trabajos para conseguir que hubiera siempre comida sobre la mesa. Eso era una constante fricción entre mi madre y él. Ella estaba acostumbrada a tener todo lo bueno de la vida, pero cometió el error de enamorarse de un hombre que trabajaba en la construcción, en uno de los rascacielos de mi abuelo. No es necesario que te diga que sus padres desaprobaron aquella relación y que la dejaron sin un centavo. Al principio no creo que le importara. Las cosas les iban bien y estaban muy enamorados.

Entonces, nací yo y tuvieron que apretarse un poco más el cinturón. Cuando nació mi hermana, se estiraba cada dólar hasta el límite. Mi abuelo se encargó de que no contrataran a mi padre para los trabajos mejor pagados.

—Qué horror...

—Eso no pienso discutírtelo. Fue el peor ejemplo de abuso de poder. Al final, todo ello le pasó factura al matrimonio, que era seguramente lo que mi abuelo había buscado. Las discusiones se hicieron más frecuentes y más desagradables. Mi madre encontró acompañantes más ricos. Al final, mi padre, harto de que lo humillara constantemente, se divorció de ella. Ahora está viviendo cerca del Pacífico. No mantenemos el contacto, pero me envió un recorte del anuncio que salió en el periódico cuando se casó hace unos pocos años.

—Lo siento... Que tu padre se marchara debió de poneros las cosas muy difíciles.

—Podría haber sido así, pero mi madre es una superviviente. Se volvió a casar, a pocos meses del divorcio, aquella vez con alguien que contaba con la aprobación de mis abuelos. El dinero comenzó de nuevo a fluir en la casa, así que mi hermana ha tenido una vida algo más fácil, aunque el matrimonio solo duró un año. El divorcio reportó una bonita suma para mi madre. Entonces, vino otro matrimonio, otro divorcio y otra bonita suma. Económicamente, mi madre ha sabido defenderse muy bien, pero nunca ha encontrado el amor que compartió con mi padre. Mientras lo busca, se relaciona con tipos como ese Rinaldi.

Gina se sintió muy sorprendida por la compasión que sintió por él en aquellos momentos. Sus motivos para perseguir a Bobby con tanto ahínco tenían por fin sentido. También explicaba la desconfianza que parecía tener no solo de ella sino de las mujeres en general.

—Entonces, esta es tu oportunidad para vengarte de todas las personas que se han aprovechado de ella, ¿no?

—Algo por el estilo.

—Yo no tuve nada que ver con esto. De hecho, a menos que fuera al café, ni siquiera conozco a tu madre.

—No tendrías que conocerla para poder beneficiarte de la estafa de Rinaldi, pero me imagino que sí que la conoces. Sospecho que ha ido frecuentemente a cenar al café Toscana, normalmente del brazo de Rinaldi.

—No. Bobby nunca llevaba a sus mujeres al restaurante. Lo habrían distraído de la cocina. A pesar de todo lo que se pueda decir de Bobby, que en estos momentos es mucho, era muy profesional para los fogones. Nadie, excepto sus empleados, entraban allí, ni siquiera los inversores. Les dio a todos una cena privada unos pocos días antes de la inauguración del local, pero les dijo que, a partir de entonces, les era territorio vedado.

—¿Estás segura de eso?

—Claro que lo estoy, sobre todo en lo que se refiere a las mujeres. Teníamos un acuerdo.

—Sí, también lo tenía con mi madre —se mofó Rafe—. Ni siquiera valía el papel sobre el que estaba escrito.

—Pero...

—No trates de defenderlo. Ese hombre es un estafador.

—Y sigues creyendo que yo también lo soy.

—Eso lo tendrá que decidir el jurado, pero has demostrado tener muy poco juicio a la hora de elegir tu socio en los negocios. ¿De quién fue la idea de abrir un restaurante juntos? ¿Tuya o de Rinaldi?

—No te voy a responder a eso. En realidad, deberías saber que no debes preguntar eso.

—Solo estamos charlando. Conociéndonos...

—Ya nos conocemos. Creo que conocernos más sería un asunto algo arriesgado.

—En eso podrías tener razón...

Antes de que pudieran continuar hablando, aparecieron algunas de las amigas de Gina. Todas permanecieron de pie al lado de la mesa, mirando con indignación a Rafe.

—¿Qué está haciendo él aquí? —preguntó Emma—. ¿Te está acosando otra vez?

—No. Estaba solo. Dado que yo estaba matando el tiempo esperándoos, me apiadé de él y lo invité a que se sentara conmigo.

—¿Por qué? —insistió Emma—. Mira, Lauren me ha contado lo de la declaración porque yo no hacía más que insistir. Lo siento. Espero que no esté tratando de interrogarte sin un abogado presente...

—Ni se me ocurriría.

—Eso espero —replicó Emma—. Haría que te echaran del colegio de abogados.

—Como ya sabes, Emma es abogada —explicó Gina.

—¿La tuya? ¿Es que has cambiado de opinión y la has contratado? —quiso saber Rafe.

—No.

—Pero lo seré si me necesita, y si necesita un abogado en Nueva York, se lo puedo proporcionar también. ¿Necesita representación legal?

—No, si es inocente.

—¿Inocente de qué? —inquirió Emma.

—No importa. El que caso es que lo soy —afirmó Gina.

—Resumamos un momento —dijo Lauren—. Creí que ella era un testigo que estabas tratando de interrogar. ¿Por qué existen dudas sobre la inocencia de Gina? Ella no ha hecho nada ilegal en toda su vida.

—Ni siquiera cuando Cassie se lo suplicó —comentó Karen, en un evidente intento de quitarle hierro a la situación—. Era siempre todo calma y tranquilidad, aunque ninguna de nosotras le prestábamos atención alguna.

—No hablemos del pasado, por favor —suplicó Gina, recordando todos los líos en los que se habían metido cuando eran conocidas por el Club de la Amistad—. ¿Podríamos cambiar de tema?

—Dentro de un minuto —prometió Emma—. Primero, me gustaría recordarle al señor O'Donnell que algunas veces el inocente necesita mejor representación que el culpable, especialmente si algún tiburón del Derecho está dispuesto a engullirlo. Ten mucho cuidado, Rafe. Y tú, Gina, mantente apartada de él.

—Ojalá pudiera.

—Si te pones así... —dijo él, levantándose de la mesa—. Nos vemos, Gina.

—De eso estoy completamente segura —suspiró ella.

En los últimos minutos, Gina había averiguado que Rafe era mucho más complejo y misterioso de lo que había pensado en un principio. Eso hacía que la perspectiva de volver a encontrarse con él resultara menos abrumadora, lo que le pareció una mala señal, dado que Rafe O'Donnell quería meterla en la cárcel a toda costa.

Rafe dio por sentado que Gina no iba a ir a ninguna parte durante un tiempo. Le daba la sensación de que aquellas reuniones de amistad se extendían en el tiempo cada vez que las cinco mujeres se juntaban. Sin embargo, por si se equivocaba, se apoyó contra su coche y llamó a la abogada que estaba haciendo el seguimiento del caso en Nueva York.

—¿Has podido acceder a los datos bancarios del Café Toscana, de Rinaldi o de Petrillo? —le preguntó a Joan Lansing.

—El juez está revisando todo el papeleo. Creo que sabremos algo antes de que termine el día.

—Necesito estos datos. Tengo que ver si alguna de las retiradas de fondos o de los ingresos coinciden.

—Lo sé, jefe. Creo que le hemos presentado un buen caso al juez, aunque, si quiere saber mi opinión, creo que ese dinero está en una cuenta de un país lejano y no en la del banco de la esquina.

—Seguramente tienes razón, pero tenemos que asegurarnos.

—¿Puedo hacer algo más?

—Empieza por el investigador. Debería haber encontrado ya algo sobre el paradero de ese Rinaldi.

—Lo haré. ¿No hay pistas sobre la señorita Petrillo?

—Ninguna. En realidad, estoy empezando a creer que ella podría no tener nada que ver con todo esto.

—¿Cómo es posible? Eran socios.

—Ya sabemos que ese hombre era un buen mentiroso. Tal vez la engañó a ella también.

—Huy, huy, jefe. Creo que me parece escuchar al caballero que va al rescate a lomos de su caballo blanco.

—Podría ser, pero por favor no se lo digas a Lydia. No dejaría de hablarme al respecto.

Al levantar la mirada, vio que Gina y las demás salían del restaurante de Stella.

Se metieron todas en el deportivo de Lauren, por lo que Rafe se colocó rápidamente tras el volante y salió detrás de ellas.

El pulso se le aceleró cuando se dio cuenta de que se dirigían hacia una pequeña pista de aterrizaje que había en el exterior de la ciudad.

Minutos después, vio que Lauren se metía en uno de los hangares y aparcaba. Con la sangre a punto de ebullición, Rafe se bajó de su vehículo y se dirigió hacia ellas para interceptarlas.

—¿Es que vas a alguna parte? —le preguntó a Gina.

—¿Nos has seguido?

—Claro que sí. Y menos mal. ¿Es que estás pensando dejar la ciudad?

—Por el amor de Dios —le espetó Emma—. No hay nada que le impida ir a ninguna parte, Rafe. Márchate.

—No puedo hacerlo.

—Entonces, tendrás que alquilarte tu propio avión porque no voy a permitir que te montes con nosotras —rugió Lauren.

—¿Por qué has decidido huir tan de repente? —le preguntó a Gina, sin prestar atención a las demás.

—No estoy huyendo.

—Entonces, ¿por qué no me mencionaste esto cuando estuvimos hablando?

—No surgió el tema. Además, Lauren todavía estaba ocupándose de los detalles. No sabía si nos íbamos.

—¿Adónde?

—Me marcho a Denver, con mis amigas, porque la madre de Cassie va a ser operada. Queremos estar a su lado para darle ánimos. No es nada del otro mundo. Volveremos dentro de un par de días, tan pronto como sepamos que todo va bien.

Al ver la preocupación que se reflejaba en sus ojos, Rafe se dio cuenta de que era un cínico, tal vez por su profesión. No había muchas personas en las que confiara. Sin embargo, algo le decía que debía hacerlo con Gina.

—No me hagas arrepentirme de esto.

—No lo haré. Pero ten cuidado, Rafe. Alguien podría empezar a creer que tienes corazón.

—Se equivocarían. Espero que todo vaya bien con la madre de Cassie —dijo, mientras todas empezaban a subir al avión.

Gina, que ya estaba a punto de entrar en el aparato, sonrió y se despidió de él con la mano. Entonces, Rafe cruzó lentamente el hangar y se dirigió a las oficinas de la pista.

En su interior, encontró a una mujer que estaba hablando por teléfono. Al ver que alguien había entrado, esta sonrió.

—¿En qué puedo ayudarlo?

—Ese avión que está a punto de despegar... ¿Rellenó el piloto un plan de vuelo?

—Claro que sí. Además, cuando Lauren me llamó, me dijo dónde querían ir.

—¿Y?

—¿Está usted relacionado con los medios de comunicación?

—No.

—Es que no pienso hacer ni decir nada que haga que la foto de esa mujer aparezca en todos los periódicos. Cuando está por aquí, está entre amigos. Lo que haga y dónde vaya no es asunto de nadie.

—Aunque no se lo crea, me importa un comino dónde vaya Lauren Winters, pero sí me importa dónde vaya Gina Petrillo.

—¿Está Gina metida en algún lío?

—Eso depende de adónde se dirija ese avión.

—A Denver. Van a Denver para estar con Cassie mientras operan a la madre de esta última.

—Bien... Estupendo —dijo Rafe, muy aliviado.

—¿Cree que es estupendo que la madre de Cassie vaya a sufrir una intervención quirúrgica?

—No, claro que no... Resulta demasiado complicado de explicar. Gracias por la información

—De nada.

Mientras regresaba a Winding River, Rafe se sintió mucho más alegre que antes. Por una vez en su vida, no había confiado en quien no debía. Por supuesto, quedaba por ver si Gina regresaba a Winding River cuando terminara todo aquello, pero algo le decía que, hasta que lo hiciera, iba a tener el alma en vilo.

VII

Rafe no estaba acostumbrado a tener tiempo en las manos. No le gustaba estar ocioso y lo peor de todo era que se había dado cuenta de que echaba de menos a Gina y no solo por no poder hacerle preguntas sobre el caso Rinaldi. También le preocupaba que su viaje, que en principio iba a ser de dos semanas, estuviera ya en la tercera.

—¿Todavía sigue entre nosotros? —le preguntó el padre de Gina, mientras se sentaba en la mesa de al lado en el restaurante de Stella—. Pensé que ya se habría marchado, especialmente dado que Gina lleva unos días fuera.

—Desgraciadamente, todavía no he terminado lo que me trajo aquí. ¿Puedo invitarlo a un café?

—De acuerdo —respondió George y le hizo enseguida una indicación a Stella—. Sin embargo, nunca dijo lo que le había traído aquí, ¿verdad?

—Sí.

—¿Hay algún secreto al respecto?

—No, simplemente se trata de un asunto confidencial. No puedo hablarlo con usted.

—De acuerdo, en ese caso, déjeme pensar. ¿Qué profesiones se toman sus secretos tan seriamente? No me parece que sea usted un psiquiatra y, por el modo en que besó a mi hija, dudo que sea un sacerdote. ¿Qué tal voy hasta ahora?

—Ha acertado.

—Entonces, yo diría que eso nos deja el Derecho. ¿Es usted abogado, señor O'Donnell? Y si lo es, ¿qué clase de asunto podría relacionarlo con mi hija?

—Yo nunca dije que...

—Hablemos en serio. Usted no está aquí por accidente. Ni es un turista. Conoció a Gina antes de venir aquí, por que los dos viven en Nueva York. Tal y como yo me lo imagino, o la está usted acosando o está metida en un lío. ¿De cuál de las dos cosas se trata?

—Creo que debería usted hablarlo con Gina, y no conmigo.

—La única persona con la que lo voy a hablar es con el sheriff si no consigo una respuesta en los próximos diez segundos.

—De acuerdo —dijo Rafe, al ver la determinación y la preocupación que había en el rostro de George Petrillo—, en ese caso le diré lo que pueda. He venido aquí por su hija. Estoy ocupándome de un caso relacionado con su socio. Creí que Gina podría tener alguna información.

—¿Y la tiene?

—Ella dice que no.

—Entonces, váyase a casa, señor O'Donnell. Si Gina le ha dicho que no sabe nada, entonces no sabe nada.

—Ojalá pudiera hacerlo, señor Petrillo, pero no puedo. Su hija es el único vínculo que tengo con Roberto Rinaldi. Tarde o temprano, se pondrán en contacto.

—Y, cuando lo hagan, le aseguro que mi hija lo informará. Gina es una ciudadana honrada que respeta la ley.

—Por muy tranquilizador que resulte oírle hablar así, no es suficiente.

—No estará usted sugiriendo que mi hija está implicada con lo que ese Rinaldi haya hecho, ¿verdad? ¿No habrá matado a nadie? Gina no está en peligro, ¿verdad?

—No, no es nada de eso, se lo aseguro.

—Entonces, ¿en qué está sugiriendo que mi hija está implicada?

—No estoy sugiriendo nada. Solo he dicho que no me puedo marchar hasta que sepa más de lo que sé ahora.

—Si todo esto tiene que ver con alguna dificultad legal que mi hija y su socio puedan estar pasando, ¿a qué vino ese beso en mi casa? ¿Es que se trataba de alguna estratagema para hacerla hablar?

Rafe sintió que las mejillas empezaban a arderle. Debería habérselo imaginado. Su comportamiento no solo había sido poco profesional, sino que había

besado a Gina delante de todos los vecinos del pueblo y de la propia familia de la joven. Lo mínimo que
debería haber hecho era mostrarse discreto.

—En realidad, todo eso fue un error.

—¿Cuál de las dos veces? ¿La del rodeo o la de mi
casa?

—Para ser sincero, las dos.

—Entonces, le sugiero que se mantenga alejado de
ella. No quiero que se produzcan más errores. No
está usted en Nueva York, en donde la gente puede
hacer cualquier cosa. Por aquí, se debe considerar la
reputación de las personas. Cuando todo esto acabe,
usted se marchará, pero Gina seguirá viviendo en esta
comunidad.

—Creí que Gina vivía en Nueva York.

—Este es su hogar. Nueva York es el lugar en el
que trabaja. Téngalo en cuenta —le espetó, repitiendo
las mismas palabras que su hija.

—Haré todo lo posible.

George inclinó la cabeza, satisfecho de la conversación que había tenido con Rafe.

—Asegúrese de hacerlo.

Con eso, se colocó de nuevo el sombrero y se marchó.

Cuando hubo salido por la puerta, soltó una maldición. ¿Por qué era que, cuando estaba con Gina,
con sus amigas o con sus familiares, eran ellos los que
terminaban haciendo las preguntas? Hacía mucho
tiempo que no se comportaba tan a la defensiva.
Tampoco le hacía mucha gracia darse cuenta de que
ni siquiera había descubierto por qué el viaje a Den-

ver de Gina había durado ya varios días más de lo esperado. George Petrillo había conseguido distraerlo con sus incesantes preguntas.

La frágil confianza que Rafe había comenzado a sentir por fin se estaba resquebrajando. Decidió que le daría un día más. Si no regresaba al día siguiente, iría a buscarla. Que el cielo la ayudara si no la encontraba donde le había dicho que estaría: al lado de la cama de la señora Collins, en Denver.

Por alguna razón, Gina no se sorprendió al encontrar a Rafe sentado en el coche frente a su casa, cuando volvió unos días después de lo esperado. Cuando vio que se dirigía hacía ella, sintió que se le hacía un nudo en el estómago. Sin embargo, sabía que no iba a tolerar ni una sola palabra de recriminación sin contestarle. Después de lo que sus amigas y ella habían pasado, estaba deseando dar rienda suelta a su ira con alguien.

—¿Te encuentras bien? —preguntó él, mientras se agachaba para asomarse por la ventanilla.

—No.

—¿Qué pasa?

—Todo.

—¿Estás pensando quedarte sentada en el coche toda la tarde?

—Podría ser.

Rafe se encogió de hombros y rodeó el coche hasta llegar al otro lado. Entonces, abrió la puerta y se metió dentro. Luego, se quedó en silencio, mirándola.

—Caleb ha muerto —murmuró ella, por fin—. Es el marido de Karen. Se desvaneció y se murió. Ocurrió mientras estábamos en Denver. Para cuando llegamos al hospital de Laramie, ya había muerto. He estado con Karen en su rancho durante los últimos días...Te digo esto, en caso de que te estuvieras preguntando dónde había huido.

—Ni siquiera se me había pasado por la cabeza.

—Mentiroso.

—Siento lo de Caleb.

—¿Lo dices en serio? —preguntó ella, sorprendida.

—Sí. No lo conocía personalmente, pero te vi con tus amigas y con él. Era evidente lo unidos que estabais todos. Debe de haber sido una conmoción terrible.

—Sí. No sé cómo se las va a arreglar Karen sin él... Podría perder su rancho.Y eso la mataría. Esas tierras lo significaban todo para Caleb, pero no sé si Karen va a poder con todo ella sola. A mí no me gustaría perder mi restaurante, pero no es lo mismo. Me encanta, pero es solo un negocio. Sin embargo, ese rancho lo significaba todo para Karen y Caleb.Y, además, está este tipo, Grady Blackhawk, que está esperando la oportunidad de arrebatárselo todo... ¿Cómo pueden ocurrir cosas tan terribles? —preguntó, con amargura—. Caleb no se merecía morir.Y Karen tampoco se merece lo que le está pasando.

Gina se volvió para mirar a Rafe, pero hasta que él no extendió la mano para secarle las mejillas, no se dio cuenta de que había estado llorando.

—Siento ser tan sentimental —dijo—. No quería

echarte todo esto encima, pero es que no puedo soportar ver a Karen tan sola y perdida. Es una de mis mejores amigas. ¿Cómo voy a pensar yo ahora en regresar a Nueva York dentro de unos días, cuando se va a quedar sola?

—Las otras...

—Las otras también se marcharán, a excepción de Cassie. Ella se queda por su madre, al menos esa es su excusa, pero yo creo que hay más. El padre de su hijo está aquí y tienen muchas conversaciones que terminar. Lauren dice que ella se puede quedar un poco más. Emma, por su parte, tal vez esté yendo y viniendo durante una temporada.

—Ya ves que Karen tendrá personas que la cuiden.

—Yo tengo que quedarme aquí —dijo Gina. Nada le parecía más importante que quedarse a ayudar a su amiga cuando esta la necesitaba—. Tengo que llamar a Deidre. Tal vez ella pueda seguir ocupándose de todo durante un poco más.

Con aspecto resignado, Rafe le entregó su teléfono móvil.

—Llama.

Gina tomó el teléfono, pero, antes de marcar, recordó la declaración.

—Rafe, te aseguro que no estoy tratando de evitar deliberadamente la declaración.

—Lo sé —susurró él, con una profunda admiración en los ojos—. Eres una mujer estupenda, Gina Petrillo.

—¿Estupenda? ¿Yo?

—Sí, tú. Con todo lo que está en juego en Nueva

York, tu prioridad es el bienestar de tu amiga. Esa es una cualidad admirable, lo que me hace pensar por qué te asociaste con alguien tan canalla como Rinaldi.

—Supongo que fue el destino.

—Realiza tu llamada.

—Yo podría... Podría hablar con Emma. Tal vez podríamos hacer la declaración aquí. Sé que no te puedes quedar aquí para siempre.

—Ya nos preocuparemos de eso más tarde. Ahora, ocúpate de tu negocio. Después de eso, quiero que entres en tu casa y que te duches. Hoy voy a invitarte a cenar.

—No sé —protestó, sin mucha vehemencia—. Estoy muy cansada. No creo que fuera muy buena compañía.

—No tienes por qué entretenerme, pero necesitas comer algo para poder recuperar el color de las mejillas. ¿Cómo puedo hacerte realizar una declaración si parece que te vas a desmayar en cualquier momento?

—Bueno, creo que puedo hacerlo en cualquier momento —replicó ella, sintiéndose mejor ante la perspectiva de un enfrentamiento dialéctico con Rafe. Entonces, le devolvió el teléfono—. Llamaré desde mi casa. No necesito que escuches los secretos de mi negocio. Saldré dentro de veinte minutos.

—¿Quieres que llame a Tony y que haga una reserva?

—No. Winding River no es Nueva York. Además, Tony siempre tiene sitio para mí.

—Espero que no estés hablando de la cocina.

—No, claro que no.

—En ese caso, veinte minutos. Estaré esperando en mi coche.

—Podrías entrar o sentarte en el porche.

—No, gracias, creo que probablemente sea mejor que le dé a tu padre un respiro.

—¿Y cómo es eso? Parece que habéis tenido algún encontronazo.

—Te lo contaré todo durante la cena.

Gina entró en su casa, les contó a sus padres lo que había ocurrido con Karen y luego llamó a Nueva York. Las noticias que le dio Deidre resultaron muy tranquilizadoras, lo que le sorprendió mucho.

—Estamos llenos, como siempre. Los chicos se las están arreglando muy bien en la cocina. Cualquiera diría que Ronnie lleva toda su vida entre fogones. Bobby y tú le enseñasteis muy bien, por lo que la comida es tan buena como siempre. Si necesitas quedarte ahí un poco más, nos las arreglaremos. Haz lo que tengas que hacer.

—Deidre, podría haber problemas con los proveedores —replicó Gina, tras recordar el montón de facturas que tenían sin pagar.

—Lo sé, pero no te preocupes. Me dejaste también un buen montón de cheques firmados y he entregado algunos a los proveedores que se estaban poniendo pesados y he hablado con el resto. Creo que estaremos bien durante algún tiempo. Mira, yo no sé exactamente lo que está pasando, pero sé que hay problemas. Si hay algo que pueda hacer, lo único que tienes que hacer es pedírmelo. Tú me diste este trabajo cuando más lo necesitaba y estoy en deuda contigo. No tengo dinero para prestarte, pero se me da muy bien deshacerme de los acreedores. Los mantendré a raya todo el tiempo que pueda.

—¿Te he dicho alguna vez lo estupenda que eres?

—Al menos una vez todos los días. Ahora, déjame que vuelva a mi trabajo. Tengo una buena fila de clientes que están esperando a que les asigne una mesa.

—Claro. Gracias, Deidre. Eres un regalo de Dios.

Sintiéndose más animada por las noticias que había recibido de Nueva York, Gina se duchó rápidamente, luego se puso un par de vaqueros limpios, sus botas y una camisa.

—¿Adónde vas? —le preguntó su padre, cuando pasaba al lado del salón.

—Voy a salir a cenar.

—¿Sola? —quiso saber su madre.

—No, Rafe me está esperando.

—Pensé que se lo había dejado todo muy claro a ese hombre —afirmó el padre, con expresión sombría.

—Papá, ¿qué le dijiste a Rafe?

—Que tiene que recordar que está en un pueblo muy pequeño y que no consentiré que arruine tu reputación.

—Ha sido muy amable de tu parte, pero esa advertencia es innecesaria. Rafe y yo solo somos...

Trató de encontrar una palabra adecuada, pero no pudo hacerlo. Amigos no describía lo que era. Y eran mucho más que conocidos. Dada la tensión que se notaba en el aire cada vez que estaban juntos, posibles amantes parecía una definición mucho más adecuada, pero no se lo podía decir a su padre, ni siquiera a ella misma, en aquellas circunstancias. Estaba del todo segura de que no resultaba muy apropiado contemplar la posibilidad de acostarse con un hombre que quería empapelarla.

Al final, suspiró y dijo:

—No tienes que preocuparte. Eso es todo.

—Seré yo quien opine al respecto —gruñó su padre—. Quiero que estés en casa a medianoche.

—George —protestó la madre—, Gina es una mujer hecha y derecha.

—Tal vez, pero, después de medianoche, no hay mucho que hacer en Winding River, excepto meterse en líos, si sabes a lo que me refiero. ¿Por qué crees que tenemos todas esas bodas aceleradas todos los años, después de la graduación?

Gina se inclinó sobre él y le dio un beso.

—Hace mucho que dejé el instituto, pero te prometo que Rafe y yo no iremos al río a revolcarnos un poco después de la cena.

Sin embargo, después de que la idea se le hubiera metido en la cabeza, era exactamente lo que más le apetecía. Desde el momento en que vio cómo el marido de una de sus mejores amigas recibía sepultura, había deseado desesperadamente hacer algo, lo que fuera, que le recordara que estaba viva.

Rafe se prometió que se iba a comportar como todo un caballero durante la cena. No haría preguntas indiscretas ni ataques solapados a la credibilidad de Gina. Lo más importante era que no pensaba cruzar la linea, lo que significaba que no habría besos, ni caricias, ni miradas ardientes.

Evidentemente, se había mentido. Hasta aquel momento, había conseguido mantener las preguntas, al menos sobre Rinaldi, a un mínimo, pero no parecía poder controlar las manos. Encontraba siempre un millón de excusas para tocar a Gina. Al salir del coche, al cruzar la calle, al entregarle el menú... Se dijo que solo estaba tratando de consolarla por los días tan malos que había pasado, pero sabía que se estaba mintiendo.

—Rafe, ¿hay algún problema?

—No. Tu amigo Tony tiene un menú muy interesante.

—Ha añadido unas cuantas cosas desde que yo trabajé aquí. Todos los años, le envío una nueva receta por Navidad.

—¿Solo una vez al año?

—Los del pueblo no pueden aceptar demasiados cambios de una vez. Verás que los espagueti sin salsa y las albóndigas siguen todavía en el menú. Se produciría una revolución si los retirara, pero, de vez en cuando, consigue que sus clientes prueben algo nuevo.

—¿Y qué me recomiendas tú?

—Los macarrones arrabiata. La salsa de tomate es un poco picante. Esa receta se la di cuando estuve aquí el otro día.

—Sí. ¿Y vino? ¿Pedimos vino?

—Solo si te apetece tomar el Chianti de la casa. No he podido convencer a Tony para que tenga una bodega decente.

—Entonces, Chianti.

En cuanto la camarera hubo anotado lo que iban a tomar, Rafe se puso a mirar atentamente a Gina.

—Estás mejor. ¿Qué tal te fue con la llamada de teléfono?

—El restaurante está muy lleno. Deidre está manteniendo a raya a los acreedores. Puedo quedarme un poco más.

—Pero no indefinidamente, al menos si quieres sacar a tu restaurante del lío en el que se encuentra. Vas a tener que regresar y enfrentarte a todo.

—Lo sé, pero, por esta noche, ¿sería mucho pedir no hablar del tema?

—Mira, sé que probablemente soy la última persona con la que quieres... o con la que incluso deberías hablar de este tema, pero creo que se me da bastante bien escuchar.

—Estoy segura de ello, pero, ¿cómo sé que no vas a utilizar todo lo que yo te diga? Seamos sinceros. Tú no estás aquí porque quieras conocerme. Estás aquí porque crees que soy culpable de un delito.

—Culpable no, solo implicada.

—¿Y cuál es la diferencia?

—Sé que estás asociada con Rinaldi y sé que él es un estafador.

—Eso se llama culpabilidad por asociación. Como Bobby es culpable, yo también debo de serlo. Eso es precisamente lo que estás diciendo.

—No. En lo que a ti se refiere, estoy tratando de mantener la mente abierta.

—De acuerdo, admito que cuando puse fecha a la declaración, di por sentadas algunas cosas.

—¿Y ahora?

—Estoy empezando a creer que mi secretaria podría estar en lo cierto, aunque si se lo dices, me veré obligado a negarlo.

—¿Tu secretaria?

—Lydia Allen. Es una gran admiradora tuya y de tu restaurante. Desde el principio me dijo que estaba loco por creerte sospechosa de nada.

—Conozco a Lydia. Debería haberme dado cuenta de quién era cuando hablé con ella para cambiar la declaración. Viene mucho por mi restaurante. ¿Trabaja para ti? Increíble. Debes de tener algunas buenas cualidades si puedes mantener a una mujer como esa en tu plantilla.

—Tal vez ella no esté de acuerdo con eso. De hecho, dice que sigue trabajando para mí porque ninguna otra mujer me soportaría.

—¿Es que tienes miedo de ella?

—No.

—¿De verdad?

—Bueno, en realidad, me aterroriza. Puede hacer que mi vida sea un infierno. De hecho, hasta se enorgullece de poder hacerlo.

—Tendré que llamar a Deidre y decirle que, la próxima vez que vaya Lydia, le diga que la invita la casa.

—Eso no contribuirá mucho a mejorar tu situación económica... ni a hacer que te saque de la lista negra.

—¿Y qué tendría que hacer para que eso ocurriera?

—Darme algunas respuestas sinceras.

—Nunca te he mentido, Rafe.

—Pero tampoco me has dicho la verdad.

—Lo haré, cuando llegue el momento.

—¿Y cuándo será eso?

—Cuando hagamos la declaración.

En aquel momento, Tony se acercó hasta su mesa. Gina lo recibió con una espléndida sonrisa.

Rafe no pudo evitar sentir cierta envidia al escuchar el cálido intercambio de palabras que se producía entre los dos amigos. No estaba acostumbrado a sentirse ignorado en una conversación, especialmente por una mujer y tampoco se sintió cómodo ante la desconfianza que Tony no hizo nada por ocultar.

—Lo siento —dijo Gina, cuando Tony se hubo marchado—. Tony tiene una actitud muy protectora hacia mí. Sabe todo lo que ha ocurrido con Bobby y que tú estás aquí para vigilarme. Está preocupado por lo que está ocurriendo entre nosotros.

—¿Quieres decir románticamente?

—¡Ni hablar! —exclamó ella—. No. Está convencido de que tienes otros motivos, que estás tratando de agotarme para que termine incriminándome en el asunto. Me lo dijo después de conocerte el otro día.

—¿Y qué le dijiste tú?

—Que eras abogado. Eso le pareció bastante explicación.

—Tu amiga Emma también es abogada —protestó él—. Y Tony no desconfía de ella, ¿verdad?

—No, pero Emma creció aquí. Eso le da cierta ventaja.

Unos minutos más tarde, Tony regresó con unos humeantes platos de pasta. Tras dejarlos en la mesa, volvió a la cocina tras mirar de soslayo a Rafe.

—No resulta muy divertido, ¿verdad?

—¿El qué?

—Que te miren con desconfianza.

—No.

—Bien. En ese caso, ya sabes cómo me siento yo cada vez que me miras.

—Sí, supongo que sí —susurró, inclinándose sobre la mesa—, pero, para que lo sepas, algunas veces, cuando te miro, es porque te encuentro fascinante y no puedo apartar los ojos de ti.

Gina lo miró, atónita. Entonces, él levantó su copa a modo de silencioso brindis.

—Eso te da algo que pensar, ¿verdad?

—Rafe, no creo que debiéramos ir por esos derroteros...

—Probablemente no.

Desgraciadamente, Rafe estaba completamente seguro de que ya era demasiado tarde como para parar aquel tren.

VIII

El sonido del teléfono despertó a Rafe de un sueño en el que Gina y él estaban sobre un colchón de plumas. Incluso antes de contestar al teléfono, ya odiaba a la persona que estaba al otro lado de la línea. Eran solo las seis de la mañana.

—Rafe, ¿por qué no he tenido noticias tuyas? —le preguntó su madre, con un tono algo petulante.

—Buenos días, mamá. Qué agradable resulta oír tu voz —murmuró, sabiendo que su madre pasaría por alto el sarcasmo que había en su voz—. ¿Cuál es el problema?

—El problema es que no me estás manteniendo informada. ¿Soy o no soy tu cliente?

—Eres una de ellos.

—Yo creo que debería ser la más importante.

—En realidad, tú eres la única que no me paga.

—Aun así, creo que tengo derecho a que se me diga cómo van las cosas de vez en cuando. ¿Has encontrado a Bobby? ¿Voy a recuperar mi dinero?

—No he encontrado a Bobby. En cuanto a tu dinero, sabremos más al respecto cundo sepa dónde se ha ido ese hombre.

—Bueno, si no sabes nada, ¿por qué estás de vacaciones en Wyoming?

—No estoy de vacaciones. Estoy siguiendo una pista.

—¿Y no tienes detectives para que se encarguen de eso?

—Claro que sí, pero cuestan dinero. ¿Quieres que te cargue sus gastos?

—No hay necesidad de ser desagradable, Rafe —replicó Adele O'Donnell Tinsley Warwick.

—Lo siento. Dado que te tengo al teléfono, déjame preguntarte si Bobby te dijo alguna vez algo sobre algún lugar que le gustara especialmente, algún país o ciudad por el que sintiera predilección. ¿Crees que es el tipo de persona que podría tener una cuenta en un banco suizo o que se hubiera ido a las islas Caimán?

—Ninguna de las dos. Cuando estaba conmigo, parecía estar encantado de vivir en Nueva York. Desde mi punto de vista, nada de esto tiene sentido. Yo creía que era feliz. Creía que éramos felices. Llevábamos juntos cinco años, bueno, más o menos cinco años. Tuve ese periodo en el que creí que podía estar enamorada de Mitchell Davis, pero resultó que él tenía esposa.

—Sí, ya me acuerdo. ¿Qué sabes sobre la socia de Rinaldi?

—¿Sobre Gina? Casi nunca la mencionaba. Me dio la sensación de que ella contribuía muy poco al negocio, aunque parecía tener cierto carisma con los clientes y algo de habilidad para la preparación de alguno de los platos del menú. Bobby era el cerebro del negocio. Siempre me dio la sensación de que ella le impedía progresar, que sus ideas eran demasiado conservadoras.

—Tal vez tenía motivos para ser de ese modo, dado que Rinaldi era tan poco responsable en lo que se refería al dinero.

—Bobby era un genio.

—Mamá, ¿quieres que encuentre a Rinaldi para que pueda estar entre barrotes o porque esperas poder comenzar de nuevo tu relación con él?

—¿Cómo puedes preguntarme algo así? —replicó Adele, indignada.

—Porque, sinceramente, quiero saber la respuesta. Me da la sensación de que quieres volver con ese hombre, a pesar de todo lo que te ha hecho.

—No seas ridículo. Me ha estafado miles de dólares. No volvería con él ni aunque me lo suplicara.

—Me alegro de oír eso —dijo Rafe, aunque no creía completamente las palabras de su madre.

—Ahora, vuelve tú a decirme por qué estás en Wyoming. Te aseguro que Bobby no iría allí. Odiaba todo lo que fuera primitivo.

—Te aseguro que tienen agua fría y caliente, mamá.

—Ya sabes a lo que me refiero. Era un hombre

muy sofisticado, pero esa socia suya no lo era. ¿Se trata de eso? ¿Es que está esa Gina en Wyoming? ¿Se está escondiendo allí?

—Gina no se esconde de nada y es tan sofisticada como tú o yo —replicó Rafe, furioso.

—Vaya, ya veo que está allí. No te estará engañando esa mujer, ¿verdad?

—No más de lo que te estaba engañando a ti ese Rinaldi —respondió él, muy secamente.

—Rafe, ten cuidado.

—Créeme, mamá. En mi profesión, hay muy pocas personas en las que confíe. Además, después de crecer con tu serie de imprevisibles matrimonios, hay incluso menos mujeres en las que confíe.

—Está bien entonces —dijo Adele, más tranquila. Evidentemente, no había comprendido la pulla que su hijo le había lanzado.

Solo después de colgar el teléfono, Rafe se dio cuenta exactamente de lo mucho que deseaba que Gina Petrillo fuera la persona que terminara con aquella actitud.

—Gina, cariño, tienes una llamada de teléfono —dijo la madre de Gina, tras llamar suavemente a la puerta de su dormitorio.

Gina gruñó y se dio la vuelta, para enterrar la cabeza debajo de la almohada. Había pasado una noche muy inquieta. Había tenido una pesadilla en la que trataba de huir desesperadamente de algo, sin duda del legado que Bobby le había dejado.

—Gina, ¿estás despierta?

—Sí —susurró—. Bajo enseguida.

Durante un segundo, pensó que podría tratarse de Rafe. Cada vez le costaba más mantener sus defensas levantadas contra él. Se puso la bata y bajó al recibidor para responder al teléfono.

—Hola, cielo —dijo Bobby, como si no hubiera ocurrido nada desde la última vez que se vieron.

—¡Roberto Rinaldi! ¿Dónde diablos estás? —le espetó ella, con indignación—. ¿Tienes idea del lío que me has dejado? Tengo un abogado siguiéndome a todas partes. Según creo, conoces a su madre.

—No será ese Rafe O'Donnell, ¿verdad?

—Bingo.

—Lo siento, pero no tienes razón alguna para preocuparte. Lo solucionaré todo muy pronto.

—¿Cuándo?

—Muy pronto. Ahora, tengo que dejarte, cielo. Solo quería que supieras que es mejor que te quedes ahí...

—¡Bobby! ¡No te atrevas a colgarme! ¡Bobby! ¡Maldito seas! —exclamó, al oír que su socio había colgado. Entonces, dejó caer el teléfono de un golpe seco—. Me importan un comino las consecuencias. Como le ponga las manos encima, lo mato.

Al levantar la mirada, vio que su madre la contemplaba con una expresión horrorizada en el rostro.

—Vamos a la cocina —le dijo, con tono firme—. Creo que es hora de que me cuentes lo que está pasando.

Gina suspiró y, de mala gana, la siguió hasta la cocina. Allí, se sirvió una taza de café y tomó asiento.

—¿Dónde está papá?

—Gracias a Dios, se ha ido a trabajar. Si hubiera oído esa conversación, la tensión se le hubiera subido por las nubes. Sea lo que sea lo que está pasando, de momento lo mantendremos entre nosotras. No quiero que tu padre se disguste. Para serte sincera, creo que a mí tampoco me ha hecho ningún bien oírte hablar de ese modo.

—Solo es una forma de hablar, mamá. No voy a matar a nadie.

—A mí no me lo pareció. ¿Qué es lo que ha hecho Bobby? ¿Tiene algo que ver con el hecho de que ese Rafe O'Donnell esté aquí en Winding River?

Gina decidió que había llegado la hora de contarle la verdad a su madre. Para cuando hubo terminado, la mujer estaba prácticamente temblando de furia.

—¡Qué hombre tan horrible! ¿Era él el que acaba de llamar? Si lo hubiera sabido, le habría dicho lo que pienso de él.

—No creo que hubiera servido de nada, mamá. Creo que es inmune a las críticas y dudo que tenga conciencia.

—Eso no significa que no tenga que oír lo que pienso de él. Robarle el dinero a todas esas personas... Eso no está bien.

—Por eso Rafe está detrás de él. Y, detrás de mí.

—Estoy segura de que Rafe no cree que tú estés implicada en eso. Tú no eres como Bobby.

—Gracias, pero Rafe no me conoce tan bien como tú. Dice que mantiene una mente abierta, pero estoy segura de que está esperando que Bobby se ponga en contacto conmigo.

—Y ya lo ha hecho. Tienes que contárselo a Rafe. Eso le demostrará que tienes tantas ganas de que esto se resuelva como él.

—¿Y qué quieres que le diga? ¿Que Bobby me ha llamado pero que no me ha dicho dónde estaba?

—Es la verdad, ¿no?

—Sí, pero eso solo demuestra que Bobby sabe dónde me encuentro y que estamos en contacto...

—Aun así, tienes que decírselo. Si no se lo cuentas, parecerás más culpable ante sus ojos cuando se entere más adelante. Llámalo ahora mismo. Eso es lo que yo te aconsejo. Ahora tengo que marcharme o llegaré tarde —añadió, mientras se inclinaba para besar a su hija en la frente—. Que tengas un buen día. Te prometo que todo esto se solucionará. La gente como Bobby recibe tarde o temprano lo que se merece.

—Ojalá estuviera tan segura como tú... Te prometo que pensaré en lo que me has dicho.

Si sus padres tuvieran un identificador de llamadas, que tan común era en Nueva York, habría sabido desde dónde llamaba Bobby. Cuando el teléfono volvió a sonar, se preparó para volver a hablar con su socio.

—¿Sí? —preguntó, muy secamente.

—Ya veo que has empezado el día de hoy con mal pie.

—Más o menos.

—Sé cómo te sientes. Mi madre me despertó esta mañana a las seis y, además, me estropeó un bonito sueño.

—¿De verdad?

—Para que lo sepas, tú eras la estrella principal.

—No deberías decir cosas como esa. Pensé que habíamos acordado que no volveríamos a cruzar la línea de lo que está bien y lo que no.

—¿Sí? Mi subconsciente debe de haberse olvidado. Bueno, ¿crees que estaría arriesgando la vida si te sugiriera que desayunáramos juntos en el restaurante de Stella dentro de veinte minutos? No creo que eso sea cruzar ninguna línea.

—Creo que sería una buena idea —dijo ella, pensando en el consejo de su madre—. De acuerdo, pero que sean treinta minutos. Me acabo de despertar y tardaré un poco en reaccionar.

—De acuerdo.

Resultó que Gina tardó casi una hora en ducharse, vestirse e ir al restaurante de Stella. En realidad, tanta tardanza era deliberada. Cada vez que pensaba en la llamada de Bobby, se enojaba más. Cuando llegó al restaurante de Stella, estaba de un humor de perros.

—Pensé que me habías dejado plantado —dijo Rafe, algo secamente.

—Te dije que vendría, ¿no? —le espetó ella, sin poder contenerse.

—Vuelves a hablarme en ese tono de voz. ¿Es que ha ocurrido algo esta mañana que te haya puesto de tan mal humor?

—¿Quieres decir aparte de tu llamada?

—Sí, aparte de eso.

Gina esperó hasta que Stella le hubo servido una

taza de café y hubo anotado lo que iban a tomar antes de responder.

—He tenido noticias de Bobby —confesó.

—Entiendo. ¿Y qué te ha dicho?

—No mucho. No me ha dicho dónde estaba ni se ha dignado a responder a ninguna de mis preguntas. Solo me ha dicho que todo iba a salir bien.

—¿Para quién? No creo que estuviera hablando de las personas a las que ha estafado su dinero.

—No, creo que no. Bueno, creí que deberías saberlo, aunque no te dé exactamente ninguna información nueva.

—Gracias —dijo él, muy solemnemente—. Sé que no ha sido fácil para ti decirme que había llamado.

—No creerás que te estoy ocultando nada, ¿verdad?

—¿Lo estás?

—No. No me ha dicho nada más. La llamada no duró más de un minuto.

—Me preguntó por qué. ¿Crees que piensa que tienes el teléfono pinchado?

—Lo dudo. A Bobby nunca le han gustado las llamadas de teléfono largas. Es una ironía, pero creo que, a su manera, quería darme ánimos.

—¿Y lo ha conseguido?

—No. Me sentí furiosa. Quiero mucho más que una palmadita en la espalda. Quiero respuestas. Quiero que devuelva cada centavo de ese dinero. Quiero olvidarme de todo esto...

—Lo siento —dijo Rafe, al verla tan abatida.

—¿Y por qué lo ibas a sentir?

—Porque debe de ser un infierno ver cómo todo aquello por lo que has trabajado está en peligro sin que sea culpa tuya.

—¿Por fin crees que yo no estoy implicada en esto?

—Sí.

—En ese caso, regresa a Nueva York. Concéntrate en encontrar a Bobby y en llegar al fondo de todo esto. Hazlo por tus clientes y, al mismo tiempo, hazlo por mí, aunque yo no pueda pagarte. Mi dinero, como bien sabes, es muy limitado en estos momentos.

—No puedo trabajar para ti —explicó Rafe, enseguida—. Sería un conflicto de intereses. Y tampoco me puedo marchar. Tú sigues siendo mi mejor pista. Si Bobby se ha puesto en contacto contigo una vez, lo volverá a hacer. La próxima vez estaremos preparados.

—¿Cómo? No irás a pinchar el teléfono de mis padres, ¿verdad?

—No, pero creo que un identificador de llamadas podría ayudar. ¿Tienen uno?

—No y no creo que a mi padre le gustara. No sabe lo que está pasando. Se lo he dicho a mi madre esta mañana, pero hemos acordado que no se lo diremos. Solo le disgustaría aún más y ya tiene la tensión muy alta. Lo digo en serio, Rafe. No quiero implicar a mis padres en todo esto.

—Entonces, encontraremos otro medio. Tal vez deberíamos regresar a Nueva York.

—No. Ya te lo dije ayer. No me marcharé mientras Karen esté sometida a tanta presión.

—Entonces, ¿qué me sugieres tú?

—Necesito encontrar una excusa para poder seguir por aquí —dijo, recordando lo que se le había ocurrido durante el funeral de Caleb—. A Karen no le gustaría saber que he echado el freno a mi vida por ella. Creo que podría trabajar para Tony. Le diría a todo el mundo que le voy a echar una mano durante un tiempo. Tal vez así podría realizar ese viaje a Italia que lleva tanto tiempo prometiéndole a Francesca.

—Eso te mantiene en la ciudad, pero, ¿cómo te ayuda para saber dónde está Bobby?

—Creo que podríamos poner el identificador de llamadas en el teléfono del restaurante. A Tony no le importará. Sabe lo que está pasando y querrá ayudar a encontrar a Bobby.

—No. Eso es solo una solución parcial. En estos momentos, el único número en el que Bobby puede contactarte es en casa de tus padres. A menos que...

—¿Qué?

—A menos que te vinieras a vivir conmigo al hotel.

—Ni hablar —dijo, a pesar de que el corazón se le aceleró un poco—. Es muy mala idea.

—Yo creo que no. En mi opinión, abre muchas fascinantes posibilidades.

—Eso es lo que te parece a ti.

—¿Estás diciéndome que no te interesa en lo más mínimo lo que podría ocurrir si tú y yo compartiéramos alojamiento?

—Estoy diciendo que tus clientes se horrorizarían si descubrieran que estás intimando con una sospechosa. No hace ni cinco minutos que tú señalaste que sería un conflicto de intereses que me representaras a mí también.

—Siempre podría decirles que te estaba vigilando.

—¿Es así como lo llamas? —comentó ella, riendo.

—De acuerdo, ¿se te ocurre una idea mejor?

—Creo que me buscaré mi propia casa.

—¿Tu propia casa? A mí me parece que eso suena muy permanente.

—¿Quién sabe? Dada la situación que tengo en Nueva York, creo que regresar aquí sería lo más inteligente y lo único que puedo hacer... —susurró. Desde que había hablado con Bobby, se sentía derrotada.

—¿Estás diciéndome que te rindes? No me lo creo.

—Tal vez no me quede elección. Deidre se está ocupando de todo por el momento, pero no podrá hacerlo indefinidamente. Tampoco podremos jugar toda la vida con nuestros acreedores. Tal vez declararme en bancarrota sea la única salida.

—¡Estoy seguro de que ni tú te crees eso! Pensé que te importaba tu restaurante.

—Y así es, pero, ¿acaso no has querido desde el principio echarme de mi negocio? —le espetó, sin poder ocultar una cierta amargura en la voz.

—No. Quiero respuestas. Quiero que Rinaldi pague.

—Y que yo pague también.

—Solo si tuvieras algo que ver.

—Bueno, esté implicada o no, es a mi cuello al que rodea la soga. No creo que Bobby aparezca para llevarse su parte.

—Maldita sea, Gina. Vamos a encontrarlo. Tú solo

tienes que ayudarme. No te rindas ahora. ¿Qué es lo que te ha ocurrido? Pensaba que eras una luchadora.

—Lo era, pero también lo era Caleb. Y mira dónde está ahora.

—No puedes comparar las dos situaciones en absoluto.

—¿No? Una batalla perdida es una batalla perdida, tanto si se trata de un rancho, como de un restaurante.

—No dejaré que te rindas —anunció Rafe, golpeando la mesa con el puño—. No lo consentiré.

—No podrás impedirlo.

—No te rindas —susurró él, mirándola con una evidente mezcla de frustración y de preocupación.

—No me estoy rindiendo. Solo estoy aceptando lo inevitable —afirmó, justo en el momento en que Emma entraba en el restaurante.

—Gracias a Dios. Tal vez tú puedas meterle algo de sentido común en la cabeza. Yo no puedo.

Emma frunció el ceño y los miró a ambos.

—¿Qué es todo esto?

—Ella te lo explicará —respondió Rafe, mientras se ponía de pie y le hacía un gesto a Emma para que se sentara—, o tal vez no.

Gina lo miró fijamente, asombrada por la profundidad de la desilusión que sentía hacia ella.

—De acuerdo, empieza a hablar —le ordenó Emma—. Y esta vez, quiero saberlo todo. No puedo ayudarte si no confías en mí.

Gina no podía hacerlo. Se sentía demasiado vulnerable. Al recordar la desilusión que había visto en los ojos de Rafe, sintió que estaba defraudando a todo el mundo. Aquello tenía que terminar. Estaba dejando que los demás se hicieran cargo de su vida y eso tenía que terminar. El primer paso para volver a hacerse cargo era hablar con Tony. Tal vez no estuviera segura aún de lo que iba a hacer con el Café Toscana, pero sabía que debía quedarse en Winding River hasta que la vida de Karen se hubiera encauzado.

—Ahora no —le dijo a Emma—. Hay algo que tengo que hacer primero.

—¿Y no puede esperar diez minutos?

—No.

—Si ese hombre te ha molestado, haré que se arrepienta de ello.

—No, en realidad, ese hombre me ha hecho ver las cosas claramente por primera vez desde hace semanas.

Tal vez Rafe O'Donnell fuera arrogante y enojoso, pero tenía razón en una cosa. ella era una luchadora. Iba siendo hora de que volviera a recobrar el control de su vida, aunque nadie más estuviera de acuerdo en lo que estaba a punto de hacer.

IX

Después de dejar a Gina, Rafe estaba más decidido que nunca a encontrar a Bobby Rinaldi. Ya no era solo por el dinero, sino porque le parecía que Gina estaba pagando mucho más que simples dólares.

La mirada triste y derrotada que había visto en su rostro el día anterior lo perseguiría durante mucho tiempo. Estaba convencido de que él tenía la culpa ya que estaba seguro de haberle hecho creer que la única salida era declararse en bancarrota y regresar a Wyoming. Aquello era lo último que había deseado cuando había empezado toda aquella investigación.

Tras murmurar una maldición, se enfrentó a los hechos. Aquello era precisamente lo que había esperado, aunque había sido antes de saber qué clase de mujer era Gina Petrillo. Por una vez en su vida, debería haber hecho caso a su secretaria.

Sin pararse a pensar en lo que estaba a punto de hacer, se dirigió al restaurante de Tony y golpeó la puerta hasta que el propio Tony salió de la cocina para abrirle.

–No hay necesidad de echar la puerta abajo –le recriminó el cocinero.

–Lo siento, pero esto no podía esperar.

–¿Se trata de Gina? –preguntó Tony. Inmediatamente, la frente se le arrugó de preocupación.

–Sí. Y ella no sabe que estoy aquí. Es mejor que siga siendo así.

–Ya me imagino que no lo aprobaría. ¿Por qué has venido a verme? Soy su amigo, no el tuyo.

–Precisamente por eso he venido. Creo que está a punto de hacer algo de lo que va a arrepentirse y solo tú se lo puedes impedir.

–En ese caso, debemos hablar –dijo Tony, haciéndole pasar–. Sin embargo, me lo tendrás que explicar mientras trabajo. Estoy haciendo pasta y no me puedo parar o se estropeará.

Tony le hizo entrar en la cocina, en la que todo estaba impecable. El aire oía a tomate, orégano y aceite de oliva.

–Siéntate –le dijo Tony, señalando un taburete–. Si te apetece un café, sírvetelo tú mismo –añadió, mientras volvía a concentrarse en la masa.

–No, pero gracias.

–¿Qué es lo que le pasa a Gina?

–Me explicó que te había contado las dificultades por las que está pasando.

–Sí. Si ese Bobby estuviera aquí –respondió Tony,

con la ira reflejada en el rostro—, lo metería en un puchero de agua hirviendo.

—Estoy de acuerdo.

—Me daba la impresión de que creías que Gina era igualmente culpable.

—Sí, admito que sospechaba de ella.

—¿Y ahora?

—Estoy casi convencido de que no tuvo nada que ver con lo ocurrido.

—¿No del todo? —le preguntó Tony, frunciendo el ceño—. En ese caso, puedes marcharte de aquí. Yo no tengo nada que hablar contigo y tú no puedes decir nada que yo quiera escuchar.

—Por eso precisamente debes escucharme, porque crees en Gina incondicionalmente. Porque quieres lo mejor para ella.

—Por supuesto. Pero, ¿cómo? ¿Qué puedo hacer para ayudarla? Ella nunca aceptaría mi dinero, aunque tuviera el suficiente para arreglar el problema que Bobby le ha creado.

—No se trata de dinero, pero creo que va a venir a pedirte trabajo. De hecho, creo que va a decirte que quiere regresar aquí y trabajar de nuevo para ti.

—Vino ayer y eso fue precisamente lo que me dijo.

—¿Y qué le respondiste tú?

—Que sería bienvenida, pero que debería pensarlo bien. Evidentemente, tú estás de acuerdo conmigo en que esa decisión es precipitada. Crees que me ha hecho esa oferta no porque sea realmente lo que quiere sino porque piensa que es la única opción que le queda.

—Sí, eso es exactamente lo que creo. Se está rindiendo, Tony. Creo que se le han ido acumulando muchas cosas en las últimas semanas, lo que incluye la muerte del marido de su amiga, y está tomando el camino más fácil. Está convencida de que tiene la obligación de quedarse aquí por el bien de su amiga. La admiro por ello y creo que, para un futuro inmediato, tiene sentido, pero mudarse aquí permanentemente... No creo que deba hacerlo. Solo creí que lo deberías saber, así que no te tomes muy en serio lo que te diga.

—¿Quieres que la rechace aunque regrese y me diga que está segura de lo que quiere?

—No, claro que no. Solo que no cuentes con que se va a quedar para siempre. Adora ese restaurante que tiene en Nueva York. Si lo deja, se arrepentirá. Solo necesita un tiempo para poder recuperar su espíritu de lucha.

—¿No será esto un complot para poder llevártela a Nueva York y presentarla ante un tribunal?

—Claro que no.

—Entonces, ¿qué te hace pensar que sabes lo que es mejor para Gina? ¿Es que sientes algo por ella?

—Más de a lo que tengo derecho —admitió Rafe—, dado el papel que yo desempeño en este asunto.

En aquel momento, la puerta se abrió y Gina entró en la cocina con una mirada de determinación en el rostro. Cuando vio a Rafe, frunció el ceño.

—¿Qué estás haciendo aquí? —preguntó, llena de sospecha.

—Está aprendiendo a hacer pasta con un maestro —respondió Tony.

—No tenía ni idea de que te interesara la cocina —insistió ella, sin dejar de mirar a Rafe.

—La verdad es que es un interés que ha surgido hace muy poco tiempo —dijo Rafe.

—Entiendo.

—¿Qué te trae por aquí, Gina? —quiso saber Tony.

—¿Es que necesito una razón para venir a visitarte?

—No, pero normalmente tienes una. No creo que hayas tenido tiempo de pensar con detenimiento lo que estuvimos hablando ayer.

—Sigo queriendo el trabajo —contestó Gina, aunque sin dejar de mirar a Rafe con cierta suspicacia.

—Ya tienes uno. De hecho, creo que has estado demasiado tiempo apartada de tu trabajo, considerando todo lo que ha ocurrido.

Las mejillas de Gina se cubrieron de rubor. Entonces, se dio la vuelta hecha una furia para mirar a Rafe.

—¿Qué le has estado diciendo? —le espetó.

—No necesito que nadie me diga nada sobre lo que más te interesa —intercedió Tony—. Ese restaurante tuyo no se dirige solo. Te aseguro que el mío no, y el tuyo requiere mucha más atención, especialmente ahora.

—¿Estás diciendo que no quieres que trabaje aquí contigo? —gritó, con las lágrimas a punto de derramársele por las mejillas—. Creí que solo querías que me lo pensara y ahora resulta que no me quieres aquí...

—¡Eso nunca! Tú siempre tendrás un lugar en mi cocina. Lo que no quiero es que la utilices para esconderte de tus problemas. Quiero que te enfrentes a ellos como la valiente que eres.

—¿Es eso lo que los dos creéis que estoy haciendo? ¿Que estoy huyendo? ¿Que me estoy escondiendo?

—¿Y no es así? —observó Rafe—. Esa llamada de Bobby ayer fue la gota que colmó el vaso, ¿verdad?

—No, la gota que colmó el pasado ha sido encontrarte aquí, conspirando con un hombre al que yo siempre he considerado mi amigo.

Con eso, salió corriendo hacia la puerta y se marchó con un portazo.

Tony echó a correr detrás de ella, pero Rafe se lo impidió.

—Iré yo. Está furiosa conmigo, no contigo.

—De acuerdo. Pero el trabajo es suyo si no cambia de opinión. Lo comprendes, ¿verdad?

—Claro —dijo Rafe, antes de ir a tratar de arreglar parte del mal que había causado, no solo aquella mañana, sino a lo largo de las últimas semanas.

Gina estuvo corriendo hasta que se quedó sin aliento. Fue maldiciendo a Rafe O'Donnell a cada paso, aunque se reservó también un par de epítetos para Tony.

Estaba agotada cundo Rafe la alcanzó. Iba en coche, no andando, lo que significaba que se había tomado su tiempo en salir detrás de ella.

—¿Quieres que te lleve? —le preguntó él.

—No.

—No seas testaruda. Móntate en el coche.

—No. Vete de aquí. No quiero hablar contigo.

—Si no te montas en el coche, me veré obligado a aparcar y hablar contigo. Entonces, los dos estaremos pasando calor y a punto de sufrir una insolación.

Al final, Gina terminó por ceder.

—De acuerdo —dijo, aunque se metió en el coche de mala gana.

—¿Vas a algún sitio en particular?

—Solo quería alejarme de ti.

—Ahora que ya sabes que eso no es posible, ¿hay algún otro sitio al que te gustaría ir?

—A casa. Y sola.

—No. No te viene bien estar sola, Gina. Tienes que hablar con alguien que conozca todos los hechos, alguien que te sepa escuchar.

—¿Alguien que me quiere meter en la cárcel?

—A ti no. A Bobby Rinaldi.

Gina no estaba completamente convencida de sus palabras. Ver a Tony y a Rafe hablando juntos la había dejado atónita. Siempre había contado con Tony para que le diera la posibilidad de volver a empezar sin hacer preguntas. Su negativa a hacerlo era obra de Rafe, aunque no estaba completamente segura de los motivos que este pudiera tener. Hasta que lo estuviera, no pensaba volver a hablar con él del Café Toscana. Sin embargo, aquello no significaba que no pudiera disfrutar de su compañía, al menos durante una tarde.

—Para el coche en el arcén.

Rafe la miró atónito, pero hizo lo que ella le había pedido.

—¿Me quieres explicar lo que estamos haciendo parados en la carretera?

—Este es el trato que te ofrezco. Si me prometes que no dirás una palabras más sobre el restaurante o sobre mi decisión de quedarme en Winding River, iré a Laramie contigo.

—¿Por qué Laramie?

—Porque no es Winding River, porque podemos ir a ver una película y porque he oído hablar de un restaurante que me gustaría probar.

—Ah... —dijo Rafe, con una sonrisa—. Esa es la verdadera razón, ¿verdad? No puedes evitarlo. Aunque estás en medio de una depresión, no puedes resistir la tentación de ir a ver cómo es la competencia.

—No es eso. Es que me gustan los restaurantes.

—¿De verdad? ¿Cuándo fue la última vez que comiste algo en condiciones? He estado contigo en varias ocasiones y, aunque hablas mucho de comida, casi no tocas nada de lo que se te pone delante.

—No he tenido mucha hambre últimamente... ¿Quieres ir a Laramie o no? Es tu última oportunidad. Puedo ir yo sola.

—De acuerdo, de acuerdo. Indícame el camino.

Gina lo hizo rápidamente y entonces se recostó en el asiento. Por primera vez, desde que había hablado con Bobby el día de antes, sintió que se relajaba. Rafe puso una emisora de música lenta y, para cuando llegaron a Laramie, Gina se sentía mucho mejor.

—¿Comemos primero?

—Sí —respondió ella. Tenía mucho apetito.

Tras aparcar el coche, se dirigieron al restaurante, que en realidad era un pequeño café. Mientras Gina estudiaba el menú, encontró tres ensaladas que resultaban muy atractivas y que podría incorporar al menú de su propio restaurante. El hecho de estar pensando en el futuro del restaurante le indicó que tal vez no estaba tan decidida a cambiar su vida tan radicalmente.

—¿Qué es lo que vas a tomar? —le preguntó a Rafe, esperanzada.

—Creo que una hamburguesa —respondió. Rápidamente, vio que Gina lo contemplaba con evidente decepción—. ¿Qué tiene de malo una hamburguesa?

—Nada, pero, ¿te importaría pedirte también una ensalada?

—¿Por qué?

—Porque quiero probar tres de las que hay en el menú y me sentiría como una idiota si las pido todas yo sola. En realidad, no es que fuera la primera vez. Una vez, en París, pedí seis entremeses en un restaurante porque sabía que nunca volvería allí. El camarero me los llevó todos sin ningún comentario, pero a continuación, todos los camareros y el cocinero salían hasta la puerta de la cocina para mirarme, como si me hubieran salido dos cabezas.

—¿Y te molestó eso?

—No, pero evitó que pudiera tomar notas. Traté de escribirlo todo en cuanto me marché, pero no pude acordarme de todos los ingredientes. Tuve que estar meses experimentando para poder averiguar cuáles habían sido los condimentos.

—Entonces, lo que me estás diciendo es que estoy aquí para ayudarte a robarle las recetas al cocinero.

—No voy a robarlas. Voy a ampliarlas.

—Una interesante distinción —replicó él, con una sonrisa, mientras hacía un gesto a la camarera—. Hable con ella. La señorita sabe lo que vamos a tomar los dos.

Después de pedir lo que iban a comer, Gina lo observó con una sonrisa.

—Me gustan los hombres a los que no les da miedo dejar que una mujer se haga cargo.

—Y a mí me gustan las mujeres con seguridad en sí mismas. Me alegro de ver que vas recuperando la tuya y también de que estés pensando en el futuro. Me alegro de que hayamos venido aquí.

—Yo también.

—¿Es esta nuestra primera cita oficial, Gina? —preguntó Rafe, solemnemente.

—No sé... ¿Tú qué crees? —replicó ella, sintiendo que el pulso se le aceleraba ante aquella sugerencia.

—A mí me lo parece.

—Salir con una persona puede resultar algo complicado. Tal vez no deberíamos pensar en ello hasta que... hasta que todo esté solucionado.

—Probablemente tengas razón, pero no es eso lo que yo quiero.

—Yo tampoco.

Los latidos del corazón de Gina le decían que quería desesperadamente que aquella fuera su primera cita con Rafe. Quería saber lo que lo hacía vibrar, sentir una vez más los labios de él sobre los suyos, gozar con sus caricias... Llevaba tiempo deseándolo, tanto que no le parecía la primera, sino la quinta o la décima cita.

De repente, como si hubiera presentido lo que ella estaba pensando, Rafe le agarró la mano. Con el pulgar, le acarició suavemente la palma, despertando aún más la sensualidad de Gina.

—De repente, no tengo mucho apetito —susurró ella.

—Yo tampoco. ¿Quieres que cancele el pedido?

Gina negó con la cabeza. Al ver la desilusión que se dibujaba en el rostro de Rafe, no pudo contener la risa.

—Que nos lo preparen para llevar...

Diez minutos más tarde, tenían tres ensaladas preparadas para llevar. Aunque se sentía algo avergonzada, Gina consiguió meterse en el coche sin echarse a reír.

—Estoy segura de que esa mujer supo lo que estaba pasando —dijo, mientras se sentaba en el asiento con las tres cajas—. Sabía perfectamente que nos deseábamos más el uno al otro que a la comida.

—No lo creo.

—Yo creo que sí. En realidad, cuando nos marchábamos, me hizo un gesto levantándome el pulgar.

—¿De verdad? ¿Y qué crees tú que quería decir con eso? —preguntó él, algo asombrado.

—Espero que estés bromeando.

—¿Por qué? —quiso saber Rafe, mientras le acariciaba la mejilla con el pulgar.

—Porque si no voy a quedar en ridículo.

—¿Cómo?

—Estoy a punto de sugerirte que nos llevemos toda esta comida a la habitación de un hotel —respondió. Cuando Rafe permaneció en silencio, Gina tragó saliva—. Bueno, ¿he hecho el ridículo?

—No, pero quiero que te lo pienses. ¿De verdad es eso lo que quieres? No me pareces el tipo de mujer que se deje llevar por aventuras de este tipo.

—Si tú supieras —comentó ella, riendo.

—¿Qué quieres decir con eso?

—Que nunca me he dejado llevar por aventuras de este tipo ni de cualquier otro.

—¿No serás...? —preguntó él, incrédulo.

—Puedes decir la palabra. Y no, no soy virgen, aunque mis experiencias son casi inexistentes. Lo que ocurre es que hace años desde que tuve el tiempo o el deseo de verme relacionada con alguien. Hago todo lo posible por olvidarme de la última vez que lo hice.

—¿Y por qué ahora? ¿Por qué yo? Como tú misma señalaste antes, esta es una situación bastante complicada.

—Es cierto.

—¿Es esa parte de la atracción? ¿Porque resulta algo peligrosa?

No. Eso solo me haría salir corriendo hacia el otro lado.

—Me doy cuenta de que no me das exactamente razones de por qué me has elegido a mí para terminar con el celibato que te has impuesto.

—¿Es eso lo que quieres? ¿Que te acaricie el ego?

—No, si hay que acariciar, se me ocurren muchas otras partes que preferiría que me tocaras...

—Entonces, ¿por qué tienes dudas?

—Porque, por mucho que me apetezca llevarte a la habitación de un hotel y pasarme el resto de la tarde viendo cómo me seduces, no voy a hacerlo —anunció, con evidente arrepentimiento...

Gina bajó la mirada, sintiendo que la vergüenza y el rubor se apoderaban de ella.

—Uno de estos días, tú y yo vamos a terminar juntos en la cama —prosiguió Rafe—. De eso no me cabe ninguna duda, pero, cuando lo hagamos, será por las razones adecuadas, no porque estás buscando una vía de escape temporal a tus problemas.

A Gina no le gustaron aquellas palabras, pero comprendió que aquello era exactamente lo que había estado buscando, una distracción, algo que la hiciera sentir viva. Una aventura con un hombre tan atractivo y viril habría conseguido aquel propósito.

Se obligó a mirarlo de nuevo. No había mofa en su mirada, sino comprensión.

—Lo siento —susurró ella.

—No tienes por qué. Que una bella mujer me desee, sea cual sea la razón, no es nada malo. Es solo que quiero esperar hasta que sea perfecto.

—Tal vez ese día no llegue nunca.

—Llegará, antes de lo que tú te imaginas. Ahora —añadió, señalando las cajas—, creo que es mejor que vayamos a algún lugar idílico a tomarnos un picnic.

—¿No tienes miedo de estar a solas conmigo?

—Claro que no.

—Podría volver a dejarme llevar.

—Bueno —afirmó, riendo—, eso es algo que estoy deseando que ocurra.

X

Gina podría haberse muerto de vergüenza por haberse insinuado tan abiertamente a Rafe, pero él no lo consintió. Cuando hubieron compartido su picnic, él había conseguido que se olvidara de todo. Precisamente por eso, sus sentimientos hacía él se profundizaron un poco más, al igual que la atracción que sentía por él, aunque no podía olvidarse de que su relación había comenzado con Rafe creyendo que era una ladrona.

Los días fueron pasando. Gina fue poniéndose cada vez más nerviosa cuando Bobby no volvió a llamar. Como tenía muy poco que hacer en Winding River, se fue sintiendo cada vez más inquieta. No podía seguir de aquel modo. Tony le permitía que lo ayudara de vez en cuando, pero no era suficiente. Gina se sentía a la deriva y no le gustaba. Tenía que hacer algo para conseguir que su vida volviera por sus derroteros.

Tal vez fuera el momento de que un abogado la aconsejara. El tiempo le había demostrado que no se había equivocado con respecto a Bobby y que sus intenciones parecían cada vez menos honorables. Aquella situación no se podía prolongar indefinidamente. Tenía que tomar una decisión.

Aunque no quería implicar a sus amigas, sabía que nadie podría aconsejarla mejor que Emma. Afortunadamente, sabía que iba a llegar al rancho de sus padres aquel viernes por la mañana, por lo que decidió ir a esperarla.

Llamó a la puerta del rancho a las diez, sabiendo que Emma no se demoraría mucho. La señora Clayton le abrió la puerta y le ofreció inmediatamente un vaso de limonada, como solía hacer cuando Emma y ella eran solo unas adolescentes.

—Emma llegará muy pronto —le dijo—. ¿Estás segura de que no quieres esperar dentro? —añadió, al ver que Gina se sentaba en uno de los balancines—. Hace mucho calor.

—Gracias. Estaré bien en el porche, si no le importa. Tengo que hablar con Emma en privado.

—En ese caso, os quitaré a Caitlyn del medio en cuanto lleguen —le prometió la señora Clayton, mientras se sentaba al lado de Gina—. Eso no será muy difícil, ya que mi nieta querrá ir enseguida al establo a ver a su poni.

—Supongo que ese poni será una treta de su abuelo para que no deje de venir aquí, ¿verdad?

—Claro que lo es. Ahora que Emma se ha divorciado, a su padre y a mí nos gustaría mucho tenerlas a las dos aquí. Sé que Emma tiene mucho éxito profesional en Denver, pero sé también que no ha sido muy feliz últimamente. Además, a Caitlyn le encanta esto.

—De eso no me cabe la menor duda —afirmó Gina—. Y creo que un cierto editor de periódico estaría encantado de tenerlas aquí.

—Ford me parece un buen hombre —dijo la señora Clayton—. Creo que Emma podría encontrar muchos candidatos peores. Por supuesto, cada vez que están juntos, aunque sea durante cinco minutos, no hacen más que discutir.

—Ya me he dado cuenta, pero, ¿no le parece que eso de la química explosiva puede ser algo bueno?

—No lo sé. Nunca los he visto de acuerdo en nada. Si Ford dice que la hierba es verde, Emma le contradice y señala todas las zonas más parduscas que pueda encontrar. No me puedo creer que mi hija sea así.

—Es deformación profesional por ser abogado. La dialéctica es su modo de vida...

—Y yo me siento muy orgullosa de lo que ha conseguido, de verdad, pero me gustaría que le diera al pobre Ford un respiro de vez en cuando.

—Lo hará —le aseguró Gina—. Estoy segura de que darán a Winding River más entretenimiento de lo que ha habido durante años cuando empiecen a salir juntos.

—Yo no estoy tan segura de eso. Creo que tendrán que esforzarse mucho, porque he oído cosas completamente fascinantes sobre ese hombre que te vino siguiendo de Nueva York.

Gina se sonrojó e insistió en que Rafe y ella solo eran amigos.

—Tal vez, pero si Emma y Ford fueran la mitad de amigos que lo sois vosotros, yo sería una mujer muy dichosa. Mira, ya viene mi hija —añadió, señalando la carretera.

Antes de que Emma pudiera detener el coche, Caitlyn salió corriendo del vehículo.

—¡Abuela, abuela! ¿Cómo está mi poni? Tengo que verlo ahora mismo. Lo he echado tanto de menos... ¿Crees que él me ha echado de menos a mí?

La señora Clayton le guiñó un ojo a Gina y abrazó a su nieta.

—Claro que sí. Vamos al establo. Creo que tu abuelo ya está allí en estos momentos. Probablemente ya lo ha ensillado, así que podrás irte a dar una vuelta.

—¿De verdad? ¡Entonces, vamos, abuela!

Emma salió del coche, sacudiendo la cabeza al ver que abuela y nieta se dirigían al establo.

—Te juro que Caitlyn no ha hablado de otra cosa en toda la semana más que de ese poni. Ahora no hace más que suplicarme que la deje quedarse aquí cuando me vaya a Denver.

—¿Y por qué no lo haces? De hecho, ¿por qué no te vienes a vivir otra vez aquí?

—Eso es lo que mi madre te ha estado diciendo, ¿verdad? ¿Te ha pedido que me convenzas?

—No. Es lo que yo pienso. Te lo juro.

—Sí, claro —replicó Emma, mientras se sentaba a

su lado–. ¡Qué brisa tan fresca! Y esa limonada tiene un aspecto maravilloso –añadió, mirando con envidia el vaso que Gina tenía en la mano.

–Si te doy un poco, ¿me darás consejos sobre un asunto legal?

–Por supuesto –replicó Emma, agarrando con rapidez el vaso–. Cuéntamelo todo. ¿Qué es lo que pasa?

–Todo esto es confidencial, ¿de acuerdo?

–Claro, pero no creo que un vaso de limonada constituya una prenda apropiada. Dame un dólar. Si me pagas, todo será completamente legal –añadió. Gina se sacó el billete del bolsillo y se lo dio a su amiga. Tras metérselo en el bolsillo, Emma sacó un cuaderno de notas–. Cuéntame.

–Estoy metida en un buen lío.

–Empieza por el principio y veamos si esto es cierto.

Gina le contó con detalles la situación en la que Bobby la había dejado mientras Emma tomaba notas.

–En estos momentos, mi ayudante se está ocupando de todo, pero creo que algunos de los acreedores van a empezar a ponerse impacientes a no mucho tardar. ¿Crees que debería vender y pagarles como pueda? ¿Declararme en bancarrota? No me gusta nada eso. Nada. Si fuera todo culpa mía, me haría responsable de todo, pero no lo es. Estoy tan enfadada con Bobby que me gustaría colgarlo de las uñas de los pies y dejarlo morir.

–Es una forma muy interesante de hacer justicia, pero no creo que aparezca contemplada en el sistema penal.

—Qué pena.

—De acuerdo, estas son las opciones que, en mi opinión, tienes. Dependiendo de qué condiciones tenga la sociedad que creaste con Bobby, podrías distanciarte del problema, pero eso podría requerir maniobras legales algo delicadas y que consumirían mucho tiempo.

—No. Aunque quisiera hacerlo y fuera todo perfectamente legal, no puedo escaparme a mi responsabilidad de enmendar como pueda el asunto. Muchos de nuestros proveedores son pequeños empresarios. No puedo abandonarlos así como así. Además, nuestros inversores nos dieron dinero de buena fe. Yo pensé que Bobby iba a devolverles el dinero con intereses, pero, aparentemente, no han visto ni un centavo.

—Probablemente no sea tan sencillo como declararse en quiebra. Podrías empezar el procedimiento. Así tendrías tiempo para reorganizar el negocio. Tus inversores y acreedores recibirían el dinero debido en el momento que estableciera el tribunal. Es algo complicado, pero creo que al mismo tiempo podrías demandar a Bobby para que restituyera todo lo que ha robado. ¿Qué posibilidades hay de que todavía tenga el dinero?

—No tengo ni idea. No sé si lo robó para poder irse a vivir al Caribe o si lo tomó prestado para pagar deudas de juego que pudiera tener.

—Bueno, eso no importa. Lo demandaremos de todos modos por si queda algo que podamos recuperar. Tengo un amigo que trabaja en un bufete de Nueva York. Dado que yo no tengo licencia para ejercer en Nueva York, él se ocupará de todo por ese lado y presentará los papeles cuando estemos listas.

—¿De verdad crees que podemos solucionar todo esto tan fácilmente y salvar el café?

—Por supuesto, si es eso lo que realmente deseas —dijo Emma, observándola con mirada penetrante—. ¿Es así?

—Claro. ¿Por qué me preguntas eso?

—Porque sigues aquí. Aunque todo esto necesita tu atención inmediata, no has regresado a Nueva York.

—Es por lo de la madre de Cassie y por lo de Caleb —respondió Gina, algo a la defensiva.

—¿Eso es todo?

—Sí.

—El entierro fue hace semanas. Karen se está recuperando. ¿Estás lista para regresar a Nueva York?

Cuando Emma vio que Gina se apresuraba por responder, levantó una mano para impedírselo.

—No tienes que responderme ahora. Piénsatelo. Algo te retiene aquí. Podría ser que no se tratara más que de una táctica para retrasar tu regreso, porque no quieres enfrentarte a lo que te espera en Nueva York, pero eso no me parece propio de ti. Podría ser que estés sintiendo lo mismo que sintió Cassie y lo que Lauren dice que siente de vez en cuando...

—¿Y tú? ¿Lo sientes tú también, Emma?

—Tal vez. Solo un poco. Estar en Winding River es bueno para Caitlyn, no puedo negarlo. Y tampoco hay duda de que Denver resulta muy estresante para mí, pero...

—Entonces, tú también has estado pensando en volver a Winding River para quedarte.

—No lo he estado pensando, al menos no conscientemente, pero existe la posibilidad y es algo que no puedo seguir ignorando —suspiró—. Sin embargo, ahora estamos hablando sobre ti, Gina. Quiero que estés segura de que comprendes por qué te has quedado aquí en vez de haber regresado a Nueva York hace semanas para solucionar este tema, que es lo que yo hubiera esperado que hicieras.

—¿Estás diciendo que me he estado comportando como una cobarde?

—No pienso emitir ningún juicio. Tú tienes que decidir lo que quieres antes de que tomemos la decisión final sobre cómo quieres que me ocupe de esto.

Gina asintió. Su amiga tenía razón.

—Tienes razón. Lo pensaré y te llamaré antes de que regreses a Denver.

—Tómate tu tiempo. En realidad, estaba pensando en quedarme aquí toda una semana.

—¿De verdad? ¿Tiene Ford Hamilton algo que ver con eso?

—No seas ridícula —le espetó Emma, con aire impaciente—. Es por Caitlyn y por el caso de Sue Ellen en el que estoy trabajando. Estamos ya muy cerca de llegar a juicio y tengo testigos a los que interrogar y un montón de detalles de última hora de los que ocuparme.

—Lo que tú digas —comentó Gina, con una sonrisa en los labios.

—Es la verdad.

—Tal vez tú también deberías pensar durante este fin de semana —bromeó Gina—. Tal vez yo no sea la única que tiene sentimientos ambivalentes.

—Sigue así y terminaré cobrándote...

—Entonces sí que terminaría en la bancarrota —dijo, antes de besar a Emma en la mejilla—. Gracias. Te llamaré.

—Por cierto —exclamó Emma, mientras Gina se dirigía hacia su coche—, un consejo por el momento. Mantente alejada de Rafe. A pesar de lo que él diga de ir solo a por Bobby, no puedes fiarte de él. De ahora en adelante, tiene que comunicarse contigo a través de mí.

—No creo que eso vaya a ser posible... —susurró Gina, pensando en cómo estaba progresando su relación con Rafe y en lo mucho que quería terminar en la cama con él.

—¿Por qué no?

—Porque estamos ya más allá del momento en que se necesitan intermediarios.

—Por favor —dijo Emma, muy asombrada—, dime que no te estás acostando con él.

—No me estoy acostando con él —respondió ella, muy solemnemente—, pero es una pena. Y espero que eso cambie muy pronto.

—¿Estás loca?

—No. Por primera vez desde hace mucho tiempo, voy detrás de algo que deseo. Ahora voy a prestar atención a mi vida personal.

—¿Deseas a Rafe más de lo que deseas conservar

el café? Porque es eso precisamente lo que podría ocurrir –le advirtió Emma.

Su vehemencia sorprendió profundamente a Gina, pero no la asustó tal y como Emma había esperado. Era una cosa más que iba a tener que pensar aquel fin de semana.

Rafe estaba en su habitación, examinando un montón de papeles que Lydia le había enviado por fax aquella mañana. Estaba tan embebido en su trabajo que se sobresaltó mucho al oír que alguien llamaba a la puerta. Al ver a Emma Rogers en la puerta, se sobresaltó aún más.

–Vaya sorpresa...

–Sí, me imagino que lo es. Me imagino también que serías capaz de poner en práctica toda clase de sucios trucos para conseguir lo que deseas de Gina, pero aquí estoy yo para impedírtelo.

–No tengo ni idea de lo que estás hablando. ¿Por qué no entras y me lo explicas?

Emma aceptó su invitación y entró en la habitación. Entonces, vio el montón de papeles sobre los que Rafe estaba trabajando.

–¿Estudiando el caso Rinaldi?

–¿Te lo ha contado todo Gina? –suspiró Rafe.

–Sí, me lo ha contado todo. Ahora la represento.

–Estupendo.

–¿Estupendo? –repitió Emma, asombrada.

–Necesita una buena defensora. Evidentemente, yo no puedo hacerlo.

—Me alegro de que tengas cierta comprensión sobre la ética de nuestra profesión. Estaba empezando a creer que no tenías ni idea.

—¿Qué es exactamente lo que te ha dicho Gina? —preguntó Rafe, lleno de curiosidad.

—No puedo hablarlo contigo.

—No te estoy pidiendo detalles sobre el caso Rinaldi. Te estoy preguntando lo que te ha contado sobre nosotros.

—Lo suficiente para sospechar que estás pasándote de la raya —le espetó ella.

—¿Es eso lo que te ha dicho ella?

—Eso no importa. Está mal. Estoy segura de que lo sabes. Debes volver a Nueva York, Rafe. Allí un abogado se pondrá en contacto contigo. Gina irá a responder todas tus preguntas y conseguiremos arreglar todo este asunto.

—No estoy seguro de que Gina tenga respuestas a todas mis preguntas.

—Entonces, ¿qué es lo que estás haciendo aquí?

—Es Bobby Rinaldi quien tiene todas las respuestas. Se ha puesto en contacto con Gina una vez y me imagino que volverá a hacerlo. ¿Por qué no la convences para que nos permita pinchar su teléfono o al menos, instalar un identificador de llamadas?

—Lo hablaré con ella.

—Ya se lo he mencionado yo y se negó.

—Me imagino que no quiere implicar a sus padres en el asunto.

—Eso fue lo que ella me dijo, pero yo creo que, cuanto más se quede con ellos, más los va a meter en todo esto. Bobby volverá a llamarla. Si su madre contesta al teléfono, se llevará una buena reprimenda. Eso es lo que me ha dicho la propia Gina. Sin embargo, su padre no sabe nada y ella quiere que siga así.

—Tal vez pueda convencerla de que se alquile una casa, al menos temporalmente. Sé que quiere localizar a Bobby tanto como tú. Si él cree que Gina va a dejar Nueva York para instalarse aquí, puede que incluso se arriesgue a hacerle una visita. Por lo menos le debe una explicación.

—Sí, eso es lo que yo había pensado.

—Hablaré con ella —prometió Emma.

—Creo que ahora sería el momento más adecuado —dijo Rafe, mientras miraba por la ventana—. Se dirige hacia aquí —añadió, mientras le abría la puerta—. Bienvenida a la fiesta.

Rafe se hizo a un lado. Le daba la sensación de que, en cualquier otro lugar, estaría en peligro por el modo en que se estaban mirando las dos mujeres.

—¿Qué estás haciendo tú aquí? —preguntó Gina.

—Creí haberte dicho que te mantuvieras alejada de Rafe —replicó Emma.

—Y yo te dije que no iba a funcionar.

—De acuerdo, a ver qué te parece esta sugerencia. Rafe, voy a hacer un trato contigo. Si le prometes inmunidad completa de la acusación, ella te ayudará a atrapar a Bobby. Y lo quiero por escrito.

—Hecho —dijo Rafe.

—¿Te parece bien, Gina? —le preguntó Emma.

—Entonces, ¿ya no estaremos en bandos opuestos? —quiso saber Gina, sin dejar de mirar a Rafe.

—No. Seremos compañeros.

—Entonces, hecho —afirmó Gina, y en sus labios se dibujó una amplia sonrisa.

—Si decides quedarte en Winding River por el momento, creo también que deberías considerar alquilar tu propia casa, al menos temporalmente —le recomendó Emma—, a menos que quieras que pinchen el teléfono o que pongan un identificador de llamadas en casa de tus padres.

—No quiero meterlos en esto —afirmó Gina—. Creo que es muy buena idea mudarme. De hecho, creo que la habitación que hay al lado de esta está libre. Incluso tiene una puerta que comunica las dos habitaciones... ¡Qué adecuado!

—Gina, ya hemos hablado de esto... —susurró Rafe—. Nada ha cambiado...

—Claro que ha cambiado. Ahora somos socios. Donde tú vas, yo voy, ¿no es así?

—Bueno, yo me marcho —dijo Emma—. Os dejo solos para que podáis decidir los detalles. Rafe, espero ese acuerdo para más tarde. Hasta que lo tenga —añadió, mirando a Gina con severidad—, ¿podríais evitar poneros las manos encima?

—No hay problema —insistió Rafe, metiéndose las manos en los bolsillos.

Sin embargo, por muy seguro que estuviera de sí mismo, no podía estarlo tanto sobre Gina. El brillo que tenía en los ojos mostraba una picardía que, sin duda, iba a poner a prueba su resolución.

—El asunto ha dado un giro muy interesante, ¿no te parece? —dijo Gina, cuando Emma se hubo marchado.

—Supongo que eso depende del punto de vista —respondió él, cautelosamente.

—Bueno, desde mi punto de vista, ¿qué podría ser mejor que ver cómo se aclaran todas las sospechas? Ahora somos libres para hacer lo que queramos.

—¿De verdad? ¿Cómo ves tú que se va a desarrollar esta sociedad que nos une?

—Bueno, para empezar, podrías acercarte un poco más a mí...

—¿Y por qué iba a hacerlo?

—Para que podamos sellar adecuadamente este trato.

—Creo que Emma recomendaría un documento para eso.

—Emma tiene su modo de hacer las cosas y yo tengo el mío —susurró ella, con una sonrisa cada vez más sensual—. Y creo que preferirás mi modo.

—Estoy seguro de ello, pero sigue siendo una mala idea. El sexo puede complicar mucho una relación de trabajo.

—¿Es eso lo que tenemos ahora? ¿Una relación de trabajo?

—Exactamente.

—Pues no es así como yo lo veo —afirmó ella, dando unos cuantos pasos hacia Rafe—. ¿Quieres que te muestre mi punto de vista?

—Claro —respondió Rafe, sin poder resistirse más.

Gina lo hizo sentarse y luego se acomodó sobre su regazo, rodeándole el cuello con los brazos.

—Tal y como yo lo veo, podemos volver a empezar. Estamos en el mismo lado. Somos socios y para que los socios trabajen juntos con éxito, deben conocerse el uno al otro muy bien. Podríamos incluso decir que deben conocerse... íntimamente.

Rafe contuvo el aliento al sentir que ella le deslizaba las manos sobre el pecho. Empezó a desabrocharle los botones de la camisa. Cada vez que los nudillos le rozaban la piel desnuda, él sentía que un escalofrío le recorría el cuerpo. Terminó por agarrarle las manos y sujetárselas.

—Ese acuerdo todavía no está ni redactado ni firmado.

—No importa. Yo confío en ti.

—¿De verdad? Emma te aconsejaría todo lo contrario.

—¿Y qué sabe ella?

—Creo que bastante. Tú la contrataste, ¿verdad? Está tratando de defender tus intereses. Deberías prestarle atención.

—En estos momentos, preferiría prestarte atención a ti.

Antes de que Rafe pudiera detenerla, Gina lo besó. En un abrir y cerrar de ojos, consiguió deponer su resistencia y acelerarle la respiración. Cuando el beso terminó, la fuerza de voluntad de Rafe estaba hecha pedazos, aunque trató por última vez de hacerla razonar.

Gina sonrió y le enmarcó el rostro con las manos.

—Tienes toda la intención de redactar ese documento y otorgarme inmunidad, ¿no es así?

—Sí, pero...

—Eso es lo único que necesito saber. Confío en

ti... ¿O es que no es ese el problema? ¿Es que tú no confías en mí? ¿Sigues creyendo que podría estar metida en este asunto con Bobby? ¿Crees que se trata de una argucia por mi parte para poder vigilarte y así poder informarlo de lo que has estado haciendo?

—Claro que no. Si hubiera creído eso, no habría ratificado ese acuerdo con Emma.

—Entonces, no hay ningún problema, ¿no te parece?

—En realidad, sí lo hay.

—¿De qué se trata ahora?

—Tiene usted demasiada ropa puesta, señorita Petrillo.

—Si nuestros problemas pudieran resolverse tan fácilmente...

Gina se agarró la camiseta, pero Rafe le impidió que se la quitara.

—A su debido tiempo, a su debido tiempo...

Aquella vez, cuando Rafe la besó, no hubo inseguridades, ni frenos, sino solo un dulce y profundo beso, que lo turbó hasta un punto que no había experimentado hacía años. Aquella vez ya no había impedimentos, ni dudas...

XI

Rafe hacía el amor exactamente del modo que Gina había imaginado, con la total concentración y la pasión que habían faltado de su vida. Tenía la boca ardiente y hábil, las manos expertas. Alternaba las lánguidas caricias con toques íntimos que le hacían ansiar más. Acariciaba sus pechos de un modo que la hacía gritar de placer y arquearse hacia él, suplicándole que no parara.

Cuando le quitó las braguitas de algodón, comenzó una nueva exploración que la hizo retorcerse de gozo y suplicarle que la llevara a lo más alto.

—Todavía no —susurró él, refrescándole la acalorada piel con el aliento.

Comenzó un nuevo asalto de besos, que iban desde el vientre a los dedos del pie para volver a empezar. Por fin, llegó a la unión de sus muslos y, cuando la tocó con la lengua, Gina se abrió en un apasionado orgasmo.

—Ha sido... —susurró, aferrándose a los hombros de Rafe para así ayudarse a volver a la tierra.

—Es solo el principio —repitió él una vez más, interrumpiendo sus palabras con un beso que hizo que los sentidos de Gina despertaran una vez más.

Su cuerpo se tensó una vez. Tumbado sobre ella, Rafe le recordaba a un orgulloso guerrero, profundamente masculino. No había creído que fuera posible que pudiera desear más de lo que él ya le había dado, pero así era. La anticipación y el deseo fueron aumentando hasta que, por fin, él la penetró.

Las sensaciones al sentir la firmeza de su erección le quitaron el aliento. Más allá de aquel increíble momento de satisfacción, había un deseo de querer aún más, un hambre que comenzó con un sentido de pérdida al sentir que Rafe se retiraba y que se profundizó cuando él volvió a hundirse en ella.

Aquel ritmo, tan viejo como el tiempo, pero nuevo para Gina con aquel hombre, se convirtió en tormento y en gozo. Rafe añadía matices que ella nunca había imaginado, llevándola lentamente a la cima del placer, para luego hacerla bajar antes de volverla a llevar a alturas imposibles.

Se tensaron juntos, jadeando, aferrándose el uno al otro, gritando al unísono.

Cuando la oleada de placer se hubo aplacado, cuando la caldeada carne empezó a refrescarse, Gina suspiró y enterró la cabeza contra el cuello de Rafe. Entonces, entre sus brazos, sintiéndose más segura de lo que había estado desde hacía meses, tal vez años, se quedó dormida. Lo último que pensó fue en el futuro y en lo que este pudiera reservarle.

Rafe sentía un poco de asombro y algo de pánico ante lo que acababa de ocurrir entre ellos. No era un hombre que soliera tomar decisiones impulsivas. Sus relaciones eran habitualmente muy sencillas. Se podía decir que no era un hombre que pensara que las cosas duraran para siempre.

Sin embargo, allí estaba, completamente saciado y agotado tras haber hecho el amor con una mujer que, impulsivamente, se le había ofrecido, que era mucho más complicada que nadie que hubiera conocido nunca y que era de las que pensaba que las cosas duraban para siempre. ¿Cómo había ocurrido aquello?

Lo sabía perfectamente. Llevaba pensando en Gina de aquel modo desde hacía semanas, desde el primer beso que habían compartido. Cuando la barrera que los separaba se había levantado gracias al acuerdo con Emma, se había quedado indefenso.

Suspiró y se acurrucó más con Gina. ¿Qué iba a pasar a partir de aquel momento? Si tuviera dos dedos de frente, dejaría de buscar a Bobby Rinaldi y regresaría a Nueva York para ocuparse del resto de sus clientes. Seguir en Winding River y continuar con la relación con Gina era una carretera sin salida para ambos. Ella se daría cuenta muy pronto de aquello cuando se hubiera terminado la atracción física.

Rafe lo había vivido. Incluso relaciones que se basaban en mucho más de lo que Gina y él tenían en común terminaban por quemarse. De hecho, se atrevía a predecir que, al día siguiente, después de haber saboreado lo que antes les había estado vedado, la atracción que sentían empezaría a decaer.

La miró, contempló sus rosadas mejillas, la rotunda curva de sus pechos y de sus labios, la oscura nube de cabello oscuro... Sintió que su cuerpo se despertaba con toda la urgencia que había sentido hacía menos de media hora.

«Ya veo cómo disminuye la atracción», pensó, mientras le acariciaba la fragante piel. El pezón se le irguió como un firme capullo contra la mano. Ella se movió inquieta, a medida que las caricias de Rafe se intensificaban y se hacían más osadas.

Entonces, cuando estuvo completamente despierta, empezó a moverse contra él, recibiendo sus caricias, buscándolo. El calor se hizo infierno cuando volvió a entrar en ella y se retiró para hundirse en su carne una y otra vez.

Aquella vez, Gina fue la primera en gritar de placer, la primera en alcanzar un devastador clímax. Las oleadas de placer que se desataron dentro de ella provocaron la propia explosión de Rafe. Los músculos se tensaron para relajarse después por el placer que habían experimentado.

—Demasiado —gritó ella, al tiempo que sus cuerpos se unían con fiera intensidad—. Más, más, por favor...

Aquellas palabras hicieron eco en los pensamientos de Rafe. Estar con Gina era mucho, pero, si era sincero consigo mismo, sabía que nunca podría conseguir lo suficiente.

Cuando Gina volvió a despertarse, no lo hizo por las caricias de Rafe. De hecho, estaba sola en la cama. El sonido del agua le indicó que Rafe se estaba duchando.

En el exterior estaba muy oscuro. En el interior, solo daban luz a la habitación el reflejo que se filtraba por debajo de la puerta del cuarto de baño y los números luminosos del despertador. Gina oyó que el agua se cortaba por fin. ¿Qué pensaría Rafe si se metiera en el cuarto de baño con él? Lo más extraño era que tenía más dudas sobre su reacción de las que podría haber tenido hacía horas.

Había seducido a Rafe, de eso no había ninguna duda. ¿Qué pasaría a partir de entonces? Sabía que habían disfrutado mucho con el sexo, pero... Las dudas sobre su reacción la mantuvieron donde estaba, esperando, sintiéndose más vulnerable de lo que se había sentido desde hacía años.

No es que se lamentara de nada, pero le hubiera gustado saber qué terreno pisaba, lo que podía esperar cuando Rafe atravesara aquella puerta. La observaba con la misma inquietud como el que espera un veredicto del jurado. Aquella misma analogía la hizo echarse a temblar.

Cuando por fin Rafe abrió la puerta, el corazón se le desbocó. Llevaba puestos unos vaqueros. Nada más.

Tenía el botón desabrochado y la cinturilla le quedaba algo baja. Ningún vaquero habría tenido nunca un aspecto más sexy. Llevaba el cabello húmedo y alborotado, con una sorprendente tendencia a rizarse. Gina sonrió débilmente y él le devolvió el gesto con algo de lentitud. El pulso de Gina se aceleró aún más.

—Estás despierta —dijo Rafe, con cierta cautela.

—Y tú también.

—¿Te encuentras bien? —preguntó, mientras se sentaba en la cama.

—Claro. ¿Por qué no iba a estarlo?

—Pensé que podrías estar teniendo dudas.

—¿Las tienes tú?

—Bueno... Sí. Y si tú fueras sensata, también tendrías miedo.

—Yo no me asusto tan fácilmente, Rafe.

—Mira, Gina, creo que tenemos que hablar de esto.

—¿Por qué? Somos dos adultos mayores de edad. ¿Por qué tenemos que hacer una montaña de algo tan natural?

—Porque...

—No pienso seguir hablando de esto, Rafe. No lo lamentaré nunca. Si eso es lo que estás esperando conseguir, olvídalo.

—No quiero que lo lamentes. Solo quiero que te des cuenta de que no podemos seguir.

—¿Por qué? ¿Porque tú has decretado que así sea?

—No, porque no lleva a ninguna parte.

—¿Por qué no? —preguntó Gina, que estaba a punto de perder la paciencia—. Además, ¿quién ha dicho que tiene que llevar a alguna parte?

—Seamos claros, Gina. Tú no haces este tipo de cosas.

—¿Tener relaciones sexuales?

—Tener relaciones sexuales sin más.

—Y eso es lo que tú tienes siempre, ¿no? ¿Es eso lo que estás tratando de decirme? —le espetó ella. Rafe bajó los ojos, pero no negó las palabras de Gina—. Muy bien, pues no importa. Estamos de acuerdo. Esto es sexo sin más. Si yo accedo a esos términos, supongo que no tendrás objeciones —añadió, antes de envolverse en la sábana y salir hacia el cuarto de baño. Al llegar a la puerta, se detuvo y se volvió a mirar a Rafe—. Dado que todo esto es tan intrascendente, no espero que me invites a cenar. Dame diez minutos y saldré de esta habitación para que tú puedas seguir con tus papeles.

Entonces, cerró de un portazo. El rugido de la ducha ahogó sus amargas lágrimas. Esperaba que, si Rafe tenía un poco de decencia, se hubiera marchado cuando ella saliera de la ducha. Sin embargo, de repente, la cortina de la ducha se abrió. Con los vaqueros puestos, Rafe se metió en la ducha con ella, con expresión seria y decidida. Gina estaba demasiado atónita como para reaccionar.

—Lo siento...

—¿El qué?

—Siento haberte disgustado. Solo estaba tratando de asegurarme de que estábamos en la misma onda. No estaba tratando de restarle importancia a lo que ha ocurrido.

—Pero lo has hecho.

—Te aseguro que no. De hecho. Ese es precisamente el problema. Me has pillado desprevenido. Nunca esperé sentir tanto, desear tanto, especialmente con cosas que son tan inciertas.

—¿Qué cosas? Yo creía que todo estaba claro entre nosotros. Tú quieres a Bobby y yo he accedido a ayudarte en todo lo que pueda.

—Es mucho más que eso, Gina. Tienes que entenderlo...

—Pues no es así. Tendrás que explicarte.

—¿Quieres una explicación aquí? —preguntó él, mientras apartaba mechones húmedos del rostro de Gina—. ¿Ahora?

—Tú has elegido el lugar.

—Pero hay cosas mucho más interesantes que podríamos estar haciendo...

Cuando Rafe le acarició un pecho, Gina se echó a temblar. El deseo, apasionado y urgente, se abrió paso una vez más en su cuerpo. Sin poder contenerse, le bajó la cremallera de los vaqueros y acogió la potente erección en la mano.

Él gimió de placer y entonces la levantó hasta que ella pudo colocárselo entre las piernas, con la espalda contra la pared. Allí, con el agua cayendo a borbotones sobre ellos, con una catarata, sus cuerpos se unieron, plenos de deseo, y se estimularon hasta alcanzar un fuerte y devastador orgasmo que los dejó jadeando, aferrados el uno al otro.

Cuando recuperaron el aliento, Rafe la dejó de nuevo de pie y, tras agarrar el jabón, la lavó muy tiernamente. Entonces, cortó el agua, agarró una tolla y la secó, para luego secarse él después.

—Ahora, ¿te apetece que nos vistamos y nos vaya-mos a cenar?

—Podría llamar a Tony y hacer que nos trajera una pizza aquí.

—Mala idea.

—¿Por qué?

—Parece que tengo problemas para dejar quietas las manos...

—¿Y por qué es eso un problema? –preguntó ella, riendo.

—Porque yo estoy muerto de hambre y tú también.

—Una pizza lo resolvería.

—Y también una tranquila y agradable cena en un restaurante en el que nos veríamos obligados a com-portarnos con propiedad. Podríamos tomar vino y tener una conversación agradable...

—¿Por qué me parece que la conversación que tú tienes en mente sería cualquier cosa menos agradable?

—Gina...

—De acuerdo, salgamos a cenar, pero, ¿prometes no hablar de nuestra relación?

—Sí.

—¿Ni mencionar a Bobby?

—De acuerdo. ¿Qué nos queda?

—Estoy segura de que pensaremos en algo. Si no, invitaremos a cenar con nosotros a Tony y a Fran-cesca. Tú podrás ayudarme a convencer a Tony para que se la lleve a Italia mientras yo lo sustituyo aquí.

—Estás hablando de una sustitución temporal, ¿ver-dad?

—Sí. ¿Por qué el gesto resignado?

—Porque había esperado que, ahora que tenemos este acuerdo, volverías a Nueva York.

—Si tienes ganas de marcharte, hazlo —dijo, aunque sintió un gran vacío en el corazón ante la perspectiva de que él se marchara—. Emma o yo te mantendremos informado si Bobby aparece.

—No es que no confíe en ti, pero me sentiré mejor si estoy cerca de ti para vigilarte.

—¿Porque no confías en mí?

—No, porque no tenemos modo de saber si Bobby se llevó ese dinero porque está desesperado por algo.

—¿Desesperado? ¿Qué quieres decir?

—Si se ha metido en algún lío, como deudas de juego o tráfico de drogas, podría estar en peligro y no quiero que te ponga en peligro a ti.

—Estoy segura de que si hubiera algún peligro, él me lo advertiría —dijo, aunque sin mucha convicción.

—No podemos estar seguros de eso —replicó Rafe, con expresión sombría—. No te preocupes. Yo no voy a dejar que te ocurra nada. Ahora, vayámonos a cenar. Te recomiendo un buen plato de pasta y vino.

Gina suspiró. Normalmente no le costaba mantener la calma, pero aquella noche le daba la impresión de que le iba a resultar difícil. Cuando llegaron al restaurante de Tony, seguía nerviosa. Peg Lafferty, que llevaba con Tony desde que abrió, los condujo a una mesa cerca de la cocina.

—Sé que Tony va a salir constantemente para hablar con vosotros, así que esta será más conveniente.

—¿Dónde está Francesca esta noche?

—Se ha ido a casa. No se encontraba bien.

—¿Qué le pasa?

—No estoy segura. Últimamente se queda mucho en casa. Tony no quiere hablar al respecto y yo no he querido husmear.

—Dile que estoy aquí, ¿de acuerdo?

—De acuerdo. Estoy segura de que saldrá enseguida. ¿Os traigo una botella de Chianti mientras miráis el menú?

—Sí, una de Chianti estará bien —le aseguró Rafe—. Mira, no empieces a exagerar lo que te ha dicho. Seguro que Francesca está perfectamente. Tal vez se esté tomando la noche libre —añadió, cuando Peg se hubo marchado, al ver el rostro de preocupación de Gina.

—No la conoces. No se toma tiempo libre, a menos de buena gana. Tal vez debería ir a ver cómo está.

—Tal vez deberías esperar y dejar que Tony respondiera tus preguntas antes de nada.

—Son mis amigos, no los tuyos.

—Eso no hace que mi consejo sea menos sensato.

—Sí, probablemente tengas razón. Seguro que estoy haciendo una montaña de un grano de arena. Tony me lo habría contado si fuera algo serio.

—Claro —dijo Rafe, mientras Peg regresaba con la botella de vino y se disponía a anotar lo que querían.

—¿Queréis pedir ya?

—No —respondió Gina—. Quiero respuestas antes de comida.

—Habla por ti misma —replicó Rafe—. Yo tomaré un plato de antipasto por el momento.

—Marchando —anunció Peg, mientras regresaba a la cocina.

Cuando llegó el antipasto, Gina se dio cuenta de que tenía mucha hambre y empezó a comer con avidez.

—Eso está mejor —dijo Rafe—. Por fin tienes un poco de color en las mejillas. Esa tendencia que tienes de hacer tuyos los problemas de los demás no es buena.

—Son mis amigos. ¿Qué quieres que haga?

—Me imagino que si te digo que mantengas las distancias, estaré desperdiciando palabras.

—¿Y tú puedes hacer eso? —preguntó Gina, tratando de decidir si hablaba en serio.

—En realidad, no hay muchas personas a las que pueda considerar mis amigos.

—Estoy segura de que no hablas en serio.

—Es cierto. Tengo conocidos, colegas, pero amigos… ¿Personas a las que llamaría para salir y tomar una copa solo para divertirme? No he tenido tiempo.

—Eso es horrible. Todo el mundo debería tener amigos.

—Yo no.

—¿De verdad esperas que me crea que no hay nadie importante en tu vida?

—Es la verdad.

—¿Y tu madre? Dijiste que aceptaste este caso por ella. Debes de quererla.

—No me gusta que se estafe a nadie. Por eso acepté el caso.

—No te creo.

—Es cierto.

Antes de que Gina pudiera seguir preguntando,

Tony salió de la cocina y se sentó con ellos. Parecía estar muy cansado.

—¿Te encuentras bien? —le preguntó Gina.

—Ha sido una noche muy ajetreada. Eso es todo.

—¿Has cenado?

—No he tenido tiempo.

—Entonces, quédate sentado. Voy a preparar algo para los tres. Si viene alguien más, yo me ocuparé. Tómate una copa de vino y charla con Rafe. Relájate.

—Eres una buena chica, *cara mia*...

—Y mejor cocinera. Os voy a preparar una cena que os vais a chupar los dedos —dijo Gina. Cuando Rafe empezó a protestar, ella lo silenció con una mirada—. Tengo que hacerlo. No tardaré mucho.

—Tardará lo que tenga que tardar. La buena comida no puede hacerse deprisa.

—Consejo del maestro —comentó Gina, tras darle un beso en la mejilla a Tony. Entonces, se marchó a la cocina.

Al llegar allí, se desplomó contra la puerta. Algo iba mal.

De repente, sus propios problemas no importaban nada.

¡Qué triste que Rafe no entendiera nada de todo aquello! Tal vez, cuando hubiera solucionado los problemas de Tony y Francesca y la vida de Karen, se tomara el tiempo de enseñarle a comprender.

XII

Rafe estudió el agotado rostro de Tony y comprendió que Gina había estado en lo cierto.

—Gina está preocupada por ti.

—Y yo por ella. Cuanto más se demora este asunto con su socio, más triste se pone. No me gusta. Si conociera a ese hombre, le retorcería el cuello.

—Únete al club, pero, en realidad, yo no estaba hablando sobre Gina. Estaba hablando sobre ti. ¿Va todo bien? Peggy dijo antes algo que llevó a Gina a pensar que tu esposa no está bien.

—Francesca tiene cada día más añoranza. Su única hermana, que vive en Roma, no está bien. A Francesca le gustaría estar a su lado, pero se niega a volver a Italia sola y yo no puedo dejar el restaurante desatendido.

—Hay una solución —dijo Rafe, a pesar de que se

odió por ello. Tenía que regresar a Nueva York, pero solo podía hacerlo si Gina también se marchaba.

—¿Cuál?

—Deja que Gina se haga cargo del restaurante. Ella insiste en quedarse aquí de momento por su amiga Karen. Le daría algo que hacer.

—¿No fuiste tú el que me advirtió que no esperara que ella volviera a trabajar aquí?

—Quería decir permanentemente, pero, ¿quién sabe? Tal vez también me equivocaba sobre eso. Gina es una mujer muy complicada.

—¿Gina? Eso no es cierto. Cualquiera que la conozca lo sabe.

—Entonces, tal vez yo no la conozco tan bien como había pensado.

—O tal vez tan bien como te gustaría. ¿Acaso te aterroriza tanto que finges no verlo?

—Puede que tengas razón. Tal vez veo cosas que me asustan, aunque una parte de mí quiere lo que ella quiere.

—Eso es bueno. Me alegro. Admito que lo que quieres es siempre el primer paso.

—¿El primer paso a qué?

—Al futuro. Ahora, ¿qué te gustaría saber sobre Gina? Pregúntame y te diré lo que quieras.

—¿A qué viene este cambio? Hasta ahora te has negado a hablar conmigo sobre ella.

—Porque tú mismo has cambiado. En cuanto a tus motivos para estar aquí, los sospecho. Ahora, dime. ¿Qué es lo que no entiendes de Gina?

—¿Es buena cocinera?

—De todo lo que podrías haberme preguntado, ¿es eso lo único que se te ocurre? Tal vez me había equivocado sobre ti. Estaba esperando algo más personal.

—Yo pensaba que la cocina era muy personal para ella. Es a lo que se dedica.

—Sí, pero no quién es. Además, no me puedo creer que nunca hayas comido en su restaurante.

—Nunca, aunque mis colegas comen y cenan allí. A mi secretaria le encanta.

—Porque a Gina la apasiona la comida. La comprende.

—Entonces, ¿por qué no se ha esforzado más por mantener el Café Toscana a flote? Vino aquí por una reunión, pero podría haber vuelto enseguida para salvar el restaurante. En vez de eso, ha habido veces en las que me he preguntado si le preocupa o no que cierre.

—Te equivocas. Claro que la preocupa, quizá demasiado. Ha tratado de distanciarse, creo que por miedo. Está tratando de hacerlo por si no puede mantenerlo abierto. Además, solo hay una cosa que importe a Gina más que la comida.

—Sus amigos, ¿verdad?

—Precisamente. Lo que ha pasado a lo largo de estas semanas es que ha aceptado las cruces de todos con gusto, pero no ha dejado que nadie comparta la suya.

—Se ha quedado aquí por Karen y seguirá aquí por Francesca y por ti. Y si hay otro amigo que tenga problemas, volverá a extender su estancia aquí.

—Es cierto, pero también se ha quedado porque un hombre en el que confiaba, ese Bobby Rinaldi, la ha traicionado. Para ti ese hombre es solo un delincuente, pero para ella era un amigo. Piénsalo. Voy por otra botella de vino.

Tony dejó a Rafe sintiéndose muy abatido. No se había parado nunca a considerar el impacto que los actos de Bobby podrían haber tenido en Gina. Solo había pensado en términos de dinero y de negocio, no de amistad.

Sin embargo, Gina había sufrido mucho. Para la mujer que Rafe estaba empezando a comprender, perder a un amigo era mucho más importante que perder un restaurante.

Él no estaba seguro de poder sentir aquello por otra persona. En su mundo, no había vínculos emocionales, ni amantes a largo plazo.

Solo había colegas y conocidos. Incluso su relación con su madre estaba basada en la frialdad.

Haber visto a las componentes del Club de la Amistad cuidar unas de otras le hacía sentir el deseo de experimentar aquella cercanía con otra persona, con Gina, pero tenía miedo. Los que se comprometen se arriesgan a la traición y al sufrimiento. Solo tenía que mirar lo que Bobby le había hecho a Gina para darse cuenta.

Rafe se preguntó cómo se sentiría una persona al sentir que tenía la lealtad que proporcionaba un amigo y se pregunto si él mismo sería merecedor de ella. Había puesto en funcionamiento la maquinaría que podría hacer que Gina lo perdiera todo. ¿Terminaría ella culpándolo si sus acciones le costaban su café? ¿Lo odiaría o lo comprendería y perdonaría? El tiempo lo diría.

—Siento haber tardado tanto —dijo Gina, colocando un plato de lasaña delante de él—. Es el plato favorito de Francesca. He hecho que Tony le lleve un poco.

—¿Te ha hablado él de la nostalgia que siente por Italia?

—Sí. Le he dicho que la lleve a ver a su hermana y que yo lo sustituiré mientras tanto.

—Ya le dije que lo harías.

—¿De verdad? ¿Apruebas mi decisión, especialmente dado que significa otro retraso en lo de volver a Nueva York?

—De todos modos, creo que no estabas preparada para marcharte muy pronto. Ya lo había aceptado.

—Pero no te agrada mucho, ¿verdad?

—Esto es lo que tú quieres. Dado que me gustas cada vez más, ¿cómo voy a poder discutir tu decisión?

—Eres un hombre muy sabio.

—No tanto, pero trato de serlo —susurró él, tomándole la mano y dándole un beso en los nudillos.

Cuando regresó a su habitación de hotel, Rafe tenía media docena de mensajes. Gina se marchó a su habitación, que había insistido en reservar de todos modos para evitar los rumores.

Dos de los mensajes eran de Lydia, que parecía

muy divertida por el hecho de que él todavía siguiera en Winding River. Otro mensaje era de su colega Joan Lansing y otro más de su detective, que lo informaba de que había un rastro que sugería que Rinaldi podría estar en las islas Caimán.

Al levantar la mirada, vio que Gina lo estaba mirando fijamente, con una expresión helada en el rostro.

—¿Que Bobby está en las islas Caimán? —preguntó, atónita.

—Podría ser.

—¿Vas a mandar a ese hombre a buscarlo?

—¿Qué quieres que haga?

—¿Me lo preguntas a mí?

—Eso es lo que he dicho. ¿Qué quieres, Gina? ¿Quieres que lo atrape y que resuelva esto de una vez por todas?

—Claro que sí —le espetó ella—. Sin embargo, una parte de mí no deja de tratar de fingir que está allí tomándose unas repentinas vacaciones y que regresará tarde o temprano.

—Tú lo conoces mejor que yo. ¿Crees que podría ser?

—No lo sé —respondió, con los ojos empañados de tristeza—. Sinceramente, creo que nunca lo conocí.

—Sé que al principio te acusé de haberte asociado con él, pero lo que ha ocurrido no es culpa tuya. Tú viste lo que él quería que vieras. No eres la única persona a la que engañó, querida. Mi madre es mayor que tú y debería ser más sabia, pero ella también confió en él, igual que muchos otros.

—¿Qué hago, Rafe?

—¿Quieres el Café Toscana?

—Sí —respondió ella, sin dudarlo.

—¿Lo suficiente como para regresar y luchar por ello?

—Ahora no puedo. Karen, Tony... Ellos dependen de mí.

—Lo comprenderían.

—Estoy segura de ello, pero ese viaje es muy importante para Francesca. No puedo echarme atrás.

—Además de eso, hay una parte de ti que es muy feliz aquí, ¿verdad? Hay una parte de ti que se alegra de tener la oportunidad de ayudar a tus amigos, de cocinar para ellos y para tu familia en vez de para desconocidos.

—No lo había pensado nunca, pero sí. Estoy deseando volver a estar en la cocina de Tony, de tener tiempo, incluso en una noche ajetreada, para sentarme con mis amigos mientras ellos prueban una receta con la que yo he estado experimentando.

—¿Crees que ese sentimiento es temporal?

—No lo sé. Solo sé que ahora este es el lugar donde quiero estar, donde tengo que estar.

—¿Y Rinaldi?

—Dile a tu hombre que lo encuentre. No importa lo que decida para mí misma, hay que pagar a los inversores y a los proveedores.

—De acuerdo. Lo llamaré ahora mismo.

Cuando hubo colgado el teléfono, Gina dijo:

—Si Bobby está allí, ¿podrás obligarlo a regresar? ¿No es ese uno de los lugares que no tiene acuerdo de extradición con los Estados Unidos?

—Sí, pero estoy seguro de que podremos animarlo a que vuelva, de un modo u otro, pero primero hay que asegurarse de dónde está.

—¿Te quedarás aquí o regresarás a Nueva York?

—¿Qué quieres que haga? —le preguntó Rafe. De repente, se había dado cuenta de que ya no había razón real para quedarse y que, sin embargo, no deseaba marcharse.

—En estos momentos —respondió ella, con una sonrisa en los labios—, me gustaría que te olvidaras de todo y que te quedaras aquí.

—¿Qué es lo que tienes en mente? —quiso saber, sintiendo que el corazón se le aceleraba.

—Si no lo sabes, es que no eres tan inteligente como cree la gente.

Rafe no lo dudó. Se acercó rápidamente a ella y descubrió que los planes que Gina tenía para pasar la velada eran mucho más interesantes que pasarse la noche hablando de los pros y de los contras de regresar a Nueva York. También sabía que le daría mucho más que pensar la próxima vez que saliera el tema de marcharse de Wyoming.

Gina estaba medio dormida, entre los brazos de Rafe, cuando el teléfono empezó a sonar en la habitación de ella. Se puso de pie de un salto y fue a contestar. La voz de Bobby hizo que se despertara del todo.

—Bobby, ¿dónde diablos estás?

—Si crees que te lo voy a decir, ahora que sé que

te has aliado con el enemigo, estás muy equivocada.

—¿Por qué dices eso?

—Estás en el mismo hotel. Tus padres me dijeron
dónde encontrarte. ¿Te estás acostando con él?

—¿Por qué me llamas? —replicó ella, sin contestar
la pregunta.

—Para decirte que buscarme no te servirá de nada.
Estoy a salvo.

—¿En las islas Caimán? —le preguntó. Enseguida,
se arrepintió de lo que había dicho.

—¿Por qué crees que estoy en las Caimán? Tienes
a alguien siguiéndome, ¿verdad?

—Bueno, ¿y qué esperabas? Te marchaste con el
dinero de la empresa, estafaste a inversores y proveedores… Claro que te están siguiendo. Si te queda algo
de sensatez en ese cerebro de mosquito, regresarás tú
solo y te enfrentarás a lo que has hecho antes de que
la situación empeore.

—No puede empeorar más. Y aquí vivo como un
rey.

Gina se imaginó que aquellas palabras confirma-
ban lo acertado de las especulaciones del detective.

—Solo tú puedes ignorar de ese modo a tu conciencia.

—No tengo ningún problema para hacerlo —dijo
Bobby, riendo.

—Solo dime una cosa. ¿Por qué lo hiciste? Yo creía
que éramos amigos.

—Lo éramos, muñeca, pero la amistad tiene sus lí-
mites. Al final, hay que buscar al número uno.

—Es una manera terrible de vivir.

—No, es la única manera de vivir. Se llama super-vivencia. De eso se trata. Ahora, hazme un favor.

—¿Cómo? Después de lo que me has hecho, ¿esperas que te haga un favor?

—Digamos que va también en tu propio interés.

—¿Por qué?

—Si dices a tu sabueso que deje de seguirme, te enviaré un poco de dinero para que puedas pagar las deudas. Si el negocio sigue floreciendo, no creo que te cueste mucho superar este pequeño bache. Tal vez un día me des las gracias por haberte dejado todo el negocio.

—¿Y si no lo hago?

—No te enviaré ni un centavo. Además, cualquiera que se presente buscándome, se meterá en un buen lío aquí. Ahora, tengo que marcharme, querida. Cuídate, y lo digo sinceramente. Nadie más lo va a hacer por ti.

Bobby colgó antes de que Gina pudiera responder. Cuando Rafe apareció a su lado y le quitó el auricular de las manos, estaba temblando.

—¿Te encuentras bien? —le preguntó, tomándola entre sus brazos—. Vamos a la cama.

—Amenazó con hacer algo a tu investigador —respondió ella, mientras le acompañaba—, y creo que lo decía en serio. Tienes que hacer que tu hombre regrese.

—Flynn puede cuidar de sí mismo. Ha tratado con mayores amenazas que Rinaldi. ¿Te confirmó que está en las islas Caimán?

—Sí. No sabía que podría ser tan frío...

—¿Qué más te dijo?

—Que si llamaba a quien le estuviera siguiendo, me enviaría dinero para pagar algunas de las deudas. Parecía sincero... —comentó Gina. Rafe se echó a reír—. ¿Qué te resulta tan divertido?

—Me alegro de ver que te enfadas.

—Ya estaba enfadada antes.

—Pero no con Bobby.

—Claro que lo estaba.

—Principalmente, has estado enfadada conmigo.

Gina se dispuso a contradecirle, pero se dio cuenta de que tenía razón. Había estado furiosa con Rafe por seguirla a Wyoming, por sospechar de ella, pero en realidad había sido Bobby quien la había puesto en aquella situación. A pesar de todo, había querido comprender a su amigo y había culpado de todo a Rafe.

—Estaba equivocada —dijo—. No tenías más opción que venir detrás de mí. Yo me equivoqué con Bobby, con todo...

—Eh, no seas tan dura contigo misma. Ese hombre es un artista del engaño. Te engañó a ti y a todo el mundo.

Las afirmaciones de Rafe no ayudaron a calmarla. Lo único que conseguía tranquilizarla en aquellos momentos era el trabajo. Rápidamente, se levantó de la cama.

—Tengo que marcharme.

—¿Adónde?

—Al restaurante de Tony. Si me necesitas, me encontrarás allí.

—¿A estas horas?

—Haré el pan para mañana.

Para alivio de Gina, Rafe no trató de detenerla.

Mientras se metía en la ducha, pensó que, por muy extraño que fuera, le parecía que Rafe la comprendía mejor después de unas semanas de lo que se comprendía a sí misma después de veintiocho años.

XIII

—Jefe, entonces, ¿va a regresar a Nueva York? —inquirió Lydia—. No es que me queje. En realidad, todo ha estado muy tranquilo desde que usted se fue, pero los socios se están empezando a preguntar si usted sigue trabajando aquí. Sus horas facturables son una birria.

—No tanto, Lydia —protestó Rafe, mirando el lío de papeles que tenía encima de la mesa.

—Entonces, ¿dónde está el registro?

—Te lo mandaré hoy mismo por fax.

—Tenía que haberlo mandado ayer. Usted nunca se retrasaba o, al menos, no solía hacerlo hasta que encontró una distracción como Gina Petrillo.

—Pensé que esto era exactamente lo que buscabas cuando permitiste que cancelara su declaración. Reconoce que tenías motivos. Querías que saliera corriendo detrás de ella, esperando que me sintiera atraído por Gina.

—¿Está diciendo lo que creo que está diciendo? —preguntó Lydia, tras un largo silencio—. ¿Es posible que, por fin, le esté prestando atención seria a alguien?

—No sé si es sería o no, pero te aseguro que le estoy prestando atención —admitió, de mala gana.

—¡Aleluya! Olvídese del registro de horas facturables. Lo puedo hacer yo sola.

—No puedes falsificar un registro de ese modo.

—Claro que no, pero debería saber cómo ha estado pasando el tiempo, al menos en parte. Yo soy la que le manda trabajo ahí, responde sus llamadas y le envía los mensajes. Me apuesto algo a que me faltaría muy poco para que fuera exacto.

Rafe decidió desafiarla.

—Muy bien. ¿Cuántos contratos tengo ahora mismo encima de mi escritorio?

—Treinta. Se los mandé ayer. Y también ayer estuvo al menos tres horas al teléfono trabajando en la fusión Jackson-Waller.

—Cinco. Tres no, cinco.

—¿Hizo alguna cosa más que yo no sepa?

—Oficialmente, no. Recuerda que no voy a cobrar a mi madre.

—Ah. Entonces, ¿el resto del tiempo lo estaba concentrando en Gina? Supongo que tampoco podemos presentar factura por eso, ¿verdad?

—No tienes que hacerlo parecer como si hubiéramos estado peleando en el barro...

—¿Es así como ha sonado? Me parece que está

usted algo a la defensiva, jefe. Nadie espera que trabaje veinticuatro horas al día. No hay nada malo en tomarse tiempo para ir a cenar o socializar un poco. ¿Ha sido más que eso? ¿Es que le está incomodando su conciencia?

—No te pases de lista.

—Dígame… ¿se ha acostado ya con Gina?

Rafe, sorprendentemente, no se sorprendió tanto por aquella pregunta como se hubiera imaginado, pero decidió no entrar en aquella conversación. Permaneció en un completo silencio.

—¿No habla? Entonces, supongo que puedo sacar mis propias conclusiones.

—Te ruego que te guardes tus teorías para ti. Envíame el expediente del caso Whitney. Lo necesito mañana por la mañana. Joel Whitney…

—El señor Whitney llamó ayer con una de sus habituales estúpidas preguntas, que podría haberse respondido él mismo si supiera leer los contratos que firmó. Ya se lo he enviado…

—Muy bien, muy bien —dijo Rafe, riendo—. Eres la mejor secretaria del universo.

—Ya lo sé —replicó Lydia, sin falsa modestia—. ¿Sabe una cosa? Esto de enviar tanto expediente de Nueva York a Wyoming está costando mucho dinero. ¿Ha pensado alguna vez en quedarse allí y transferir todos los archivos? Un camión de mudanzas sería mucho más barato a la larga. Además, me han dicho que Wyoming es estupendo para esquiar en invierno.

—Yo no sé esquiar. Además, ¿por qué iba a querer quedarme en Wyoming?

—Por cierta cocinera...

—Que es dueña de un restaurante en Nueva York —le recordó él, aunque se quedó algo aturdido ante la perspectiva de que, si quería estar con Gina, podría tener que quedarse en Wyoming—. Ella volverá. Y yo también.

—Lo que usted diga, jefe.

Rafe colgó el teléfono, agradecido de haber obtenido la cooperación de Lydia aquella vez, aunque hubiera sigo fingida y se reclinó en la silla para mirar por la ventana. El verano estaba llegando a su fin. Entonces, abrió su agenda y se dio cuenta de que llevaba allí más de dos meses, desde finales de junio hasta principios de septiembre. Sin embargo, no se había vuelto loco.

Miró la pila de contratos que tenía en la mesa y, tras sopesarlos contra la posibilidad de ver a Gina, se puso de pie. Para calmar su conciencia, metió varios de los contratos en su maletín y se dirigió al restaurante de Tony. Allí podría trabajar perfectamente. De hecho, la mayoría de los abogados realizan su trabajo durante los almuerzos. Por supuesto, la mayoría lo hacen con sus clientes o con los fiscales. Sin embargo, la única compañía que él esperaba era la de Gina.

Gina estaba tan agotada por haber estado trabajando por la noche que casi no veía. El almuerzo acababa de comenzar, aunque, afortunadamente, el verdadero ajetreo no empezaba hasta por la tarde. La perspectiva de volver al hotel para echarse una siesta era lo único que la mantenía en pie.

Estaba sentada en la cocina, con la cabeza entre las manos, cuando Peggy entró para anunciarle que Rafe estaba en el comedor.

—Si no estás demasiado ocupada, quiere verte. Como no hay más clientes esperando, le dije que saldrías enseguida.

Durante un momento, el corazón de Gina dio un vuelco ante la perspectiva de ver a Rafe. Se había pasado la noche pensando en su relación y había llegado a convencerse de que no iba a llegar a ninguna parte.

Cuando regresara a Nueva York, si llegaba a hacerlo, iba a tener que trabajar mucho para sacar el café adelante. Sabía que Rafe era adicto a su trabajo, por lo que ninguno de los dos tendría tiempo para verse. Gina sabía perfectamente que las relaciones deben alimentarse a diario. Además, sentía que en Winding River su vida era mucho más equilibrada, por lo que le parecía que podría ser perfectamente feliz trabajando allí, con Tony y rodeada de la gente a la que más quería. Sin embargo, cuando trataba de añadir a Rafe a aquella imagen, no podía.

—¿Qué? —le preguntó a Peggy, al ver que esta la miraba atónita.

—Si yo tuviera un hombre como ese esperándome, no seguiría ahí sentada con esa expresión tan triste.

—Tienes razón —dijo Gina, forzando una sonrisa. Entonces, se dirigió al comedor. Tenía que contarle a Rafe la conclusión a la que había llegado. Seguramente a él no le entristecería que ella le sugiriera que volviera a Nueva York.

Desgraciadamente, parecía que Rafe había ido para quedarse, a juzgar por el montón de papeles que tenía encima de la mesa. Parecía estar perfectamente contento con su oficina en Winding River.

—Si vas a instalar tu despacho aquí mismo, tendré que cobrarte alquiler —bromeó.

Rafe la miró e inmediatamente la llenó de tanto ardor que estuvo a punto de arrebatarle el aliento. ¿Sería verdad que lo que había entre ellos estaba destinado a acabar? Y si no era así, ¿por qué no aprovechaba cada segundo que pudiera durar?

—Pareces cansada.

—Eso es justamente lo que quieren oír todas las mujeres. Creo que necesitas repasar tus técnicas de seducción.

—Tu belleza se da por descontado, pero pareces cansada.

—Mejor, pero te sugeriría que siguieras practicando porque, si no, creo que te quedas sin chica.

—Pensé que ya la tenía.

—¿De verdad?

—¿No es así?

—Tal vez —replicó ella, sentándose a la mesa—. Por el momento. De hecho, creo que deberíamos hablar al respecto.

—Oh, oh. Has tenido demasiado tiempo para pensar esta noche, ¿verdad?

—No me la pasé pensando solo en ti, pero cuando se me cruzaba tu imagen por la cabeza, se me ocurría que esto es una locura.

—¿A qué te refieres?

—A esto. A ti y a mí, Rafe.

—¿Por qué es una locura? Tú fuiste la que insistió en llevarlo a otro nivel. Yo estoy empezando a acostumbrarme a la idea. Casi estaba convencido de que eres un genio.

—No creo que se suponga que debes acostumbrarte a la idea de sentir algo por alguien. Se supone que debe ocurrir, sin más.

—A mí no.

—Anoche dijiste algo parecido, pero no me lo puedo creer. ¿De verdad que nunca has sentido nada por nadie? ¿Nunca? —preguntó Gina, incrédula.

—No.

—¿Y tu madre?

—Ya te dije que mantenemos una cortés distancia.

—Pero has salido con muchas mujeres, ¿verdad?

—Sí, pero nunca diría que he tenido una relación con ellas. ¿Tenemos que hablar de esto? —preguntó él, muy incómodo.

—Creo que sí, Rafe. ¿Dónde ves que va lo nuestro?

—No lo sé. ¿Y tú?

—No lo sé... En realidad, si soy completamente sincera contigo, te diré que no veo que vaya a ninguna parte. Al menos, no a largo plazo.

—Entiendo —respondió él, tensando la mandíbula—. ¿Por qué?

—Mira, tú y yo no empezamos con buen pie. Tú creías que yo era una delincuente. A mí eso me molestó mucho, pero, a pesar de todo, había una innegable atracción física entre nosotros. Probablemente se vio acrecentada por el hecho de que no había nada que ninguno de los dos pudiéramos hacer en estas circunstancias.

—Claro que hicimos algo al respecto. Hicimos el amor.

—Tuvimos relaciones sexuales —lo corrigió ella—. Y fue estupendo. Fabuloso.

—Me alegra saber que, al menos en eso, estamos de acuerdo —replicó él.

—Mira, me has preguntado por qué yo creía que esto no iba a funcionar, y estoy tratando de explicártelo.

—Gina, no estoy seguro de que debamos tener una conversación sobre el sexo cuando está escuchándonos la mitad del pueblo.

—¿La mitad del pueblo?

Al darse la vuelta, Gina se dio cuenta de que el restaurante se había empezado a llenar. Hubiera sido capaz de matar a Rafe por no advertírselo antes. O tal vez a Peggy, que iba de una mesa a otra con una sonrisa en los labios.

—¿Por qué no me dijiste que teníamos clientes?

—Estabas sentada en medio de todos y no creo que seas sorda ni ciega —replicó Peggy—. Supongo que, si no te diste cuenta, fue porque otra cosa tenía absorta tu atención.

—¿Has anotado lo que quieren?

—Lo estoy haciendo ahora mismo. En realidad, todo el mundo está encantado solo con el entretenimiento.

—No digas más —le dijo. Entonces, se volvió hacia

Rafe–. Y tú no te vayas a ninguna parte. Esta conversación no ha terminado.

—Tómate tu tiempo. Seguiré aquí sentado. Tráeme una copa de Chianti cuando tengas un momento, ¿vale? —añadió, refiriéndose a Peggy.

—Por supuesto. E invita la casa. No me había divertido tanto por aquí desde hacía mucho tiempo. En comparación, Tony y Francesca son unos aburridos.

—No se puede regalar el vino —le espetó Gina, que estaba perdiendo la paciencia por la diversión que todos estaban teniendo a su costa.

—En ese caso, lo pagaré de mis propinas. Algo me dice que hoy van a ser muy buenas.

Gina se mordió la lengua para no responder y se dirigió a la cocina. Era una pena que ya hubiera picado todo antes. En aquellos momentos, la perspectiva de clavarle un cuchillo a algo y cortarlo en pedazos le resultaba de lo más atractiva.

Pasaron más de dos horas antes de que volviera a la mesa a la que Rafe seguía sentado. Además de los clientes, Karen había aparecido, con aspecto deprimido y confuso, acompañada de Lauren y de Emma. Las tres miraron a Gina con curiosidad cuando esta salió de la cocina.

—Tal vez sea mejor que te sientes aquí con nosotras y nos cuentes qué es lo que está pasando —le aconsejó Emma—. ¿Por qué estás trabajando aquí?

—Tony necesitaba llevar a Francesca a Italia. Estoy sustituyéndolo.

—¿Durante cuánto tiempo? —preguntó Karen.

—No estoy segura.

—¿Estás pensando en quedarte permanentemente? —quiso saber Emma—. Si es así, tenemos que hablar, dado que eso cambiaría ciertas cosas.

—¿Qué cosas? —inquirió Lauren—. Yo comprendo perfectamente que Gina quiera quedarse aquí.

—¿De verdad? —replicó Gina, incrédula.

—Bueno, claro que puedo —respondió Lauren, cuyas visitas a Winding River eran cada vez más frecuentes—. Vaya donde vaya, esta sigue siendo mi casa. ¿Por qué no íbamos a querer regresar? Es un lugar seguro para nosotras.

—¿Y por qué necesitas tú un lugar seguro? —insistió Gina—. ¿Es que te ha ocurrido algo que no sepamos?

—No, claro que no —dijo Lauren, demasiado rápidamente—. Solo decía que, si necesitáramos uno, este es el lugar más idóneo. Entonces, ¿es cierto? —añadió, centrando su atención en Gina.

—¿Que si es cierto qué? —repitió Gina, aunque se imaginaba lo que Lauren le iba a decir.

—¿Estabais Rafe y tú teniendo una conversación muy pública sobre el maravilloso sexo que habíais tenido?

—No intencionadamente —admitió ella, muy avergonzada

—Pero, ¿es cierto? ¿Ha habido sexo y ha sido fabuloso?

—Sí —confesó Gina—. Creo que todo el mundo lo sabe ya. Yo creía que estábamos solos.

—Muy interesante —comentó Karen, con una sonrisa, tras intercambiar una mirada con Emma y Lauren.

—Sí que lo es —dijo Lauren.

—Te advertí que no te acercaras a él —le recordó Emma, aunque, a pesar del tono de desaprobación, los ojos le brillaban de diversión.

—¿Por qué le dices eso? —quisieron saber Lauren y Karen.

—Porque resulta poco aconsejable que los dos se relacionen en este preciso momento —dijo Emma, otra vez muy seria.

—¿Por qué? ¿Es que se está divorciando él o algo por el estilo? —afirmó Lauren.

—Claro que no —dijo Gina—. Rafe no está casado.

—Entonces, no lo entiendo —observó la actriz—. Es guapo, interesante... Sin embargo, cuando llegó aquí iba buscando algo. Una declaración, ¿verdad? Y esa es la razón por la que Emma se opone a que lo veas.

—No pienso seguir hablando de esto. Esa declaración ya no importa. Ahora somos socios.

—Pues yo todavía no tengo el papel —replicó Emma.

—Es algo sin importancia. Rafe y yo no tenemos nada que ver. Eso es precisamente de lo que estábamos hablando cuando la mitad del pueblo decidió escuchar la conversación y contárselo a la otra mitad.

—Me siento algo confusa —comentó Karen—. Los dos habéis compartido un sexo fabuloso, a pesar de las objeciones de Emma, pero no vais a seguiros viendo. ¿Me equivoco?

—No.

—Entonces, ¿es Emma la razón por la que rompéis? —preguntó Karen.

—No. No hay nada que romper porque no hay relación.

—Solo sexo fabuloso —dijo Lauren, con un cierto brillo en los ojos—. Estoy empezando a comprenderlo.

—¿Sí? —quiso saber Karen—. Pues explícamelo.

—Encantada. Nuestra amiga Gina tiene miedo. Por primera vez en su vida se siente atraída por un hombre que podría significar más para ella que preparar suculentos festines para desconocidos. Sus prioridades se encuentran algo revueltas, después de años y años de saber exactamente lo que quería. ¿Qué mejor modo de arreglar las cosas que librarse de la distracción?

Gina escuchó la explicación, primero con indignación y luego con sorpresa. ¿Tendría Lauren razón? ¿Estaría dispuesta a huir de Rafe porque él suponía una amenaza para sus fines? A pesar de que la amenaza que había supuesto cuando llegó al pueblo había desaparecido, seguía representando un peligro para ella. Estaba empezando a sentir algo por él, a desear lo que estaban compartiendo...

—¿Y bien? —quiso saber Lauren—. ¿Me he equivocado?

—No, no te has equivocado. Solo quiero hacerte una pregunta. Ahora que me has psicoanalizado y has dado en el clavo, ¿qué diablos se supone que voy a hacer al respecto?

XIV

Rafe observó a Gina y a sus amigas desde el otro lado del comedor con un nudo en el estómago. Por las miradas solapadas que le dedicaban, sospechaba que era el principal tema de conversación.

No estaba seguro de lo que sentía acerca de que su destino se viera decidido por mujeres a las que casi no conocía. ¿Animarían a Gina a seguir con su relación o le quitarían la idea de la cabeza? No haría falta mucho esfuerzo para arruinar lo que había entre ellos.

Cuando ya no lo pudo soportar más, se puso de pie y se acercó a ellas.

—Parece que os estáis divirtiendo mucho —dijo, mientras agarraba a Gina por el codo—. ¿Os importa que os la robe? Estábamos teniendo una conversación que tenemos que terminar.

—Ahora no —dijo Gina—. Podemos terminarla más tarde.

—Algo me dice que ahora sería mucho mejor. Si nos perdonáis...

Rafe trató de hacer que se pusiera de pie, pero Gina se resistió.

—Estoy con mis amigas —le espetó, con los ojos llenos de furia.

—Estoy seguro que a ellas no les importará, ¿a qué no?

—Claro que no nos importa —respondió Lauren—. Estoy segura de que lo que tenéis que hablar es muy importante.

—No es tan importante —replicó Gina—. Podría esperar.

—No, no puede —afirmó Lauren—. Acuérdate de lo que te he dicho.

Tras suspirar profundamente, Gina se puso de pie. Se soltó de la mano de Rafe, pero lo siguió hasta su mesa.

—¿Te apetece una copa de vino? —le preguntó Rafe.

—No, gracias —respondió ella, demasiado formalmente.

—¿Qué fue lo que Lauren te dijo?

—Nada que te importe.

—Pues ella parecía pensar todo lo contrario. Venga, Gina. ¿Qué te dijo? Tenía que ver con nosotros, ¿verdad?

—Sí —admitió ella—, pero Lauren se equivocaba. Si antes no estaba segura, ahora lo veo claramente.

—¿Y eso?

—No me gusta que me maltraten.

—¿Es así como lo ves? ¿Crees que te he maltratado?

—Me apartaste de mis amigas a pesar de que yo no quería. ¿Cómo lo llamarías tú?

—El maltrato implica fuerza física, mucha más de la que yo he utilizado.

—De acuerdo, en ese caso, me has coaccionado para que viniera a sentarme contigo. ¿Te parece eso mejor?

—No. Si ese es el modo en el que tú lo ves, me disculpo. Solo estaba tratando de retomar una conversación que me pareció que era muy importante para ambos. ¿Es eso lo que te tiene tan molesta conmigo? ¿El hecho de que haya interrumpido el rato que estabas pasando con tus amigas?

—No, no es eso.

—Entonces, ¿de qué se trata?

—Llegaste justo cuando estaba tratando de encontrar la respuesta a una pregunta.

—¿Y? —preguntó Rafe, algo confuso.

—Deseaba de corazón conocer la respuesta. ¿Es que no lo entiendes?

—Pregúntame. Tal vez yo pueda responderla.

—No lo creo.

—¿Por qué no?

—Porque tú eres el problema. Bueno, no tú. Yo y lo que siento hacia ti. Los dos. Juntos. O no. ¿Ves? Es muy confuso.

Rafe se estaba empezando a sentir considerablemente mejor, aunque hizo todo lo posible para no demostrarlo.

—De acuerdo. ¿Qué es lo que más te preocupa sobre nosotros?

—El hecho de que siento algo por ti. Lauren me acusó de tener miedo, y, por mucho que odie admitirlo, tenía razón. Sé que fui yo la que lo empezó todo y te arrastró a la cama, pero no esperaba que el sexo fuera tan... tan...

—¿Fabuloso? —sugirió él, con una ligera sonrisa.

—De acuerdo, sí. No esperaba que fuera tan maravilloso y no esperaba que importara tanto. No esperaba que tú me importaras.

—Y estabas esperando que tus amigas te aclararan las cosas y que te ayudaran a decidir lo que debes hacer.

—Exactamente.

—Entonces, me alegro de haberte apartado de ellas cuando lo hice.

—¿Cómo puedes decir eso?

—Porque ellas no pueden responderte a eso. Ni yo tampoco. Tú eres la única que puede averiguar cuáles son tus sentimientos y decidir lo que es mejor para ti. Lo siento, cariño, pero creo que vas a tener que solucionar este tema tú sola.

—No puedo —dijo ella—. No contigo aquí presente, ni con todo lo que está pasando. No puedo pensar. La cabeza me da vueltas.

—¿Hay alguna razón por la que lo tengas que decidir todo hoy mismo?

—No, claro que no, pero no me gusta vivir con esta incertidumbre. Todo en mi vida está en el aire.

Rafe se puso de pie y movió la silla para colocarla

al lado de la de ella. Entonces, le enmarcó la cara con las manos y la miró tiernamente a los ojos. A continuación, pasó a mirarla a los labios, pero, a pesar de la tentación que sintió, resistió el deseo de besarla.

—De acuerdo, ocupémonos de una cosa a la vez. Yo no soy ningún experto en relaciones, pero me parece que esta es una de esas cosas en las que se supone que no debes pensar. Se supone que debes seguir lo que te dicta tu instinto, lo que sientes ahí dentro —añadió, señalándole el pecho—. Tú misma lo dijiste antes, ¿te acuerdas?

—Pero de eso se trata exactamente. No sé lo que hay en mi corazón. ¿Cómo puedo saberlo? Primero, Bobby me roba y sale huyendo. Eso me llenó de ira. Entonces, tú te pasas semanas enteras tratando de que te dé respuestas, lo que me molestó mucho. Caleb se muere y una de mis mejores amigas está rota por el dolor y yo sufro por ella. Tony se muestra también muy preocupado por su esposa. Tú y yo terminamos acostándonos juntos, lo que me hace sentir cosas que no había imaginado nunca. Bobby se esconde en las islas Caimán y lanza veladas amenazas que me asustan y me enojan al mismo tiempo... ¿Resultado? Lo único que siento en estos momentos es que estoy presionada por todas partes. Solo quiero acabar con todo.

—¿Incluso conmigo?

—Sí, lo siento, pero es así como me siento.

—No —susurró él—. Soy yo el que lo siente. Tú has sufrido mucho. Tal vez porque siempre pareciste tan fuerte, nunca me pareció que sería demasiado, incluso para ti. ¿Qué quieres que haga?

–Una vez me preguntaste si quería que regresaras a Nueva York –musitó, con los ojos llenos de lágrimas–. La respuesta es que sí, Rafe. Eso es precisamente lo que quiero.

Rafe tragó saliva y trató de sobreponerse.

–De acuerdo –dijo, muy suavemente–. Me marcharé mañana.

–Lo siento –murmuró ella, abrumada por la inmediata aceptación de Rafe, mientras las lágrimas le caían por fin por las mejillas.

–No importa. Me marcho ahora, pero no te libras de mí para siempre. Regresaré.

–¿Cuándo?

–¿Ves? Ya me echas de menos –musitó él, con una sonrisa–. Eso debería decirte algo.

Lo que le decía al propio Rafe era que no iba darle un minuto más de lo necesario antes de regresar a buscarla. Tendría su espacio, su tiempo, pero no iba a darle la oportunidad de que se olvidara de él. De hecho, dado que sabía perfectamente lo que quería, iba a hacer todo lo posible para asegurarse de que ella comprendiera que lo suyo iba a durar toda una vida.

Gina empezó a echar de menos a Rafe en el instante en que se marchó. Sin embargo, sus amigas cerraron filas en torno a ella.

–Volverá –predijo Lauren.

–¿Cuándo?

–Cuando llegue el momento adecuado. Algo me

dice que Rafe es la clase de hombre que tiene un buen sentido de la oportunidad. Además, está locamente enamorado de ti.

—¿Tú crees?

—Claro que sí —afirmó Emma—. Hasta yo me doy cuenta de eso.

—Escucha a Emma —comentó Lauren, riendo—. Tal vez no se dé cuenta de lo que Ford siente por ella, pero sabe reconocer el amor cuando lo ve en otra persona.

—Vete a la porra —le espetó Emma.

—¿Es eso lo que dices en un tribunal cuando no te gusta lo que te dice el juez? —bromeó Lauren—. No creo que te aprecien mucho.

—Algunas veces así es, pero merece la pena. Ahora, vayámonos a tomar una cerveza. El restaurante de Tony está cerrado esta noche, así que Gina no tiene que trabajar y yo no tengo que ir al tribunal mañana. Podemos divertirnos un poco. Tal vez haya unos cuantos hombres guapos que nos hagan olvidarnos de todo.

—A mí me parece bien —dijo Gina, a pesar de que no podía olvidarse de Rafe—. ¿Y a ti, Lauren?

—Cuenta conmigo. Siempre me han gustado los vaqueros que sepan bailar.

—¿Desde cuándo? —preguntó Gina—. Creo recordar que no podías resistir las ganas de escapar de una ciudad llena de vaqueros.

—Los tiempos cambian —respondió la actriz—. ¿Vamos a seguir hablando de esto?

—No, claro que no —dijo Gina, pensando una vez más en Rafe—. Hagámoslo.

Desgraciadamente, un par de cervezas y la atención de unos hombres no hicieron nada para evitar que siguiera pensando en Rafe y en el hecho de que ella le había pedido que se marchara.

—Se aferró a la oportunidad de marcharse —le dijo a Lauren—. ¿No te parece que tenía muchas ganas de marcharse?

—No, lo que creo que hizo lo que tú pediste que hiciera, aunque no deseaba hacerlo. ¿Viste cuántos documentos cargó en ese avión? Cajas y más cajas. Creo que se estaba asentando aquí. Si tú se lo hubieras pedido, probablemente habría dejado su bufete de Nueva York, habría abierto uno en Winding River y se habría quedado por aquí indefinidamente.

—A este pueblo le vendría bien un buen abogado —comentó Emma, con expresión pensativa—. Si Rafe se hubiera establecido aquí, yo no tendría que ir de acá para allá para ocuparme del caso de Sue Ellen.

—Me gusta que sigas viniendo. No me va a gustar nada cuando vuelvas para siempre a Denver.

—A mí también —afirmó Karen—. De hecho, creo que deberías ser tú la que abriera un bufete aquí.

—Con Rafe como socio —añadió Lauren, sonriendo—. Perfecto. Así todo el mundo consigue lo que quiere.

—Rafe trabaja para un bufete muy importante en Nueva York —observó Gina, secamente—. No creo que quiera vivir en un lugar tan pequeño.

—Emma tampoco. No ha dicho nada, pero me he enterado de que aceptó dos casos más mientras estuvo aquí la semana pasada —anunció Karen—. Creo que eso es muy revelador...

—Tonterías —comentó Emma—. No nos precipitemos a la hora de sacar conclusiones. El caso de Sue Ellen es algo especial. Cuando se acabe, volveré a Denver.

—¿Y los otros casos? —quiso saber Lauren.

—Fueron cosas sencillas, sin complicaciones. Ya los he terminado.

—Ya veremos —comentó la actriz—. Predigo que decidirás quedarte aquí antes de que se acabe ese juicio. Es lo que quiere Caitlyn, lo que tu familia quiere... y lo que Ford Hamilton quiere.

—Deja a Ford fuera de esto. No tiene nada que ver con ninguna decisión que yo tome.

—No creo que él esté de acuerdo con que lo dejes fuera de todo —bromeó Lauren—. ¿Los habéis visto juntos, chicas?

—Los he oído —comentó Karen, sonriendo—. Están siempre discutiendo. Por la mañana, por la tarde y por la noche. Tanta pasión esperando que se suelten las ataduras...

—No quiero oír ni una palabra más —gruñó Emma—. Me marcho a casa, donde pueda estar realmente en paz.

—¿Me llevas a mi casa? Le dije a Rafe que necesitaba tiempo para pensar, así que supongo que es mejor que empiece a hacerlo.

—Entonces, solo quedamos tú y yo, Karen —dijo Lauren—. ¿Nos quedamos?

—Claro —respondió Karen, aún sin mucho entusiasmo.

—Bueno, chicas, gracias por tratar de animarme

esta noche —comentó Gina, tras darle un abrazo a cada una—. Despedirme de Rafe ha sido más duro de lo que esperaba.

—Razón de más para agarrar el teléfono y decirle que regrese, ¿no te parece? —sugirió Lauren.

—Déjala en paz —le aconsejó Emma—. Necesita tiempo para pensar.

—No. Lo que necesita es escuchar a su corazón por primera vez en su vida —replicó Lauren.

—¡Eh, chicas! Dejad de hablar de mí como si no estuviera presente. No sé ni lo que quiero, ni lo que necesito ni lo que me dice el corazón, pero prometo manteneros informadas.

La primera pista de lo que sentía la tuvo cuando llegó a su habitación del hotel y vio que el interruptor del contestador estaba parpadeando. Segura de que sería Rafe, agarró el teléfono y llamó para pedir el mensaje.

—Llamó una tal Deidre —dijo la recepcionista—. Me dijo que era urgente. Que la llame al restaurante o a su casa, sea la hora que sea.

—Gracias Lucille —respondió Gina. El corazón empezó a latirle rápidamente, aunque por una razón completamente diferente a la de antes. Marcó el número del restaurante. Deidre contestó enseguida—. Hola, soy Gina. ¿Qué ocurre?

—Tres de nuestros inversores más importantes estuvieron aquí esta noche pidiendo verte a ti o a Bobby. No sabía qué decir, así que mentí. Les dije que tú estabas fuera, por una emergencia familiar y que Bobby regresaría pronto. Parecieron aceptarlo.

—¿Estás segura de que no sabían que Bobby se había llevado el dinero?

—Aparentemente, no, aunque podrían haber estado tratando de conseguir información. Me da la sensación de que oyeron rumores y vinieron a ver de qué se trataba. Sin embargo, mi historia pareció convencerlos. Se quedaron a cenar y me aseguré de que fuera la mejor comida que habían saboreado desde hacía mucho tiempo, con el mejor vino y un servicio impecable. A pesar de todo, me pareció que tal vez quisieras llamarlos. Tengo sus tarjetas.

—Dame los nombres —dijo Gina, apuntándolos enseguida—. Los llamaré a primera hora de la mañana. Gracias otra vez, Deidre. No sé qué haría sin ti.

—¿Vas a volver pronto? Me gusta ocuparme de todo y creo que no se me da mal, pero ocuparme de este tipo de cosas me da mal rollo. Estoy muy nerviosa.

—Hiciste lo más adecuado...

—No has respondido a mi pregunta. ¿Vas a regresar pronto?

—Te prometo que dentro de un par de semanas —dijo. Para entonces, Tony y Francesca habrían regresado ya y ella habría puesto en orden sus sentimientos.

—De acuerdo, creo que podré aguantar ese tiempo. Por cierto, he conseguido poner al día casi la mitad de las cuentas. Si el negocio sigue así, todo estará al día para cuando regreses. Eso te dejará solo los pagos de los inversores y, teniendo en cuenta que se acercan las Navidades y las reservas que hay ya para entonces, no creo que te cueste mucho afrontarlas.

—¿Tan bien van las cosas?

—Tenemos una cena de empresa casi cada noche entre el día de Acción de Gracias y Año Nuevo. Además, Ronnie y yo hemos podido recortar algunos gastos en la cocina sin mermar la calidad de los platos.

—Gracias de nuevo —dijo con sentida sinceridad.

Mientras tanto, se le había ido formando una idea en la cabeza. Si Ronnie y Deidre se las arreglaban tan bien, tal vez ella podría terminar teniéndolo todo. Tal vez podría hacerlos socios a ellos y dividir así el tiempo que ella pasaba entre Winding River y Nueva York. Definitivamente, era una idea que pensaba considerar.

Eso le dejaba solo a Rafe. Hacía semanas, nunca lo hubiera creído, pero decidir lo que hacer con él era lo más complicado y también lo más difícil. Le daba la sensación de que el destino lo había llevado a su vida por una razón y que sería una estúpida si lo dejaba escapar.

Acababa de despedirse de Deidre, cuando el teléfono volvió a sonar.

—¿Se te ha olvidado algo? —preguntó, creyendo que era otra vez Deidre.

—Solo tú. Nunca debería haberme marchado sin ti.

—¿De verdad? —suspiró Gina, recostándose contra las almohadas de la cama.

—¿Sigues pensando?

—Solo hace unas pocas horas que te has marchado. Acabo de empezar. ¿Estás ya en tu casa?

—Estoy en Nueva York. ¡Qué curioso que digas eso!

—¿El qué?

—Mi casa no me parece ser mi hogar tanto como esa habitación de hotel, en especial las últimas noches.

—Oh, Rafe... No deberías hablar así.

—¿Por qué no? Es la verdad.

—Pero solo me lo pone más difícil.

—¿El qué?

—Pensar.

—Ya te lo dije antes —comentó él, riendo—. Deja de pensar tanto. Esto es algo que tienes que decidir por lo que te dicte tu instinto.

—¿Y qué te dicta el tuyo?

—Que lo que he encontrado contigo es demasiado importante para dejarlo marchar.

Aquellas palabras reflejaban los propios pensamientos de Gina. Sin embargo, no había mencionado la palabra amor. Afortunadamente, porque si no se hubiera sentido mucho más presionada.

—¿Me llamarás mañana?

—Mañana y todos los días. Dulces sueños, Gina.

«Ojalá», pensó ella. Sin embargo, algo le decía que, sin Rafe a su lado, tendría suerte si lograba dormir y mucho menos soñar.

XV

Rafe sintió un profundo alivio cuando Charlie Flynn lo llamó y le dijo que tenía a Bobby Rinaldi bajo vigilancia en las islas Caimán.

—Está viviendo muy tranquilamente —dijo Flynn—. Nada de tirar el dinero. Francamente, me sorprendió mucho. Esperaba mucho lujo y mucho derroche, una mujer en cada brazo, especialmente después de lo que me contaste de tu madre, pero nada.

—¿Cómo?

—Es un tipo normal y corriente. No hay mujeres, aunque se pasa la mayor parte de las tardes en el bar del hotel. Si se le acerca una, flirtea con ella, pero se marcha a su habitación solo.

—Eso tampoco encaja con la imagen que yo tenía —admitió Rafe.

—¿Qué quieres que haga?

—Mantenlo vigilado. Si se presenta la oportunidad, y puedes hacerlo sin levantar sospechas, haz amistad con él para ver si puedes averiguar el motivo que lo llevó a huir con todo el dinero.

—De acuerdo. Te llamaré cuando tenga algo.

—No lo pierdas de vista.

—Ni hablar. Me pagas para eso. No cierro los ojos ni un segundo.

—Cuento con eso —dijo Rafe, mientras colgaba el teléfono.

¿Por qué había huido Bobby Rinaldi? ¿Había dejado un rastro bastante claro, así que no podía ser porque hubiera incurrido en deudas de juego? ¿Sería que tuviera problemas con el marido de una amante casada? Se preguntó si alguien del restaurante tendría alguna pista.

Como sabía que Gina se opondría, al día siguiente fue al Café Toscana sin decirle nada. Cuando entró en el lugar, comprendió todo lo que Lydia le había dicho. Además, le dio una impresión de durabilidad que le agradó. Eso significaba que Gina iba a volver.

Una esbelta mujer de cabello oscuro se acercó a él inmediatamente.

—No abrimos hasta dentro de media hora.

—Lo sé. Usted debe de ser la famosa Deidre de la que Gina tanto me ha hablado.

—¿Y usted es?

—Rafe O'Donnell.

—Ah, el abogado de los inversores —dijo ella, muy lentamente.

—De algunos de ellos —admitió—. Si tiene un minuto, ¿podemos hablar?

—No tengo nada que decirle.

—No tardaré mucho —prometió—. Y podría ayudar a Gina.

—¿Que usted quiere ayudarla? —preguntó, sorprendida.

—Sí.

—¿Le gustaría tomar un café? —le ofreció ella, mientras le indicaba una de las mesas.

—Nada, gracias.

—¿Qué es lo que quiere saber?

—¿Conocía bien a Bobby Rinaldi?

—Íntimamente no, si es eso lo que está sugiriendo.

—No, no estaba sugiriendo nada impropio. Solo estoy tratando de comprender cómo es. ¿Por qué saldría huyendo con todo el dinero?

—Por una mujer —respondió Deidre, sin dudarlo.

—Pero está solo en las islas Caimán.

—¿Sabe usted dónde está?

—Sí.

—¿Y lo sabe Gina?

—Sí, claro. ¿Le gustaba a Bobby el juego?

—No.

—¿Gastaba mucho dinero?

—Sí, pero disponía de él. Sacaba mucho dinero de aquí.

Rafe estaba seguro de que Gina sacaba muy poco. ¿Por qué Bobby dispondría de mucho más? ¿Por qué no había estado reflejado en los libros que había estado estudiando?

—¿Más que Gina?

—Creo que sí. Podría mirar en los libros. He estado pagando recibos mientras Gina está fuera.

Rafe comprendió que los libros que se le habían dado no eran los actuales. Tal vez muchas cosas habían cambiado en el restaurante desde la desaparición de Bobby.

—Déjeme mirarlos con usted —dijo. Decidió no recriminar a Deidre que no se los hubiera dado, aunque la orden judicial los había pedido todos.

La acompañó al despacho. Allí, Deidre sacó un libro. Efectivamente, el dinero que Bobby sacaba de la empresa era mucho más que el de Gina y mucho más de lo que lo había sido en los últimos años. ¿Lo habría sabido Gina? ¿Sería eso parte del trato que habían hecho?

—¿Quién extendía esos cheques, Gina o Bobby?

—Hasta que ocurrió todo esto, Bobby se ocupaba de la parte económica del negocio. No creo que Gina tocara nunca la chequera, aunque podía firmar cheques si tenía que hacerlo.

Bobby debía haber contado con eso, con que ella nunca viera la cantidad que ponía en los cheques que se extendía para sí mismo. Había tardado cuatro años en hacerlo para conseguir que Gina confiara plenamente en él. La opinión que Rafe tenía de aquel hombre cayó en picado.

—Gracias, Deidre —dijo, tras anotar algunos datos—. Una última cosa. ¿Cómo era la relación de Bobby y Gina?

—La adoraba. De hecho, yo creo que estaba medio

enamorado de ella, aunque a ella no le interesaba. No hacía más que salir con mujeres, pero yo siempre creí que lo hacía para conseguir que Gina le prestara atención, no porque le importaran.

Rafe estuvo pensando en aquellas palabras durante todo el día. ¡Dios Santo! ¿Sería aquella la razón de todo aquel asunto? Parecía una tontería, pero Rafe no podía desprenderse de ella. Él mismo había experimentado el poder del atractivo de Gina. ¿Por qué no le iba a haber ocurrido lo mismo a Rinaldi? Para un canalla como él, acostumbrado a obtener todas las mujeres que quería, la única a la que parecía inmune debía de ser la más atractiva.

Solo había un medio de descubrir si estaba en lo cierto. Tenía que hablar con el propio Rinaldi cara a cara. Rápidamente, llamó a Charlie Flynn.

—Voy a ir allí. Asegúrate de que ese tipo no se mueve. No voy a poder ir esta semana y posiblemente tampoco la que viene. Tengo un par de vistas en el tribunal que no puedo posponer.

—No va a ir a ninguna parte —le prometió Flynn.

—Gracias...

¿Y si tenía razón? ¿Sospecharía Gina que Bobby podría estar enamorado de ella? ¿Sería aquella la razón por la que se mostraba tan remisa a comprometerse con él, porque correspondía a los sentimientos que Rinaldi nunca le había expresado? No le gustaba en absoluto aquella idea, pero no podía ignorarla.

Hasta que supiera más, sería mejor mantener las distancias emocionales con Gina, además de las físicas.

Perderla en aquel momento no le dolería menos que perderla más tarde, pero sería más llevadero para su orgullo.

Hacía semanas que Rafe no la había llamado, exactamente desde la noche que se marchó de Winding River. Gina no entendía a qué se debía aquello. Durante un minuto estaba furiosa con él y al siguiente estaba o resignada o dolida.

—No lo entiendo —le dijo a Emma—. Él era el que más deseaba ver adónde nos llevaban las cosas.

—Probablemente esté muy ocupado. Ha estado fuera de Nueva York durante mucho tiempo y estoy segura de que tenía una buena pila de trabajo cuando regresó. Eso mismo me pasaría a mí. Y ya sabes que, cuando estoy metida en un caso, no veo otra cosa.

—Supongo que sí... —afirmó Gina, aunque no estaba del todo convencida.

—Si quieres saber lo que está pasando, llámalo. Tienes su número.

—No. Soy yo la que dijo que quería espacio. Supongo que debería estarle agradecida porque me lo esté dando.

Además del extraño comportamiento de Rafe, estaba el de Bobby. No había vuelto a tener noticias suyas. Sentía la tentación de marcharse a las islas Caimán para recuperar cada centavo que le había robado. Sin embargo, sabía que no podía ir a ninguna parte hasta que Tony regresara. La había llamado hacía unos días y le había preguntado que si le importaba que

Francesca y él siguieran unos días más en Italia. Gina, por supuesto, al oír que la hermana de Francesca estaba mucho mejor y que esta se encontraba más alegre, les había dado su bendición para quedarse unos días más. No obstante, le había pedido permiso a Tony para cerrar durante unos días el restaurante y poder hacer una rápida escapada a Nueva York para poder ver cómo iba el Café Toscana.

—También, podría ayudarme a decidirme sobre algunas cosas en las que he estado pensando.

—Por supuesto. Haz lo que tú creas que puede ayudarte a aclarar lo que realmente quieres. Tal vez pensamos lo mismo...

—Tal vez —había respondido ella, aunque no había estado del todo segura de a qué se refería Tony.

Desde aquella conversación, no había estado más que posponiendo el viaje del que le había hablado a Tony. Sin noticias de Rafe y sabiendo que todo iba bien en el café, perdió la urgencia de marcharse a Nueva York. Era mejor para Tony que se quedara y Karen parecía encantada de contar con su compañía, eso por no hablar de sus padres, que no hacían más que tratar de convencerla para que regresara a la casa con ellos.

Al final, por pura casualidad, encontró un bonito apartamento, muy cerca de la calle principal. Vio el cartel que indicaba que se alquilaba y no pudo resistirse. Se sentía en paz en medio de aquellas cuatro paredes.

—Me lo quedo —le dijo a la señora Garwood.

—¿Durante cuánto tiempo? ¿Vas a quedarte definitivamente en Winding River? Sé que tu madre estaría encantada.

—No lo sé. De momento, ¿podríamos renovar el alquiler de mes a mes?

—Normalmente, nunca accedería a eso, pero por tu madre dejaremos que así sea.

—Muchas gracias —dijo Gina, mientras le extendía un cheque por el primer mes y el depósito.

—Muy bien. Ahora te dejo a solas. Si necesitas algo, no dejes de llamarme.

Tras quedarse sola, Gina observó cómo el sol entraba a raudales por la ventana de la cocina. Resultaba extraño, pero, tal y como le había dicho Rafe, aquel lugar le parecía más su casa que el apartamento que hacía años tenía en Nueva York.

—Esta ahí —le dijo Flynn a Rafe, mientras señalaba a un hombre de aspecto corriente que estaba sentado al lado de la piscina.

—¿Ese es Bobby Rinaldi? —preguntó Rafe, atónito. Habría esperado alguien mucho más atractivo.

Rafe había tardado casi un mes en realizar aquel viaje. Se acercaban las fiestas de Navidad y quería dejar terminado aquel asunto para poder pasarlas con Gina. Con un poco de suerte, podrían estar prometidos para el Año Nuevo.

—Sí. Vamos, te lo presentaré. Últimamente, hemos hablado mucho. ¿Crees que va a reconocer tu nombre?

—Seguramente.

—¿Quieres utilizar uno falso?

–No. ¿Qué es lo peor que podría hacer?

–Huir.

–Tal vez, pero estoy seguro de que tú no se lo permitirás. Entre los dos, no lo perderemos de vista hasta que consigamos llevarle de nuevo a Nueva York.

–Lo que tú digas.

Cruzaron el bar hasta llegar hasta el lugar en el que se encontraba Bobby. Al oír el nombre de Rafe, este pareció más desilusionado que temeroso, lo que pareció confirmar la teoría del abogado de que estaba allí, esperando que hubiera sido Gina quien fuera a buscarlo.

–¿Es que esperabas a otra persona? ¿A Gina, tal vez?

–¿Qué es lo que hiciste? ¿Prohibirle que viniera para que tú pudieras ser su caballero de reluciente armadura?

–Ella no sabe que estoy aquí.

–¿Por qué no?

–Quería aclarar algunas cosas antes de hablar con ella. O antes de que lo hicieras tu mismo.

–No pienso regresar.

–Pues hay un billete de avión en tu habitación que sugiere todo lo contrario.

–¿Has registrado mi habitación?

–Por supuesto. Si no lo hubiera hecho –contestó Flynn–, no habría estado haciendo correctamente mi trabajo.

–Maldito cerdo mentiroso –musitó Bobby, aunque sin mucho entusiasmo. Parecía haber perdido interés por el juego.

—Centrémonos en el tema —afirmó Rafe—. Primera pregunta. ¿Por qué te llevaste ese dinero?

—Porque lo quería. ¿Por qué roba cualquier persona? Porque quieren algo, porque lo necesitan o por la emoción de hacerlo.

—¿De verdad? Pues no hiciste un buen trabajo a la hora de cubrirte las huellas. Los pagos que te hacías estaban en los libros, pero contabas con que Gina no los viera, al menos hasta después de haberte marchado. ¿Por qué? Yo tengo una teoría.

—Te ruego que la compartas conmigo —dijo Bobby, con gran sarcasmo en la voz.

—Estás enamorado de Gina, pero ella no estaba interesada por ti —dijo, despertando cierto interés en Bobby—. Ahora que al restaurante le va tan bien, ella ya no te necesita como antes. Este fue tu modo de intentar que te prestara atención.

—Si ese era mi plan, no parece que haya salido muy bien, ¿no te parece? —afirmó Bobby, sin admitirlo.

—Porque ella no te ama, más que como a un amigo. Sin embargo, siente un gran aprecio por ti y le dolió mucho tu traición. Durante semanas, trató de convencerse de que no habías querido arruinar el negocio ni a ella. No quiso levantar un dedo para ayudarme.

—¿De verdad? —preguntó Bobby, sorprendido.

—Al principio no. Una de las cosas más sorprendentes de Gina es su sentido de la lealtad. A medida que el tiempo ha ido pasando ha traspasado esa lealtad a las personas a las que tú quitaste el dinero.

Cueste lo que cueste, cada uno de ellos recibirá su dinero. Gina está decidida a eso, pero no vendrá corriendo a buscarte para obtener el dinero. Sus días de confiar en ti se han terminado, Bobby. Si tu plan era conquistarla, te ha fallado. Ha encontrado otras personas en las que puede confiar.

—Como tú —replicó Bobby, con una sonrisa burlona.

—Yo soy un de ellos, pero hay muchos más. Me parece que, si de verdad la quisieras, regresarías, le devolverías el dinero y evitarías que se tuviera que pasar meses, o incluso años, luchando para devolverlo todo a su estado anterior.

Bobby lo miró fijamente, al principio con desafío y luego con derrota.

—¿Qué diablos? —exclamó, por fin—. De todos modos me estaba cansando de tanto sol.

—Sí. Piénsalo de este modo. Le vas a dar a Gina el mejor regalo de Navidad que podrías darle. Te aseguro que no lo olvidará nunca.

XVI

Gina ya no podía evitar a sus padres. Habían estado en el restaurante en varias ocasiones, muy preocupados. Cada vez, ella había estado lo suficientemente preocupada como para responder al interrogatorio, pero el día de Acción de Gracias supo que su tiempo se había terminado.

—Por una vez, siéntate y deja que sea yo la que cocine —le ordenó su madre, cuando Gina entró en la cocina—. Puedo preparar perfectamente un pavo. Llevo haciéndolo desde hace años.

—No me importa ayudarte...

—Lo sé, Gina, pero necesitas un descanso. Estás trabajando demasiado duro para tratar de evitar tomar decisiones importantes, al menos, eso es lo que nos parece a tu padre y a mí. ¿Tenemos razón? ¿Es por Rafe o por Nueva York? No es que no estemos encantados de que sigas aquí, pero no es propio de ti estar lejos de tu negocio durante tanto tiempo, sobre todo cuando te ha costado tanto sacarlo adelante.

—Han ocurrido muchas cosas —dijo Gina, a la defensiva—. Primero con Karen, luego con Tony y Francesca... No podía abandonarlos.

—Es muy noble de tu parte, hija, pero te conozco. Tony regresó el lunes y tú sigues aquí, en ese apartamento. Eso me indica que estás ocultando algo.

Gina suspiró. Nunca le había podido ocultar nada a su madre, por lo que decidió hablar.

—Ya sabes el problema que tengo con el negocio. Así fue como Rafe y yo nos conocimos. Él creía que yo tenía algo que ver con el hecho de que Bobby hubiera robado el dinero.

—Pero, a pesar de todo, tú te enamoraste de él. Y él de ti. Y pasasteis de la desconfianza al amor —afirmó Jane. Gina asintió—. Entonces, ¿por qué me parece que te estás escondiendo de él?

—Es complicado...

—Es porque te has enamorado de él y eso te asusta.

—¿También tú te has dado cuenta?

—Hija mía, nunca se te ha dado muy bien esconder tus sentimientos. Incluso tu padre se imaginó esta parte. Lo que no comprendíamos era por qué no lo admitías. Resulta evidente que él siente algo por ti también. Las complicaciones que podría haber habido al principio se resolverán con el tiempo.

—Eso era lo que yo creía, pero él no se ha mantenido en contacto conmigo últimamente. Y hay algo más, que surgió esta semana, cuando regresó Tony.

—¿De qué se trata?

—Tony me ha pedido que me asocie con él. Francesca y él quieren pasar más tiempo en Italia. Dice que, al final, el negocio será mío, si quiero quedarme.

—¿Y a ti qué te parece eso? —preguntó su madre, sin revelar lo mucho que le gustaba la idea.

—De verdad que quiero hacerlo. A pesar del caos de los últimos meses, me encanta volver a estar aquí. Hasta que regresé, no me había dado cuenta de lo mucho que os echaba de menos a vosotros y a mis amigas e incluso a Winding River. En realidad, ya no quiero seguir viviendo en Nueva York.

—Y eso te lleva de nuevo a Rafe.

—Exactamente.

—Solo hay un modo de decidir lo que debes hacer. Tienes que regresar a Nueva York y resolver las cosas con Rafe y con el café. Entonces, debes tomar una decisión. No puedes precipitarte y mucho menos tomarla desde aquí.

—Tienes razón. Eso es exactamente lo que voy a hacer. Si consigo vuelo, me marcharé por la mañana.

Desgraciadamente, como era un periodo festivo, no pudo conseguir vuelo hasta mediados de la semana siguiente. Cuando llamó al despacho de Rafe desde el aeropuerto, una mujer le dijo que estaba fuera de la ciudad y que no se le esperaba hasta dentro de un par de días.

—¿Es usted Lydia?

—Sí.

—Soy Gina Petrillo. Cuando regrese, ¿podría decirle que estoy en Nueva York y que me gustaría verlo?

—¿Ha vuelto? Es fantástico. Sé que usted será la primera persona a la que querrá ver cuando regrese. Se lo diré... Me alegro de que haya vuelto.

Gina no estuvo muy segura de qué debía pensar de aquello. Como a continuación iba al café, decidió olvidarse de las palabras de Lydia por el momento.

Cuando entró por la puerta principal, el orgullo y la nostalgia se apoderaron de ella. Todo era tal y como lo recordaba, lo que Bobby y ella habían conseguido.

En aquel momento, Deidre salió de la cocina y se le iluminó la mirada.

—Has vuelto —dijo, acercándose inmediatamente a ella para darle un abrazo—. Me alegro tanto de verte. Te hemos echado mucho de menos.

—No lo parece. El café está magnífico.

—Los de la limpieza se esfuerzan mucho en su trabajo. ¿Vienes para quedarte?

—Tenemos que hablar de eso. ¿Puedes venir conmigo al despacho? ¿Está Ronnie también aquí?

—Está en la cocina. ¿Voy a llamarlo?

—Sí, y tráeme un capuccino. Necesito un poco de cafeína.

Minutos después, cuando sus dos empleados estuvieron sentados frente a ella, Gina comenzó a hablar.

—He estado pensando mucho últimamente...

—Vas a cerrar el café, ¿verdad? —afirmó Deidre, desolada—. Te vas a quedar en Wyoming... Lo supe cuando no regresaste enseguida. Seguro que ese Tony del que siempre estás hablando te ha hecho una propuesta que no has podido rechazar.

—Tienes razón a medias. Es cierto que estoy considerando la posibilidad de quedarme en Wyoming...

—Pero tienes planes para este café, ¿verdad? —afirmó Ronnie—. No creo que vayas a cerrar la puerta sin más.

—No, pero lo que yo haga depende enteramente de vosotros y de lo que queráis —dijo, mientras los dos jóvenes intercambiaban una mirada atónita, que hizo sospechar a Gina que había algo más entre ellos que una amistad—. Bueno, este es el trato. Dado que os las habéis arreglado no solo para mantener el café abierto, sino para relanzarlo en condiciones muy difíciles, se me ha ocurrido que tal vez estaríais interesados en haceros cargo permanentemente.

—¿Quieres decir que seguiríamos al frente? —preguntó Deidre, con cautela.

—Al final, podríais comprármelo. En cuanto a esto, no tengo prisa. No necesito el dinero para lo que voy a hacer en Wyoming, al menos no inmediatamente. Podríamos decidir un precio y firmar un trato que os dé tiempo para poder comprarlo. Eso podría llevar un tiempo, dado que lo primero que hay que hacer es pagar a los inversores, pero yo diría que, en cuatro o cinco años, esto podría ser vuestro.

—¡Dios mío! —exclamó Deidre—. ¿Qué te parece, Ronnie? ¿Crees que podremos hacerlo?

—Claro que sí —afirmó él—, si es eso lo que quieres.

—Claro que lo es —susurró ella, tomándole de la mano—. ¿Y tú?

—Es la respuesta a una oración —confirmó el muchacho.

Gina se sintió muy dichosa. Al ver a Ronnie y Deidre tan felices, supo que había tomado la decisión correcta. Así todos salían ganando.

Solo le quedaba hablar con Rafe, lo que podría ser la única nube a su felicidad. Decidió que lo que debía hacer era dar carpetazo a todos sus asuntos y esperar a que él regresara. Sonaba muy sencillo, pero sabía que no lo sería tanto cuando le dijera que tenía la intención de marcharse a unos tres mil kilómetros de distancia. Y para siempre.

Durante las siguientes veinticuatro horas, Gina fue poniendo todos sus asuntos en orden. Les explicó a todos los proveedores los cambios que iba a haber en el negocio y les aseguró que se les pagaría lo debido. La mayoría de ellos estaban tan contentos con el modo en que los dos muchachos trabajaban, que prometieron seguir vinculados a ellos.

También llamó a los inversores para transmitirles un mensaje similar. La respuesta fue parecida. Entonces, satisfecha por ver que se marchaba de la gran ciudad con su reputación intacta, dejó su despacho en la que esperaba fuera la última vez y regresó a su apartamento para terminar de hacer las maletas.

Cuando el timbre sonó, fue a abrir la puerta. Se sorprendió mucho al ver que no solo se trataba de Rafe, sino también de Bobby.

—He encontrado a un amigo tuyo —dijo el abogado—. Tiene algo que decirte antes de que vayamos a la policía por los cargos a los que se enfrenta.

—Lo siento —susurró Bobby, tras una pausa—. Todo ha sido un tremendo error.

—¿Un error?

—Se me metió la idea en la cabeza de que me prestarías más atención si el café tenía problemas.

—¿Y por qué se te ocurrió hacer algo así?

—Cuéntaselo, Rinaldi —dijo Rafe, al ver que Bobby guardaba silencio—. Todo. Se merece saber por qué pusiste su vida patas arriba.

—Porque estoy enamorado de ti —murmuró Bobby—. Lo he estado desde que nos conocimos, pero la única vez que me prestaste atención fue cuando estábamos levantando el negocio. Quería que volviera a ser así...

—Tendrías que haberte imaginado que te echaría la culpa, no que me volcaría en ti.

—Como ya te he dicho, no estaba pensando muy claramente. Estuve esperando en las islas Caimán a que fueras a echarme la bronca. Eso habría sido mejor que la indiferencia. Salía con todas aquellas mujeres, te las pasaba por delante de las narices, pero nada. No te importaba.

—Oh, Bobby... —susurró ella, sin saber qué más decir—. ¿Qué va a ocurrirle ahora, Rafe?

—Tenemos una cita con la policía. Lo que le ocurra depende del dinero que le quede para poder pagar lo que debe.

—Está todo ahí —aseguró Bobby.

—Entonces, creo que serán magnánimos con él —prometió Rafe. Luego, se dio cuenta de que había maletas y cajas por todas partes—. ¿Vuelves a huir, Gina?

–No. No huyo. Me marcho a casa. Cuando regreses, te lo explicaré.

–Cuento con ello –respondió Rafe.

Mientras Bobby y él se disponían a marcharse, el primero se volvió de nuevo a ella.

–Lo siento mucho. Nunca quise dejarte en mala situación. De verdad...

–Lo sé –replicó Gina. Y, para su sorpresa, efectivamente creía en aquellas palabras.

Rafe se había llevado una desagradable sorpresa al ver el estado del apartamento de Gina. Antes de que ella se explicara, sabía que había decidido marcharse a Wyoming. Lo que no sabía era si aquello se les aplicaba a ambos o solo a ella.

Cuando regresó al apartamento de Gina, la encontró vestida con una bata morada que la cubría de pies a cabeza. Lo más extraño fue que le pareció la prenda más sensual que había visto nunca.

–Interesante –dijo él, al ver que las luces estaban muy bajas y que había un fuego encendido–. En otra situación –añadió, al ver que ella descorchaba una botella de vino–, habría pensado que estabas tratando de seducirme... Otra vez.

–¿Y si es así?

–Tendría que preguntar por qué.

–Porque quiero que sepas exactamente lo que quiero...

–¿Sexo?

–También.

—¿Y qué más?

—Tú. Quiero que regreses a Wyoming conmigo. Sé que es mucho pedir, que tu trabajo está aquí, pero fuiste muy feliz allí, cuando te acostumbraste y creo que me amas y que...

—Sí.

—¿Cómo has dicho? —preguntó ella, atónita.

—Que la respuesta es sí.

—¿Así de fácil?

—¿Es que querías que me pusiera difícil?

—Bueno, tenía una serie de argumentos muy persuasivos que quería utilizar... —susurró ella, metiéndose entre sus brazos.

Rafe bajó la cabeza y capturó la boca de Gina. Solo después de haberla besado, dio un paso atrás.

—Por supuesto, persuádeme, pero tengo que decirte que, en lo que a ti respecta, soy un hombre fácil. Lo he sido desde el principio.

—Desde el principio no.

—Claro que sí. De hecho, llevo considerando una sociedad contigo desde hace mucho tiempo.

—Mi experiencia con las sociedades no ha sido muy satisfactoria. Le dije a Tony que regresaría para trabajar para él. Lo conozco desde siempre y sé que él no me traicionará.

—Tal vez no, pero lo que yo te ofrezco es una sociedad muy especial... No tiene comparación.

—¿Puedo confiar en que no me abandonarás?

—Por supuesto.

—¿Cuáles son las condiciones? Quiero saber exactamente en qué me estoy metiendo.

—Amarte, honrarte y adorarte. Ahora y siempre. Lo de siempre.

—Solo una cosa más —dijo ella, encantada—. Tengo la intención de trabajar para Tony. Al final, terminaré por hacerme cargo del negocio. Si tengo mucho trabajo, ¿me vas a ayudar a cocinar?

—Solo si la cocinera me recompensa más tarde.

—Entonces, trató hecho —afirmó Gina, extendiendo la mano.

Como buen abogado, Rafe no se sintió satisfecho hasta que lo hubieron sellado con mucho más que un apretón de manos.

EPÍLOGO

Nunca hubo ninguna duda al respecto de dónde se iba a celebrar el banquete de bodas. Tony y Francesca empezaron a prepararlo el día en que Rafe y Gina les dieron la noticia de que se casaban. Dado que aquel día había llegado, Tony había prohibido a Gina entrar en la cocina.

—Yo lo haré. Tú no tienes que preocuparte, *cara mia*.

—Pero podría ayudar. Además, soy la novia. ¿No debería yo tener opinión sobre cómo es el pastel, al menos?

—¿Es que no crees que mi Francesca sepa cómo agradarte?

—Claro, pero...

—Vete. La boda es dentro de una hora y debes estar muy hermosa.

—De acuerdo, de acuerdo —dijo, aunque estaba segura de que una hora no iba a mejorarla mucho. El calor del verano ya le había rizado un poco el cabello y terminaría por estropearle el maquillaje.

En cuanto salió del restaurante, se vio rodeada por las componentes del Club de la Amistad.

—Os llamó Francesca, ¿verdad?

—Sí —respondió Emma—. Nos dijo que le estabas estorbando.

—Eso es mentira. Tony ni siquiera me dejó entrar en la cocina.

—Esta es una comida que no vas a preparar tú —insistió Karen—. Además, como damas de honor, es nuestro deber asegurarnos de que estás vestida y que llegas a tiempo a la iglesia. No querrás dejarnos en mal lugar, ¿verdad?

—¿Estás nerviosa? —le preguntó Cassie, que parecía más callada que de costumbre.

—¿Cómo lo sabes?

—Es que a nosotras nos pasó lo mismo —respondió, intercambiando una mirada con Karen.

—Confía en nosotras. Vas a ser muy feliz. Rafe se encargará de ello.

—Ya lo ha hecho —afirmó Gina.

—En ese caso —dijo Emma—, no tienes nada de lo que preocuparte, ¿verdad? Vayámonos a prepararte. Aquí tengo una lista. Si la seguimos, llegaremos a tiempo.

—Espera cuando te toque a ti —le advirtió Gina, riendo—. No vamos a tener piedad contigo.

—Yo digo que será este otoño —anunció Lauren.

—Con toda seguridad antes de Navidad —añadió Karen.

—Oh... —susurró Emma.

—Mira, Emma —dijeron todas a la vez—. Ya no engañas a nadie, así que ríndete. Ford y tú sois los siguientes.

Al ver a todas sus amigas a su alrededor, Gina sintió que la felicidad la embargaba. Se sentía muy feliz de volver a estar con ellas y esperaba no volverlas a perder nunca más.

—Oh, no —advirtió Cassie—. Está a punto de empezar a llorar. Detente enseguida. No puedes casarte con los ojos rojos e hinchados.

—A Rafe no le importará —susurró ella.

—Tal vez no, pero a ti sí cuando, dentro de unos años, mires las fotos de boda —comentó Lauren—. Créeme, yo sé lo mucho que puede molestar una mala foto.

La llevaron a la iglesia y la vistieron. Cuando terminaron, solo quedaban cinco minutos, que Gina pasó con sus padres. Los dos estaban radiantes de felicidad por el hecho de que esperaban ser abuelos muy pronto.

—¿Cómo crees que se siente al respecto la madre de Rafe? —le preguntó su padre—. No me imagino que la alegre mucho. Nunca he visto a una mujer tan decidida a quitarse por lo menos veinte años de encima.

—Supongo que se adaptará —dijo la madre—. ¡Si no lo hace, así podré tener esos preciosos niños para mí sola!

En aquel momento, alguien llamó a la puerta.

—Creo que todo está listo —anunció Cassie—. Rafe está paseando de un lado para otro, con aspecto muy impaciente.

—En ese caso, no le hagamos esperar más —afirmó Gina, abriendo la puerta de par en par.

Rafe se había puesto cientos de esmóquines, pero estaba seguro de que aquel iba a ser el más difícil de llevar.

—Estate quieto —le dijo su madre, desde el banco en el que estaba sentada.

Aquellas palabras le hicieron sonreír. Las había oído cientos de veces cuando era un niño. Resultaba agradable saber que algunas cosas no habían cambiado.

Por fin, la música empezó a sonar. Cassie, Lauren, Karen, su propia hermana y Emma ejercían de damas de honor. Finalmente Caitlyn iba lanzando pétalos de rosa por el pasillo mientras sonreía a Rafe. Cuando la música se detuvo, el novio sintió que se le hacía un nudo en la garganta. Al ver que Gina aparecía del brazo de su padre, sintió que el corazón se le desbocaba. ¿Cómo había podido tener tanta suerte? Era la novia más hermosa del mundo.

—Te quiero —susurró, cuando Gina llegó a su lado.

—Eso espero —replicó ella, aunque tenía los ojos llenos de alegría.

Cuando llegó el momento de intercambiar los votos, Rafe dejó atónitos a todos con sus palabras.

—Desde el momento en que te vi, supe que eras una ladrona...

La única que no se sorprendió fue Gina, que lo observaba solemnemente con los ojos llenos de amor.

—... Me robaste el corazón —añadió, provocando un suspiro de alivio entre los asistentes y una sonrisa de Gina—, y cuando traté de recuperarlo, te aferraste a él y me enseñaste lo que significa compartir el amor y la amistad. Hoy, estoy dispuesto a entregarte mi corazón de buena gana, porque sé que lo guardarás para siempre.

Cuando terminó de hablar, Gina tenía los ojos llenos de lágrimas, que se limpió apresuradamente mientras ella misma emitía sus votos.

—Conozco el valor de lo que me estás entregando, porque sé lo difícil que ha sido para ti superar las dudas que tenías al principio. La desconfianza puede destruir una relación o hacerla más fuerte y creo que la nuestra es más firme por el modo en el que comenzó. Me pasaré la vida demostrándote que me merezco tu confianza y dándote todo lo que mi corazón tenga para compartir. Mi familia, mis amigos, el lugar en el que nací y, sobre todo, mi amor.

En el momento en el que el sacerdote los declaró marido y mujer y bendijo su unión, Gina levantó la cara para que su marido la besara.

Rafe cubrió los labios de su esposa con los suyos y saboreó cada segundo de aquel beso, como lo había hecho la primera vez, en aquella tórrida tarde de rodeo.

Cuando la soltó, todos los invitados irrumpieron en risas y aplausos. Gina sonrió.

—Supongo que estamos destinados a darles algo de qué hablar —dijo.

—A mí no me parece mal. ¿Y a ti?

—En cualquier momento, en cualquier lugar...

—¿Para siempre?

Gina se puso de puntillas y volvió a besarlo, de un modo lento y apasionado que llegó al corazón de Rafe.

—Para siempre —susurró.

EL DILEMA

SHERRYL WOODS

PRÓLOGO

La única luz que había en la cocina provenía del interior del frigorífico. Emma estaba de pie, descalza y todavía vestida con el traje de diseño y las sencillas joyas de oro que se había puesto para ir al tribunal hacía unas horas. Estaba comiendo un yogur de fresa.

–Bienvenidos a mi glamourosa vida –musitó, mientras se tomaba una cucharada de yogur sin ni siquiera saborearlo.

Eran las diez de la noche y aquella mañana había abandonado su elegante casa de Cherry Creek a las seis. Había conseguido tomarse una tostada mientras salía por la puerta y un plato de atún con centeno en el tribunal. Aquel yogur era su cena. Desgraciadamente, aquello era un día típico para su dieta diaria.

Hacía semanas desde que la última vez que había podido sentarse a la mesa con su hija de seis años para poder tomar una comida a gusto. Caitlyn estaba tan acostumbrada a comer con el ama de llaves que cuando Emma y ella hablaban por teléfono durante el día, casi nunca le preguntaba si iba a regresar pronto a casa. En parte, Emma se sentía aliviada por no tener que enfrentarse a la desilusión de la niña, pero, por otra parte, se sentía aterrada por la falta de tiempo que ella y su hija compartían, aunque sabía que lo peor era que la pequeña parecía resignada a aceptar aquella carencia.

Kit Rogers, el exmarido de Emma, no había sido tan comprensivo. Se habían casado mientras Emma todavía estaba en la facultad de derecho. En uno de los fallos inexplicables que tienen los métodos de anticoncepción, se había quedado embarazada antes de su graduación. Por alguna razón, Kit había dado por sentado que ella se convertiría en un ama de casa tradicional una vez que el bebé naciera. La carrera profesional de Kit estaba bien establecida y ganaba mucho dinero, por lo que Emma no hubiera necesitado trabajar por razones económicas.

Sin embargo, Emma se había negado. No era una de las mejores de su profesión para echarlo todo por la borda. Su determinación a encontrarse un hueco en su profesión trabajando para uno de los mejores bufetes de Denver pasó de ser una contrariedad a convertirse en un escollo en toda regla para su matrimonio.

A medida que su posición en el bufete se iba afianzando, las discusiones se fueron haciendo más frecuentes. Los esfuerzos de Kit por sabotear su carrera eran cada vez más numerosos. Cuando vio que nada funcionaba, ni siquiera la peor traición, la había abandonado amenazándola con enfrentarse a ella para conseguir la custodia de Caitlyn. El enfrentamiento en los tribunales, con los mejores bufetes de la ciudad enzarzados en una batalla legal en la que eran bandos opuestos, prometía con saltar rápidamente a los titulares de la prensa. Emma había empezado a disfrutar con el desafío.

Aquello debería haberse convertido en una señal de alarma sobre su ritmo de vida y sus prioridades, pero no fue así. Kit conoció a alguien casi inmediatamente después de su separación, por lo que se echó atrás en sus amenazas. Emma ganó el caso sin tener que acudir a los tribunales y sin tener que cambiar. Al final, le había parecido una victoria algo amarga. En aquellos momentos, Kit veía a Caitlyn menos aún que Emma, algo a lo que la niña también parecía resignada.

Mientras tiraba con furia el recipiente vacío del yogur a la basura y cerraba la puerta del frigorífico de una patada, Emma concluyó que, de hecho, Caitlyn se había visto obligada a aceptar demasiadas cosas. Había habido demasiados planes cancelados e innumerables promesas rotas.

Después de encender la luz de la cocina, tomó la invitación que había llegado aquel mismo día en el correo. El instituto en el que había estudiado en Winding River, Wyoming, estaba preparando una fiesta de antiguos alumnos. El colegio privado en el que Caitlyn estudiaba habría terminado para entonces las clases. Emma tendría la oportunidad de pasar un poco de tiempo con su hija. Además, Caitlyn tendría oportunidad de ver a sus abuelos, a sus tíos y a sus primos, unos parientes que, igual que su padre, parecían no formar parte de la vida de la pequeña. Caitlyn se merecía aquel viaje. Las dos se lo merecían. Las visitas a Wyoming habían sido escasas en los últimos tiempos debido al intenso horario de trabajo de Emma. Hacía dos años desde la última vez que habían ido.

Tomó su agenda y consultó las páginas. En todas ellas tenía citas de trabajo y apariciones en los tribunales. Sacó un bolígrafo y rodeó con un círculo la semana en la que tendría lugar la reunión y anotó que, al día siguiente, haría que su secretaria cancelara todo lo que tenía de miércoles a domingo durante aquella semana. Aunque solo faltarían unos días para las fiestas del Cuatro de Julio no podría tomarse unas vacaciones tan largas. Bueno, cinco días era mejor que nada y mucho más del tiempo libre que había tenido últimamente.

Cinco días alejada de su trabajo, de Denver... Parecía un sueño. Lo mejor de todo era que podría ver a sus queridas amigas, las indomables componentes del Club de la Amistad, que podrían hacerla reír y que le recordarían quién había sido antes de que el trabajo se hubiera convertido en una obsesión. Le vendría bien para darle algo de perspectiva a su vida, algo de equilibrio. Si había alguien que pudiera ayudarla a conseguirlo, esas eran Lauren, Karen, Cassie y Gina.

Resultaba irónico que cinco mujeres que eran tan diferentes pudieran tener tanto en común. Lauren se había convertido en una estrella de Hollywood, Karen en una ranchera, Cassie estaba pasando sus apuros como madre soltera y Gina se había convertido en una importante chef con su propio restaurante en Nueva York. A pesar de todo, compartían unas vivencias, una amistad que había capeado los malos tiempos y las ausencias. La última vez que habían estado juntas había sido en la graduación de Emma en la facultad de Derecho. Desde entonces, se habían mantenido en contacto mediante ocasionales llamadas de teléfono, mensajes de correo electrónico y tarjetas de felicitación por Navidad.

Sin embargo, aunque el contacto había sido tan esporádico, nunca habían perdido el vínculo que existía entre ellas. Esas mujeres eran sus mejores amigas y, aunque a veces hubiera descuidado su amistad, valoraba mucho la relación que tenía con ellas.

Lauren, que se había divorciado dos veces, la había escuchado en innumerables conversaciones telefónicas mientras Emma estaba divorciándose. Cassie le había proporcionado un hombro en el que apoyarse cuando Emma se había desmoronado por no tener suficiente tiempo para dedicárselo a su hija. Karen, que estaba felizmente casada, había sido un pilar para ella y le había dado consejo cuando Emma lo había necesitado. Desde el divorcio, Gina le había enviado paquetes de comida preparada por ella misma que habían alegrado a madre e hija.

Sentía tanto deseo de verlas que no le importaba el volumen de trabajo que la estuviera esperando el lunes después de regresar de Winding River. Por una vez, el trabajo no tenía importancia y podía esperar.

Ella no era indispensable y tenía más dinero que tiempo para gastarlo. Que facturara menos horas de trabajo para el bufete no iba a arruinar su trayectoria profesional.

¿Quién sabía el tiempo que podría pasar hasta que volviera a tener una oportunidad como aquella? La perspectiva de ver a sus amigas era una oportunidad demasiado buena para dejarla escapar. El miedo que habitualmente sentía por tener que escuchar las lamentaciones de su madre porque no comía suficiente le hizo, por una vez, sonreír. Saber que su padre le recodaría que era maravillosa, hermosa y digna de ser amada era algo que necesitaba escuchar desde su divorcio. Aunque la ruptura había sido lo mejor, aunque su marido se había comportado como un canalla, aquel divorcio había sido un golpe para la autoestima de Emma. Ella nunca había esperado fracasar en nada.

Estaba tan encantada con la decisión que había tomado que no pudo esperar a decírselo a Caitlyn. Ya se imaginaba la sonrisa que iluminaría el rostro de su hija. Desgraciadamente, también podría visualizar las dudas que la pequeña tendría a la hora de creerse que el viaje fuera realmente a realizarse.

—No te defraudaré, hija —se juró, mientras apagaba la luz y se dirigía al despacho que tenía en su casa, en el que solía trabajar durante una hora más antes de irse a la cama—. Esta vez no.

Aquel viaje iba a suponer unos días de relación y de diversión con su familia y sus amigas. Nada iba a interferir. Nada en absoluto.

I

Ford Hamilton miraba la pantalla del ordenador en el que estaba preparando la edición semanal del Winding River News. Había un hueco en el que iba a colocar el artículo principal. Como era la primera edición que preparaba desde que había adquirido el periódico, quería una noticia llamativa para llenar ese espacio, algo que hiciera que los habitantes del pueblo se sentaran y leyeran con atención.

—Bueno, jefe, ¿quieres que vaya a entrevistar a las personas que están preparando la reunión de antiguos alumnos para ver quién va a venir y lo que va a ocurrir? —le preguntó Teddy Taylor.

Teddy tenía dieciocho años y quería llegar a ser un buen fotógrafo. Iba a hacer prácticas con Ford durante aquel verano y trataba de conseguir que una de sus fotos llegara a la primera página. En un periódico que tenía un presupuesto tan limitado que Ford tenía que hacer todo, hasta la ayuda de un estudiante en prácticas era bienvenida.

Ford suspiró. Una reunión de antiguos alumnos no era la clase de noticia que él había imaginado para la primera página. Había trabajado en las duras noticias de grandes ciudades, en las que los artículos que competían por la primera página tenían que ver con política, corrupción y otros delitos similares. En Winding River no había mucho de aquello. Era un tranquilo pueblo de Wyoming en el que ocurrían muy pocas cosas. Esa era precisamente la razón de que hubiera elegido aquel lugar. Estaba cansado de perseguir a gente sin escrúpulos, por no decir de las continuas discusiones con los editores sobre cómo debía aparecer una historia sobre el papel. Tal vez, y solo tal vez, estando a su cargo podría confeccionar un periódico que importara a la comunidad.

Desgraciadamente, las mismas cosas que lo habían atraído a aquel lugar, como la paz y la tranquilidad, estaban abortando sus planes para crear una buena impresión con su primera edición. Por fin había comprendido lo que significaba tener falta de noticias y le daba la sensación de que lo que había sido una semana sin noticias podría convertirse en un año.

Sin embargo, aquello no significaba que tuviera que recurrir a llenar la primera página de su periódico con algo como una reunión de antiguos alumnos, aunque fuera lo único que tuviera. La semana de antes de la reunión haría un listado de los actos que se habían preparado y luego enviaría a un fotógrafo cuando llegara el momento. Un desplegable en las páginas centrales sería más que suficiente.

Eso significaba que seguía con un hueco en blanco para la edición de aquella semana. No podía contar con que ocurriera un accidente o un robo de ganado antes de que tuviera que cerrar la edición. Después de pasarse veinte minutos analizando las posibilidades, Ford tuvo que resignarse. Aquella maldita reunión era lo más emocionante que tenía. Tal vez encontrara algo que le diera importancia a una noticia tan floja.

—Teddy, ¿qué te parece si vas a entrevistar al sheriff? —sugirió—. Pregúntale cómo será el dispositivo de seguridad que va a preparar, especialmente porque he oído que una actriz va a estar en el pueblo ese fin de semana. Quiero saber si va a pedir refuerzos en caso de que tenga problemas para controlar a las masas.

—¿Controlar a las masas? —preguntó Teddy, boquiabierto—. ¿Aquí en Winding River?

—Lauren Winters es muy famosa desde que ganó un Oscar esta primavera —explicó Ford, lamentado que su predecesor hubiera anunciado la asistencia de la estrella—. Si se extiende el rumor de que va a estar aquí, todos los periódicos del mundo van a enviar un fotógrafo. Mientras estás en ello, comprueba si se han reservado todas las habitaciones del hotel. Los paparazzi siempre se ponen algo nerviosos si no pueden estar cerca de la noticia. Si no hay nada disponible, serán capaces de dormir en sus coches delante de su casa o de donde se aloje. Pregúntale a Ryan si está preparado para eso.

—¿Hablas en serio? ¿Me vas a dejar entrevistar al sheriff?

Ford contuvo una sonrisa al ver las ganas de trabajar que mostraba el joven, especialmente cuando el sheriff era su tío. Había muchas posibilidades de que Ryan Taylor dictara la historia tal y como quería que apareciera en el periódico. Normalmente, Ford no habría dejado aquella entrevista a un periodista con tan poca experiencia, pero Teddy tenía que empezar en algo y aquella historia era tan buena como la que más.

—Adelante. Tienes dos horas para hablar con él. Escribe el artículo y dámelo. Quiero que esta edición salga a tiempo. El antiguo dueño solía mostrarse muy relajado con la fecha de salida del periódico. Yo no voy a hacerlo.

—Entendido —dijo Teddy. Entonces, se marchó corriendo, grabadora en mano.

Ford volvió a suspirar. ¿Había sido él alguna vez tan joven? ¿Habría tenido en alguna ocasión tanta energía? No es que a la edad de treinta y dos años se considerara viejo, pero después de un mes se estaba adaptando muy rápidamente al lento ritmo de vida de Winding River. Ya no se levantaba al alba ni trabajaba doce horas al día. Y se tomaba más tiempo del necesario en el restaurante de Stella para hablar con los habitantes del pueblo.

Al principio, había recibido con alborozo la oportunidad de cambiar por aquello el ritmo acelerado de vida primero de Atlanta y luego de Chicago. Tomarse la vida con más calma había sido una de las razones por las que había buscado un periódico que estuviera en venta en un lugar tranquilo antes de que el ritmo acelerado de vida le provocara un ataque al corazón. Además, esperaba casarse y tener un par de hijos. Quería tener algo más que una profesión. Quería vivir.

Se había pasado un par de años utilizando sus vacaciones para buscar una pequeña comunidad que estuviera en expansión y que tuviera un periódico que importara a sus habitantes, en el que sus editoriales y sus artículos pudieran tener un impacto en la vida de aquellas personas. Se había sentido atraído a Wyoming por la belleza del paisaje y por los cambios que estaba sufriendo tras haber sido descubierta por los famosos. La zona iba a sufrir un fuerte desarrollo, lo que prometía cambios para el medio ambiente y para su modo de vida.

Todo lo que había deseado siempre se había hecho realidad al visitar Winding River y tras hablar con el antiguo dueño del periódico, habían sellado el trato con un apretón de manos durante el invierno. Unos meses después, Ford estaba a punto de publicar la primera edición de su propio periódico, aunque contaba con unos recursos muy limitados.

Sabía lo suficiente de las pequeñas ciudades para saber que tenía que avanzar con cautela. Los cambios siempre se contemplaban con cierta sospecha. Irónicamente, aquella había sido la razón por la que Ford había abandonado su ciudad natal en Georgia y se había marchado a Atlanta después de terminar sus estudios. Se había dado cuenta de lo mucho que cuesta que la gente cambie en un lugar tan pequeño.

Al final, había terminado por darse cuenta de que las cosas no eran muy diferentes en la gran ciudad, especialmente cuando tenía que enfrentarse a la burocracia de su propio periódico antes de conseguir que le publicaran algunos de los artículos más duros. En Chicago, le había pasado otro tanto de lo mismo. Había sufrido una batalla constante entre las presiones del departamento de publicidad y la independencia editorial.

Todavía estaba encontrando su sitio en Winding River. Estaba tratando de conocer a los pesos específicos de la comunidad. Escuchaba a todo el mundo que tenía algo que decir sobre cómo se dirigía la ciudad o cómo creían que debía ser.

En un futuro próximo se avistaban cambios. El centro del pueblo era una prueba palpable de ello. Se había abierto una nueva y elegante boutique al lado del viejo almacén de ropa vaquera. Había poderosos todoterrenos aparcados al lado de las tradicionales furgonetas pickup. Se vendían regalos muy caros al lado de la tienda de piensos y había modernas avionetas aparcadas al lado de las que utilizaban para fumigar las cosechas.

El anterior dueño del periódico, Ronald Haggerty, se había quedado en el pueblo lo suficiente para presentar a Ford a todo el mundo y recomendarle ante las autoridades cívicas. Entonces, se había jubilado y se había marchado a Arizona. A partir de entonces, Ford había estado solo.

Ya estaba empezando a formular ciertas opiniones que estaba deseando imprimir, pero era demasiado pronto. Tenía que esperar a tener el artículo adecuado, la historia adecuada que demostrara a todo el mundo que el *Winding River News* y su nuevo dueño tenían la intención de participar en todos los aspectos de la vida del pueblo. Necesitaba un bombazo para llenar la primera página.

Hasta aquel momento de su vida, Ford Hamilton se había considerado un hombre de suerte. Si esto seguía siendo así, no dudaba de que tendría la historia que buscaba muy pronto.

—¿De verdad voy a aprender a montar a caballo? —le preguntó Caitlyn por décima vez mientras madre e hija se marchaban el miércoles de Denver.

—El abuelo ha dicho que te enseñaría, ¿no?

—¡Estoy tan emocionada! —exclamó la niña, saltando de alegría—. Nunca he montado a caballo.

—Ya me lo has dicho antes —contestó Emma, secamente.

—¿Y cuántos primos has dicho que tengo?

—Cinco. Ya conociste a algunos de ellos la última vez que estuvimos aquí.

—Entonces, yo solo era un bebé. Tenía cuatro años. Se me ha olvidado.

—Bien, pues está Jessie...

—¿Cuántos años tiene Jessie?

—Seis, igual que tú.

—¿Crees que ya sabe montar a caballo? —preguntó Caitlyn muy preocupada—. ¿Se reirá de mí?

—No sé si sabe montar ya, pero el abuelo no le dejará que se ría de ti.

—¿Y quién más hay? —quiso saber la niña, más satisfecha.

—Está Davey, Rob, Jeb y Pete.

—Son todos chicos —dijo Caitlyn, muy desilusionada—. Y son todos más pequeños que yo, ¿no?

—Efectivamente.

—Pero Jessie y yo seremos amigas, ¿verdad?

—Estoy segura de ello. Os lo pasasteis muy bien la última vez que estuvisteis juntas, cuando vinimos hace dos años. Hacíais meriendas con vuestras muñecas, jugabais juntas y hacíais galletas con la abuela.

—¿Vamos a llegar pronto? —preguntó la niña, cada vez más emocionada.

—Dentro de media hora. Tal vez menos.

—¿Y qué hora es?

—Las doce y media.

—Cuando la aguja grande esté aquí y la pequeñita este aquí abajo, ¿verdad? —observó la niña, tocando el reloj que había en el salpicadero del coche.

—Exactamente.

—Creía que la abuela había dicho que comeríamos a las doce —comentó la niña, muy preocupada—. ¿Empezarán a comer sin nosotros?

—No, cielo. No creo que coman sin nosotros. Llamé a la abuela para decirle que salimos algo más tarde, ¿te acuerdas?

—Porque tuviste que ir a tu despacho —dijo la niña—. Aunque estamos de vacaciones.

—Hasta el lunes —prometió Emma.

—Entonces, ¿cómo es que tu teléfono no deja de sonar?

Emma suspiró. No dejaba de sonar porque no lo había desconectado. Marcharse del despacho era una cosa, pero desconectar el teléfono móvil otra muy distinta. Podría haber emergencias, preguntas de sus colegas, crisis que no podían esperar...

—No te preocupes —le dijo a su hija—. No sonará muy a menudo. No dejaré que interfiera con nuestros planes.

Como para demostrar que estaba equivocada, el teléfono móvil empezó a sonar en aquel mismo instante. Tras disculparse con la mirada ante su hija, Emma respondió al teléfono.

—Rogers.

—¿Es usted la abogada más famosa de Denver, la que solo se ocupa de los casos más dificultosos del universo?

Emma sonrió.

—Hola Lauren, ¿dónde estás?

—Estoy sentada a la mesa con tu familia, esperando que llegues aquí. Nos estamos poniendo algo impacientes. Yo, por una vez, estoy muerta de hambre y no me van a dejar que coma nada hasta que vosotras aparezcáis por la puerta. ¿Dónde estáis?

—En las afueras del pueblo, a un kilómetro más o menos del rancho. Dile a mi madre que ponga la comida en la mesa y que sirva algo de beber.

—Ya lo ha hecho. La he ayudado yo.

—¿Se impresionó mi familia porque una actriz tan famosa los estuviera ayudando a poner la mesa?

—Creo que no —comentó Lauren, entre risas—. Rob me ha manchado mi blusa de diseño cuando estaba escurriendo los guisantes, pero solo es un bebé. Por eso lo he perdonado.

—Menos mal. No creo que el padre de Rob se pueda permitir comprarte una blusa igual. Seguramente cuesta más de lo que él gana en un mes.

—Más o menos —afirmó Lauren—, por eso le he dicho que me la comprarías tú. Tú sí que te la puedes permitir.

—Supongo que es una suerte que esté a punto de aparcar delante de la casa, para que pueda proteger mis intereses personales —bromeó Emma.

En cuanto dio el giro que la colocaba delante de la puerta principal, empezó a oír los gritos de alegría que anunciaban que los niños habían visto el coche.

Mientras aparcaba, miró a Caitlyn y vio que la pequeña contemplaba atónita cómo todos sus primos, a excepción del menor, salían corriendo de la casa, seguidos por los hermanos menores de Emma y de sus esposas, de Lauren, que seguía con el teléfono en la mano, y de los abuelos.

La niña de repente se mostró muy tímida y cuando su abuela abrió la puerta del coche, se aferró a su madre. Negándose a dejarse llevar por el desaliento, la madre de Emma le tocó suavemente la mejilla.

—Me alegro tanto de que hayas venido a visitarnos —dijo—. Tu abuelo y yo te hemos echado mucho de menos.

—¿De verdad? —preguntó Caitlyn, muy sorprendida.

—Claro que sí. ¿Te gustaría venir conmigo para

ver la sorpresa que tu abuelo te tiene preparada? Está en el establo.

—¿Puedo ir, mamá? —quiso saber la pequeña, volviéndose hacia Emma

—Pensé que todo el mundo tenía muchas ganas de comer —comentó Emma, mirando a Lauren.

—No importa. Estoy segura de que puedo resistirlo —replicó esta, con una exagerada mueca que despertó la sonrisa de Emma.

—¡Qué buena actriz eres, amiga! —exclamó ella— Claro que puedes ir, Caitlyn —añadió, soltando a la pequeña—. ¿Qué es esa sorpresa tan grande, mamá?

—Ya lo verás. Yo no pienso decir nada.

—Mientras las dos se iban de la mano, seguidas muy cerca por todos los primos, Emma se acercó a sus hermanos y se abrazó a ellos. Estos le recriminaron que hubiera pasado tanto tiempo desde la última vez que fue a Winding River.

—Dejadla en paz —dijo su cuñada Martha—. Ahora está aquí y eso es lo que importa. Vamos a aprovechar cada minuto de tu estancia aquí, Emma.

—De eso puedes estar segura —apostilló Lauren, mientras se acercaba a ella para abrazarla—. Pareces cansada.

—He estado mucho tiempo conduciendo.

—No tanto —replicó Lauren, mientras la acompañaba al interior de la casa.

En el comedor, la mesa estaba puesta para una gran celebración.

—Y tienes ojeras que no se forman de la noche a la mañana. Yo lo sé perfectamente. Soy una experta en lo que la falta de sueño puede hacer al rostro de una persona. Por suerte para ti, también soy experta en los trucos de maquillaje que logran disimularlo. Cuando vayamos al baile que se ha organizado para el sábado, estarás estupenda. Los hombres caerán a tus pies.

—Estoy aquí para ver a mis amigas, no para buscar un hombre —le recriminó Emma—. Además, contigo cerca, nadie me dedicará a mí ni una mirada.

—Espera a que termine de arreglarte —observó Lauren—. Nunca se sabe cuándo una mujer va a encontrar al hombre perfecto. No podemos correr el riesgo de que le des un susto de muerte.

—No creo que tengamos que preocuparnos por eso. Hay muy pocos hombres perfectos en Winding River —comentó Emma, mirando a sus hermanos—, sin contar los presentes, claro. Esa fue una de las razones por las que me marché, ¿te acuerdas?

—Yo soy optimista —declaró Lauren, alegremente—. En diez años pueden cambiar mucho las cosas. Por ejemplo, el acné suele desaparecer, ¿verdad, Matt? —añadió, dándole un codazo a uno de los hermanos de Emma.

Matt frunció el ceño y decidió ignorar aquella pregunta.

—Por supuesto —replicó Martha, en lugar de su marido—. No solo eso. Ahora se puede tomar un capuccino en el pueblo. Por supuesto, la mayoría de la gente sigue yendo al restaurante de Stella, como siempre. Las cosas más refinadas suelen ser para los turistas.

—¿Que ahora tenemos turistas? —preguntó Emma, incrédula—. ¿Y qué vienen a ver?

—El verdadero ambiente del Oeste —le contestó su hermano Wayne, secamente—. Por supuesto, mientras vienen a ver el genuino Oeste, no pueden prescindir de lo que suelen tomar en el Este, pero, ¿qué le vamos a hacer? Está inyectando muchos dólares a la economía del pueblo.

—Al final, acabará destruyéndonos. Acordaos de lo que os digo —auguró Matt, con expresión sombría—. Y ese editor de periódico va a ser el responsable.

—Ford Hamilton es un buen tipo —le recriminó Martha—. Dale una oportunidad.

—¿Para qué? ¿Para que estropee este lugar con sus modernas ideas de gran ciudad? —le espetó él—. Os garantizo que va a ser el primero en pedir que se liberalice la tierra para que puedan adquirirla un buen montón de avariciosos especuladores. Winding River terminará por unirse con Laramie si no tenemos cuidado.

En aquel momento, la madre de Emma y todos los demás entraron en el comedor.

—Ya está bien, Matt. Deja al menos que tu hermana coma algo antes de que le cuentes todos los malos augurios que se ciernen sobre Winding River. Ese tipo de cosas son malas para la digestión.

A pesar de todo, Emma tuvo que escuchar durante el almuerzo los cambios que se habían producido en el pueblo en los últimos años y que, según Matt, no habían sido para mejor. También le contaron muchas cosas sobre ese tal Ford Hamilton, cuyas dos

primeras ediciones del periódico habían sido la co-
midilla de Winding River.

—Ha quitado las columnas locas que Ron llevaba
escribiendo desde hacía años —se quejó Matt.

—Todos los de por aquí ya saben lo que hacen los
demás —argumentó Martha—. No era necesario que
lo leyéramos en el periódico. Además, a mí me parece
guapísimo. Ya iba siendo hora de que alguien tan interesante y tan disponible se viniera a vivir aquí.

—¿Y a ti qué te importa eso? Tú estás casada conmigo —protestó Matt.

—Eso no significa que esté muerta —replicó ella—.
Además, un hombre como Ford Hamilton podría ser
lo que convenciera a Emma para que se viniera a
vivir aquí otra vez.

—¡Un momento! —exclamó ella—. No entres en ese
terreno. Ni estoy buscando un hombre, ni pienso
venir a vivir aquí. No te se ocurran esas locuras,
Martha... Ni a ti ni a nadie.

—Bueno, todos tenemos derecho a soñar —comentó su madre—. Yo, por ejemplo, creo que sería maravilloso si al menos te lo pensaras.

—No la presiones —le dijo el padre—. Acaba de entrar por la puerta.

—¡Un momento! Tú tienes tantas ganas de que
vuelva como yo —replicó la madre—. Por eso has
comprado ese poni.

—¿Qué poni? —preguntó Emma.

—Esa era la sorpresa —contestó Caitlyn, con los
ojos llenos de felicidad—. El abuelo me ha comprado
un poni.

—Se suponía que eso tenía que ser un secreto hasta después del almuerzo, cielo —comentó el padre de Emma, con una sonrisa.

—¡Ah, sí! Se me olvidó...

—No importa, tesoro. Alguien tenía que decírmelo —replicó Emma, aunque le dedicó una mirada de reproche a su padre.

—Cuando tú tenías su edad, tenías tu propio poni —afirmó el hombre.

—Pero yo vivía aquí —replicó Emma. Entonces, decidió dejar el tema. Iba a estropear el almuerzo si empezaba a discutir con su padre durante la comida.

—Volvamos a Ford Hamilton —sugirió Martha, diplomáticamente.

—Sí, es mejor —afirmó Lauren—. Si a Emma no le interesa un editor guapísimo, tal vez me interese a mí.

—Muy bien —le recriminó Wayne—. Como si tú sí que fueras a venirte a vivir aquí.

—Nunca se sabe —dijo Lauren, tan seriamente que todos la miraron fijamente.

—¿Lauren? —preguntó Emma, mirándola con curiosidad. Aquella era la primera vez que le parecía que su amiga mostraba cierto desencanto hacía su glamouroso estilo de vida.

—No me hagáis caso —comentó Lauren, mientras se levantaba de la mesa—. Bueno, tengo que marcharme corriendo. Le prometí a Karen que iría a su rancho esta tarde y que le echaría una mano con los caballos.

—Esa sí que es una fotografía que les gustaría tener a todos los periódicos —bromeó el padre de Emma—.

Millie, ¿dónde está mi cámara? Probablemente podría conseguir suficiente dinero con una sola foto como para comprarme dos toros.

—No creo que quieras hacerlo, papá —le advirtió Emma—. Tendría que aconsejarle a Lauren que te demandara.

—Como si yo fuera a demandar a alguien que es como un padre para mí —replicó Lauren, mientras le daba un beso al hombre en cada mejilla.

—¿Quién hubiera dicho que una de las amigas de Emma iba a ser una de las bellezas más famosas del mundo entero? —comentó él, sonrojándose por los besos—. Todavía me acuerdo de cuando llevabas trenzas y jugabas con el barro al lado del establo.

—Esa sí que es una fotografía que le encantaría tener a todos los periódicos —dijo Wayne—. Y creo que sé dónde está.

—En el álbum —le recordó Matt, sonriendo por primera vez desde que Emma había llegado—. ¿Quieres que vaya por ella? Podríamos compartir los beneficios.

—Si lo haces, eres hombre muerto —le advirtió Emma—. Yo también salgo en esa foto. Si Lauren no te mata, lo haré yo —añadió. Entonces, se dio cuenta de que su madre tenía lágrimas en los ojos—. ¡Mamá! ¿Qué te pasa?

—Es que estoy tan contenta de volveros a tener alrededor de esta mesa, peleándoos como solíais hacer entonces... Y a ti también, Lauren. No os imagináis lo mucho que he echado de menos no tener a mi familia al completo bajo el mismo techo.

—Te prometo que vendré a casa más a menudo, mamá —susurró Emma, sintiéndose culpable.

—Eso es lo que dices ahora, pero cuando regreses a Denver, te sumergirás de nuevo en tu trabajo y, antes de que te des cuenta, habrán vuelto a pasar dos años.

—Te prometo que no será así, mamá...

Sin embargo, sabía que su madre tenía razón. Sería incapaz de impedir que ocurriera. Su profesión la marcaba irremediablemente. Ser la mejor de su clase la había condicionado para querer convertirse en la mejor de su bufete. Quería ser la primera abogada en la que la gente pensara para los casos importantes de Denver. Había fracasado en su matrimonio. Estaba descuidando a una hija y a una madre, pero sería alguien en su profesión. Los hombres se sacrificaban por sus carreras constantemente y a nadie le parecía mal. ¿Por qué debería ser diferente para una mujer? Al menos, le serviría de ejemplo a Caitlyn para demostrarle que una mujer podría conseguir lo que quisiera en un mundo diseñado para hombres.

Cualquier persona le preguntaría que a qué coste. Incluso la propia Emma se lo preguntaba de vez en cuando en la oscuridad de la noche. Hasta aquel momento, no había podido encontrar una respuesta satisfactoria. ¿La encontraría alguna vez?

Ford no había tenido la intención de acercarse a la reunión de antiguos alumnos del instituto de Winding River.

Como no tenía ningún otro empleado, le había pedido a Teddy que se encargara de la cobertura y le había dado una cámara. Teddy se había puesto muy contento.

—Asegúrate de tomar unas buenas fotos de Lauren Winters —le recordó al adolescente—. Todo el mundo va a querer ver cómo la gran estrella se digna a reunirse con unos provincianos.

El sarcasmo de Ford era inconfundible, incluso para Teddy.

—No creo que Lauren sea así —dijo el muchacho, frunciendo el ceño—. Mi tío Ryan dice que es estupenda. Era la chica más lista de su clase y él me ha dicho que entonces era muy seria. Nadie hubiera esperado que se convirtiera en actriz.

—Lo que sea —replicó Ford, sin prestar ninguna atención a la enfervorizada defensa que había llevado a cabo el muchacho—. Limítate a hacer las fotos. Seguramente sabes mejor que yo quién es importante.

—Eso espero. Mi tío Ryan me ha dado una lista. Conoce a todo el mundo. Hay una señorita que se llama Gina y que es dueña de uno de los mejores restaurantes de Nueva York...

—¿Gina Petrillo? —preguntó Ford, asombrado—. ¿Su restaurante se llama el Café Toscana?

—Sí, eso es. ¿Has oído hablar de él?

—He comido allí —dijo.

Los editores de un periódico de Nueva York lo habían llevado a comer allí cuando estaban pensando en contratarlo y apartarlo de un equipo de investigación de Chicago. Se había sentido muy impresionado por la comida y por el ambiente. Se le había quedado el nombre de la dueña, aunque solo la había visto brevemente mientras salía de la cocina para favorecer a unos comensales con su presencia. Descubrir que Gina Petrillo era de Winding River suponía todo un hallazgo.

—Y hay otra mujer llamada Emma, que es una fiera en los tribunales de Denver —prosiguió Teddy—. Además, está Cole Davis, el genio de los ordenadores... Bueno, él no estaba en la clase, pero su novia sí. El tío Ryan me ha dicho que seguramente estará presente aunque es un par de años mayor. Todo el mundo va a asistir porque para el pueblo supone mucho que Lauren vaya a asistir.

Ford se sintió muy impresionado por la lista de triunfadores que había entre los asistentes. Aunque él mismo había nacido en una ciudad de provincias, siempre había sentido que las probabilidades de éxito estaban contra él. Encontrar a tantas personas de renombre en una única clase de un pueblo tan pequeño, aunque Cole Davis no se hubiera graduado el mismo año, resultaba muy interesante.

De hecho, cuanto más lo pensaba, más convencido estaba de que allí podría encontrar una buena historia. ¿Quién o qué habría motivado a aquellas cuatro personas a superarse de aquel modo? ¿Habría sido uno de los profesores, uno de los padres o el compromiso de toda una comunidad con la educación? Sus vidas podrían proporcionar una motivación para los adolescentes que estaban a punto de graduarse.

Precisamente por la fascinación que sentía por la historia, había comprado una entrada para el baile del sábado por la noche. Tenía su grabadora en el bolsillo, pero por el momento se contentaba con observar a los que bailaban.

Todavía era muy temprano. Había mucho tiempo para localizar a los famosos de los que Teddy le había hablado. Seguramente, no tendría ninguna dificultad en reconocerlos ya que los demás estarían desmayándose a su paso, con la posible excepción de la abogada. Seguramente le prestarían menos atención que a los demás. En su experiencia, la gente más sensata se muestra muy cautelosa con los abogados.

–Joven, ¿por qué no baila usted? –le preguntó Geraldine Hawkins

Ford contempló a la mujer. La veterana profesora de inglés tenía sesenta y cinco años y medía menos de metro y medio. Sin embargo, según Ron Haggerty, podía intimidar a un jugador de rugby de más de dos metros. Ella había sido una de las primeras personas que Ford había conocido y había aprendido a no subestimarla.

—¿Y bien, jovencito? —insistió la mujer, con impaciencia.

—Bailo como un pato —respondió Ford.

—Eso no me lo creo ni por un minuto —afirmó. Entonces, hizo un gesto a cinco mujeres que estaban sentadas a una mesa con un solo hombre. Una de ellas era la hermosísima Lauren Winters. Otra era Gina Petrillo—. Ahora, diríjase hacia allá y pida a una de esas señoritas que baile con usted. Nadie debería ser un florero en su propia fiesta de antiguos alumnos, especialmente cuando hay un hombre muy atractivo disponible.

—Preferiría bailar con usted, señorita Hawkins. ¿Qué le parece? ¿Le apetece mover el esqueleto conmigo?

El rubor cubrió las mejillas de la profesora, pero extendió la mano de todas formas.

—Esta bien, pero manténgase alejado de los dedos de mis pies, jovencito. Tengo callos.

—Haré lo que pueda —prometió Ford, entre risas—, pero no le prometo nada.

Entonces, la tomó entre sus brazos y se movió graciosamente al ritmo de un vals por la pista de baile.

—Joven —le regañó la profesora, cuando terminó la música—, me ha engañado usted. Sabe bailar perfectamente.

—Usted ha sido mi inspiración, señorita Hawkins.

—Tonterías. Ahora, vaya a pedirle a alguien de su edad que baile con usted.

—¿Se le ocurre alguien en particular?

La señorita Hawkins volvió a mirar al mismo grupo de mujeres. Una de ellas estaba aferrada a un teléfono móvil y no dejaba de asentir, con expresión intensa. Ford pensó que era hermosa, de un modo refinado y distante.

—Le recomendaría a Emma Rogers. Es la que está al teléfono. Necesita un poco de distracción. Fuera quien fuera el que inventara los teléfonos móviles debería haber sido fusilado, pero, dado que es demasiado tarde para eso, solo podemos esperar mantenerlos apartados de las personas que son adictas a ellos.

—¿Emma Rogers? —repitió Ford, recordando la conversación con Teddy—. ¿Es abogada?

—Y muy buena, por lo que he oído, aunque trabaja demasiado. Eso también lo he oído. Mírela. Está en un baile con sus antiguas amigas y no deja de hablar por teléfono. Le aseguro que se trata de una llamada de trabajo.

Mientras la observaban, vieron que Emma le entregaba el teléfono de mala gana a Lauren, quien marcó, habló con alguien y luego colgó, con expresión triunfante. Cuando Emma trató de tomar de nuevo su teléfono, Lauren se lo impidió.

—Bien por Lauren —dijo la señora Hawkins, con

aprobación–. Ahora, depende de usted, joven. Sáquela a bailar. Si ha habido alguna vez una mujer con necesidad de divertirse, esa es nuestra Emma.

Ford presintió que la mujer no se iba a rendir hasta que sacara a Emma Rogers a la pista de baile. Como, de todas maneras, había querido hablar con ella, no le importó.

–Usted gana, pero si la piso un montón de veces y me demanda, la haré a usted responsable.

–No me importa –dijo la profesora, con expresión desinteresada en el rostro.

Ford atravesó el gimnasio y, cuando llegó a la mesa, Emma estaba completamente sola, con un gesto sombrío en el rostro.

–Se me ha ordenado que baile con usted –le dijo Ford.

–¿Ordenado? Pues vaya invitación...

–La señora Hawkins –explicó él, señalando a la profesora. Tal vez fuera adicta al trabajo, pero, de cerca, era una mujer muy hermosa

Para su sorpresa, Emma sonrió, lo que le suavizó las duras lineas de la boca y le puso chispa a los ojos.

–Esa mujer sabe muy bien cómo conseguir lo que quiere. Me convenció para que leyera a Shakespeare. No me gustaba nada, pero ella no se rendía. Al final empezó a agradarme.

–Seguro que no tuvo que insistir mucho. Por lo que me han contado, era usted una magnífica estudiante. Por cierto, me llamo Ford Hamilton.

–Ah –replicó, con expresión mucho más fría–. El nuevo dueño del periódico. He oído hablar sobre usted.

—Espero que nada malo.

—Hasta ahora no, pero solo lleva aquí unas pocas semanas. Estoy segura de que todavía no ha hecho nada reprobable. Bueno, gracias por invitarme a bailar, pero tengo algunas amigas a las que quiero ver.

Emma se levantó y se dirigió directamente al vestíbulo. Ford se la quedó mirando, preguntándose qué habría dicho para ofenderla. ¿Podría ser que no fuera nada más que ser el dueño del periódico?

—Señorita Rogers...

Ella se detuvo, pero no se dio la vuelta. Como no quería hablarle de espaldas, Ford se colocó frente a ella.

—Cuando tenga unos minutos, me gustaría hablar con usted.

—¿De qué? —quiso saber ella.

—De qué o de quién la motivó a usted cuando estaba en el instituto. Espero poder hablar con todos los de su clase que han alcanzado el éxito profesional. Creo que podríamos encontrar algunas lecciones que empujaran a los adolescentes de hoy.

—¿Cómo mide usted el éxito, señor Hamilton? ¿Por la fama? ¿Por el dinero?

—Por ambos, supongo.

—En ese caso, no tenemos nada de qué hablar —le espetó Emma—. Verá usted, la gente que yo creo que ha tenido más éxito de nuestra clase son los que están haciendo lo que más les gusta y que son felices con sus vidas. Por ejemplo, mi amiga Karen. Ella no es famosa y probablemente no tenga mucho dinero, pero está trabajando en un rancho que adora con el hombre que ama. Eso es el éxito, señor Hamilton. No lo que hago yo.

Antes de que Ford pudiera responder, se produjo un revuelo en el gimnasio. Un hombre que parecía borracho tiraba del brazo de una mujer, mientras que otro parecía a punto de intervenir. Solo un sutil movimiento de la cabeza de la mujer impidió que el segundo hombre entrara en acción. Se encogió de hombros y, finalmente, salió del gimnasio.

Ford sintió que Emma se tensaba a su lado. Al mirarla, vio una genuina preocupación en su rostro.

—¿Los conoce?

—Claro. Aquí nos conocemos todos. Sue Ellen estaba en mi clase. Donny era un año mayor. Empezaron a salir mientras estaban en el instituto.

—Ahora no parecen quererse mucho —observó Ford—. ¿Cree usted que ellos podrían ser ejemplo del éxito?

—No podría decirlo. No conozco su historia —replicó Emma, con voz gélida—. Mire, señor Hamilton, le deseo muy buena suerte. De verdad. Winding River necesita un buen periódico, pero no me interesa que se me entreviste.

—¿Ni siquiera para inspirar a otros estudiantes?

—Ni siquiera para eso. Ahora, si me disculpa...

—¿Le han dado problemas los medios de comunicación, señorita Rogers? ¿Es esa la razón por la que no quiere desperdiciar ni cinco minutos de su apretada agenda en hablar con un periodista del periódico de su pueblo natal?

—La razón por la que no quiero hablar con usted

es asunto mío, señor Hamilton —le espetó Emma—. Ahora, buenas noches.

Aquella vez, Ford dejó que se marchara. Se había encontrado antes con otras mujeres de su clase. No despreciaban tanto a los medios de comunicación si les servían para conseguir sus objetivos, pero, el resto del tiempo, trataban a los periodistas con desdén. No había esperado encontrarse a nadie así en Winding River, pero, por supuesto, Emma Rogers vivía en Denver. Sin embargo, Ford sería capaz de apostarse su grabadora a que la actitud de rechazo de Emma Rogers hacia los periodistas se debía a una mala experiencia.

Lo dejaría pasar. ¿Qué importaba si no quería hablar con él? Tenía otros protagonistas para su historia. Sin embargo, la parte más competitiva de su ser odiaba verse derrotada por nadie. Decidió que, a primera hora de la mañana, entraría en internet para hacer una investigación de los archivos de los periódicos de Denver. Si Emma Rogers era tan famosa como decía todo el mundo, tendrían que mencionarla en algún artículo. Así podría averiguarlo todo sobre aquella mujer. Cuando lo supiera... solo tendría que pensar lo que haría con la información.

—¡No me digas lo que he visto! —gritó Donny Carter, colocándose delante de su esposa—. Estabas flirteando con Russell. Ese hombre estaba toqueteándote como si fuera un pulpo.

El sonido de la voz de Donny llegó hasta donde

Emma estaba sentada con sus amigas. Aquella era la segunda vez que Donny se ponía en evidencia delante de todo el mundo. Evidentemente, estaba más borracho... y más enfadado.

—Ya veo que Donny sigue emborrachándose cuando tiene oportunidad —comentó Emma—. Pensé que sus días de borrachera se habrían terminado ya.

—No es así —comentó Karen, secamente.

—Y sigue pagando su mal genio con Sue Ellen —añadió Cassie—. Han estado así todo el fin de semana. No es que las peleas de los Carter sean una novedad. Mi madre dice que los vecinos están llamando al sheriff constantemente para que impida que se sigan peleando. Y Sue Ellen ha estado dos veces en el hospital en los últimos meses.

Emma sintió que se le hacía un nudo en el estómago. El amor de Sue Ellen y de Donny siempre había sido algo volátil, pero había esperado que cambiara con la madurez. Evidentemente, no había sido así. De hecho, parecía que había empeorado, a juzgar por el incidente del que había sido testigo anteriormente. Había reconocido todas las señales de la violencia doméstica, pero había estado rezando para que esta solo fuera verbal. Las palabras de Cassie sugerían todo lo contrario.

—¿Por qué no lo abandona? —preguntó Lauren—. No debería soportar que su propio marido la tratara de esa manera.

—Ella dice que está enamorada de él y que es culpa suya por provocarlo —dijo Karen, mirando con preocupación a la pareja—. Te garantizo que si fueras a hablar con ellos ahora mismo, ella estaría disculpándose por haberle dicho hola a Russell, lo que, por cierto, es lo único que hizo. Lo sé porque yo estaba muy cerca cuando empezaron a discutir la primera vez. Sin embargo, su marido nunca acepta la verdad. Donny es un ser posesivo y celoso cuando está sobrio. Borracho, es todavía peor.

Unos minutos después, cuando a medida que la discusión iba empeorando, Emma vio que el sheriff se acercaba para intervenir y que sacaba a Donny al exterior. Mientras los dos hombres salían, se dio cuenta de que Ford Hamilton estaba observando la escena con interés.

—Espero que no tenga la intención de informar de ese pequeño drama en la próxima edición de su periódico —murmuró.

—No creo que Ford haga eso —dijo Karen.

—Es periodista, ¿no? Su trabajo es airear escándalos cuando tiene oportunidad —replicó ella, dejando pocas dudas del desprecio que tenía por la profesión de Ford Hamilton.

—Tal vez en las grandes ciudades sí, pero aquí no —comentó Cassie—. Mi madre siente mucha simpatía por Ford. Lo conoció cuando él fue a la peluquería un día para preguntar si les cortaban el pelo a los hombres.

Muy a su pesar, Emma esbozó una sonrisa. La peluquería de Sarah Ruth había sido dominio femenino durante más de dos generaciones.

—¡Dios mío! ¿Y cómo le sentó eso?

—En realidad, después de la sorpresa inicial, encandiló a todas las que estaban en la peluquería –dijo Cassie–. Mi madre lleva tiempo pensando en invitarlo un domingo a comer. Es soltero y le preocupa que se sienta un poco solo.

–Es un poco joven para tu madre, ¿no?

–Muy graciosa –replicó Cassie–. Solo está pensando en ser amable con él.

Emma miró de nuevo al periodista. Tal vez lo había juzgado demasiado a la ligera, pero creía conocer a los de su clase. No se podía ignorar la arrogancia que se adivinaba en su postura. Lo que al principio había calificado de simple curiosidad era, evidentemente, el deseo de conseguir información a cualquier precio.

A lo largo de los años, Emma había tenido encuentros más que suficientes con los periodistas. No le parecía que fueran muy útiles. La mayoría de ellos contaban los hechos tal y como habían ocurrido, pero tenían la sensibilidad y la discreción de una apisonadora. Eso por sí mismo habría sido más que suficiente, pero, además, había habido un incidente que había estado a punto de destruir su carrera, con un poco de ayuda de Kit. Se helaría el infierno antes de que ella ayudara a un periodista a conseguir información sobre una historia, aunque fuera tan bienintencionada como la que Ford Hamilton le había mencionado anteriormente.

–¿No te pidió antes que bailaras con él? –preguntó Lauren–. ¿Es que dijo algo que te molestara?

–En realidad solo me pidió que bailara con él porque se lo había ordenado la señora Hawkins...

–¿Que la señora Hawkins estaba tratando de buscarte pareja? –preguntó Cassie, riéndose–. Me acuerdo de que durante el último año en el instituto hizo todo lo posible para separarnos a Cole y a mí. Y eso que, por aquel entonces, ni siquiera estábamos saliendo.

–Tal vez tiene instinto para saber quién debe estar con quién –comentó Lauren, mirando a Emma–. Creo que te veo con un periodista.

–¿A mí? Nunca –replicó ella–. Siempre están metiendo la nariz donde no deben. Solo tienes que fijarte en el modo en el que ha estado mirando a Sue Ellen y a Donny. Si surge la oportunidad, escribirá un artículo sobre ello sin pararse a pensar en las consecuencias.

–¿Y cuáles son? –preguntó Lauren.

–Si Donny y Sue Ellen tienen un problema serio, verlo en la prensa solo agravará la tensión –predijo Emma.

–O tal vez sacarlo a la luz los obligará a enfrentarse a lo que les está ocurriendo –comentó Karen–. Todo el mundo pasa de puntillas sobre el tema porque Sue Ellen, evidentemente, no quiere reconocer que Donny le pega. Es una de esas verdades tácitas que todo el mundo sabe.

–¿Y crees que humillarla públicamente va a mejorar su situación? –le espetó Emma–. Yo creo que esa mujer necesita aferrarse a la dignidad que pueda.

Las otras suspiraron.

–Mira, dudo que vayamos a resolver los problemas de Sue Ellen –dijo Cassie–. Tiene que querer salir de esa relación.

—Esperemos que no tarde demasiado tiempo —murmuró Emma. Entonces, miró a Sue Ellen, pero cuando esta se dio cuenta de que era el objeto de la curiosidad de la abogada, se sonrojó y salió corriendo.

—Bueno, ya basta de este tema —dijo Karen—. Voy a buscar a mi marido. Quiero bailar.

Cassie y Gina se marcharon también, lo que dejó a Lauren a solas con Emma.

—Estás muy preocupada por Sue Ellen, ¿verdad? —afirmó la actriz.

—Sí. He visto a muchas mujeres como ella. Están demasiado asustadas para marcharse y demasiado aterradas para quedarse. En ambos casos, su vida es un infierno. Unas pocas consiguen salir, pero demasiadas se quedan y terminan seriamente apaleadas o muertas. Es el tipo de caso más deprimente. No me ocupo de estos casos muy a menudo, porque me pasan una terrible factura emocional.

—¿Porque te acuerdas de Kit?

Emma asintió de mala gana. Nunca hablaba de cómo habían sido los últimos días de su matrimonio, pero no pudo zafarse con Lauren.

—Nunca me puso la mano encima, pero el maltrato psicológico fue peor aún.

—Nunca has hablado de esto. ¿Qué te hacía?

—Hizo todo lo que pudo para convencerme de que nunca tendría éxito como abogada. Quería que dependiera de él, emocional y económicamente. Yo tuve suerte. Soy muy testaruda y tengo un carácter fuerte, por lo que no pudo intimidarme. Sabía que saldría adelante sin él. Después de todo, conseguí entrar en una de las mejores facultades de Derecho del país y terminé mis estudios como primera de la clase. No permití que Kit menospreciara esos logros.

—Sin embargo, aunque ya no forma parte de tu vida, sigues tratando de probarle tu valía, ¿verdad? Por eso trabajas tan duro.

Emma abrió la boca para refutar aquel comentario, pero no consiguió hacerlo.

—Puede que tengas razón —admitió—. Nunca lo había considerado antes.

—Tal vez deberías pensarlo ahora, para así darte permiso para poder bajar tu ritmo de trabajo. Supongo que no querrás despertarte un día y darte cuenta de que te has perdido todos los momentos importantes de la vida de Caitlyn, solo porque estabas tratando de demostrarle algo a un hombre como Kit Rogers.

—Caitlyn solo tiene seis años. Todavía no ha vivido muchos momentos importantes.

—Ha tenido cumpleaños, ¿verdad? Y Navidades. Y vacaciones escolares. ¿Cuántos de esos momentos has pasado con ella?

—Nunca me he perdido un cumpleaños o un día de Navidad.

—Bien, pero sé de buena tinta que este es el primer viaje que las dos hacéis desde hace dos años. Parte de la alegría de ser madre es ver las cosas a través de los ojos de tu hijo. Y tú te estás perdiendo eso. Si yo tuviera lo que tienes tú —añadió Lauren, con expresión triste—, no desperdiciaría ni un segundo.

—¿Desde cuándo eres una experta en la maternidad?

—Tal vez sea mi deseo de ser madre.

—Nunca te he oído hablar antes de niños.

—Tal vez porque nunca había oído la fuerza con la que da la hora mi reloj biológico —admitió Lauren, con una sonrisa forzada—. Bueno, ya basta de esto. Voy a ir ahora mismo a buscarme al hombre más guapo que haya aquí para bailar un poco, aunque esté casado con otra mujer.

—Espero que no se te olvide devolverlo —bromeó Emma—. No quiero tener que rescatarte de una esposa vengativa.

Lauren le dedicó una sonrisa y se abrió paso a través de las parejas que bailaban en la pista. Emma solo se dio cuenta de que Lauren se había llevado su teléfono móvil cuando su amiga se hubo marchado.

—Parece un poco perdida —observó Ford Hamilton, sentándose a su lado—. ¿Es que echa de menos su teléfono?

—De hecho, sí —admitió ella, algo asombrada por su intuición.

—¿Trabaja mucho los sábados por la noche?

—Cuando es necesario. Como ya le dije antes, no quiero que me entreviste, señor Hamilton.

—Ya lo sé, pero supongo que no se opondrá también a bailar con un periodista, ¿verdad? Le prometo que no tomaré notas si no sabe dar bien los pasos.

Emma no había bailado desde... bueno, desde hacía mucho tiempo. Escuchar las canciones de su adolescencia le recordó que siempre le había gustado mucho bailar y que se le había dado muy bien. Si podía olvidarse por un momento de quién era aquel hombre, podría divertirse.

—Esperemos a que toquen una más movida –dijo–. Entonces, veremos si me puede seguir el ritmo.

—Estoy seguro de que cualquier cosa que usted haga...

—No termine la frase. Podría terminar considerándolo un desafío –comentó ella, riendo.

—De eso se trataba precisamente.

Para asombro de Emma, sintió una extraña sensación de anticipación en el estómago. El pulso se le aceleró. Fascinante. Últimamente, las únicas emociones que había sentido habían sido en un tribunal. Descubrir que Ford Hamilton podría tener el mismo efecto en ella resultaba más que intrigante.

Se prometió que bailaría con él una vez. Nada más. Si se sentía algo afectada cuando terminara, lo achacaría a la falta de ejercicio. Con toda seguridad, no tendría nada que ver con el brillo pícaro que veía en los ojos azules de Ford Hamilton. De repente, la orquesta empezó a tocar una canción más animada. Emma reconoció un viejo éxito de Chubby Checker.

—Están tocando nuestra canción, señor Hamilton –dijo, tomándolo de la mano para llevarlo a la pista de baile.

Era muy alto y delgado. El twist seguramente no era lo que mejor bailaba, pero se defendió como pudo. Al final de la canción, Emma estaba a punto de cantar victoria, pero Ford no estaba dispuesto a dejarla marchar tan rápidamente. Cuando la orquesta empezó a tocar una canción lenta, la tomó entre sus brazos. Emma se dejó llevar con menos desgana de la que hubiera imaginado.

Durante un par de acordes, se mantuvo muy tensa, pero luego la música, el aroma del aftershave de Ford y la suave presión que la mano de él le ejercía en la espalda la ayudaron a relajarse. La mejilla parecía encajarle perfectamente en el hombro de Ford. No se encontraba muy frecuentemente un hombre varios centímetros más alto que ella. Estuvo a punto de suspirar de puro placer.

Aquella vez, cuando la canción terminó, él la soltó y dio un paso atrás. De repente, parecía mostrarse muy cauteloso, como si aquel baile le hubiera dado algo que no había ido buscando.

—Gracias por el baile —dijo—. Tal vez nos veamos en alguna otra ocasión.

—Lo dudo. Me marcho el domingo —replicó ella, algo irritada por la rapidez con la que quería deshacerse de ella.

—Entonces, en su próxima visita. ¿Transcurrirá mucho tiempo para que se produzca?

—Vengo a ver a mis padres cuando puedo.

—Según me han dicho, eso ocurre cada dos años.

—¿Es que ha estado haciendo demasiadas preguntas esta noche, señor Hamilton? —preguntó, algo desconcertada.

—Unas cuantas. Evidentemente, usted lleva una vida muy ajetreada.

—Así es.

—Es una pena que no le resulte muy satisfactoria…

—¿Por qué dice eso? ¿Con quién ha estado hablando?

—Se trata de deducción por razonamiento. Además, usted misma lo admitió antes.

—¿Cuándo?

—Cuando le dije que quería entrevistar a las personas que habían tenido éxito. Me explicó lo que el éxito significa para usted y, más o menos, admitió que no pensaba haber conseguido ese premio.

Emma no se había dado cuenta de que sus palabras habían sido tan reveladoras ni de que Ford Hamilton era lo suficientemente perspicaz como para saber leer entre líneas.

—¿Y bien? ¿Va a negarlo?

—Sin comentarios —respondió, con una triste sonrisa.

—Entonces, tomaré esa respuesta como un no.

—Si me atribuye esas palabras, diré que es usted un mentiroso —replicó Emma.

—No. Esto no es para publicarlo —le aseguró—. Es algo entre nosotros. Me gusta almacenar información útil sobre las personas a las que conozco.

Hubo algo en el modo en el que Ford Hamilton pronunció esas palabras, en el modo en que la miró, que le sugirió a Emma que habría sido mejor darle la entrevista que le había pedido hacía algunas horas. Aquella conversación parecía estar cargada de peligro.

III

Emma había esperado estar de vuelta en Denver a primera hora del domingo por la mañana, pero, de algún modo, sus amigas la convencieron para que se quedara para el picnic.

—Vamos a jugar al béisbol. Te necesitamos —había insistido Cassie.

Aquella conversación había ocurrido después de medianoche, cuando la resistencia de Emma estaba bajo mínimos.

Después de su conversación con Ford Hamilton sobre lo poco realizada que se sentía con su vida y de la sugerencia de Lauren de que solo le estaba tratando de demostrar su valía a su exmarido, no le quedaban muchas ganas de regresar a Denver. No habían necesitado mucho poder de persuasión para convencerla de que se quedara una noche más en Winding

River. El argumento decisivo había sido que le prometieran que podría capitanear el equipo.

Las mujeres iban ganando a los hombres, en parte gracias a Lauren. Distraía tanto a los hombres que no conseguían ninguna carrera. A pesar de todo, la ventaja era tan escasa que Emma no confiaba en que pudieran mantenerla mucho tiempo. Quería más.

Miró a su alrededor para buscar a su mejor jugadora. Por fin, encontró a Lauren sentada a la sombra, con Ford Hamilton tumbado a su lado. Evidentemente, él escuchaba muy atentamente sus palabras. Al ver cómo miraba Lauren al carismático periodista, sintió algo muy parecido a los celos.

Molesta por aquella reacción, Emma se dio la vuelta y se limpió el sudor de la frente. Al fin y al cabo, era una de sus bateadoras y se dio cuenta de que precisamente era la siguiente en batear. ¿Cómo iba a poder ganar su equipo cuando su mejor jugadora estaba más interesada en un hombre guapo que en ganar?

—Lauren, si no es mucha molestia, ¿podrías empezar a calentar? —le espetó—. Te toca batear enseguida.

Lauren hizo un simple gesto con la mano y se volvió a mirar a Ford. Él dijo algo que la hizo reír y entonces, la actriz se levantó y volvió al banco, con el sugerente contoneo que tenía a los hombres babeando desde que había comenzado el partido.

—¿Va todo bien? —le preguntó Lauren, mirándola con curiosidad.

—Claro. ¿Por qué me lo preguntas?

—Me pareció notarte cierta tensión en la voz cuando me llamaste. Casi parecías celosa de que yo estuviera hablando con Ford, pero eso es imposible, ¿verdad?

—No seas ridícula. Casi no conozco a ese hombre. Si te interesa, es todo tuyo, aunque me sorprende que seas precisamente tú la que le dediques tiempo a un periodista.

—¿Y? Los periodistas también pueden ser seres humanos decentes. El *Winding River News* no es un periódico sensacionalista. Además, Ford me parece un buen tipo.

—¿Tenemos que estar hablado de Ford Hamilton en este preciso momento? —replicó Emma, impaciente—. Te toca batear y el pítcher parece algo molesto.

En realidad, el pítcher estaba babeando al ver los minúsculos pantalones cortos y la ajustada camiseta que Lauren llevaba puestos.

—A John no le importa. Esperará. Esto es más importante.

—No. No lo es. Ganar este partido es lo único que importa.

—Tesoro —dijo Lauren, sacudiendo la cabeza—, tienes que ajustar tus prioridades rápidamente, pero supongo que no puedo arreglarlo todo en un fin de semana —añadió. Cuando Emma abrió la boca para protestar, Lauren le golpeó suavemente el hombro—. No importa. Voy a batear.

Entonces, tomó un bate de béisbol, se lo echó al hombro y se dirigió a su posición. Casi sin ningún esfuerzo, consiguió llegar a la primera base.

—Sorprendente —dijo Ford, sentándose en el banco al lado de Emma—. Creo que tu equipo tiene una ventaja algo injusta.

—No sería así si los hombres no fueran tan previsibles. ¿Qué estás haciendo aquí? ¿Acechando a tu presa?

—Yo prefiero denominarlo «entrevistar a mis fuentes» —replicó él—. Va a ser un artículo estupendo. Es una pena que tú no vayas a formar parte de él.

—Ten mucho cuidado de no incurrir en difamación. Entonces, podría convertirse en algo muy desagradable.

—No creo que pueda haber difamación en hablar sobre cómo varios de los antiguos alumnos del instituto de Winding River alcanzaron el éxito.

—Supongo que eso depende del cuidado que se tenga cuando se escribe un artículo.

—¿Tienes mucha experiencia en casos de difamación?

—No es mi campo, pero eso no significa que no conozca la ley.

—Lo tendré en cuenta. Por supuesto, se trata de un tema sobre el que escribí mi tesis cuando me licencié, así que yo también conozco las leyes. Tal vez podamos comparar nuestros puntos de vista alguna vez.

—No lo creo. Asegúrate de que los hechos que cuentas sobre mis amigos son ciertos, para que tú y yo no tengamos ningún problema. Ahora, si no te importa, tengo un partido que jugar.

—¿Por qué no me sorprende que te eligieran a ti para dirigir al equipo? ¿Te tomas todo tan en serio?

—Más o menos y no me parece que sea algo malo.

—No es nada malo. Solo es muy aburrido. Mira a tu amiga Lauren. Evidentemente, ella sí sabe cómo divertirse —añadió, mirando a la bella actriz.

Aquel comentario le escoció, probablemente porque implicaba que apreciaba a Lauren más de lo que la apreciaba a ella. Lo que más le molestó fue que le importara a quién prefiriera él.

—No dejes que te engañe. Es una mujer muy lista.

—¿Acaso he dicho yo que no lo sea? Uno no tiene que carecer de cerebro para divertirse.

Aquellas palabras parecían indicar lo mismo que Lauren le había dicho anteriormente. Todo el mundo parecía creer que llevaba una vida aburrida y previsible.

—Me divierto mucho. Tal vez sea por eso por lo que no te encuentro divertido.

—En ese caso, tendré que esforzarme un poco más —comentó él, con una sonrisa—. Buena suerte con el partido —añadió, antes de ponerse de pie y marcharse.

Emma lo miró fijamente. Una vez más, se sintió más confusa de lo que se había sentido en años. Afortunadamente, iba a regresar a Denver a primera hora de la mañana siguiente. No estaba segura de que quisiera descubrir lo eficaz que podría ser Ford Hamilton si se decidía a conquistarla.

Ford llegó a la conclusión de que Emma Rogers era una verdadera molestia. A pesar de todo, no podía negar que lo atraía, aunque no como mujer, por supuesto. Había una distinción, seguro, aunque en aquel momento no pudiera definirla.

En cualquier caso, no podía dejar de mirarla. Notó la intensidad que se reflejaba en su rostro cada vez que le tocaba participar a una de sus jugadoras. De repente, se la imaginó en su cama, haciendo el amor con ella. El deseo se apoderó de él ante aquella improbable, pero no por ello menos erótica, fantasía.

—¿Qué te pasa, compañero? Pareces algo acalorado —le dijo Ryan Taylor.

—Es que hace mucho calor —replicó él, dejando de mirar a Emma para centrarse en el sheriff.

—Tal vez, pero estoy seguro de que no hace tanto calor como en el lugar en el que tenías la cabeza. Estabas pensando en Emma, ¿verdad?

—No digas tonterías. Casi no la conozco, y lo que sé de ella no me la recomienda. Es una fastidiosa y aburrida sabelotodo.

—Para algunos hombres, eso sería un desafío.

—No para mí.

—Es una pena. Le vendría bien un hombre al que no intimidara su inteligencia. Tal vez uno que fuera lo suficientemente perceptivo como para poder ver que, en realidad, es muy vulnerable.

—¿Emma vulnerable? No lo creo.

—Como te he dicho, hace falta ser muy perceptivo para poder ver a través de una fachada. Supongo que te he juzgado mal. Creí que se te daría bien derribar corazas para ver cómo es realmente una persona.

—Bueno, no creo que importe si soy esa clase de persona o no. Ella está decidida a no dejar que me acerque lo suficiente para descubrirlo. Además, se marcha hoy mismo a Denver. De hecho, basándome en lo que me dijo en el baile de anoche, creí que se iba a marchar esta misma mañana.

—¿Te ha desilusionado ver que seguía hoy aquí?

—No me importa en absoluto lo que haga —replicó Ford, frunciendo el ceño.

—Sí, ya lo veo —comentó Ryan, riendo—. Por cierto —añadió, en un tono mucho más serio. Teddy dice que tomó una fotografía de la escenita que protagonizaron Sue Ellen y Donny anoche. No irás a utilizarla, ¿verdad?

—No —respondió Ford, sin dudarlo—. Las disputas domésticas no deben aparecer en la prensa.

—Me alegro de oírte decir eso —dijo Ryan, con aspecto aliviado—. Sue Ellen no necesita que sus problemas aparezcan en el periódico. Su vida ya es bastante dura.

—Si es así, ¿por qué no has detenido a Donny?

—Ella no quiere presentar cargos —dijo Ryan, con evidente frustración—. Tengo las manos atadas, a menos que lo sorprenda maltratándola. Créeme si te digo que estoy deseando darle en la cara a ese tipo con una orden de arresto. Necesita ayuda y no va a conseguirla mientra ella siga excusándolo. Me pone enfermo ver cómo la humilla una y otra vez. Sue Ellen era una de las chicas más sociables de nuestra clase. Participaba en todas las actividades y siempre tenía una sonrisa en el rostro. Ahora, casi no sale de su casa y no sabría decirte la última vez que la vi sonreír.

—He notado que hoy no han venido.

—Probablemente porque ella tiene hematomas que está tratando de ocultar y él está tumbado en el sofá con resaca.

—Incluso aquí, debe de haber algún sitio al que pueda acudir para solicitar ayuda.

—No quiere dejarlo. Lo he intentado. En realidad, la mitad de los habitantes de este pueblo ha tratado de conseguirlo en una u otra ocasión, pero Sue Ellen cree que, a pesar de todo, Donny la quiere y que cambiará. Personalmente, yo no creo que vaya a ocurrir. Su matrimonio es una tragedia a punto de ocurrir. Lo único bueno de todo esto es que no tienen niños, así que no hay víctimas inocentes sufriendo solo porque ella se niegue a abandonar esa situación.

De repente, una sombra los cubrió a ambos. Al levantar la mirada, Ford se sorprendió al ver a Emma.

—¿Estáis hablando de Sue Ellen? —le preguntó a Ryan, evitando completamente la mirada de Ford.

—Sí, ¿se te ocurre algo para ayudarla a salir de donde está metida? —replicó Ryan.

—No —respondió ella, con un gesto de vulnerabilidad en el rostro que sorprendió a Ford.

—Tal vez tú podrías hablar con ella —sugirió el sheriff—. Siempre te ha admirado, Emma, y tú eres abogada. Podrías explicarle algunas verdades sobre las pocas posibilidades que tiene de que Donny cambie.

—No. Estoy segura de que le han hablado de las estadísticas cientos de veces y que, simplemente, se niega a creerlas. Quiere aferrarse a la idea de que su marido va a ser la excepción y que, si se mantiene leal a él y tiene la suficiente paciencia, dejará de hacerle daño.

—Eso no significa que no debieras tratar de hacerle entender la verdad —insistió Ryan—. Hazlo como un favor hacia mí.

—De acuerdo. Lo haré por ti, Ryan. La llamaré —prometió Emma—. Solo espero que el simple hecho de que esté hablando conmigo no haga que Donny le pegue. Podría ser así, ya lo sabes.

—Creo que merece la pena correr el riesgo —afirmó Ryan—. Gracias a Dios, no me encuentro con muchos casos de violencia doméstica por aquí. No soy un experto, pero me da la sensación de que la situación está empeorando peligrosamente.

—Espero que te equivoques.

—Te importa mucho esa mujer, ¿verdad? —comentó Ford.

—Claro —respondió ella—. Es una vieja amiga. Y en Winding River, los amigos se apoyan.

—¿Y en Denver? —la desafió él—. ¿Qué hacen los amigos en Denver?

—Lo mismo, supongo —replicó ella, aunque la pregunta parecía haberla desconcertado.

La respuesta de Emma había sido mucho más reveladora de lo que ella había creído. En aquel instante, Ford se dio cuenta de que, a pesar de todas las amigas que había demostrado tener durante aquella reunión, Emma era posiblemente una de las personas más solitarias que había conocido nunca. Por mucho que le pesara, quería hacer que aquella situación cambiara.

Las noticias de que la madre de Cassie tenía cáncer de mama hizo que el ya fastidiado horario de Emma cayera en el caos. No podía abandonar a su amiga en aquellos momentos. Gracias al fax y a los servicios de mensajería podría mantenerse al día en su trabajo y continuar en Winding River unos días más hasta que supieran cómo se iba a organizar la operación.

Organizarlo todo y ayudar a Cassie hizo que se olvidara temporalmente de Sue Ellen. Pasaron varios días hasta que volvió a recordar la promesa que le había hecho a Ryan e hizo tiempo para llamar a Sue Ellen. Esperaba que Donny estuviera trabajando para que pudiera hablar con la joven sin problemas.

El teléfono sonó una y otra vez sin que ni siquiera saltara el contestador. Todo el mundo le había dicho que Sue Ellen casi nunca salía de la casa, por lo que decidió dejar a Caitlyn con su abuelo y marcharse a verla.

Vivían en un pequeño apartamento, que estaba situado en una de las peores zonas del pueblo. Emma llamó a la puerta y esperó. Cuando no recibió respuesta, volvió a llamar. Le pareció que había alguien en el interior de la casa, pero nadie abrió la puerta.

—Sue Ellen, ¿estás ahí? Soy Emma Rogers. Me encantaría charlar un rato contigo, si tienes unos minutos.

El sonido empezó a escucharse más cerca de la puerta, pero esta siguió firmemente cerrada.

—No... no me siento muy bien —susurró Sue Ellen—. No me pillas en un buen momento.

—No me preocupa que me vayas a contagiar unos cuantos gérmenes —dijo Emma, con firmeza.

—Por favor, Emma, ahora no... —musitó la mujer. Parecía a punto de echarse a llorar.

—¿Te ha vuelto a hacer daño Donny?—preguntó Emma. La respuesta fue un profundo suspiro y luego un sollozo—. Tranquilízate, Sue Ellen. Solo quiero ayudarte.

—No puedes. Nadie puede...

—Eso no es cierto. ¿No me vas a permitir al menos que lo intente?

—No puedo. Si Donny lo descubre, empeoraría la situación. Por favor, márchate. Es lo mejor que puedes hacer por mí...

Emma sacó una tarjeta en la que figuraba un número de teléfono para mujeres maltratadas y añadió su propio teléfono móvil. A continuación, lo metió por debajo de la puerta.

—Si cambias de opinión, llámame a mí o llama a ese otro número. Te podemos ayudar, Sue Ellen. Lo único que tienes que hacer es pedirlo —afirmó ella.

Solo unos sollozos más fuertes le respondieron.

—Llama —suplicó Emma por última vez. Entonces, se marchó.

Se dirigió al centro de la ciudad y aparcó delante del restaurante de Stella. Necesitaba comer algo. Además, encontrarse con algunas de sus amigas no le vendría nada mal. Desgraciadamente, el único rostro familiar que se encontró allí fue el de Ford Hamilton.

—¿Te encuentras bien? —le preguntó Ford, tras invitarla a que se sentara con él—. Estás un poco pálida.

—No quiero hablar al respecto —respondió. Entonces, se dirigió a Stella—. Quiero el mayor postre de caramelo caliente que me puedas preparar, con extra de caramelo y de frutos secos.

—Eso me confirma que algo va mal —dijo él.

—¿Por qué?

—Porque me pareces el tipo de mujer que, normalmente, come solo zanahorias.

—Bueno, pues ya sabes que no es así —replicó ella—. Y como no dejes de hacer comentarios de ese tipo, me siento en otra mesa.

—No te vayas. Seré bueno, pero, ¿te gustaría hablar de ello?

—No.

—¿Quieres hablar de otra cosa?

—No especialmente.

—Entonces, ¿te has sentado conmigo porque prefieres cualquier cosa antes de estar sola?

—Más o menos.

—Está bien. Lo comprendo —replicó él. Entonces, tomó el periódico de Nueva York que había estado leyendo—. ¿Quieres una parte de esto? ¿Política, artículos de opinión, deportes?

—Economía —dijo ella, sin mucho entusiasmo.

—¿Vas a ver cómo van las inversiones que tienes en la Bolsa?

—No. Quiero ver si alguno de mis clientes aparece en los titulares esta mañana.

—¿Tienes algún caso importante entre manos?

—Más o menos —replicó ella, con una sonrisa. Se notaba que Ford ardía en deseos de preguntar—. Tú dirás.

—¿De qué empresa se trata? —preguntó Ford. Ella nombró un importante fabricante de software—. ¡Vaya! Pues sí que es grande. He estado leyendo las noticias que hay al respecto. Se trata de una infracción de patentes, ¿verdad?

—De eso se les acusa. Un antiguo empleado los ha demandado, afirmando que le robaron una idea y que luego lo despidieron.

—Y tú afirmas que esa idea es propiedad suya, dado que desarrolló la idea mientras estaba trabajando para ellos, ¿no?

—Exactamente. Y no es una afirmación. Es la verdad.

—A pesar de todo, debe de ser fascinante.

Emma se encogió de hombros. Normalmente un caso como ese hubiera ocupado toda su atención. Sin embargo, desde su fracasada visita a Sue Ellen, no le parecía tan importante.

—Has ido a ver a tu amiga esta mañana, ¿verdad? Se trata de Sue Ellen, ¿no?

—¿Cómo lo has adivinado? —replicó ella, asombrada.

—No ha sido tan difícil. A pesar de que solo nos hemos visto en un par de ocasiones, sé que eres la clase de mujer que se emociona mucho con su trabajo y, sin embargo, cundo te pregunto por uno de los casos más importantes de los que te estás ocupando, te encoges de hombros. Eso solo puede significar que tienes algo que te importa más en estos momentos.

—Sue Ellen, la madre de Cassie, a la que acaban de diagnosticarle cáncer de mama… Y, además, está la tristeza de mi hija por tener que volver a Denver.

—Ya veo que no estás teniendo un buen día.

—No especialmente. ¿Por qué terminaste tú aquí, en Winding River?

—¿De verdad te importa saberlo?

—Digamos que tengo cierta curiosidad. Me han dicho que eras un periodista muy importante en una gran ciudad, antes de venir aquí. ¿Te despidieron?

—Eso es lo que podría parecer, ¿verdad? Estoy seguro de que tiene que haber algo que te haga desconfiar tanto de la prensa. Pienso descubrirlo uno de estos días. En cuanto a mí, la verdad es que me dedicaba al periodismo de investigación primero en Atlanta y luego en Chicago. Se me daba muy bien mi trabajo.

—Eso debe de haber sido muy emocionante comparado con la noticia de una reunión de antiguos alumnos.

—Es cierto, pero no era tan satisfactorio como yo había esperado. Por supuesto, me gustaba dejar al descubierto a los malos, pero hay mucha burocracia en un periódico grande, mucha presión económica. Me cansé de luchar contra todo eso. Y lo dejé.

—Aquí tú lo controlas todo, ¿no? —supuso ella. Por primera vez desde que se habían conocido, conseguía identificarse con él.

—Sí. Además, puedo tener influencia en la comunidad. Si lo hago bien, podría representar un papel decisivo en el futuro de esta ciudad.

—¿En qué sentido?

—Resulta difícil decirlo. Todavía estoy conociéndola, pero no voy a decir que se arranquen los árboles y se construya por todas partes.

—Me alegro de oír eso.

—Sin embargo, no estoy diciendo que no podría recomendarlo en un futuro.

—Espero que no lo hagas. Winding River es... No lo sé... algo especial. No debería transformarse mucho.

—Entonces, es demasiado pequeño como para que tú quieras vivir aquí, pero no quieres que cambie para que te lo encuentres igual en las escasas ocasiones en las que vuelves a casa, ¿no?

—Exactamente. Algunas cosas no deberían cambiar nunca.

—Entonces, tal vez deberías quedarte por aquí para que puedas dejar oír tu voz en lo que ocurra.

—No. Ahora mi vida está en Denver.

—¿Qué vida?

—Mi trabajo, mi hija...

—Resulta muy interesante que pongas tu trabajo en primer lugar —afirmó—. Sin embargo, centrémonos en tu hija por el momento. ¿No te parece que sería feliz donde quiera que tú estés? Además, ¿no me acabas de comentar que ella no quería regresar?

—Tiene amigos en Denver. Y su colegio. Le encanta.

—A mí me parece que prefiere estar aquí. ¿Por qué?

—Porque su abuelo acaba de chantajearla con un poni.

—Eso sería suficiente para la mayoría de los niños, pero, ¿estás segura de que no hay más?

—¿Y qué otra cosa podría haber?

—Estoy lanzando solamente una suposición, pero podría tener que ver con el hecho de que aquí ve más a su madre que cuando está en Denver.

—No habrás estado entrevistando a mi hija, ¿verdad?

—Entonces, es eso.

—Probablemente en parte.

—Yo soy la última persona en la Tierra que tiene derecho a dar consejo sobre cómo ser un buen progenitor, pero me parece que tu hija te está transmitiendo un mensaje que es digno de tener en cuenta. Dejaré que lo pienses.

Emma suspiró al ver que él se levantaba de la mesa y se marchaba. Ford había conseguido que se centrara en sus propios problemas en vez de en los de Sue Ellen. ¡Qué extraño! Hacía unos días, nunca hubiera dicho que tenía problemas. En aquel momento, gracias a un periodista metomentodo que tenía más intuición de la que había imaginado, se había dado cuenta de que se había pasado los últimos años escondiéndolos bajo una carísima alfombra.

IV

—¿Dónde está Caitlyn? —preguntó Emma, mientras entraba en la cocina de su madre y tomaba una manzana.

No había esperado tener hambre después del postre que se había tomado en el restaurante de Stella, pero un buen paseo le había vuelto a abrir el apetito.

—¿Dónde crees tú? —respondió su madre, entre risas—. Pues en el establo, con su abuelo. Le está ayudando con los caballos, aunque me da la sensación de que resulta más un obstáculo que otra cosa.

—Tal vez debería ir a rescatar a papá.

—No. Tu padre se lo está pasando estupendamente. Dice que es como volver a tenerte a ti, cuando eras niña. ¿Te acuerdas de cómo lo seguías a todas partes cuando tenías la edad de Caitlyn?

—Sí. No me extraña que se sorprendiera tanto cuando le dije que quería estudiar Derecho. Debió de haber dado por sentado que me haría cargo del rancho.

—De todos, tú eras la que mostraba más interés. Ahora, parece que va a ser Matt el que se ocupe de todo —comentó la madre, con voz algo triste.

—¿Por qué lo dices de esa manera? Está haciendo un buen trabajo, ¿no?

—Claro. Matt trabaja muy duro, pero no pone el corazón, al menos no del modo en que debería hacerlo.

—Pensé que quería dedicarse a esto...

—No, pero no había nada que deseara con más ahínco. No ayudó el hecho de que Martha y él se casaran tan jóvenes. Tal vez si hubiera ido a la universidad...

—Estás muy preocupada por Matt, ¿verdad, mamá?

—Sí. Me temo que tu hermano anda a la deriva. Por eso no es feliz. Ya le oíste el otro día. Gruñe por todo. Parece un viejo.

—¿Quién dices que es un viejo? —preguntó el padre de Emma, que entraba en la cocina en aquel momento—. Yo no.

—Claro que no —respondió la madre, poniéndose de puntillas para darle un beso en la mejilla—. Tú no serás viejo nunca.

Caitlyn tiró del brazo de su madre muy emocionada.

—Mamá, ¿sabes una cosa? El abuelo me ha enseñado a limpiar el establo.

—¿De verdad? —preguntó Emma, casi sin contener una carcajada—. ¿Y te ha gustado?

—Bueno, me ha dado un poco de asco, pero es una tarea muy importante, ¿verdad, abuelo?

—Muy importante —afirmó él, mientras guiñaba un ojo a Emma—. Tú también te lo creíste cuando tenías su edad. No la desilusiones.

—¿Qué significa «desilusionar»? —preguntó la pequeña.

—Nada de lo que tú tengas que preocuparte por ahora —respondió Emma—. Bueno, ¿cómo fue tu clase de hípica hoy, tesoro?

—¡Muy divertida! Estoy mejorando mucho, ¿verdad, abuelo?

—Eres estupenda.

Emma sintió que los ojos se le empañaban de alegría. Su padre se mostraba igual de emocionado que con ella. Aquello le hizo recordar la conversación que había estado manteniendo con su madre.

—Lo siento, papá.

—¿El qué? No tienes dada de lo que disculparte.

—Sé que siempre esperaste que yo me quedara aquí y que trabajara contigo.

—Eso era lo que yo quería, no lo que querías tú. Tienes derecho a llevar la vida que tú quieras, hija. Lo único que importa es que seas feliz.

Emma se dio cuenta de que aquel era precisamente el problema. Durante los últimos días, se había visto obligada a afrontar el hecho de que ya ni siquiera sabía lo que significaba la verdadera felicidad. Lo peor de todo era que no recordaba cuándo le había dejado de importar. Tal vez su hermano y ella se estaban hundiendo en el mismo barco.

Ford estaba dando los últimos toques a la disposición de las fotos de la fiesta de antiguos alumnos cuando Ryan entró en su despacho.

—Teddy hizo un buen trabajo —comentó el sheriff, mirando por encima del hombro de Ford.

—Sí. Tiene una gran habilidad con la cámara.

—Tenerte a ti para que le enseñe le está viniendo muy bien —dijo Ryan—. Te lo agradezco. Desde que su padre murió, ha necesitado desesperadamente alguien que le sirviera de modelo.

—Yo creo que un tío que es el sheriff del pueblo no es muy mal ejemplo, ¿no te parece? Te tiene idealizado.

—En unas cosas sí, pero no en otras. Siempre pensé que estaba perdiendo su tiempo y el dinero de mi hermana utilizando cinco rollos de película en todas las reuniones familiares. Hacía falta que alguien canalizara lo que le gusta hacer en algo que le diera dinero. Ahora, no hace más que hablar de que va a ser fotógrafo. Está deseando ir a la facultad de Periodismo este otoño. Antes, solo iba a seguir estudiando porque su madre y yo no hacíamos más que insistir.

—Está muy motivado y saldrá adelante. Bueno, ¿qué te trae por aquí?

—Nada en concreto. Tenía un poco de tiempo antes de ir a la reunión del Ayuntamiento. ¿Vas a venir?

—Claro. ¿Se va a hablar de algo interesante?

—He oído que hay una petición para dividir el viejo rancho de Callaway en parcelas para construir viviendas —dijo el sheriff, con voz triste.

—¿Y qué problema hay con eso?

—Bueno, el plan requiere suelo para viviendas baratas. Me temo que no nos va a traer más que problemas.

—¿Es que no se necesitan viviendas de protección oficial por aquí?

—No. Los costes de construcción de una vivienda ya están muy baratos por aquí. Además, en el pueblo no hay ninguna familia que tenga necesidad de una vivienda barata. Ese plan solo atraerá a personas de las grandes ciudades. En principio, no tengo nada en contra, pero un desarrollo tan ambicioso como ese supondrá una presión adicional en los centros educativos y en otros servicios, como en la seguridad ciudadana. Sin duda, tendrá un impacto económico en el pueblo. Winding River está empezando a levantarse. El turismo está empezando a florecer. Muchas personas de dinero han venido a vivir en la zona. El año pasado abrieron muchos pequeños negocios. No quiero que nadie cambie eso.

—¿Está cerrado ese trato?

—No.

—Entonces, hagamos todo lo que podamos para meter un poco de sentido común y para poder impedir que se lleve a cabo. Si tú hablas, yo haré que tus opiniones aparezcan en la edición de esta semana. Aún puedo incluirlo, junto con un editorial que se muestre contrario a ese proyecto –dijo Ford, con una sonrisa.

–Me daba la sensación de que podía contar contigo –comentó el sheriff, dándole una palmada en la espalda.

Mientras se dirigían al colegio, donde tenían lugar los plenos, Ryan lo miró de reojo.

–Me he enterado de que Emma y tú tuvisteis una amigable charla hoy en el restaurante de Stella. Muy amigable.

–¿Quién te lo ha dicho?

–Bueno, un periodista debería saber que no debe hacer preguntas de ese tipo. ¿Es cierto?

–Emma y yo estuvimos hablando. No sé si muy amigablemente. Tener una conversación con esa mujer es como tratar con un puercoespín. Nunca sabes cuándo se va a ofender y te va a pinchar con sus espinas.

–A mí me parece que eres un hombre con los hombros bien anchos para soportar lo que te echen encima y devolver también palabras tan duras como las que se te dediquen.

–Hay implicada una cierta cantidad de estimulación intelectual, pero acaba pasando factura. Sin embargo, debo admitir que es una mujer mucho más complicada de lo que me había imaginado en un principio.

–¿Complicada, eh? Ten cuidado, compañero –comentó Ryan, con una sonrisa–. Las mujeres complicadas parecen tener mucha facilidad para llegarle al corazón a un hombre.

–Emma Rogers no me está llegando al corazón –insistió Ford, aunque, sin saber por qué, le pareció que estaba mintiendo.

–El último hombre que dijo eso terminó casado con ella.

–¿Conociste a su marido?

–No mucho. Mi hermana lo conocía mejor.

–¿La madre de Teddy?

–No, mi hermana mayor, Adele. Salió con Kit Rogers mientras estaban en la universidad. Así fue como Emma y él se conocieron. Kit vino aquí a pasar las vacaciones un año y, al ver a Emma, decidió terminar su relación con Adele. Rompieron aquella misma noche. No puedo decir que lo sienta, ni creo que Adele tampoco. Me dijo que era un hombre muy controlador, lo que yo interpreté más bien como posesivo.

–No me imagino a ningún hombre controlando a Emma.

–Al menos no durante mucho tiempo, de eso estoy seguro. Emma nunca ha dicho nada, pero sospecho que eso fue lo que rompió su matrimonio. Tal vez lo tolerara durante cierto tiempo, pero tiene demasiada personalidad como para ser el felpudo de nadie, que lo sepas –añadió Ryan, con intención.

–A mí no me tienes que decir nada de eso. Si me interesara esa mujer, lo que no es así, sabría que no hay ni un ápice de sumisión en su atractivo cuerpo.

–¡Vaya!

–¿Qué?

–Te has dado cuenta de que Emma tiene un

cuerpo fabuloso. Me estaba empezando a preocupar por ti.

—Claro que lo había notado, aunque no tengo intención de hacer nada al respecto, aunque ella quisiera... Lo que no es así. No le gusta nada mi profesión, por si no te habías dado cuenta.

—¿Y eso es suficiente para que te mantengas alejado de ella? ¿No vas a intentar que ella vea más allá de eso?

—Por supuesto que no.

—Entonces, tal vez lo intente yo. En el instituto, estábamos muy unidos.

—Como tú quieras —comentó Ford, frunciendo el ceño.

—¿No te importaría?

—No depende de mí.

—Pero, ¿no te molestaría en lo más mínimo que yo le pidiera que saliera conmigo?

—No —respondió él, sin admitir la verdad. ¿Molestarle? Probablemente sentiría deseos de estrangularlo.

—Mentiroso.

—En eso tienes razón... —suspiró Ford.

—Emma, cariño, despiértate.

Emma escuchó la voz de su madre. Por un momento, le pareció que era un sueño hasta que sintió que alguien la agarraba del brazo.

—¡Emma!

Por primera vez desde hacía meses, había estado sumida en un profundo sueño, del que despertó muy lentamente.

—¿Qué pasa, mama? No estará enferma Caitlyn, ¿verdad? ¿O es papá?

—No, no. Es Lauren. Está al teléfono. Dice que necesita hablar contigo. Es algo urgente.

Emma se puso una bata y salió corriendo por el pasillo, sabiendo que Lauren no llamaría a aquellas horas de la noche a menos que fuera algo urgente.

—Lauren, ¿qué pasa? —preguntó, tras agarrar el auricular.

—¡Oh, Emma! Es horrible. Donny y Sue Ellen se han vuelto a pelear. Yo tenía las ventanas abiertas y los podía escuchar desde mi hotel. Donny salió corriendo de la casa detrás de ella, gritando y maldiciéndola. He llamado al sheriff, pero antes de que llegara él, escuché un disparo.

—¡Dios mío! Por favor, dime que Donny no ha disparado a Sue Ellen.

—No, fue ella la que le disparó a él. Está muerto, Emma.

—¿Dónde está ella?

—Ryan acaba de llevársela a la cárcel. Me dijo que no había razón alguna par que yo fuera a la cárcel ya que no me iba a dejar verla. ¿Puedes ir tú? Por favor. Necesita un abogado, uno realmente bueno. No creo que tenga dinero, pero yo lo pagaré todo.

—Voy de camino —dijo Emma, inmediatamente—. Y no te preocupes por el dinero. Yo correré con los gastos.

Emma se fue a su dormitorio y se vistió rápidamente. Tras explicarle la situación a su madre, se marchó corriendo a la cárcel. No se sorprendió mucho al ver que Ford Hamilton había llegado antes que ella. Estaba discutiendo con Ryan. Pedía ver el informe del sheriff sobre el incidente.

—Tranquilízate —le dijo Ryan—. Esto no es Chicago. Aquí nos tomamos nuestro tiempo para hacer bien las cosas. Verás el informe cuando yo tenga todos los hechos.

—No estaba sugiriendo que...

—Lo que sea —dijo Ryan—. Me va a llevar un tiempo hablar con Sue Ellen y con los vecinos para saber lo que oyeron y lo que vieron. Mientras tanto, ¿por qué no te tomas una taza de café?

—¿A esta hora? ¿Dónde?

—Seguramente Stella ya ha abierto. Siempre que hay una crisis, se entera de todo y abre temprano.

Emma miró a su alrededor y descubrió a Sue Ellen al lado de la ventana. Todavía estaba vestida con la bata. Su magullado rostro estaba manchado de sangre y de lágrimas secas. Tenía una expresión ausente en el rostro.

—Déjame hablar con ella —insistió Ford—. Solo un par de preguntas.

—Ni hablar —le espetó Emma, tan bruscamente que los dos hombres se volvieron a mirarla.

—Emma —susurró Ryan—. No esperaba que te presentaras aquí.

—Me llamó Lauren y me contó lo que ha ocurrido.

—Me alegro. Sue Ellen va a necesitar toda la ayuda legal que pueda conseguir.

—Bueno, si los dos habéis terminado —comentó

Ford–, ¿creéis que podemos ponernos a trabajar? Me gustaría hablar con Sue Ellen para poder meter un par de fotografías en la edición de esta semana. Entonces, os dejaré en paz.

–Ya te he dicho que ni lo sueñes –insistió Emma–. No va a hablar con nadie, ni contigo ni con el sheriff, hasta que yo haya podido hablar con ella. Además, ¿cómo has llegado aquí tan rápidamente?

–Llevo toda la noche levantado. Aunque no es asunto tuyo, Ryan estaba conmigo en el periódico cuando lo llamaron hace una hora.

–Qué suerte para ti, ¿verdad?

–¿Vas a representarla?

–Por el momento. Tendremos que ver lo que Sue Ellen quiere hacer.

–Va a necesitar al mejor abogado –comentó Ryan–. Por mucho que me cueste decirlo, es un caso muy claro de homicidio.

–Eso ya lo veremos –replicó Emma.

–¿Vas a tratar de evitar que se la acuse de asesinato a sangre fría? –le preguntó Ford, mirándola con intensidad.

–Es muy pronto para responder a una pregunta como esa. Estoy segura de que sabes que todavía no se la ha acusado formalmente de nada. Además, existen circunstancias atenuantes. Tú mismo fuiste testigo de ellas. De hecho, tú solo fuiste una de las muchas personas que vieron cómo Donny la estaba tratando el día del baile, hace un par de semanas. Me aseguraré de incluirte en mi lista de testigos. Después de todo, uno puede estar seguro de que un periodista siempre va a decir la verdad, ¿no es cierto? —añadió, ella, con cierto sarcasmo.

—Lo que vi u oí no tiene nada que ver con esto. Nada le da derecho a esa mujer a matarlo de un tiro —replicó Ford.

—De acuerdo, de acuerdo —intervino Ryan—. Tranquilicémonos todos un poco. Creo que nos estamos adelantando, Emma. Ve a hablar con Sue Ellen. Yo me llevaré a Ford a tomar una taza de café y así poder explicarle algunos hechos de la vida.

—Asegúrate de que entienda que lo que estás diciendo es a modo personal, Ryan. De hecho, tal vez quieras que te lo afirme por escrito.

—Sé perfectamente lo que significa «a modo personal» —replicó Ford.

—Me alegro —le espetó Emma, con una gélida sonrisa. Entonces, se dirigió a hablar con Sue Ellen. Se sentía desconcertada por la actitud que mostraba en aquellos momentos y la sensibilidad que había demostrado por la mañana, cuando ella estaba algo deprimida.

Al acercarse a su amiga, esta se echó a llorar.

—Lo siento —susurró Sue Ellen—. Lo siento tanto...

—¿Qué? Espero que no sea el hecho de haber matado a un hombre que te pegaba constantemente.

—Donny era mi marido...

—Era un maltratador. Y tú eras su víctima, Sue Ellen. No estoy diciendo que haya estado bien que le pegaras un tiro, pero es algo más que comprensible. Ahora, cuéntame todo lo que ocurrió antes. No te puedo defender si me ocultas algo.

—¿Vas a defenderme?

—Si eso es lo que quieres, sí.

—¿Por qué?

—Porque me necesitas. Ahora, empieza por el principio y cuéntamelo todo.

—De acuerdo. Él... Donny encontró la tarjeta que tú me dejaste —susurró Sue Ellen, mientras se apretaba con fuerza las manos para no llorar—. Estaba en mi monedero. Yo había creído que nunca la encontraría allí, pero estaba buscando dinero. Se había quedado sin cervezas y quería salir para comprar más. Lo tiró todo al suelo y, cuando no encontró monedas, empezó a rasgar todos los compartimientos del monedero...

—¿Y qué hizo entonces? —preguntó Emma. Se sentía responsable de todo lo que había ocurrido.

—Me preguntó que qué significaba y que quién me la había dado.

—¿Se lo dijiste?

—No. No quería que fuera a por ti. Te aseguro que lo habría hecho. Una vez amenazó a mi madre y lo único que ella había hecho había sido llevarme al médico después de que él me dijera que no fuera.

—Entonces, ¿tiene tu médico un registro de todas las lesiones que te hizo?

—Sí, pero le dije al médico que me habían atacado al salir del banco, que alguien había tratado de quitarme el bolso...

—No importa —dijo Emma, segura de que el médico no se había creído aquella explicación—. Aun así, nos sirve. Me gustaría llamar a tu médico para que viniera aquí. ¿Te parece bien?

—No importa... Ya nada importa... —susurró Sue Ellen.

—Claro que importa. Vamos a ganar este caso. Tú te estabas defendiendo de un hombre que te había maltratado una y otra vez.

—Pero si no te he dicho todavía cómo ocurrió, cómo se disparó la pistola...

—Eso es lo que quiero que me cuentes, pero a un jurado lo que realmente le importará es que llevas años siendo maltratada. Esa es la clave de tu defensa. Tenlo muy en cuenta, Sue Ellen. Según tengo entendido, también fuiste al hospital en un par de ocasiones. ¿Es eso cierto?

—Fueron accidentes...

—Esta bien. Entonces, concentrémonos en lo que ha ocurrido esta noche. Termina de contarme lo que hizo Donny. ¿Discutisteis sobre la tarjeta que encontró?

Efectivamente, a Donny le había enojado mucho ver que había un número para ayuda a las víctimas de la violencia doméstica en la tarjeta que Emma había dejado. Empezó a amenazarla con la pistola, pero estaba muy borracho. Se cayó y la pistola se disparó.

—¿Dónde fue a parar la bala?

—Rompió la luz que había en el ventilador del techo.

—¿Y entonces qué pasó?

—Donny estaba atontado por la caída. Yo creí que podría salir corriendo y que él se quedaría dormido, como siempre. Sin embargo, salió corriendo detrás de mí. Yo traté de regresar a la casa y encerrarme dentro, pero fue demasiado rápido. Me agarró y me pegó. Entonces, me tiró al suelo y siguió pegándome. Tenía la pistola en la mano. Yo trataba de quitársela de la mano, pero él no la soltaba... –musitó la mujer, con lágrimas en los ojos–. Entonces, la pistola se disparó. Durante un momento, esperé para empezar a sentir el dolor, pero no pasó nada. De repente, había sangre por todas partes... Tanta, tanta sangre –añadió, con la mirada perdida en el rostro, mientras se balanceaba hacia delante y hacia atrás–... Tanta sangre...

–Te aseguro que todo va a salir bien, Sue Ellen –afirmó Emma, mientras la abrazaba con fuerza–. Te juro que todo va a salir bien...

–No puedo pagarte. Tal vez deberíamos dejar que el tribunal me asignara un abogado de oficio...

–No. A menos que tú no quieras que te defienda, estamos en esto juntas.

–Pero tú vives en Denver.

–Puedo estar aquí cuando sea necesario. No vas a pasar por esto sola. Te prometo que voy a proporcionarte una defensa de primera clase, Sue Ellen.

De repente, recordó la conversación que había mantenido con Ryan durante el partido de béisbol. Le había suplicado que intercediera entre Sue Ellen y su marido. A pesar de lo que había dicho cuando Emma llegó a la cárcel aquella noche, estaba segura de que, cuando llegara el momento, el sheriff estaría también apoyando a Sue Ellen.

V

Ford odiaba a las feministas militantes y, después de lo que había contemplado en la cárcel, no le quedaba ninguna duda de que Emma Rogers era precisamente eso. Con su actitud, había reafirmado la impresión que se había llevado de ella durante la noche del baile, cuando la vio por primera vez. Su frío y elegante aspecto le había recordado a muchas otras mujeres que había conocido en Atlanta o en Chicago. Fieras de los tribunales, sin vida personal. Solo con hielo en las venas.

A pesar de lo que la hubiera llevado a cometer el homicidio, no había duda alguna de que Sue Ellen era culpable. Dado que era demasiado tarde para que el caso apareciera en la edición de aquella semana, tenía la intención de mostrar todos los hechos que demostraban el crimen en la primera página de la edición de la semana siguiente. No tendría que condenarla con su artículo, dado que bastaría con la verdad. Sin embargo, estaba seguro de que Emma no alabaría el artículo que ya estaba empezando a componer mentalmente.

—¿Sabes por qué se ha hecho cargo Emma de este caso? —le preguntó a Ryan, mientras se tomaban una taza de café.

—Por lealtad. Emma es así.

—Yo creía que su especialidad era el derecho empresarial.

—Por lo que he oído, eso es lo que le paga las facturas. Sin embargo, acepta casos como este sin cobrar.

—¿Por qué este tipo de casos? Me da la sensación de que todo se debe a algo más que a su amistad con Sue Ellen. De hecho, no es que ambas hayan mantenido un contacto muy estrecho a lo largo de todos estos años, ¿no? Más o menos me lo dijo así durante el baile.

—Lo dudo, pero no sé qué decirte. ¿Qué importa? —preguntó Ryan—. Sue Ellen necesita la mejor abogada que haya y, según dicen, Emma es la mejor. No hay nadie en el pueblo que se pueda hacer cargo de este caso.

—Sin embargo, dado que ella vive en Denver, representar legalmente a Sue Ellen va a ser un gran inconveniente para ella.

—Aparentemente, ella no lo cree así. Quedamos en que todo esto se hablaba en el ámbito personal, ¿verdad? —afirmó Ryan—. No me gustaría que ninguno de los comentarios que yo haga sobre Emma aparecieran en el periódico.

—Por supuesto...

—La tensión que vi entre Emma y tú... No vas a dejar que eso te impida tratar con justicia a Sue Ellen, ¿verdad?

—Los periodistas y los abogados son enemigos naturales en temas como este, al menos hasta que se calma el revuelo y todo el mundo sabe de qué lado está.

—¿Y tú estás de algún lado? Yo creía que los periodistas eran imparciales.

—Y lo soy. Yo solo quiero redactar los hechos para que los lectores puedan formar su propia opinión. Por supuesto, tú mismo lo dijiste antes. Este es un caso muy claro y ese comentario sí que no fue a título personal.

—Entonces, supongo que es mejor que añadas esto también —replicó Ryan, frunciendo el ceño—. Sería un caso muy claro si Emma Rogers no se hubiera hecho cargo de él.

—Lo tendré en cuenta —afirmó Ford—. ¿Por qué me da la sensación de que, en lo que a ti se refiere, este caso es algo personal?

—Como dijo Emma, Sue Ellen fue mi compañera de clase.

—¿Y eso es todo? ¿Y Donny? ¿Acaso no era él también uno de tus compañeros?

—¿Qué estás tratando de decir?

—No estoy tratando de decir nada. Te estoy preguntando directamente si hay algo entre Sue Ellen y tú. Me he dado cuenta de que fuiste rápidamente a defenderla durante el baile y que ahora pareces protegerla mucho. No oigo que te lamentes porque su marido haya muerto.

—Claro que lo lamento, aunque, para ser perfectamente sincero contigo, me preocupa más lo que esto le ocasione a Sue Ellen que lo de Donny. Era un canalla. Y eso sí que te lo digo a título personal.

—¿Cómo la consideras, como sospechosa o como víctima?

—Como víctima —respondió Ryan, sin dudarlo.

—A pesar de todo, me sigue dando la sensación de que la preocupación que sientes por ella va más allá de lo que sentirías por cualquier otra víctima —dijo Ford, observando atentamente el rostro de Ryan para ver cómo reaccionaba.

—Era una mujer casada. Y amaba a su marido —respondió Ryan, por fin.

—Eso no hubiera impedido necesariamente que otro hombre sintiera algo por ella.

—Yo no me preocupo por Sue Ellen más de lo que lo hago por otro habitante de este pueblo que es víctima de un delito. En cuanto al modo en el que reaccioné durante el baile, solo se debió a un intento por mantener el orden. No quería que Donny empezara a una pelea y que estropeara la noche para todo el mundo.

—Si tú lo dices...

—Claro que lo digo. Ahora, déjame en paz a mí y dime cómo vas a conseguir que Emma vuelva a tenerte cierta consideración.

—Eso no me preocupa en absoluto —dijo Ford, a la defensiva.

—¿De verdad?

—Claro.

—No me lo creo.

—Mira, nunca ha habido ninguna posibilidad de que ocurriera algo entre Emma Rogers y yo. Es una arrogante y engreída abogada de Denver. Yo solo soy un periodista de una pequeña localidad.

—Sí, claro. Supongo que Chicago y Atlanta no te han dejado ninguna huella...

—De acuerdo, de acuerdo. Admito que tenemos ciertas cosas en común. En realidad, no la conozco lo suficiente como para opinar y todo parece indicar que nunca podré hacerlo.

—¿Es eso lo que quieres?

—Tiene que ser así, especialmente ahora.

—¿Porque se esté ocupando del caso de Sue Ellen?

—Exactamente.

—Te podría dar algunos detalles para ahorrarte algo de tiempo a la hora de saber cómo es.

—Me imagino que es lo que se ve —dijo Ford, esperando a ver si Ryan lo negaba. No podía negar que encontraba fascinante a Emma.

—Supongo que eso depende de lo que se vea. Por ejemplo, dudo que sepas que era una estupenda frenadora.

—¿Que jugaba al béisbol? Entonces, ¿lo que vi el otro día no fue una pura casualidad?

—Jugaba muy bien cuando éramos niños —confirmó Ryan—. En mi equipo, de hecho. Yo tuve que aguantar muchas bromas por ello, hasta que empezó a demostrar lo que valía. Entonces, todo el mundo quería que formara parte de su equipo, pero la lealtad de Emma pudo más. Se quedó conmigo.

—¿Salisteis juntos?

—No. Nunca se fijó en ningún chico del pueblo. Tenía sus fines muy bien marcados y estos no incluían casarse aquí y quedarse en Winding River.

—¿Era una esnob?

—No. Solo era muy ambiciosa. Estaba dispuesta a alcanzar sus sueños. No estaba dispuesta a que nadie se lo impidiera.

Ambiciosa. Decidida... Ford le hubiera aplicado a Emma todas aquellas definiciones. Sin embargo, parecían tener un significado muy diferente cuando era Ryan el que las utilizaba. Él las convertía en cumplidos. Evidentemente, la admiraba y la respetaba. No, más que eso. La apreciaba mucho.

«Fascinante», pensó Ford. Tal vez Emma Rogers era mucho más de lo que había querido creer. Gracias a la muerte de Donny y a que ella fuera a representar a Sue Ellen, iba a tener más oportunidades para observarla. Podría invitarla a cenar, pasar algún tiempo con ella, aunque solo para conseguir más información sobre Sue Ellen Carter, por supuesto.

Por supuesto.

Ante las súplicas de sus amigas y, sobre todo, por la mirada que veía en los ojos de Sue Ellen, Emma supo que no le quedaba más remedio que ocuparse del caso hasta el final. Cualquier esperanza que pudiera haber tenido de pasarle el caso a otro abogado se desvaneció cuando vio que el único candidato era Seth Wilkins, de setenta años, que llevaba más de cuarenta y cinco años en la profesión y que pensaba que Sue Ellen debería declararse culpable de homicidio y aceptar una reducción de condena.

Emma no pensaba consentir aquello, al menos no después de escuchar la versión de Sue Ellen y lo que decían los vecinos. Estos habían confirmado la frecuencia de las palizas de Donny y, además, había un registro de las llamadas que se habían efectuado a la policía, que ayudarían al caso aunque Sue Ellen no hubiera denunciado nunca los hechos.

—Mamá, ¿nos vamos a quedar con la abuela? —preguntó Caitlyn ansiosamente, al ver que pasaba otra semana más y que no regresaban a Denver.

—Durante un tiempo —respondió Emma.

Se había marchado a Denver con el resto de sus amigas para estar con Cassie durante la operación de su madre. Entonces, aprovechó para ir a hablar con sus socios y organizarlo todo para que ellos se ocuparan de su agenda, al menos durante unos días. Como Emma había trabajado tanto en el pasado, todos sus socios habían afirmado que se merecía unas vacaciones.

—¿Te gustaría? ¿Te estás divirtiendo aquí? —añadió. Caitlyn asintió y la abrazó llena de entusiasmo.

—¡Me encanta estar aquí! —exclamó la pequeña—. Hay caballos y vacas y niños de mi edad. Además, se acerca el cumpleaños de Pete y el tío Matt dice que va a haber tanto helado y todo lo demás. Y el abuelo me ha prometido que muy pronto podré montar mi poni yo sola...

—En ese caso, no creo que quisiéramos perdernos nada de eso, ¿verdad?

—Claro que no. Luego solo faltará un mes para el cumpleaños de Jessie y después, empezará muy pronto el colegio. Jessie dice que la profesora del segundo curso es muy maja. Podríamos estar en la misma clase. ¿No te parece que eso sería lo mejor?

—Un momento, cariño. Yo no te he dicho que nos vayamos a quedar aquí toda la vida, solo hasta que pueda dejar terminado el caso que tengo aquí. Después de eso, solo vendremos de vez en cuando, cuando tenga que presentarme en el tribunal.

—Pero, mamá —dijo la niña, con el rostro muy compungido—, yo quiero vivir aquí. Lo deseo de todo corazón —añadió, mientras los labios le temblaban y le empezaban a caer lágrimas por las mejillas—. Odio Denver. Ni siquiera quiero regresar. ¡Nunca más!

Con eso, Caitlyn se dio la vuelta y entró corriendo en la casa con un portazo. Emma no había contado con aquel giro de los acontecimientos. Cada día que pasara, la niña le iba a tomar más afecto a la familia y los amigos que tenía allí. Llevársela le iba a romper el corazón.

—¿Qué le pasa a Caitlyn? —preguntó Millie, la madre de Emma, mientras salía al porche—. Acaba de entrar en la casa llorando y ahora está aferrada a tu padre, como si no lo fuera a soltar nunca.

—Se había creído que nos íbamos a quedar aquí para siempre. Cuando le dije que no era así, se disgustó.

—Entonces, tal vez deberías considerar hacer lo que ella quiere.

—¿Ceder ante una niña de seis años? No sabe lo que es mejor para ella.

—¿De verdad? —replicó la madre—. Tal vez sí lo sepa, Emma. Tal vez incluso una niña de seis años se dé cuenta de que aquí tiene una familia, que tiene espacio para correr y jugar, que su madre llega a casa a una hora prudente y que tiene tiempo para estar con ella. Tal vez se haya dado cuenta de que su madre no es feliz en Denver y que utiliza su trabajo para ocultar lo que siente.

—Trabajo mucho para darnos un buen nivel de vida.

—Querrás decir para ganar dinero.

—¿Estás diciéndome que el dinero no es importante?

—Claro que no, pero hay cosas que lo son más. Acabo de nombrarte algunas de ellas. ¿Me puedes decir, con la mano en el corazón, que eres feliz?

—Mamá, estoy haciéndolo lo mejor que puedo.

—¿De verdad? —la desafió Millie—. ¿Lo mejor para quién? ¿Para ti?

—Para las dos.

—Evidentemente, a Caitlyn no se lo parece.

—Tiene solo seis años, maldita sea.

—No me gusta que utilices ese lenguaje —replicó su madre, frunciendo el ceño.

—Lo siento.

—Lo dudo mucho. Piensa en lo que te acabo de decir. No me has respondido cuando te he preguntado si eres verdaderamente feliz. Piénsalo. Piensa en lo que te ha dicho tu hija. Solo porque sea una niña no significa que puedas despreciar lo que ella dice tan fácilmente.

—Lo pensaré, mamá. Te lo prometo. Ahora voy a ensillar un caballo para ir a darme una vuelta.

—Muy bien. Eso solía ayudarte a poner las cosas en perspectiva. Tal vez lo vuelva a hacer ahora.

—Tal vez...

Tras ensillar el caballo, se dirigió a las colinas. Dejó que el caballo fuera al paso, para poder así relajarse. Cuando los problemas empezaron a turbar sus pensamientos, los dejó a un lado. Cuando volvía a casa, puso a galopar al caballo. El viento le hacía volar el cabello. Se sintió llena de energía, aunque no había logrado deshacerse de sus problemas cuando llegó al corral. Ver a Ford sentado en el porche no la ayudó a mejorar su estado de ánimo. Todavía seguía furiosa por cómo había tratado en el periódico el asunto de Sue Ellen. Llevaba algunos días llamándola, pero Emma no se había dignado a responder.

—¿Qué estás haciendo aquí? —le espetó.

—Esperándote. Te he llamado varias veces y no me has respondido.

—¿Y a ti qué te parece que significa eso? ¿No te parece que podría significar que no quiero hablar contigo?

—El sarcasmo no te sienta bien.

—Si tienes algo que preguntarme, ahora que estás aquí, pregúntamelo.

—Quiero hablar con Sue Ellen.

—Ni hablar. Lo que quieras saber, tendrás que preguntármelo a mí.

—¿Y me responderás?

—Eso depende.

—¿De qué?

—De si me gusta o no la pregunta.

—En otras palabras, tienes todos los ases de la baraja.

—Más o menos.

—¿Estás segura de que te mueven los mejores intereses para tu cliente? ¿No será que estás dejando que una vendetta contra los medios de comunicación impida que se pueda conocer su historia de un modo en que le favorezca?

—¿Que quieres ayudar a Sue Ellen? ¿Por qué me cuesta tanto creérmelo?

—¿Será porque siempre sospechas de las intenciones de la gente?

—No, porque ya has dejado muy claro, por impreso y en conversación, que le has colocado una espada encima de la cabeza.

—En la edición de la semana pasada del periódico, me limitaba a contar los hechos. En cuanto a la conversación que tú y yo tuvimos, esta se llevó a cabo en un momento de acaloramiento.

—Entonces, ¿no te parece que Sue Ellen sea culpable de un asesinato a sangre fría?

—Yo nunca dije eso.

—Claro que lo dijiste. En la cárcel, la noche que la arrestaron. Esa no es precisamente la clase de periodista con quien que yo quiero que ella hable.

—Si no me vas a dejar hablar con ella, al menos cena conmigo. Así podrás darme su versión del caso.

Emma dudó por un momento. Efectivamente, Sue Ellen necesitaba apoyos para su causa. Desgraciadamente el periódico que dirigía Ford era el único del pueblo. Sabía que lo que le acababa de decir tenía cierto sentido.

—De acuerdo —dijo, por fin—. Cenaré contigo.

—¿Esta noche?

—Me parece un momento tan bueno como cualquier otro.

—Tu entusiasmo me abruma —respondió él, con una sonrisa.

—No se trata de una cita. Es una entrevista. Si no puedes ni siquiera tener ese dato bien claro, ¿por qué voy a hablar contigo?

—Está bien. Se trata de una entrevista, no de una cita —repitió él, solemnemente—. Ya lo entiendo. ¿Vamos? —añadió, señalando el coche.

—Me reuniré contigo en la ciudad. Así no tendrás que volverme a traer hasta aquí.

—Ya volvemos con lo de la cita, ¿no?

—Más o menos. No me gustaría que te confundieras justo cuando las cosas están empezando a ir tan bien.

—Bueno, estoy seguro de que puedo tenerlo claro durante un par de horas... Tal vez incluso durante toda la noche.

—Un par de horas será más que suficiente. No quiero agotarte.

—¿Dónde debería reunirme contigo para esta cena que no es una cita?

—En el restaurante de Tony —dijo, con la esperanza

de que Gina trabajara aquella noche para que le ayudara a transmitirle la clase de persona que era Sue Ellen.

—¿El restaurante italiano que hay en la calle principal? Hacen una lasaña estupenda.

—La pizza está aún mejor.

—¿Vamos a discutir también por eso?

—Probablemente —comentó ella, con una sonrisa—. Bueno, nos vemos allí. Dame un par de minutos para ver cómo está Caitlyn y decirles a mis padres que voy a salir.

—Te pediré una copa de vino.

—Olvídate del vino. Podría aflojarme la lengua.

—De eso se trata —replicó Ford, sonriendo.

—Que sea mejor café.

—Lo que tú digas...

«Ojalá», pensó Emma, mientras observaba cómo se alejaba de la casa.

Cuando Ford vio que Gina Petrillo salía de la cocina, comprendió por qué Emma había elegido aquel restaurante. Quería apoyos. ¿Se debería eso al asunto de Sue Ellen o porque había sentido, y temía, la misma excitación que había hecho presa en él? Fuera como fuera, iban a contar con carabina.

—Esta noche estoy sustituyendo a Tony y la camarera está descansando. ¿Quieres cenar?

—Claro. Debes apreciar mucho a Tony si consigue que tú lo sustituyas.

—Fue él quien me metió en el mundo de la restauración. ¿Vas a cenar solo o esperas a alguien?

—En realidad, tu amiga Emma se va a reunir conmigo. ¿Podemos sentarnos en esa mesa de allí? Es más íntima.

—¿Vas a susurrarle a Emma palabras dulces al oído?

—No. Se trata de una entrevista, no de una cita.

—¿Eso lo has dicho tú o Emma? Emma, me imagino —añadió Gina, antes de que él pudiera responder—. Tengo que hablar con ella... Bueno, ¿qué os traigo para beber?

—Una copa de vino tinto para mí y un café para ella.

—Dos copas de vino tinto —le corrigió Gina.

—Bueno, mientras no termine yo con esa segunda copa de sombrero —comentó él, riendo.

—Échame la culpa a mí. Ella nunca se la pondría de sombrero a una amiga, especialmente cuando le explique que desperdiciar un vino tan bueno es un pecado.

Gina le sirvió las dos copas de vino y se retiró a la cocina antes de que Emma llegara. Cuando la abogada apareció, frunció el ceño.

—Pensé que me había explicado con claridad.

—Y así fue. Al menos para mí.

—¿Qué quieres decir con eso?

—A tu amiga le pareció que no debía ser así.

—¿Gina?

—Está sustituyendo a Tony esta noche. Precisamente lo que tú estabas buscando, ¿verdad? —comentó. Emma no contestó, lo que Ford tomó por una afirmación—. En ese caso, tómate tu vino —añadió—. Te prometo que, si te desmandas un poco, te llevaré a tu casa y que nunca escribiré ni una palabra al respecto.

—Como si fuera a creérmelo.

—¿Soy yo solo de quien desconfías o de todos los periodistas?

—De todos los medios de comunicación.

—Debe de haber alguna razón para eso.

—Si la hay, no seré yo quien te la diga —replicó ella. Entonces, levantó su copa a modo de brindis—. Ni aunque me bebiera la botella entera.

VI

La cena resultó de lo más agradable. Tal vez se debía a los efluvios del vino o a la atención con la que Ford recibía cada una de las palabras de Emma, aunque sin tomar notas. Ella parecía haber comenzado a relajarse un poco.

Hacía mucho tiempo desde la última vez que había cenado con un hombre guapo e inteligente que no fuera un compañero de trabajo. A pesar de sus palabras, le estaba pareciendo casi una cita. Incluso parecía haber una cierta excitación que lo marcaba todo.

Al reconocer ese hecho, miró con recelo la copa de vino que tenía en la mano. ¿Era su segunda o su tercera? Se sentía algo mareada y sus mecanismos de defensa parecían estar debilitándose. Evidentemente, debía de haberse pasado del límite.

—Tengo que marcharme a casa —dijo, poniéndose de pie. Entonces, las rodillas empezaron a temblarle. El alcohol y el agotamiento eran una mala combinación.

—No, no, ni hablar. Al menos no hasta que te tomes un café y hayamos hecho la entrevista.

—¿Es que no la hemos hecho ya? —preguntó ella, algo confusa.

—¿Me has visto tomando notas?

—No, pero no sería la primera vez que un avieso reportero me engañara haciéndome creer que no iba a publicar algo de lo que yo había dicho.

—Bueno, yo no soy nada avieso, y no voy a publicar nada a menos que tú me des permiso para ello —dijo Ford. Parecía hablar con sinceridad.

—Ahora no puedo. Creo que he tomado demasiado vino...

—Seguramente. Casi te has acabado la primera copa.

—¿La primera copa? —preguntó ella, atónita—. Estaba segura de que tenía que ser por lo menos la tercera.

—Me temo que no. No bebes mucho, ¿verdad?

—No.

—¿Es por lo de no perder el control?

—¿Qué quieres decir con eso? —replicó Emma, segura de que era un insulto.

—¿Tienes miedo de perder el control?

—Más o menos...

—¿Te dejas llevar alguna vez?

—Nunca.

—¿Ni siquiera en la cama? —susurró Ford.

—¿Cómo has dicho? —le espetó Emma. Se había tomado otro sorbo de vino, pero la pregunta le había hecho atragantarse.

—Solo me preguntaba si...

—Sé lo que te estabas preguntando. ¿No te parece que es una pregunta algo inapropiada para una entrevista?

—Lo siento —dijo él, aunque sin verdadero remordimiento—. Perdí la cabeza durante un minuto y te hice una pregunta propia de una cita.

—¿De verdad haces ese tipo de preguntas en una cita? Ciertamente los tiempos han cambiado mucho desde la última vez que yo tuve una cita.

—Bueno, no recientemente, para serte sincero, pero sí, el tema del sexo puede haber surgido en un par de ocasiones.

—¿En la primera cita?

—Depende de la persona. Tú ciertamente me has metido esa idea en la cabeza esta noche.

Emma tenía la sensación de que el rubor que había sentido caldeándole las mejillas no tenía nada que ver con el vino. Tras haber sido ella la que había empezado a hablar del tema, se arrepentía.

—No te habré avergonzado, ¿verdad? —preguntó Ford, con expresión inocente—. Me había imaginado que al ser una abogada tan importante, en una ciudad tan grande como Denver, tendrías cierta familiaridad con el tema.

—Te aseguro que no sale con frecuencia en el mundo del derecho empresarial.

—Ni en tu vida personal tampoco, de eso estoy seguro.

—Conozco perfectamente el tema del sexo –afirmó ella, justo en el momento en el que Gina se acercaba a la mesa.

—¡Vaya! –exclamó esta–. Evidentemente, llego en mal momento.

—No –afirmó Emma, agradecida por la interrupción–. ¿Me puedes llevar a mi casa?

—¿Y tu acompañante? –preguntó Gina, mirando a Ford.

—No es mi acompañante. Se suponía que esto iba a ser solo una entrevista, pero como no me ha preguntado nada, pierde él.

—En otra ocasión –comentó Ford, con una atractiva sonrisa en los labios.

Emma miró los hipnóticos ojos de Ford y se perdió en ellos. Era tan guapo cuando sonreía... Era una pena que tuviera un fallo tan importante: su carrera.

—Me aseguraré de recordarte que no tomes vino la próxima vez –añadió–. Me gusta que mis mujeres lo recuerden todo sobre la velada que hemos pasado juntos.

—No soy una de tus mujeres –replicó Emma, frunciendo el ceño–. Además, recuerdo todo lo que ha pasado esta noche.

—Ya lo veremos por la mañana. Te llamaré. ¿Necesitas ayuda, Gina?

Gina contemplaba a Emma, completamente perpleja.

—No –respondió–, pero, ¿cómo se ha puesto así?

—Por el agotamiento y por esa copa de vino que tú insististe en que se tomara.

—¿Una copa?

—Sí, pero ya estaba así después de los dos primeros sorbos.

—Increíble —comentó Gina.

—Os ruego que no habléis de mí como si no estuviera aquí —afirmó Emma, mirándolos con desaprobación.

—De acuerdo, tesoro —dijo Gina—. Venga, ponte de pie. Vayámonos a tu casa.

Emma rechazó la mano que le ofrecía Gina y, tras lanzar una mirada de desprecio a Ford, salió del restaurante por su propio pie. Había mentido cuando le dijo a Ford que se acordaría de todo. Le daba la sensación de que, al cabo de unos minutos, no recordaría ni su propio nombre. Lo más extraño era que no lo lamentaba. A pesar de todo, se juró que la próxima vez se mantendría alejada del vino para así poder disfrutar de la velada. Además, tal vez sería mejor que la próxima vez eligiera la compañía de un hombre que no pudiera estropearle el caso de un cliente.

—Deberías haberla visto —decía Gina a la mañana siguiente, justo cuando Emma entraba en el restaurante de Stella con gran necesidad de un café y de una caja entera de aspirinas—. Estaba como una cuba solo con una copa de vino.

—¿Emma? —preguntó Lauren, mirándola con incredulidad.

—Basta ya —respondió Emma—. No estaba borracha, sino solo un poco temblorosa. Normalmente no bebo.

—Pues sigue así —le aconsejó Gina—. Se ve que no te sienta bien el alcohol.

—No hice nada escandaloso, ¿verdad?

—¿Aparte de hablar con Ford acerca del sexo? —bromeó Lauren—. Gina me lo ha contado todo.

—Eso no es cierto... Sí es cierto, ¿verdad, Gina? —dijo Emma, con desolación.

—Claro que lo es. Creo que yo aparecí antes de que las cosas se pusieran peliagudas. Creo que lo único que le estabas diciendo era que conocías perfectamente el concepto.

—¿Y por qué iba yo a hacer eso?

—Porque te preguntó, o tal vez porque te dijo que no sabías nada del tema. Ford parece tener una gran habilidad para sacar a la luz tu lado más competitivo. A mí me pareció que estabas a punto de saltar encima de la mesa y de ofrecerle pruebas de tu experiencia.

Emma gruñó y contuvo el aliento.

—Dadme un café antes de que me muera —susurró.

Lauren se echó a reír.

—¡Ah! —exclamó la actriz—. Aquí viene el hombre en cuestión. Tal vez él nos pueda sacar de dudas.

—¿Hay sitio para uno más? —preguntó Ford, al llegar a la mesa.

—Claro —dijeron Gina y Lauren a la vez

—No —decía Emma, al mismo tiempo.

A pesar de todo, Ford se sentó a su lado. Cuando le rozó el muslo con el suyo, Emma tragó saliva y mantuvo la mirada fija en el menú. No pensaba dejarle ver que tenía poder alguno para desconcertarla.

El desayuno pareció durar una eternidad. A cada segundo que pasaba, Emma era más consciente del fuerte y sólido muslo que tenía al lado del suyo. Tanto músculo, tanto calor... ¡Dios santo! ¿Qué le estaba ocurriendo? ¿Por qué habían decidido sus hormonas recuperar la actividad precisamente con Ford Hamilton?

—Bueno, por muy agradable que haya sido veros —dijo Lauren—, tengo que marcharme. Karen me está esperando.

—Últimamente has pasado mucho tiempo en el rancho —comentó Emma, para alejarse de sus pensamientos—, ¿a qué se debe eso?

—¿Y me lo tienes que preguntar? —replicó Lauren—. En estos momentos, tras la muerte de su marido, Karen necesita toda la ayuda que pueda conseguir. Dado que se niega a aceptar mi dinero, trato de ayudarla todo lo que puedo.

—¿Y tu profesión? —preguntó Gina.

—Tú no eres la más indicada para hablar —respondió Lauren—. No veo que tengas mucha prisa por regresar a Nueva York.

—Ya basta, chicas —comentó Emma, para interceder entre las dos amigas—. Estoy segura de que Karen aprecia mucho que Lauren la ayude, igual que creo que Tony se siente muy agradecido porque Gina esté aquí. Y yo me alegro de que estéis las dos aquí.

—¿Emma de pacificadora? —exclamaron las dos mujeres, mirándola con incredulidad—. Normalmente es Karen la que desempeña ese papel.

—Bueno, ella no está aquí en estos momentos —dijo Emma—. Y yo sí.

—Tienes razón —comentó Gina—. Bueno, venga, vayámonos, Lauren. Me da la sensación de que estos dos tienen cosas de que hablar.

Emma miró de reojo a Ford, que estaba observando el intercambio con mucho interés.

—Yo también debería marcharme —observó Emma.

—Todavía no —replicó Ford—. Todavía no he terminado de desayunar. Quédate un rato conmigo. Tómate otra taza de café.

—Sí, Emma, tómate otra taza —la animó Gina—. A las telarañas que tienes en la cabeza les vendrá muy bien otra dosis de cafeína. Haré que venga Cassie.

—Gracias —musitó Emma. Cuando Gina y Lauren se hubieron marchado y Gina le hubo servido el café sin comentario alguno, le lanzó una mirada de desaprobación a Ford—. ¿Por qué no te sientas en el otro lado? Tendrías más sitio.

—Estoy muy bien aquí, gracias. ¿Y tú?

—Estoy bien —respondió ella, apretando los dientes para no ceder ante él.

Ford se terminó su desayuno en silencio. Emma lo observó con creciente tensión. ¿Cómo podía estar tan relajado cuando ella sentía tal tensión?

—Pensé que tenías ciertas preguntas que querías hacerme —afirmó, sin poder soportarlo más—. Si no, tengo cosas que hacer.

—Tal vez solo estaba tratando de hacer que te relajaras un poco.

—Bueno, pues no es así. Me estoy enojando cada

vez más y cuando me enfado, no siento la menor inclinación de cooperar.

—Sí, ya lo veo. En ese caso —añadió, sacando la grabadora para ponerla encima de la mesa—. ¿Estás lista?

—Cuando tú quieras —replicó ella, algo rígida.

—Eres la abogada defensora de Sue Ellen Carter, ¿no es así?

—Sí.

—Si no me equivoco, ella se declara inocente de la muerte de su marido.

—Por supuesto.

—Sin embargo, ella le disparó. ¿Correcto?

—No. La pistola se disparó en un violento forcejeo durante el cual mi cliente temió por su vida.

—¿Afirmas que la acusada actuó en defensa propia?

—Absolutamente. Y, basándonos en el historial de malos tratos, creo que se demostrará que Sue Ellen tenía razones de sobra para tener miedo.

—¿Se le había acusado alguna vez al esposo de tu cliente de maltratar a su esposa?

—No.

—¿Había sido detenido alguna vez?

—No, pero se había llamado a la policía en numerosas ocasiones, no solo por parte de mi cliente, sino también de los vecinos. Esas llamadas están registradas.

—Si tenía tanto miedo, ¿por qué no lo abandonó?

—¿Sabes algo sobre violencia doméstica?

—Sí, he leído algunos artículos.

—En ese caso, los artículos que has leído no debieron de ser muy exhaustivos o tal vez estaban desfasados. Hay todo un rosario de razones por las que las mujeres no abandonan a sus maltratadores. Cuando las entiendas, tal vez tengamos algo de lo que hablar —le espetó ella, desconectando la grabadora—. Hasta entonces, hemos terminado.

—¿Por qué debería yo leer nada cuando tú eres la experta?

—No es mi trabajo ilustrarte. Eres periodista. Tu trabajo es investigar los hechos, buscar a los expertos.

—Pensé que estaba hablando con uno.

—Yo soy abogado, no psicólogo. Yo no testifico cuando vamos al tribunal. Yo llevo profesionales que pueden explicárselo todo muy bien al jurado.

—Pero, evidentemente, tú conoces bien el tema. ¿Por qué no me cuentas lo que debo saber?

—Porque no tengo tiempo para suministrarte toda la información. Tengo una cliente a la que defender y un montón de casos en Denver que requieren mi atención.

—¿Tienes una lista de testigos expertos a los que vas a llamar a declarar?

—Todavía no.

—Muy bien. Entonces, te lo volveré a preguntar. Déjame hablar con Sue Ellen.

—No.

—¿Por qué no?

—Porque no quiero que confíe en ti y que te diga algo perfectamente inocente que tú puedas tergiversar en tu periódico.

—Maldita sea, Emma, yo no tergiverso las cosas —

le espetó Ford, perdiendo la paciencia–. ¿Qué es lo que te ha pasado? ¿Acaso algún reportero sacó de contexto algo que dijiste?

–Si fuera tan sencillo… –susurró ella, recordando con amargura cómo la habían engañado y traicionado. Se había jurado no volver a confiar en un periodista y pensaba mantenerlo. Aquella equivocación casi le había costado su carrera.

–Cuéntamelo –suplicó Ford.

–No. Tengo que ir a la cárcel.

–Volveremos a hablar –susurró él.

–Solo cuando estés más preparado –afirmó ella, antes de levantarse de la mesa y de marcharse.

–Emma –dijo él. Ella, muy lentamente, se volvió para mirarlo–. Yo no soy tu enemigo. De hecho, podría resultar que soy tu mejor aliado.

Si fuera honrado, si pudiera persuadirlo de que Sue Ellen solo había hecho lo que tenía que hacer… Sí, en ese caso podría ser un aliado, pero tenía sus dudas. No podía correr ningún riesgo.

Ford pensó en ir directamente a la cárcel, pero su instinto le decía que Emma se pondría furiosa si aparecía por allí. Sabía que no iba a conseguir ninguna entrevista con Sue Ellen si enfurecía a su abogada. Tendría que ser paciente. Tarde o temprano, Emma se daría cuenta del valor que suponía tenerlo a su lado. Además, tenía que ocuparse de la edición de su periódico.

Cuando llegó a su despacho, Teddy estaba esperándolo con media docena de fotografías de la pareja en el baile de antiguos alumnos. Resultaba evidente que estaban discutiendo muy acaloradamente. Al ver las fotos, Ford suspiró. Le había prometido a Ryan que no utilizaría las fotografías que pudiera tener.

—Archívalas —le ordenó al muchacho.

—Pero...

—Le prometí a tu tío que no las publicaría.

—¿Por qué? Además, eso fue antes de que Sue Ellen matara a Donny. Entonces, tal vez no era una noticia, pero ahora sí lo es.

—Mira, Teddy, sé que las tenemos si las necesitamos, pero ahora no vamos a publicarlas —afirmó. Había esperado que el muchacho se desilusionara, pero lo que se reflejó en su rostro fue culpabilidad—. ¿Qué has hecho?

—El periódico de Cheyenne llamó hace una hora. Se habían enterado de que yo había hecho algunas fotografías y les envié una —admitió Teddy.

—¿Por qué diablos has hecho eso?

—Pensé que eso era lo que querías —susurró el muchacho, muy pálido.

—Maldita sea, Teddy, ¿qué te ha dado el derecho de venderle una fotografía a otro periódico? Estás trabajando para mí.

—No la vendí. El editor me dijo que era más bien compartir material entre colegas. Pensé que se hacía así.

—Algunas veces sí, pero esa no es una decisión que tome un empleado. Es el editor quien la toma. Según tengo entendido, ese soy yo.

—Lo siento...

—¿Tienes idea de lo que has hecho? Ahora, si no utilizamos nosotros esas fotos, va a parecer que estamos ocultando pruebas. No solo dará una mala impresión sobre este periódico, periodísticamente hablando, sino que hay muchas posibilidades de que el fiscal nos pida las fotos y los negativos. Hasta ahora, solo unas cuantas personas sabían que las teníamos.

—Yo no sabía nada de todo eso. Solo estaba tratando de ayudar. El editor me dijo que tenía que cerrar la edición. Traté de localizarte.

—¿Se te pasó por la cabeza dar la vuelta a la manzana e ir al restaurante de Stella?

—No...

—¿Cómo se llama ese tipo? —preguntó Ford. Aunque sabía que iba a perder el tiempo si llamaba al editor del otro periódico, tenía que hacerlo. Teddy le entregó el nombre y el número de teléfono.

—No vas a despedirme, ¿verdad?

—No —dijo Ford, con un suspiro—. Por mucho que lo hayas fastidiado todo, no te voy a despedir, pero espero que hayas aprendido la lección.

—Sí. Ya sé que no debo hacer nada sin preguntarte primero...

—Eso para empezar. Y recuerda que una fotografía es algo muy importante. La mayor parte del tiempo es exactamente lo que se busca para una portada. Otras veces, y esta es una de ellas, hay que valorar muy cuidadosamente si se debe utilizar o no algo tan poderoso. Lo último que queremos hacer es que el caso se ponga en contra de Sue Ellen.

—¿De verdad crees que podría perjudicarla?

—Podría ser... —respondió Ford. Aquella fotografía podría interpretarse como prueba del comportamiento abusivo de Donny, pero también era una prueba irrefutable de la razón para cometer un asesinato.

—El tío Ryan me va a matar —murmuró el muchacho.

—Sí, podría ser... —susurró él, recordando que le había parecido que Ryan sentía algo por Sue Ellen.

VII

Emma acababa de entrar en la casa cuando su cuñada salió de la cocina con una expresión derrotada en el rostro.

—Ya estoy harta —anunció Martha—. Tu hermano me está volviendo loca.

—¿Matt? —preguntó Emma—. ¿Tiene esto algo que ver con el mal humor que tiene últimamente?

—Tiene todo que ver. No parece poder encontrar nada positivo sobre nada. Estoy cansada. Los niños están cansados. Si no cambia, te juro que me los voy a llevar a... No sé, a Florida, por ejemplo. A algún lugar en el que haga calor todo el año. Estoy cansada de tener frío, tanto física como emocionalmente.

—¿Está aquí Matt ahora?

—No, acaba de salir disparado por la puerta trasera

porque tuve la audacia de preguntarle si quería que fuéramos a Laramie a cenar y a ver una película con los niños. Aparentemente, no comprendo que tiene que levantarse al alba, que no puede estar por ahí para ir a ver una estúpida película, y mucho menos para gastar dinero en una asquerosa hamburguesa cuando tenemos el congelador repleto de carne de primera calidad.

—¡Menuda parrafada! Tal vez esté teniendo un mal día.

—Todos los días son malos para él. Si yo comento el tiempo tan hermoso y tan soleado que tenemos, él dice que si no llueve vamos a tener sequía. Es deprimente.

—Ya me lo imagino. Ven a tomarte una taza de té conmigo para que podamos charlar un poco.

—¿Té? Pensaba que eras una bebedora de café empedernida.

—Es que ya me he tomado como seis tazas para tratar de superar una resaca —contestó ella, con una sonrisa.

—¿Que tenías resaca? Si nunca te he visto beber.

—Fue por una copa de vino.

—Pero...

—Ni me lo preguntes —dijo Emma, mientras ponía el agua a hervir.

Mientras tanto, Martha sacó las tazas y las colocó encima de la mesa, con una expresión triste. Llevaba con Matt prácticamente desde que eran niños. Cuando Martha se quedó embarazada, Matt tuvo que renunciar a una beca que había conseguido para la universidad de Wyoming y ponerse a trabajar con su padre. Con veinticinco años, ya tenían tres hijos.

—Bueno —dijo Emma, mientras servía el té—, cuéntame qué es lo que pasa entre Matt y tú. ¿Por qué está de tan mal humor?

—Está muy triste, pero no lo quiere admitir y, en vez de hacerlo, lo paga con todo el mundo.

—A mi madre le parece que no le gusta trabajar en el rancho. ¿Te da esa impresión a ti también?

—Sí. Yo le he suplicado que lo deje y que vaya a la universidad, tal y como había planeado hace años. Nos podríamos mudar a Cheyenne durante cuatro años y yo podría trabajar. Nos las arreglaríamos. Sin embargo, él no quiere ni oír hablar del tema.

—¿Por qué?

—Por orgullo. Por testarudez. Por miedo. ¿Quién sabe? No quiere ni hablar al respecto. Cada vez que saco el tema, se pone hecho una furia.

—¿Y tú, Martha? ¿Lamentas no haber ido a la universidad?

—No. Tengo todo lo que podría desear. Amo a Matt, a nuestros hijos y la vida que llevamos. No podría pedir nada más.

—Tal vez sea eso lo que le impide tomar una decisión.

—¿Cómo puede ser?

—Tal vez sepa perfectamente que tú eres feliz y crea que, si él está descontento, debe de ser culpa suya. Si cambiar el estado de las cosas va a hacer que seas infeliz, puede que prefiera seguir así.

—Pero solo serían cuatro años. Si le alegrara tener

un título y dedicarse a otra cosa, eso es lo único que quiero para él, para nosotros. Decididamente, las cosas no funcionan en estos momentos.

—¿Se lo has dicho a él?

—Una y otra vez.

—¿Quieres que hable con él?

—¿No te importaría? —preguntó Martha, con el rostro esperanzado—. Te admira mucho. Si tú le dijeras que es lo más adecuado, tal vez se lo creería.

—Haré lo que pueda —le prometió Emma, mientras le apretaba la mano—. Matt te adora, de eso puedes estar segura.

—Trato de no pensar lo contrario. Bueno —dijo Martha, tras mirar al reloj—. Tengo que marcharme corriendo. Los niños están con mi madre y le dije que volvería a buscarlos cuando se despertaran de la siesta. En esos momentos tienen tanta energía que son demasiado para ella.

—Ya me lo imagino. Algunas veces, Caitlyn tiene más energía de la que yo puedo soportar y solo es una.

—¿Dónde está Caitlyn? Desde que he llegado aquí hoy, no la he visto.

—Probablemente esté con mi padre en el establo. Quiere hacer todo lo que hace él.

—Tal vez se convierta en ranchera y le quite la responsabilidad a Matt —comentó Martha, con tristeza—. Me da la sensación de que parte del problema es que no quiere defraudar a tu padre.

—Podrías estar en lo cierto, pero no te preocupes. Lo vamos a arreglar todo.

En cuanto Martha se hubo marchado, Emma fue a buscar a su hermano, pero, en vez de con él, se encontró con Caitlyn. Estaba montada sobre su poni y escuchaba muy atentamente las instrucciones de su abuelo.

Al ver a Emma, el poni empezó a trotar con energía, pero, para sorpresa de Emma, la pequeña Caitlyn mantuvo un perfecto control del animal. Entonces, se dirigió hacia el lugar donde la esperaba su madre, con una alegre sonrisa en los labios.

—¿Has visto? —preguntó la niña, muy emocionada—. ¿Me has visto montar?

—Has estado maravillosa —respondió Emma, mientra su padre ayudaba a desmontar a la niña del poni.

—Más que maravillosa —le dijo el hombre a su nieta—. Mucho mejor de lo que tu madre montaba a tu edad.

—¿De verdad? —replicó la niña, maravillada—. ¿De verdad, mamá?

—Claro que sí —contestó Emma—. Tienes una habilidad innata, no hay ninguna duda.

Caitlyn estiró los brazos y rodeó con ellos a su abuelo.

—Espero que podamos quedarnos aquí para siempre —susurró.

Emma miró a su padre por encima de la cabeza de la pequeña.

—Lo siento —gesticuló él.

Emma se puso de puntillas y le dio un beso en la mejilla.

—Te quiero mucho...

El abuelo bajó a su nieta al suelo y le dijo:

—Ve a la casa a ver si ya ha regresado tu abuela del pueblo. Tal vez te haya traído de la panadería las galletas que te prometió.

Al ver que la pequeña se alejaba corriendo, se volvió a mirar a su hija.

—¿Hay alguna posibilidad de que os quedéis?

—Permanentemente no. Ya sabes que trabajo en Denver, papá.

—A mí me parece que ahora tienes un trabajo aquí.

—Se trata de un caso. Eso no es nada.

—Seth se retirará muy pronto. Este pueblo necesitará un buen abogado. De hecho, creo que la única razón por la que no se ha retirado ya es por lealtad a Winding River.

—No puedo hacerlo. Las personas para las que trabajo me necesitan.

—¿Tú crees? ¿Más que alguien como Sue Ellen?

No había comparación entre los casos en los que podría trabajar en Denver y Emma lo sabía. Un caso como el de Sue Ellen surgiría en Winding River muy de vez en cuando. El resto del tiempo, se ocuparía de casos de los que hasta un recién licenciado podría resolver. Terminaría por aburrirse.

—No sería lo mismo...

—No, efectivamente no sería lo mismo, pero podría ser mejor —replicó su padre.

—¡Oh, papá! Ojalá pudiera, pero no es así.

—Bueno, supongo que tú lo sabes mejor que yo —replicó él, muy secamente.

—En todo no, pero en esto sí. Denver es el lugar en el que necesito estar.

Sin embargo, a pesar de su ferviente defensa al respecto, en aquel mismo instante le estaba costando encontrar una razón para recordar por qué.

Ford estaba encantado con el artículo que había escrito para la primera página de su periódico sobre Donny Carter y los cargos de homicidio que se habían presentado contra su esposa. Le parecía que el artículo era imparcial y justo, como debería ser el buen periodismo. Citaba a los vecinos y al sheriff y, además, añadía varias citas de su entrevista con Emma. Como resultado de su conversación con la abogada, se había pasado gran parte de la tarde buscando expertos en violencia doméstica.

Precisamente porque se había tomado tantas molestias, se sorprendió mucho de que, cuando fue al restaurante para comer, unas pocas horas después de que el periódico saliera a la calle, los comensales que allí estaban bajaran la cabeza.

Entonces, vio la portada del periódico de Cheyenne, con la maldita foto que Teddy les había cedido. En el periódico se señalaba que aquella fotografía había sido cedida por el *Winding River News*. Nada de lo que Ford le había dicho al director del Cheyenne le había disuadido de utilizarla ni de dar crédito de la misma al periódico de Ford.

Al ver cómo lo miraban las personas que comían en el restaurante de Stella, quiso darles a gritos una explicación, defender a su periódico y a sí mismo. Sin embargo, sabía que el periódico de Cheyenne no había hecho nada malo.

—¿Te vas o te quedas? —le preguntó Cassie, mirándolo con expresión desafiante.

—Me quedo —respondió él. Nunca se había amilanado en toda su vida.

—Bueno, pues mantente alejado de Emma. Está en las mesas de atrás y no está muy contenta contigo en estos momentos. No quiero que la disgustes más de lo que ya está.

—¿Que Emma está aquí? —preguntó Ford, mirando a su alrededor. Cuando vio dónde estaba sentada, dio un paso hacía ella, pero Cassie lo agarró por el brazo—. ¿Es que no me has oído?

—Claro que te he oído, pero no tengo miedo de Emma.

—No me preocupas tú, sino ella.

—Te aseguro que todo saldrá bien. Tenemos que hablar de esto.

—Bueno —dijo Cassie, con un suspiro—, pero no me culpes a mí si te envenena el café.

—No creo que Emma fuera capaz de eso.

—La pena es que probablemente no. Bueno, te llevaré un café. Lo que Emma haga con él dependerá de ella.

Mientras atravesaba el restaurante, oyó que todos los comensales contenían el aliento. Evidentemente, todo el mundo estaba preparado para una fuerte discusión en el momento en el que él llegara a la mesa que ocupaba Emma. A pesar de todo, Ford, siguió caminando.

Cuando llegó a la mesa, no pidió permiso sino que simplemente se sentó frente a ella.

—He de reconocer que tienes agallas —dijo ella, aunque no sonó como un cumplido.

—Si tienes algún problema conmigo, ¿por qué no me lo dices a la cara?

—Este es el problema —le espetó ella, lanzando el periódico de Cheyenne encima de la mesa—. ¿Por qué les has dado una fotografía como esa, especialmente después de prometerle a Ryan que no las utilizarías? Si crees que yo estoy furiosa, espera hasta que te encuentres con él. Está que se da contra las paredes. Ryan siempre ha tenido muy buenos modales, pero ha desarrollado un nuevo vocabulario para describir lo que has hecho.

—Cuando ocurrió el disparo, esa fotografía se convirtió en un hecho susceptible de convertirse en noticia. ¿No voy a recibir ningún crédito por no publicarla aquí?

—No, no cuando se la has dado a un periódico que tiene aún más circulación.

—¿Y tampoco me vas dar un poco de crédito por el artículo que he publicado en nuestro periódico?

—No lo he visto. Y no creo que nadie lo haya visto tampoco. De lo único que habla todo el mundo es de esto.

—Y, para mañana, se habrán olvidado por completo.

—No creo que te creas eso. Una fotografía vale mil palabras y lo sabes. No puedo entender cómo pudiste hacer algo que es tan perjudicial para Sue Ellen.

¿Cómo voy a poder conseguir así un jurado que sea neutral?

—¿De verdad creías que ibas a conseguir uno de todos modos? Todas las personas de por aquí conocen a Sue Ellen. También saben lo mal que iba su matrimonio con Donny. A mí me parece que más bien el fiscal va a tener problemas para encontrar un jurado que sea neutral.

—En Cheyenne no conocen la historia de Sue Ellen, como tampoco la conocen en el resto del estado en el que se reparte este periódico o al menos no la conocían hasta que su fotografía apareció en la portada del periódico.

Ford sabía que tenía razón. En aquella foto, Teddy no solo había capturado un momento, sino la historia entera de aquel matrimonio.

—Lo siento. Me hago completamente responsable de ello.

—¡Qué galante! Tal vez podrías demostrar la misma galantería yéndote a tomar tu café al elegante restaurante para turistas que hay un poco más arriba.

—Prefiero tomármelo aquí. Este restaurante es el alma de Winding River. Aquí es donde descubro lo que piensa y de lo que habla la gente.

—Bueno, pues de lo que hablan hoy es de cómo has podido traicionar así a uno de los suyos. No me puedo creer que hubiera estado a punto de confiar en ti.

—Un momento —murmuró Ford. Había empezado a perder la paciencia. Fue a tomar una edición de su propio periódico y la plantó encima de la mesa–. Lee esto para ver si todavía quieres condenarme de este modo.

Emma leyó el titular, que era completamente imparcial. Decía:

Sue Ellen Carter acusada de la muerte de su marido.

Siguió leyendo. Tenía un rostro muy expresivo, por lo que Ford notaba rápidamente cuando algo le molestaba, le agradaba e incluso cuando se sentía moderadamente satisfecha. Cuando terminó, levantó los ojos y lo miró, con expresión completamente neutral.

–¿Y bien?

–¿Contiene ese artículo algo que no sea cierto?

–No. Lo que cuentas es completamente correcto.

–Y hablé no con uno sino con tres expertos en violencia doméstica.

–Me alegro.

–Todavía no estás satisfecha, ¿verdad?

–No, porque son solo citas secas y obligatorias sobre las estadísticas de la violencia doméstica. Un buen periodista mira más allá de los hechos, ¿no es así? Un buen periodista utiliza el sentido común y también la compasión.

–Hablé con esos expertos para equilibrar el artículo, tal y como tú querías. Incluso ellos afirmaron que lo que Sue Ellen hizo se debió probablemente a una reacción extrema ante una situación.

–Claro que fue extrema. Igual que la provocación. La gente no va por ahí disparando a sus cónyuges a no ser que se les haya llevado al límite. Le pegaba, Ford. Cada semana, si no era más bien todos los días.

Imagínate eso. Piensa en la humillación que eso supone. Ponte en su lugar e imagínate el miedo que esa mujer sentía cada vez que su marido entraba en su casa —le espetó, mientras se ponía de pie—. Una persona decente pensaría en la horrible vida que Sue Ellen había llevado durante todos los días de su matrimonio, antes de condenarla sin juicio.

—Yo no la he condenado. Además, ¿cómo puedo comprender lo que le pasó a esa mujer cuando tú no me permites hablar con ella?

—¿Es esa la excusa que te pones, que no te dejo hablar con mi cliente? Después de esto y de la fotografía del otro periódico, ¿me culpas por ello?

Emma se marchó antes de que Ford pudiera pensar una respuesta adecuada. Se fue antes de que él pudiera comprender que lo que sentía en aquellos momentos era vergüenza. Tal vez no se mereciera todo el desdén que Emma le estaba echando encima, pero, en cierto modo, tenía razón. Tal vez no lo comprendía. Tal vez un hombre que no había sido maltratado no lo comprendería nunca.

Aquel pensamiento lo llevó a otro. Si era difícil que un hombre comprendiera algo que no había experimentado nunca, ¿por qué no podía pasarle lo mismo a una mujer? ¿Acaso se debían la compasión y la comprensión que Emma sentía por Sue Ellen a una experiencia propia?

Antes de que pudiera profundizar aquel pensamiento, vio que el sheriff Ryan se acercaba a él con expresión sombría.

—¿En qué diablos estabas pensando, Hamilton? —

le preguntó el sheriff, al llegar a la mesa—. Pensé que tú y yo teníamos un acuerdo.

—Y así era.

—Entonces, ¿por qué diablos me traicionaste?

Justo en aquel momento, Teddy se asomó desde la mesa de al lado, con el rostro muy pálido.

—Fue culpa mía, tío Ryan —admitió—. Yo le di la fotografía al periódico de Cheyenne. Ford no tuvo nada que ver al respecto. Cuando ya la tenían, él trató por todos los medios que no la publicaran, pero no sirvió de nada.

—¿Es eso cierto? —le preguntó Ryan a Ford.

—Sí. Teddy no se dio cuenta de lo que estaba haciendo.

Al oír aquellas palabras, Ryan se sintió completamente desinflado. Entonces, se sentó enfrente de Ford.

—Lo siento. No debería haberme alterado de este modo.

—No pasa nada. No eres el primero.

—¿Se trata de Emma? Sí, ya me imagino que estaba de muy mal humor. Esa mujer tiene mucho carácter.

—A mí me lo vas a decir. ¿Se te ocurre algún modo para que me pueda congraciar con ella?

—¿Y para que te deje hablar con Sue Ellen?

—Esa es una razón —admitió Ford.

—¿Y la otra?

—Ojalá lo supiera. Es muy dura y tiene muy mal genio, pero me atrae.

—Me alegra saber que no eres inmune a ningún desafío.

—No es un desafío. Supongo que, más bien, se trata de un... rompecabezas. Tiene más contradicciones que cualquier mujer que yo haya conocido. El periodista que hay en mí hace que quiera conocerlas.

—Entonces, ¿se trata solo de una fascinación profesional?

—Por supuesto.

—¿Por eso los dos estuvisteis hablando de sexo la otra noche en el restaurante de Tony? —comentó Ryan, con una sonrisa—. ¿Surgió en una conversación de lo más profesional?

—¿Es que todo el mundo de este pueblo sabe de lo que estuvimos hablando?

—Posiblemente. Bienvenido a la vida en un pequeño pueblo. Bueno, ¿estuvisteis o no hablando sobre sexo?

—Sí, pero fue una conversación sin importancia. Yo solo saqué el tema para turbarla —explicó, sonriendo—. Y funcionó. Si ella no hubiera estado casada, no estuviera divorciada y no tuviera una hija, yo habría dicho que era la primera vez que había oído una palabra del tema.

—Tal vez era la primera vez que un completo desconocido le hablaba de ello en una cena de trabajo. Francamente, me sorprende que no te echara un vaso de agua fría por la cabeza.

—Probablemente lo habría hecho si no hubiera estado algo bebida. Creo que sus reflejos eran algo lentos.

—Menos mal, porque Emma siempre ha tenido reacciones muy rápidas.

–Si la situación vuelve a surgir, lo tendré en cuenta.

–Tal vez no debería volver a surgir –dijo de repente Ryan, con expresión seria.

–Creía que tú estabas a favor de que ocurriera algo entre Emma y yo...

–Lo estaba, pero me parece que la estás tratando como si fuera algo así como un rompecabezas intelectual que tú quieres resolver. A mí me parece que ella podría confundirlo con otra cosa y no quiero que Emma sufra. Ya ha pasado suficiente.

–¿Te refieres a su exmarido?

–Sí. No conozco los detalles, pero el divorcio fue algo desagradable, según sus hermanos. Prácticamente tuvo que atarlos a todos para que no fueran a darle una paliza a ese hombre. Dado lo que ya siente por ti, no creo que debas tentar al destino. Tal vez, en tu caso, no tenga tantas ganas de aplacar a sus hermanos.

–Estoy seguro de que me has dicho eso para alejarme de ella, ¿verdad?

–Por supuesto.

–Pues es una pena, porque lo que de verdad has hecho es avivar más aún mi curiosidad para averiguar la historia que hay detrás de ese divorcio.

–Es mejor que lo dejes estar –le aconsejó Ryan–. Emma no te va a contar nada, como tampoco lo harán Wayne o Matt.

–Si fue tan desagradable como dices, tal vez haya registros públicos –dijo él, pensando en periódicos antiguos que tal vez pudieran explicar por qué Emma se mostraba tan recelosa de la prensa.

—¿Vas a poner su vida bajo un microscopio?

—Es una manera de obtener respuestas.

—Sería mejor manera preguntarle a ella directamente lo que quieres saber. Tal vez te cortara la cabeza, pero sería un modo mucho más sincero de hacerlo.

Ryan tenía razón. Curiosear en el pasado de Emma debería ser el último recurso. Sin embargo, para que fuera ella misma la que le contara la historia, iba a tener que conseguir que volviera a hablarle. Sopesó su propio encanto contra la furia que ella sentía y llegó a la conclusión de que iba a ser un verdadero desafío.

Casi no podía esperar...

VIII

Mientras se sentaba en el balancín del porche del rancho de sus padres, Emma seguía furiosa por su encontronazo con Ford Hamilton. La limonada de su madre y las risas de su hija, mientras segaba el césped con su abuelo, ayudaron a que se tranquilizara un poco. A pesar de todo, no dejaba de pensar en aquella foto y en el papel que Ford había representado al proporcionársela. Todo demostraba que siempre había estado en lo cierto sobre su opinión sobre los periodistas. No se podía confiar en ellos. El ansia por obtener una exclusiva era más fuerte que la ética, por muy honrados que fueran y por muy buena intención que tuvieran.

El hecho de que Ford no hubiera publicado aquella fotografía en su propio periódico no significaba nada. En realidad, se había publicado en un medio que podría hacer mucho más daño, un periódico de tirada estatal que tenía mayor alcance y mucha más credibilidad que un pequeño periódico local.

Aquella decisión tan desgraciada se había producido en un mal momento. Ford le había empezado a gustar. Había empezado a creer que él podría ser diferente de sus colegas de profesión, aunque cabía la posibilidad de que se hubiera sentido atraída por él desde el momento en que se habían conocido.

Era una pena. Sus hormonas, que se habían despertado de repente, iban a tener que esperar a que viniera algo más adecuado. Al menos a una persona que tuviera un nivel ético mucho más elevado.

Emma suspiró al recordar cuántas tardes se había pasado allí leyendo. Cuando sus hermanos le regalaron una colección de libros de Perry Mason para su decimosexto cumpleaños, su suerte quedó echada. En aquel momento, supo que quería ser abogada. Habían tenido que pasar años para darse cuenta de cuántas personas se habían visto desilusionadas por aquella decisión. Si lo hubiera sabido entonces, ¿habría cambiado su decisión? No lo creía. Tal vez hubiera impedido que se casara con un hombre incapaz de permitir que su esposa trabajara, pero entonces no sabía lo posesivo que Kit se iba a volver después de la boda. Además, si no se hubiera casado con él, no habría tenido a Caitlyn. ¿Cómo podría lamentarse de algo que le había dado una hija tan maravillosa?

—Voy a matar a tu padre —dijo Millie, saliendo en aquel momento al porche.

Sin que Emma se hubiera dado cuenta, Caitlyn había llevado la segadora directamente al macizo de flores de su abuela. Cuando el abuelo lanzó a su esposa una mirada de disculpa y esta le mostró el puño cerrado, Emma se echó a reír.

—Te juro que, en lo que se refiere a Caitlyn, ese hombre no tiene seso ninguno. Si la niña decidiera subirse al tejado, probablemente la ayudaría.

—Probablemente —admitió Emma.

—La está mimando demasiado.

—Lo sé, mamá, pero no importa. Solo es durante una temporada. Deja que se diviertan.

—Cuando te vuelvas a marchar, le vas a romper el corazón.

—Mamá, por favor...

—Lo sé. Lo siento. No quiero presionarte.

—Pues lo haces. Por cierto —añadió, para cambiar de tema—, he hablado con Martha. Está muy preocupada por Matt. Le he prometido que hablaría con él.

—Eso es maravilloso, hija —comentó la madre, aliviada—. ¿Qué le vas a decir?

—Principalmente voy a escuchar.

—¿Le vas a decir que vaya a la universidad, tal y como quiere Martha?

—No se trata de lo que ella quiera. Ella cree que es lo que Matt quiere, pero que se niega a admitirlo.

—Probablemente tenga razón —admitió Millie—. Algunas veces me olvido de que Martha es una mujer hecha y derecha y de lo mucho que ha madurado. Una parte de mí sigue viéndola como la niña a la que le gustaba mi hijo.

—¿Os las podréis arreglar papá y tú si Matt decide volver a estudiar?

—Siempre lo hemos hecho...

—¿Tendrá Matt vuestra bendición?

—Por supuesto. ¿Cómo no íbamos a dársela? A Wayne y a ti os apoyamos. Queremos que Matt sea feliz.

—Tal vez debería ser papá el que hablara con él. Podría convencer a Matt mejor que yo de que no debe sentirse culpable por querer empezar una nueva vida.

—Ojalá fuera tan sencillo...

—¿Y por qué no lo es?

—Yo no soy psicóloga, pero creo que conozco bien a mis hijos. Creo que a Matt le gusta ser el mártir y creo que hay una parte de él que teme volver a estudiar después de tanto tiempo. En el instituto era un buen estudiante, pero de eso hace mucho tiempo. Ya sabes que a tu hermano no le gusta fracasar en nada.

—En ese caso, es hora de que alguien le asegure que no es así. Hablaré con él mañana por la mañana. No consentiré que Matt sea un mártir y que desperdicie su vida. Le aseguraré que la facilidad para los estudios no se pierde nunca. Lo único que necesita es determinación. Si le preocupa el tema del dinero, yo le ayudaré hasta que puedan salir adelante.

—Matt no aceptará tu dinero.

—Claro que lo aceptará. No podrá rechazar la oferta que le haré.

—No me sorprende que seas tan buena abogada —dijo su madre, apretándole cariñosamente la mano—. Haces todas las cosas con tanta pasión. Ojalá... Bueno, no importa —añadió. De repente, los ojos se le iluminaron—. Vaya, vaya, ¿a quién tenemos aquí?

Emma miró hacia el lugar que observaba su madre y vio que un coche se acercaba a toda velocidad hacia la casa. Aunque no reconoció el coche, Emma se temía quién podría ser. Sin embargo, sabía que no tenía escapatoria dado que su madre estaba con ella en el porche.

Cuando Ford salió del vehículo, la sonrisa de Millie se hizo aún más amplia. Si conocía la tensión que había entre el periodista y su hija, no lo demostró.

—Ford, ¡qué alegría verte! —exclamó, a pesar de que Ford estaba mirando a Emma.

—¿Piensas tú lo mismo? —le preguntó Ford a ella.

—Francamente no.

—Emma… Ford es un invitado —le recriminó su madre.

—Yo no lo he invitado. ¿Es que lo has invitado tú?

—No se trata de eso. No seas grosera. Siéntate, Ford —le dijo, indicándole el balancín—. Te traeré un vaso de limonada. Acabo de prepararla. Es la bebida perfecta para una tarde tan calurosa.

—Gracias, señora —respondió él, sin dejar de mirar a Emma.

—Sé agradable —le aconsejó Millie, antes de meterse en la casa.

—¿Qué estás haciendo aquí? —le espetó Emma, en el momento en que estuvieron solos.

—Creía que necesitábamos hablar.

—¿Sobre qué?

—Yo no he hecho nada malo.

—¿No? A mí no me lo parece —replicó Emma. En

aquel momento, Ford sacó su teléfono móvil–. ¿Para qué es eso?

—Llama a Ryan.

—¿Por qué?

—Hazlo. Pregúntale la verdad sobre cómo llegó esa fotografía al periódico de Cheyenne.

—¿Es que no se la diste tú?

—No.

—Era tu fotografía. El mismo periódico decía eso.

—Era la fotografía de Teddy –la corrigió él.

Emma lo miró en silencio. Tenía que reconocer que todo aquello tenía sentido. Teddy tenía muchas ganas de convertirse en un buen periodista, pero, ¿podría haber hecho algo así él solo?

—¿Me estás diciendo que fue Teddy el que se la dio? Ese muchacho trabaja para ti. Para hacerlo, debió de tener tu permiso.

—Pues no fue así. El periódico llamó y, como no pudo localizarme, decidió enviarla por su cuenta. Pensaba que estaba haciendo lo correcto. Ahora sabe que no fue así. Si no me crees, llama a Ryan. Teddy le contó la verdad.

—¿Y por qué no lo hiciste tú? Me la podrías haber contado tú a mí.

—Porque mi posición me lo impedía. Tal vez yo no le diera la fotografía al periódico de Cheyenne, pero lo hizo mi empleado.

—Entonces, ¿estabas dispuesto a aceptar la responsabilidad para no poner a Teddy en evidencia con su tío o conmigo?

—Más o menos, pero Teddy escuchó cómo me

gritabas en el restaurante. Entonces, entró Ryan y la tomó conmigo. Aquello fue demasiado para el muchacho y confesó toda la verdad delante de su tío.

—Entiendo.

—¿Sigues enfadada conmigo?

—Sí, pero no tanto como antes.

—Se te da muy bien aferrarte a tus resentimientos, ¿verdad?

—No se trata de un resentimiento —replicó ella, con exasperación—. El futuro de mi cliente pende de un hilo, pero eso a ti no parece importarte.

—Claro que me importa. Por eso quiero escuchar su versión de la historia.

—No me puedo arriesgar.

—No voy a rendirme ni a marcharme. Además, esto tampoco tiene que ver completamente con Sue Ellen.

—¿Qué quieres decir con eso?

—Que hay algo entre nosotros.

—¿Una animosidad innata? —sugirió ella.

—Ojalá. No, me temo que es mucho más que eso. Es muy inconveniente, pero se trata de un hecho. Es inútil ignorarlo.

—Entonces, ¿qué sugieres tú?

—Que volvamos a empezar, que tratemos de impedir que el caso de Sue Ellen se convierta en un obstáculo para que los dos nos conozcamos.

Emma consideró la sugerencia de implicarse más profundamente con un hombre en el que, instintivamente, desconfiaba. Al final, admitió que tal vez no había sido completamente justa con él. Además, debía considerar sus hormonas.

—Supongo que puedo hacerlo —dijo ella, por fin.

—¿Crees que los resultados serán mejores que hasta ahora?

—Probablemente no.

—Yo pienso más o menos lo mismo.

—Entonces, ¿por qué nos vamos a molestar?

Ford se inclinó y tocó los labios de Emma con los suyos. Aquello bastó. Simplemente con la boca de él sobre la suya, tan ligera como el aire y tan cálida como el fuego, Emma rozó las estrellas.

—Dios mío —susurró, cuando él se apartó de ella.

—¿Todavía necesitas una explicación?

—No. Creo que ya has presentado pruebas suficientes como para validar tu caso.

—Muy bien —replicó Ford. Entonces, se puso de pie—. Dile a tu madre que no me pude quedar para tomarme su limonada.

—¿Por qué no?

—Porque hay una antigua regla del mundo del espectáculo que podríamos aplicar en esta ocasión. «Déjalos siempre deseando más».

Con eso, Ford le guiñó un ojo y empezó a bajar los escalones, mientras Emma lo miraba fijamente. Entonces, ella levantó una mano y se tocó los labios, que seguían ardiéndole.

«Dios mío...»

Ford dejó que Ryan lo convenciera para que fueran juntos a jugar al béisbol el domingo por la tarde. No tenía ni idea de por qué el sheriff tenía tantas

ganas de que lo acompañara, pero estaba bastante seguro de que no se debía al hecho de que necesitara
otro jugador.

Cuando llegó al parque, miró al equipo contrario
y supo la respuesta. Emma estaba sentada en el banco,
con su cuaderno en la mano y el ceño fruncido
mientras le gritaba órdenes al resto de las mujeres de
su equipo. Iba vestida con unos pantalones cortos,
una amplia camiseta y unas zapatillas deportivas muy
usadas. Parecía que, cuanto más se quedaba en Winding River más se relajaban sus costumbres, al menos
en lo que se refería a la ropa.

—¿Qué estás tú haciendo aquí? —le preguntó ella
al verlo.

—Ryan me invitó a venir.

—¿De verdad?

—Te aseguro que no me dijo quién iba a jugar.

—¿Y habría importado eso?

—En interés de la nueva paz que hay entre nosotros, podría haber sido así.

—No creerás que tu equipo va a ganar, ¿verdad?

—Claro que sí —replicó Ford—. Somos los chicos —
añadió, solo para provocarla.

—¿Te acuerdas de la última vez que jugamos?

—Claro, pero te olvidas de dos cosas. Una, Lauren
regresó a California ayer. Dos...

—Un momento —lo interrumpió Emma—, ¿cómo
lo sabes?

—Menuda noticia. Todo el mundo hablaba de lo
mismo esta mañana en el restaurante de Stella. Todo
el mundo estaba especulando sobre cuánto tiempo

pasaría hasta que encontrara una excusa para regresar.

—¿Y cuál fue la conclusión?

—Una semana. Dos como mucho. Todo el mundo llegó a la conclusión de que a Lauren le gustaría mudarse aquí permanentemente, pero que todavía no se ha convencido para hacerlo. ¿Qué te parece a ti? ¿Crees que podría dejar el glamour de Hollywood?

—De hecho, yo llevo algún tiempo pensando lo mismo sobre Lauren... —dijo Emma, con expresión pensativa—. Bueno, ¿cuál es la otra cosa que, teóricamente, se me estaba olvidando?

—Que yo juego esta vez.

—¿Acaso eres tú una superestrella del béisbol?

—Podría ser —mintió.

—Ya lo veremos —replicó Emma, frunciendo el ceño.

—Por supuesto que lo veremos —dijo él. Entonces, le plantó un beso en los labios y se dirigió al lugar en el que se encontraba Ryan. Sentía cómo la mirada de Emma le quemaba la espalda.

—Me alegro de que hayas podido venir —comentó Ryan, cuando llegó a su lado—. Durante un momento, pensé que ibas a jugar para el otro equipo.

—Dudo que ella me aceptara.

—Pues a mí no me lo pareció así —replicó Ryan—. ¿Y a vosotros, chicos? ¿Creéis que Emma aceptaría a Ford? —añadió, refiriéndose al resto del equipo. La pregunta provocó una serie de respuestas algo picantes y una sonrisa de Ryan—. Sí, eso es lo que me había parecido a mí también. Sin embargo, dado que has elegido jugar con nosotros, ¿qué te parece si lo haces en el centro del campo?

—¿Por qué esa posición?

—Porque estarás en línea directa de la persona que batee. Espero que te esfuerces especialmente cuando le toque a Emma. Es la mejor bateadora que tienen —replicó, con cierta picardía.

—Yo creía que ella solo estaba dirigiendo el equipo.

—Hoy no. Algunas de sus jugadoras más importantes...

—Lauren —dijeron a coro el resto de los hombres.

—Eso es, Lauren no está aquí. Emma va a sustituirla. No la quiero en la base. Ni siquiera un paso. Por eso, necesito que Ford quiebre su compostura, ¿qué te parece, amigo? ¿Crees que podrás hacerlo?

—Será un placer —respondió él, con una sonrisa.

No tardó mucho tiempo en tener oportunidad de demostrar sus habilidades.

—¿Estás listo? —le gritó Ryan a Ford. Él asintió con una inclinación de cabeza.

Rápidamente, se quitó la camiseta. Al verlo, Emma parpadeó. El tiro de Ryan le pasó directamente por encima de la cabeza.

—¡Strike uno! —gritó Stella, que ejercía de árbitro del partido.

—¿Cómo puedes decir que eso ha sido un strike? —replicó ella.

—Porque lo ha sido —replicó la mujer.

—Yo no estaba preparada.

—Estabas colocada en tu sitio, ¿verdad? —replicó Stella—. ¿Qué culpa tengo yo si te distrajiste?

Emma musitó algo entre dientes y volvió a colocarse en posición. En aquella ocasión, Ford se giró y se inclinó para atarse el zapato. Se imaginó que era la prueba definitiva para ver si las mujeres que lo habían votado como dueño del mejor trasero del periódico de Chicago tenían razón.

—¡Strike dos!

A Ford le pareció que Stella estaba muriéndose de la risa cuando lo gritó. Sin embargo, vio que Emma no se estaba divirtiendo en absoluto. Aquella vez, guardó silencio. Entonces, sacudió la cabeza y frunció el ceño en dirección a Ford. A continuación, volvió a centrarse en Ryan. Justo cuando este se preparaba para lanzar, Ford se tocó los labios y le lanzó a Emma un beso. Una vez más, le resultó imposible golpear la bola.

—¡Strike tres! Estás eliminada —dijo Stella, riéndose abiertamente.

Ford se marchó hacia el banco, pero Emma se dirigió rápidamente hacia él y le impidió el paso.

—¿Qué te has creído que estabas haciendo?

—No sé a qué te refieres.

—¡Claro que lo sabes! Has intentado distraerme deliberadamente.

—¿Te refieres a que he hecho lo mismo que Lauren hizo la última vez que jugasteis?

—Exactamente —respondió ella. Entonces, se sonrojó—. No importa. Espero que no lo hagas más.

—Lo siento, cariño. No puedo hacer eso. Ryan me dio instrucciones muy precisas.

—¿Qué instrucciones? Tú ibas a jugar en el centro del campo.

—Tengo un papel defensivo mucho más importante para mi equipo que perseguir un par de bolas perdidas.

—¿De qué se trata?

—Creo que ya lo sabes —contestó él, mientras le guiñaba un ojo.

—Entonces, esas instrucciones se refieren a mí, ¿no?

—Efectivamente.

—¿Por qué?

—Porque quiere ganar, por supuesto.

—¿Y por qué tienes que concentrarte en mí?

—Supongo que porque juegas muy bien.

—Eso es cierto. Lo que yo quería saber era por qué te tenía que utilizar a ti para distraerme a mí.

—Bueno, parece que funciona, ¿no te parece?

Emma frunció el ceño. Aparentemente, se había dado cuenta de que tenía la mirada fija en el pecho desnudo de Ford.

—Haz el favor de ponerte la camiseta.

—No te molestará verme con el torso desnudo, ¿verdad?

—He visto hombres con el torso desnudo en muchas ocasiones —le aseguró ella.

—A mí no.

—No sé por qué crees que eso supone alguna diferencia. Tú, Ryan, Randy... para mí todos sois iguales.

—Randy no lleva puesta la camiseta —observó él.

—¿No? —preguntó ella, atónita.

—Sin embargo, el único torso desnudo en el que te has fijado ha sido en el mío.

—¡Vete a tomar vientos! —exclamó Emma, furiosa. Entonces, se marchó corriendo al lugar donde estaba su equipo.

—Buen trabajo —le dijo Ryan, dándole una palmada en la espalda, cuando llegó donde estaban los hombres—. Déjame que te diga solo una cosa. Sin convertir este partido en algo clasificado X, ¿qué diablos vas a hacer para distraerla la próxima vez que le toque batear?

IX

Después del partido de béisbol, todos los participantes se marcharon al restaurante de Stella, donde Emma se vio como centro de todas las bromas. Durante la mayor parte del tiempo se lo tomó bien, pero, de vez en cuando, en el momento en el que Ford la miraba a los ojos, sentía que las mejillas le ardían.

Le había impedido batear no en una, sino en tres ocasiones. No había podido apartar la mirada de la piel que había dejado al descubierto ni de los torneados músculos, que habían calentado su cuerpo mucho más que el abrasador sol de verano.

Lo peor de todo era que él lo sabía. Había disfrutado de cada segundo, viendo el poder que tenía sobre ella.

—¿Qué estás pensando? —le preguntó Ford, sentándose a su lado, cuando Cassie dejó vacío el asiento.

—En nada —mintió Emma.

—Siento que perdieras.

—Ni siquiera trates de fingir que lo sientes. Te vi riéndote con los hombres cuando veníamos de camino aquí. Eres su héroe.

—¿Yo? —replicó él, mirándola con expresión inocente.

—Sí, tú. ¿Cómo no lo ibas a ser? Neutralizaste a la mejor jugadora de mi equipo.

—¿Estás hablando de ti misma?

—Claro.

—¿Neutralizada, eh?

—Mira, no tienes que mostrarte tan orgulloso de ti mismo —le espetó Emma—. Fue una táctica vil y ruin.

—Con la que tú debes de estar muy familiarizada.

—¿Tienes algo de ética en tu cuerpo? —replicó ella, sin hacer caso a la referencia a los talentos de Lauren en el otro partido que habían ganado—. Tendría que haberme imaginado que actuarías así.

—Mira, no volvamos a hablar de lo mismo. Pensé que habíamos dejado muy claro que mi nivel de ética está donde debe estar.

—Yo no me acuerdo de nada de eso...

—Muy bien, Emma, vale ya —dijo Ford. Evidentemente, estaba perdiendo la paciencia con aquella actitud—. Si sigues diciendo cosas como esas, me merezco al menos saber qué es lo que hay detrás. Quiero que me digas qué fue exactamente lo que ocurrió para que te muestres tan suspicaz sobre todos los periodistas. ¿Se te citó fuera de contexto? ¿Informó alguien de algo que dijiste en el ámbito confidencial? ¿Qué diablos ocurrió?

—Olvídalo. No pienso hablar de ello.

—Claro que sí vas a hablar. Me lo debes.

—¿Que te lo debo? Yo no te debo nada —replicó ella, mirándolo con incredulidad.

—Claro que sí. Estás haciendo exactamente lo que una vez me acusaste de hacer. Me estás condenando sin juicio. Peor aún, lo estás haciendo no basándote en algo que hice yo, sino en lo que hizo otra persona. Yo aceptaré que la tomes conmigo cuando sea yo el que haga algo mal, pero estoy cansado de pagar por lo que te hizo otra persona —dijo él. Mostraba un dolor que Emma nunca hubiera imaginado.

—Lo siento —susurró ella—. Tienes razón. No debería estar culpándote por algo en lo que tú no tuviste parte.

—Evidentemente, fuera lo que fuera, te afectó profundamente. Necesito comprenderlo.

—¿Por qué?

—¿Y tú necesitas preguntármelo?

—Aparentemente, sí —musitó ella, mirándolo a los ojos.

—Porque estás empezando a significar mucho para mí, Emma. Si tengo que pelear en una batalla, necesito conocer todos los obstáculos.

—¿Que yo significo algo para ti? ¿Qué significa eso? —preguntó Emma, sin comprender.

—De verdad no lo sabes, ¿no es cierto?

—Sé que te sientes atraído por mí y...

—¿Y?

—Ya está. Hay una atracción.

—De acuerdo. Supongo que ese es un buen punto de partida, pero solo es eso, Emma, un punto de partida. Creo que vamos a ir mucho más allá... si tú permites que ocurra —susurró, tocándole suavemente la mejilla.

Emma tembló al sentir aquel roce. ¿Podría dejar que ocurriera algo entre ellos? Sinceramente, no lo sabía. Había un millón de razones para no permitir que fuera así. Su exmarido le había hecho tanto daño en muchos sentidos, y el daño a su capacidad para confiar en otra persona había sido una de ellas. Más que eso, había hecho que Emma cuestionara su buen juicio en lo que se refería a los hombres.

—¿Vas a permitir que ocurra algo entre nosotros? —le preguntó Ford, suavemente.

—No debería hacerlo —susurró. Ford era el primer hombre que le hacía volver a desear una relación, el primero en volver a encender su deseo.

—Yo tampoco —musitó él, con una sonrisa—. Somos como el aceite y el agua, pero eso no me impide desearte. ¿Dejarás que lo nuestro progrese hasta su conclusión natural, Emma?

—¿Qué conclusión?

—No sabremos de qué se trata hasta que no lleguemos a ese punto.

—No te puedo prometer nada.

—¿Pero no te niegas? —insistió él.

—Te muestras muy decidido a esto, ¿verdad? —replicó ella, irritada por tanta persistencia.

—Como tú misma dijiste antes, no quiero que haya malentendidos más adelante.

—Está bien. En ese caso, trataré de no cerrar ninguna puerta.

—¿Abrirás la primera de ellas diciéndome lo que te ocurrió para que te muestres tan esquiva con los periodistas?

—No puedo hablar al respecto —susurró Emma, recordando aquel terrible momento de su vida, en lo mucho que había estado a punto de perder y en el insoportable sentimiento de traición que había experimentado—. Todavía no...

—Entonces, otro día. Cuando tú estés lista.

—Tal vez nunca lo esté...

—Lo estarás. Solo tienes que comprender que puedes confiar en mí.

—¿Y es así?

—Sí, claro que puedes.

Emma lo miró a los ojos y quiso creerlo. Tal vez Ford tenía razón. Tal vez un día podría conseguirlo.

Habían pasado semanas desde aquel partido de béisbol, pero Emma seguía siendo un enigma para Ford. Le habría molestado profundamente si no se hubiera dado cuenta de lo mucho que le turbaba aquel acontecimiento de su pasado. El tormento que se reflejaba en sus ojos cada vez que le preguntaba era indescriptible.

Estaba sentado frente a la pantalla del ordenador. La tentación de entrar en Internet para buscar en los archivos de los periódicos de Denver era muy fuerte, pero una vocecita en su interior le recordaba que le había dicho a Emma que podría confiar en él. Si ella descubría que había estado husmeando sobre su pasado, tal vez nunca lo perdonaría.

Suspiró y, tras apagar el ordenador, se dirigió hacia la puerta. Si iba a ser tan honrado, tenía que alejarse de la tentación. O irse a encontrar la mayor tentación de todas.

La encontró en el rancho, sentada en el porche, con un vaso de limonada y un libro. Desde hacía semanas ya no se apreciaba en ella la incansable energía con la que la había conocido. Dado que era una de las cosas que más le había atraído de ella, no sabía decir si su ausencia era buena o mala.

—¿Estás ocupada?

—¿Cómo dices? —preguntó ella, sobresaltada por la pregunta.

—Te he preguntado si estabas ocupada. Estaba bromeando, pero tal vez no debería haberlo hecho. ¿Dónde estabas, resolviendo los enigmas del universo?

—Nada tan importante. Solo estaba tratando de decidir si quiero regresar a Denver esta misma tarde o si debería esperar al lunes.

—Si se puede votar, yo digo que el lunes.

—¿Y es?

—Tengo planes muy importantes para este fin de semana. De hecho, empiezan ahora mismo.

—¿De verdad? ¿De qué se trata? ¿Me vas a freír a preguntas para conseguir otro artículo?

—No. Mis días de freír a la gente se han terminado. Al menos por el momento.

—Entonces, ¿de qué se trata?

—De una cita. Tal vez de una cena y de una película. Caitlyn se puede venir.

—¿Quieres que mi hija me acompañe a una cita contigo?

—Pensé que a ti te gustaría.

—¿Por qué?

—Por protección.

—Tiene seis años.

—Exactamente. Tendré que guardarme las manos para mí mismo.

—Cierto. ¿Qué te parece si fuéramos a un centro comercial?

—¿A un centro comercial?

—No lo digas como si no supieras de lo que te estoy hablando. Estoy segura de que has estado en un centro comercial antes.

—Claro, pero no para una cita. Al menos, no desde que estaba en el instituto.

—En ese caso, esto te hará sentir cierta nostalgia.

—De acuerdo. Iremos a un centro comercial. ¿Te importa decirme por qué?

—Necesito algo de ropa que sea menos...

—¿Rígida?

—Me gustaría que supieras que el año pasado me votaron como una de las mujeres mejor vestidas de Denver.

—¿De verdad? —preguntó él, con descarado escepticismo.

—El artículo decía que yo tenía clase y estilo... ¿De verdad crees que mi ropa es rígida?

—Los trajes que llevas sí lo son.

—¿Cuándo me has visto con un traje?

—En la declaración de Sue Ellen. El resto del tiempo, parece que llevas uno de esos trajes. Hace que la sangre se me enfríe —comentó, echándose a temblar.

—Entonces, me sorprende que quieras pasar tu tiempo conmigo —replicó ella, algo molesta.

—No importa porque, mentalmente, te desnudo poco a poco —susurró Ford. Emma, que estaba bebiendo un poco de limonada, se atragantó—. Tengo una imaginación muy viva...

—Aparentemente. Si yo llevara otra ropa, ¿crees que pondría fin a esos pensamientos que tienes?

—¿Puedo escogerla yo?

—Probablemente no.

—Entonces, me da la sensación de que vas a elegir un nuevo guardarropa con el que, para quitártelo, me tendré que esforzar tanto como con este... mentalmente, claro.

—Mentalmente, claro.

—A menos que quieras que me ponga manos a la obra...

—Creo que de momento no. Bueno, ¿vamos al centro comercial o no?

—Vamos.

—Bien —replicó ella, con una sonrisa—. Iré por Caitlyn. Podría tardar un rato —le advirtió, mientras se levantaba del balancín y bajaba del porche—. Ponte cómodo. ¿Quieres que te traiga un vaso de limonada?

—No hace falta. Me terminaré el tuyo —dijo, antes de tomar un sorbo. Al probar el líquido, puso inmediatamente cara de asco—. ¡Qué ácido! ¿Es que no has oído hablar del azúcar?

—Me gustan las cosas ácidas —respondió Emma, antes de marcharse a buscar a su hija.

En aquel momento, se abrió la puerta de la casa y salió Millie Clayton, con otro vaso de limonada en la mano.

—Creo que te gustará este mucho más —le dijo, con una sonrisa—. Por supuesto, en lo que se refiere a mi hija, pareces estar satisfecho con cómo es. ¿Me equivoco?

—No.

—Eres un hombre listo. No creo que Emma vaya a cambiar por ningún hombre. Su marido lo intentó.

—¿Y lo consiguió?

—Solo consiguió descubrir que se había equivocado al pensar que podría cambiarla.

Aunque aquella frase le ofrecía la perfecta invitación para que hiciera más preguntas, Ford se resistió. Quería que la propia Emma le suministrara la información.

—Yo hubiera dicho que tendrías un millón de preguntas —dijo la mujer.

—Y así es.

—¿Y por qué no me las preguntas?

—Porque es Emma la que me tiene que dar las respuestas. No quiero que piense que estoy husmeando.

—Algo me dice que tú eres muy adecuado para Emma, Ford —comentó Millie, con una amplia sonrisa.

—Entonces, ¿no le importa que salga con ella?

—Eso no debo decidirlo yo, pero claro que no me importa. Y si puedes conseguir que se quede aquí definitivamente, te adoraré siempre.

—¿Cree que hay posibilidad de que eso ocurra? —preguntó Ford, asombrado.

—De momento, creo que no.

—Entonces, ¿qué puedo hacer?

—Utiliza tu imaginación —dijo Millie, disponiéndose a entrar en la casa al ver que Emma regresaba con Caitlyn—. Por lo que he oído, la tienes muy desarrollada.

Por primera vez en su vida de adulto, Ford se sonrojó.

—Lo siento...

—No tienes por qué sentirlo. Utilízala en beneficio tuyo. Eso es lo que yo te aconsejaría... Hola, Caitlyn —añadió, cuando llegó su nieta con su hija—, ¿has estado otra vez jugando en el pajar?

—Sí —respondió la niña—. Tengo paja por todas partes. Hola —añadió tímidamente, al ver a Ford.

—Hola, ¿vas a venir al centro comercial con tu madre y conmigo?

—Si me puede limpiar...

—Yo puedo hacerlo —afirmó Millie—. No tardaré ni un minuto.

—Creo que eres muy optimista —comentó Emma.

—Soy abuela y conozco unos cuantos trucos —observó la mujer, guiñándole un ojo a Ford.

Cuando abuela y nieta hubieron entrado en el interior de la casa, Emma miró atentamente a Ford.

—¿A qué ha venido todo eso?

−¿El qué? −preguntó él, haciéndose el distraído.

−¿Qué te estaba diciendo mi madre antes de que yo llegara aquí?

−Solo me estaba dando un pequeño consejo.

−¿Sobre qué?

−Sobre la vida.

−Ese es un tema muy amplio. ¿Te importa ceñirte un poco más?

−Creo que sí. No quiero darle publicidad a ninguno de sus trucos.

−No empieces a conspirar con mi madre −le advirtió Emma.

−¿Sobre qué íbamos a estar conspirando? −le preguntó Ford, lleno de inocencia.

−Para empezar, sobre mí.

−Dame un poco de crédito −dijo él, agarrándola de la mano y tirando suavemente de ella−. En lo que se refiere a ti, creo que puedo ocuparme yo solo.

−Ya lo veremos −murmuró Emma, antes de que los labios de Ford reclamaran los suyos.

Los labios de Emma todavía sabían a limón, lo que mejoró notablemente la corriente de calor y pasión que había entre ellos. Saboreó, besó con tanta dedicación que consiguió arrancar un suspiro por sus esfuerzos.

−¿Qué tal lo estoy haciendo? −preguntó Ford, después de varios minutos.

−Muy bien −admitió Emma, disponiéndose de nuevo a besarlo.

Sin embargo, una tos y unas risas procedentes de la puerta les indicó el regreso de Millie y de Caitlyn. Ford se apartó rápidamente de Emma.

—Creo que nos han sorprendido.

—No sería la primera vez —dijo ella, con una sonrisa en los labios—. Mi madre siempre ha tenido un radar para ciertas cosas.

—¡Emma Clayton Rogers! —exclamó la mujer, a modo de protesta.

—Sabe que tengo razón —le comentó Emma a Ford.

—A pesar de todo, me has dejado atónita, hija mía. Y tú, cuidado con lo que haces, jovencito —le dijo Millie a Ford, con una expresión divertida en los ojos.

—Por supuesto, señora. Bueno Emma, creo que debemos marcharnos de aquí antes de que decida castigarte.

—Abuela, ¿vas a castigar a mamá? —le preguntó Caitlyn a Millie.

—Nunca se sabe. Podría hacerlo —amenazó la mujer.

—No te preocupes, mamá —dijo la pequeña—. Yo iría a visitarte.

—Y yo también —afirmó Ford.

—Lo que terminaría con el propósito del castigo —comentó Millie—. Ahora, marchaos. Tengo cosas que hacer y no puedo realizarlas mientras estéis entreteniéndome.

Caitlyn bajó del porche, seguida de Emma. Ford se detuvo y le dio un beso en la mejilla a Millie.

—Recuérdeme que le diga a su marido lo afortunado que es.

—Ya lo sabe —respondió ella, entre risas—. Se lo recuerdo yo todo el tiempo.

X

Al escuchar el intercambio que se produjo entre Ford y su madre, Emma se echó a temblar más que con los pocos besos robados que había compartido con el periodista. Sabía exactamente lo que su madre tenía en mente: conseguir que Caitlyn y ella se mudaran para siempre a Winding River. Aparentemente, acababa de reclutar a Ford para su plan.

Emma estuvo pensando en eso durante la visita al centro comercial, durante la película y durante la cena que tomaron en un restaurante mexicano antes de regresar a Winding River. A pesar de las miradas especulativas de Ford, no trató de sacarle la razón de su silencio. Sin embargo, cuando volvían a casa, vio que él miraba en el retrovisor para asegurarse de que Caitlyn se había dormido. Entonces, la miró brevemente.

—Muy bien, tú dirás.

—¿Decir qué?

—Lo que llevas pensando todo el día. Cuéntamelo.

—Se trata de mi madre y de ti.

—¿Cómo dices?

—Sé lo que los dos estabais tramando en la casa.

—¿Tramando? —repitió él, como si no tuviera ni idea de a qué se estaba refiriendo ella.

—No te hagas el tonto conmigo, Ford. Os vi y os oí.

—Bueno, si nos viste y nos oíste, ¿por qué no me dices tú lo que estábamos tramando? Yo no tengo ni idea.

—Un periodista admitiendo que no tiene ni idea de algo —dijo Emma—. Debe de ser la primera vez. Me imaginé que si no conocías los hechos, te limitarías a inventártelos.

—¿De verdad piensas eso? —preguntó Ford, frunciendo el ceño—. ¿Te he dado yo alguna razón para que pudieras pensar que sería capaz de algo así?

—No —admitió ella, de mala gana.

—Muy bien, entonces, ¿por qué no me dices tú lo que crees que tu madre y yo hemos hecho y te dejas de lanzar acusaciones sobre las carencias de mi carácter?

—Lo siento —susurró ella—, pero es que me pareció que estabais conspirando —añadió. Ford se echó a reír—. Hablo en serio, maldita sea.

—¿No te parece que estás siendo un poco dramática? ¿Y sobre qué estábamos conspirando?

—Sobre mí.

—No entiendo.

—Quiere que me convenzas para que me quede aquí, ¿verdad?

—Como si yo pudiera hacerlo. Emma, ¿hay alguna persona sobre la faz de la tierra que pudiera convencerte para que hicieras algo que no quieres hacer?

—No.

—Muy bien. Entonces, ¿de qué te preocupas tanto?

—Tú podrías intentarlo.

—Pero no tendría éxito, ¿verdad? ¿O es que ese es el problema? ¿Tienes miedo de que yo pudiera convencerte para que te quedaras en Winding River?

—Nunca podrías convencerme para que hiciera eso.

—Entonces, no veo el problema.

—Mientras quieras comprender perfectamente lo que te acabo de decir —dijo ella. La respuesta de Ford no la había tranquilizado tanto como había esperado.

—Sí, quiero —respondió él, mirándola solemnemente.

Al oír aquellas palabras, Emma se echó a temblar. A Ford no le pasó desapercibida su reacción.

—Esas dos palabras te dan mucho miedo, ¿verdad?

—Depende del contexto, ¿no te parece?

—Exactamente. Tú y yo estamos muy lejos de estar en el altar de una iglesia, dándonos los votos matrimoniales, ¿no te parece? Todavía no ha habido ni una sola vez en la que hayamos salido juntos y que no nos hayamos peleado.

—En eso tienes razón.

—Bien, entonces, veo que nos entendemos.

—Bien —afirmó Emma.

Sin embargo, por alguna razón, aquel pensamiento no logró reconfortarla. En realidad, le molestó bastante. No era de extrañar que hubiera tenido tanto problema con las relaciones sentimentales. Evidentemente, era totalmente perversa, declarando una cosa, deseando otra e incapaz de reconciliar las dos. Era mejor que se ciñera a lo que, de verdad, se le daba mejor: ser abogada.

No obstante, por una vez, aquella idea le reportó un escaso consuelo.

Ford no podía comprender el estado de ánimo de Emma. Había estado muy callada durante toda la tarde, dejando que el parloteo de la pequeña llenara los silencios. Caitlyn le había encantado. Tras superar su timidez, la pequeña no había dejado de hablar en toda la tarde. En cierto modo, la conocía ya mejor que a su madre.

Llegó a la conclusión de que tal vez nunca pudiera comprender a Emma. Tras afirmar que los dos se entendían, había esperado que ella se relajara. En vez de eso, se había vuelto a quedar en silencio. No parecía que tratar de conseguir respuestas lo ayudara a conseguirlas. Le daba la sensación que ni siquiera la propia Emma comprendía su estado de ánimo ni las razones que lo causaban. Decidió que era mejor dejar el asunto en sus manos y dejar que lo resolviera ella misma. Ya le haría saber ella que había alcanzado una conclusión sobre lo que ocupaba sus pensamientos.

Realizaron el trayecto en silencio, envueltos por la oscuridad de la noche cuajada de estrellas. Normalmente, a Ford le relajaba aquel tipo de ambiente, pero, por alguna razón, la tensión que irradiaba de Emma resultaba contagiosa. Cuando, por fin, ella habló, le sobresaltó.

—Ford...

—¿Sí?

—¿Te puedo preguntar una cosa?

—Claro.

—¿Están condenando los habitantes del pueblo a Sue Ellen por lo ocurrido?

—¿Y tú me lo preguntas a mí? ¿Por qué?

—Porque tú probablemente escuchas cosas que no me dirían a mí. Solo quiero saber con lo que me puedo encontrar cuando vayamos a juicio. Quiero saber lo que siente la gente y cómo vas a presentarlo tú en tu periódico.

—Creo que la mayoría de la gente comprende lo que hizo Sue Ellen. Hace años que la conocen. Quieren creer que lo que ocurrió fue un accidente. Muchos creen que Donny se merecía lo que le ocurrió —admitió él, con una expresión sombría.

—¿Y tú no estás de acuerdo?

—¿Se merecía morir ese hombre? ¿Tiene alguien el derecho a quitarle la vida a otra persona?

—La estaba amenazando con una pistola. ¿Qué querías que hiciera? —le espetó ella—. ¿Razonar con él? ¿O tal vez dejarle que le disparara?

—No, claro que no, pero seguro que había una salida mejor.

—Pues dímela tú. Dime lo que, en tu opinión, debería haber hecho Sue Ellen —dijo Emma, desafiante.

—Se podría haber marchado...

—Lo intentó y Donny fue detrás de ella. La pelea se desarrolló en la calle, ¿te acuerdas? Entonces, ella trató de volver a entrar en la casa para poderse encerrar dentro. Y él la siguió.

—No estoy hablando de aquella noche. Estoy hablando de las semanas anteriores, de los meses anteriores. Tal vez incluso de los años anteriores.

—¿Así de fácil? —le preguntó Emma, en tono de sorna—. Asumiendo que ella hubiera tenido el valor necesario para marcharse, ¿adónde habría ido para que él no hubiera podido encontrarla? ¿Quién la habría acogido, sabiendo que Donny iría a buscarla como una fiera? Y lo habría hecho, de eso no hay ninguna duda. Después de todo, era un sentimiento de violenta posesión lo que había detrás de cada paliza.

—Estoy seguro de que hay muchas personas que habrían estado dispuestas a protegerla.

—Muy pocas. La mayoría no se habría implicado si eso significaba poner en peligro a sus familias. ¿Quién los habría culpado? La mayoría de las amigas de Sue Ellen tienen niños en casa. ¿Cómo iban a ponerlos en peligro para proteger a Sue Ellen?

—Podría haber acudido a Ryan para que la protegiera.

—Sí, podría haber ido a él —admitió ella.

—Bien, por fin estamos de acuerdo en algo. ¿Por qué no acudió a Ryan?

—Creo que en ese supuesto hay algunas variables.

Tal vez Ryan sea el sheriff, pero también es un hombre soltero que tiene unos sentimientos muy fuertes hacia Sue Ellen. Ha sido así desde el instituto, pero ella siempre fue la chica de Donny. Sospecho que ella conocía los sentimientos de Ryan y temía que lo estaría poniendo en peligro si lo implicaba en el asunto. Después de todo, el mayor problema de Donny, aparte del alcohol, eran los celos. Ryan solía ser el blanco muy a menudo. Donny sabía lo que Ryan sentía por Sue Ellen, aunque el sheriff tenía mucho cuidado de no mostrarlo nunca. Como consecuencia de todo esto, entre ellos había muy mala sangre. Llevaba años siendo así.

Ford se lo había imaginado, aunque Ryan no le hubiera dicho nada.

—Aun así —replicó Ford—, si Sue Ellen hubiera presentado cargos contra su marido una sola vez, Ryan podría haberlo arrestado.

—Déjame que te haga una pregunta. Cuando eras niño, ¿tuviste alguna vez un buen amigo que fuera un bala perdida?

—Sí —admitió él, pensando en su amigo Cory Sullivan.

—¿Se metía en muchos jaleos?

—Sí.

—¿Lo rechazaste tú alguna vez? ¿Dejaste de ser su amigo?

—No, pero no es lo mismo. La única persona a la que Cory estaba poniendo en peligro era a sí mismo.

—¿Estás seguro de que nadie más sufrió a causa de sus acciones?

Ford tragó saliva. Había habido una persona. Cory le había dado una paliza al viejo Jensen porque este trató de impedir que robara cigarrillos y cerveza de su tienda.

—Solo en una ocasión.

—¿Se podría haber evitado eso entregándolo a la policía antes de que eso se produjera?

—Posiblemente.

—Entonces, ¿quién fue más culpable de lo que le pasó a ese hombre, tu amigo o tú?

—Cory, por supuesto. Fue él quien cometió el delito.

—Igual que en esta ocasión fue Donny, y no Sue Ellen, el culpable. Él le dio paliza tras paliza. ¿Habría mejorado la situación si ella hubiera hecho que lo arrestaran? Por supuesto. Sin embargo, estaba enamorada de él. Quería creer que Donny cambiaría, igual que tú creías que tu amigo dejaría sus malos hábitos.

—¿Estás diciendo que ella estuvo en lo cierto cuando decidió quedarse y soportarlo todo?

—Claro que no. Solo estoy diciendo que es comprensible, que ocurre con demasiada frecuencia, o porque la víctima tiene miedo o porque cuenta con un nivel tan bajo de autoestima que se culpa por lo que está ocurriendo o porque se aferra a la falsa esperanza de que las cosas mejorarán si ella es más amable con él, mejor o si deja de enfrentarse con su pareja. Lo que sea. En el caso de Sue Ellen fue la fe en que su amor podría hacer que Donny cambiara. Estoy segura de que tuvieron buenos momentos. Eso solo sirvió para convencerla de que, en el fondo, Donny era un buen hombre.

—¿Y lo era? ¿Te acuerdas de cómo era en el instituto? ¿Recuerdas algún síntoma ya entonces de que pudiera ser un maltratador?

—Sinceramente, sí. Siempre se mostraba celoso y posesivo. Su propio padre tenía una mala reputación como borrachín y pendenciero. Donny estaba destinado a ser violento.

—¿Trató de advertir a Sue Ellen alguno de sus amigos?

—No creo que ninguno de nosotros reconociéramos lo que significaba su comportamiento, al menos no entonces. Mi percepción se basa en la retrospectiva y en lo que he aprendido sobre violencia doméstica últimamente.

—¿Emma? —preguntó Ford, cuando la miró y ella le esquivó la mirada.

—¿Qué? —replicó, sin mirarlo.

—¿Por qué te tomas este caso como algo tan personal? —quiso saber, aunque casi temía la respuesta.

—Porque Sue Ellen es amiga mía.

—¿Es esa la única razón?

—¿Y qué otra razón podría haber? —afirmó ella, mirándolo por fin.

—Me gustaría que me hablaras de tu matrimonio —sugirió, recordando el comentario que Millie había hecho sobre Kit.

—No sé lo que quieres saber —respondió Emma. Parecía muy incómoda.

—¿Cómo os conocisteis? —preguntó. Aunque Ryan ya le había contado la historia, decidió mantenerse en terreno neutral.

—Aquí, en Winding River, aunque los dos estábamos en la misma facultad de derecho. Kit salía con la hermana de Ryan. Nos conocimos en una fiesta durante unas vacaciones.

—Eso debió de ser bastante embarazoso.

—Sí, podría haberlo sido, pero Adele y yo hablamos. Me dijo que no estaba disgustada por lo ocurrido, así que Kit y yo empezamos a salir.

—¿Cuánto tiempo pasó antes de que os casarais?

—Un año.

—Entonces, ¿os casasteis cuando terminasteis vuestros estudios?

—No. Cuando terminó él. A mí todavía me quedaba otro año.

—¿Cuándo nació Caitlyn?

—Justo después de que yo me graduara. Kit ya estaba muy bien colocado. Había tenido un par de casos muy importantes que le habían ido muy bien. Su trayectoria profesional estaba lanzada.

—¿Consideraste quedarte en casa en vez de ir a trabajar?

—No —respondió Emma. De repente, su voz estaba muy tensa.

—¿Y qué le pareció eso a tu marido? —preguntó Ford, sabiendo que se estaba metiendo en un campo de minas.

—No le gustó. Mira, no quiero hablar de esto. Además, no veo qué tiene que ver esto con lo demás.

—Se llama conocerse —respondió Ford, con una sonrisa—. Yo te hago algunas preguntas, tú respondes. Entonces, tú me haces algunas preguntas a mí y luego respondo yo.

—Muy bien, pues ya has tenido tu oportunidad. Ahora, cambiamos.

Ford sabía muy bien que no debía insistir, aunque estaba satisfecho con lo que había averiguado. Emma comprendía perfectamente la situación de Sue Ellen. De un modo u otro, ella misma la había vivido. Aquel pensamiento le hizo echarse a temblar. Rezó para que se estuviera equivocando, pero algo le decía que no era así.

Cuando Emma se despertó a la mañana siguiente, seguía algo nerviosa por la conversación que había tenido con Ford la noche anterior. Había estado a punto de descubrir la verdad sobre su matrimonio. No quería que lo supiera, porque, si fuera así, podría sentir pena por ella y eso era lo último que quería de él.

Para olvidarse de sus pensamientos, se marchó de la casa muy temprano y fue en busca de su hermano. Cuando no lo encontró en el establo, decidió ensillar un caballo e ir a buscarlo. Al cabo de un rato, lo encontró con otros hombres cuidando del ganado. Cuando Matt la vio, galopó rápidamente hacia ella.

—¿Qué te trae por aquí?

—Aclararme un poco la cabeza. Además, tu y yo no hemos tenido oportunidad de charlar desde que llegué a casa, Matt. Incluso cuando vienes a ver a papá, no sueles quedarte mucho rato.

—¿Qué quieres decir con eso? —replicó él, poniéndose inmediatamente a la defensiva.

—Que eres mi hermano y que creo que me estás evitando. Quiero saber lo que te pasa.

—¿Por qué me tiene que pasar algo? —preguntó Matt, mientras se quitaba el sombrero y se golpeaba el muslo con él—. Maldita sea... No tengo tiempo para esto.

—¿Esto? ¿Qué quieres decir con eso? No te estoy interrogando. Lo único que te estoy preguntando es cómo te va. ¿Es eso un problema?

—Lo siento —suspiró Matt, a la defensiva—. Es que estoy un poco susceptible últimamente.

—Ya lo veo. ¿Y por qué?

—Porque Martha y mamá no dejan de incordiarme cada vez que me doy la vuelta.

—¿Sobre qué?

—Sobre si soy feliz, sobre lo que quiero hacer con mi vida y ese tipo de cosas. Estoy harto. No comprendo por qué no pueden dejar estar las cosas. Estoy trabajando aquí con papá. Fin de la historia.

—¿De verdad? ¿Fin de la historia?

—No irás a empezar tú también con lo mismo, ¿verdad? ¿Quién te ha pedido que vengas? ¿Mamá o Martha?

—Nadie me ha pedido nada. Las hermanas se pueden imaginar las cosas solas cuando algo no va bien. Nunca te he visto tan cambiante o tan enojadizo antes. No estarás viendo a otra mujer, ¿verdad?

—Dios santo, no. ¿Es que has perdido la cabeza? —le preguntó él, mirándola con incredulidad—. En primer lugar, ¿cuándo tendría yo tiempo? Además, amo a mi esposa, aunque sea una pesada.

—Me alegro de oír eso. Ahora, veamos si podemos llegar al fondo de lo que ocurre realmente. Martha cree que no eres feliz trabajando en el rancho.

—Martha es una bocazas.

—Y mamá está de acuerdo. ¿Eres infeliz aquí, Matt?

—Me dedico a esto.

—No es eso lo que te he preguntado. ¿Eres feliz siendo ranchero?

—De acuerdo, si quieres la pura verdad, la respuesta es que no. ¿Satisfecha? La verdad es que odio esto, pero papá me necesita. Eso es todo.

—Eso no es todo. Díselo. ¿Sabes lo que preferirías hacer? ¿Quieres ir a la universidad?

—Emma, eso es solo un sueño. Tengo esposa e hijos y un empleo trabajando para un hombre al que no puedo abandonar tan fácilmente como lo hicieron otras personas.

—Papá superó que yo me marchara —comentó Emma, sabiendo que lo decía por su hermano y por ella—. Y también que lo hiciera Wayne.

—¿Quieres apostarte algo? Uno de estos días, pídele los planos que tiene guardados en su escritorio.

—¿Planos?

—Para tu casa y para la de Wayne. Para ti, escogió el otero que hay justo detrás de la casa principal. La de Wayne habría estado a unos quinientos metros de la mía, mirando al arroyo.

De repente, los ojos de Emma se llenaron de lágrimas.

—No lo sabía...

—Claro que no lo sabías, porque estabas completamente empecinada en marcharte y hacer lo que te venía en gana. Cada vez que regresabas a la facultad, yo vi cómo papá se moría un poco por dentro, pero ni siquiera entonces dejó de esperar que regresarías algún día. Cuando te casaste, creyó que Kit y tú os instalaríais aquí después de que terminaras tus estudios. No perdió la esperanza hasta el día en que empezaste a trabajar para ese bufete de Denver. Entonces, empezó a aceptar que nunca regresarías a casa.

—Hice lo que tenía que hacer...

—Sí y te ha hecho muy feliz, ¿verdad? Veo la mirada turbada que tienes en los ojos. Estás subida en un tiovivo y eres muy infeliz, pero todavía no sabes cómo bajarte.

—Puede que tengas razón —susurró ella.

Aquel día había ido a buscar a Matt para ayudarle a enfrentarse a unas cuantas verdades de su vida, pero había sido él quien la había ayudado a ella.

—Bueno, pues cuando tengas tu vida en orden, tal vez te deje yo que empieces a ordenar la mía —le espetó Matt. Con eso dio la vuelta al caballo y se marchó, dejando a Emma completamente sin palabras.

XI

—Mamá, ¿va a ser Ford mi nuevo papá? —preguntó Caitlyn, mientras desayunaban el domingo por la mañana.

—Claro que no —le espetó Emma. Después de la conversación con Matt, aquello era lo último que necesitaba—. Lo siento, tesoro. No quería gritarte.

—A mí me gusta —dijo la niña, con un sollozo—. Quiero que sea mi nuevo papá. Además, si te casaras con él, podríamos vivir aquí.

—Hija, pero si casi no lo conoces —explicó Emma, asombrada y preocupada de que aquello hubiera ocurrido después de un día. Tal vez la pequeña estuviera desesperada por encontrar un substituto para un padre que casi no le prestaba atención—. Antes de que alguien pueda ser tu papá, las dos tenemos que conocerlo bien y asegurarnos de que es la persona adecuada.

—Yo sé que Ford lo es...

—¿Qué te hace estar tan segura?

—Porque es muy amable conmigo. Y es muy mono y comprendió que era realmente importante para mí tomarme un helado aunque ya nos habíamos tomado una pizza.

—Sí, ya entiendo, pero hay cosas más importantes que considerar.

—¿Qué cosas?

—Son cosas de adultos.

—Pero yo podré opinar, ¿no?

—Cuando llegue el momento, por supuesto que podrás expresar tu opinión. Sin embargo, la tuya no es la opinión más importante.

—¿De quién es la que más vale?

—Mía.

—Tal vez yo debería elegir. La última vez, no lo hiciste muy bien.

Emma estuvo a punto de echarse a llorar. Que la pequeña Caitlyn estuviera juzgando a su propio padre, y de paso a su madre, hablaba a gritos de lo que la niña había pasado en su corta vida.

—Lo siento mucho, hija —susurró, tomándole la mano y dándole un beso en los deditos—, pero hay algo que nunca debemos olvidar, por muy enfadadas o tristes que nos ponga.

—¿Y qué es?

—Si no fuera por él, yo no te tendría a ti. Tú eres lo mejor que me ha ocurrido en toda mi vida, así que, todos los días, le doy gracias a Dios porque tu padre y yo te hiciéramos.

–¿Como se hace a una muñeca? ¿Unisteis mis trozos?

–No –respondió Emma, riendo–. No fue así exactamente. Algún día te lo explicaré.

–Quiero saberlo ahora. Vi que Pimienta tuvo ayer a sus gatitos en el establo. ¿Fue así?

–Más o menos.

–¿Yo estaba dentro de ti?

–Sí.

–¿Y papá me puso ahí?

–Sí.

–¿Cómo? ¿Besándote?

–En parte, sí.

–¿Significa eso que Ford y tú vais a tener un niño?

–Dios santo, claro que no.

–Pero él te besó cuando te trajo a casa.

–No fue el mismo tipo de beso –explicó, sin saber qué decir–. Ahora, termínate tus cereales. Creo que el abuelo te está esperando en el establo. Quiere que le ayudes a cepillar a tu poni.

–Ya he terminado –dijo Caitlyn, olvidándose enseguida del tema de los niños al oír mencionar a su caballito–. Adiós, mamá. ¿Te dijo el abuelo que yo me podría quedar con uno de los gatitos?

–No, no me lo dijo –replicó Emma, resignada a lo inevitable.

–No te importa, ¿verdad?

–Claro que no.

–Te quiero mucho, mamá –comentó la niña, abrazándose a ella con fuerza.

Antes de que Emma pudiera reaccionar, la pequeña salió de la cocina a toda velocidad. En aquel momento, Millie entró en la cocina por la puerta del comedor.

—¡Qué verdades salen por la boca de los niños!

—Parece que tuviera dieciséis en vez de seis años. ¿Qué me va a preguntar cuando sea de verdad una adolescente?

—Lo mismo, solo que entonces querrá saberlo porque le interesará algún chico. Ahora te lo dice porque cree que te interesa a ti. ¿Está en lo cierto?

—Me gusta Ford, mamá —admitió ella—, pero solo como amigo.

—A mí me parece un hombre estupendo.

—Ya me imaginaba que dirías eso. Es solo un peón más en tu plan, ¿verdad? La otra noche os vi cuchicheando a los dos. Él no quiso decirme de qué estabais hablando, pero lo sé. No utilices a Ford, mamá. No es justo.

—Yo nunca utilizaría a nadie —replicó su madre con indignación. Entonces, se encogió de hombros—, pero si hay atracción, no voy a ser yo la que la apague.

—Mantente al margen. No va a salir nada bueno de animarlo.

—Me imagino que eso se debe a que eres demasiado testaruda para ver lo que tienes delante de tus propias narices.

—No pienso volver a tener esta conversación. Me marcho a la ciudad. ¿Quieres que me lleve a Caitlyn?

—No. Está bien con tu padre. Si empieza a estorbarle, puede ayudarme a mí a hacer galletas hasta que llegue la hora de ir a la iglesia. Pareció algo sorprendida cuando saqué las galletas del horno el otro día. Me dijo que las galletas venían del supermercado.

—En algunos casos es así. Caitlyn no tiene carencias solo porque no haga galletas con ella.

—¿Acaso he dicho yo eso?

—Más o menos —replicó Emma, a la defensiva—. Bueno, hasta luego.

Se marchó antes de empezar a discutir con su madre. De una cosa estaba segura. No podía quedarse allí mucho más tiempo sin que surgieran las críticas a su estilo de vida. Tenía que marcharse antes de que hubiera una pelea familiar que no pudiera arreglarse nunca.

—Parece que hubieras perdido a tu mejor amiga —le dijo Ford, cuando la vio sentada en una mesa del restaurante de Stella con una taza de café—. ¿Te puedo ayudar en algo?

—No, a menos que puedas pensar en un modo de convencer a mi madre para que no piense que arruino la vida de mi hija solo porque no tengo tiempo de enseñarle a preparar galletas.

—¿Ha habido ciertas tensiones en tu casa esta mañana?

—Podríamos decir que sí. Siempre he sabido que desaprobaban el modo en que yo estaba criando a Caitlyn, pero ahora que llevo aquí cierto tiempo, todo está empezando a salir a la superficie. Antes, mis visitas eran tan breves que no había tiempo de hablar de nada serio. Ahora, las cazuelas están empezando a volar.

—Lo hacen solo porque se preocupan de ti y de Caitlyn.

—Eso ya lo sé —replicó Emma, con impaciencia—, pero eso no hace que me sea más fácil de aceptarlo. Para colmo, mi hija parece pensar que tiene derecho a elegir al siguiente hombre porque la última vez no lo hice demasiado bien.

—¿Y tiene algún candidato en particular en mente? —preguntó Ford, reprimiendo una sonrisa.

—Como si yo fuera a decírtelo.

—¿Significa eso que me eligió a mí?

—No seas tan arrogante. Tú eras el más conveniente. Además, fue la combinación de pizza y helado lo que terminó de convencerla, y eso fue solo una concesión única por mi parte. Si vuelves a intentarlo, te mato.

—No le dio una indigestión, ¿verdad?

—No, pero no se trata de eso. Le consentiste demasiado a una niña de seis años. Antes de que me dé cuenta, la estarás chantajeando con perritos calientes, algodón de azúcar y más helados. Y se querrá ir a vivir contigo.

—Un premio de vez en cuando no puede hacerle daño.

—Efectivamente. De vez en cuando son las palabras claves. Tenlas en cuenta.

—¿Te molesta tanto que Caitlyn se divirtiera la otra noche o el verdadero problema es que te divertiste tú? Porque, a pesar de que te estabas preocupando por lo que tu madre y yo pudiéramos estar tramando, te divertiste.

—Bueno, sí —admitió ella—, fue muy agradable pasar una día con nada más importante en mente que elegir unos pantalones cortos y unas camisetas para Caitlyn. ¿Y tú? ¿Te aburriste tú como una ostra? Normalmente, los hombres odian ir de tiendas.

—A mí me importaba la compañía. Tú nunca podrías aburrirme, Emma.

—No digas eso... —susurró ella. Parecía turbada pro aquellas palabras.

—¿Por qué no lo voy a decir si es cierto?

—No puede ser cierto.

—¿No quieres que piense en ti como una mujer estimulante intelectualmente, excitante y atractiva?

—¿Es así como tú me ves? —quiso saber Emma, completamente atónita por la descripción.

—Claro —respondió Ford, enseguida—. ¿Cómo te ves tú, Emma?

—Bueno, supongo que soy inteligente, pero el resto... No lo sé.

—Confía en mí. Eres excitante y atractiva. ¿Cuándo lo empezaste a dudar? ¿Fue tu marido? ¿Qué te hizo, Emma?

—¿Estás tratando de defenderme, Ford?

—Solo digo la verdad. Si hizo algo para convencerte que, de algún modo, vales poco o que eres menos de lo que realmente eres, ese hombre era un idiota.

—Gracias por decir eso.

—Todavía no me has respondido. ¿Qué hizo?

—No quiero hablar de mi exmarido.

—Yo creo que necesitas hacerlo. Creo que necesitas hablar al respecto. ¿Le has dicho a alguien alguna vez cómo fue tu matrimonio?

—A mis amigas, más o menos.

—A mí me parece que más bien menos. ¿Te lo guardaste para ti porque, en cierto modo, te sentiste humillada? Fracasar en el matrimonio es algo muy frecuente hoy en día. Eso no hace que seas menos mujer. A menos, por supuesto, que seas una perfeccionista.

—En eso has acertado.

—Bueno, a pesar de todo, hacen falta dos personas para que un matrimonio funcione. Por lo que ocurriera en el tuyo tu marido se merece su falta de culpa. De hecho, uno de estos días, cuando confíes lo suficiente en mí como para decirme lo que ocurrió realmente, me da la sensación de que vas a darte cuenta de que, en este caso, él se merece la mayor parte de la culpa.

—Resulta muy extraño —susurró ella—. El cerebro me dice que tienes razón. Todo salió exactamente en el modo en que tenía que hacerlo. Sin embargo, aquí —añadió, golpeándose suavemente el pecho—, me cuesta mucho creerlo.

—En ese caso, quédate a mi lado. Yo haré todo lo posible para convencerte.

Algo le decía que su esfuerzo iba a merecer la pena, que, cuando volviera a creer en sí misma, Emma Rogers sería una mujer estupenda. En aquellos momentos, solo se valoraba como abogada. Para darle un empujón en su nueva dirección, se inclinó sobre ella y le dio un beso en los labios.

—Ahora, tengo que marcharme corriendo —susurró él—. Le prometí al pastor de la iglesia metodista que iría a escuchar su sermón esta mañana. Creo que va a hablar sobre las segundas oportunidades.

Emma lo contempló mientras se marchaba sin decir nada. Sin embargo, el rubor de sus mejillas y el brillo de esperanza en los ojos hablaban a gritos por ella.

—Bueno, eso ha sido absolutamente fascinante —dijo Cassie, mientras se sentaba a la mesa frente a Emma—. Me he quedado sin palabras con solo mirar.

—Déjalo ya —gruñó Emma.

—¿Por qué? Ese hombre no te asusta, ¿verdad?

—Claro que no.

—Mentirosa. Estás muerta de miedo —replicó Cassie, con una sonrisa—. En realidad estás empezando a sentir algo por Ford Hamilton y eso no resultaría muy conveniente, ¿verdad?

—Con esa palabra ni siquiera empiezas a definirlo. No confío en él. No puedo hacerlo.

—¿En Ford? ¿Y por qué no? —preguntó Cassie, incrédula.

—Es periodista.

—¿Y qué?

—Está en posición de poderle hacer un daño considerable a mi cliente. Ya lo ha hecho, dejando que esa fotografía de Teddy se publicara en el periódico de Cheyenne.

—Para cuando este caso llegue a juicio, la gente se habrá olvidado de esa fotografía.

—Te apuesto algo a que el fiscal no se habrá olvidado. Te apuesto algo a que ya tiene una orden judicial para conseguir el original.

—Eso habría ocurrido de todos modos. Demasiadas personas saben que Teddy tomó fotografías aquella noche y que hubo una discusión. ¿No te parece que cualquier fiscal lo habría descubierto y habría ido por el?

—Supongo que sí...

—No irás a dejar que esas fotografías se interpongan entre Ford y tú, ¿verdad?

—En realidad no —suspiró Emma—. Salí con él. Llevamos a Caitlyn al centro comercial de Laramie y luego fuimos a ver una película.

—Eso es estupendo. Dale una oportunidad. No creo que Ford sea la clase de hombre que te defraude.

—¿Hace falta que te señale que tú no lo conoces mejor que yo? Tú misma acabas de regresar aquí.

—Tienes razón, pero, desde que llevo trabajando para Stella, sé cosas. Ha actuado muy cautelosamente, tratando de no alborotar las cosas hasta que ha sabido más cosas sobre el pueblo. Ryan siente aprecio por él, y lo mismo le ocurre a Stella, y a los dos se les da bien juzgar a las personas.

—Eso es cierto —admitió Emma—, pero yo no busco tener una relación, y mucho menos aquí. Además, tengo que regresar a Denver. El caso de Sue Ellen tardará unas semanas en ir a juicio y hay cosas que podría estar haciendo en casa.

—Le romperás a Caitlyn el corazón si te la llevas ahora.

—Lo sé, pero es lo mejor. Tiene que comprender que estar aquí no es algo permanente. Cuanto más nos quedemos, más difícil será cuando tenga que volver allí.

—Supongo que tienes razón, pero voy a echarte de menos, Emma. ¿Cuándo os marcháis?

—Creo que mañana. Tengo un caso en Denver que va a ir a juicio la próxima semana. Así tendré unos días para prepararme.

—¿Cuándo regresarás aquí?

—Resulta algo difícil decirlo. Tendré que hacer algunos viajes más para entrevistar a los posibles testigos de la defensa de Sue Ellen.

—¿Saldrás con Ford cuando estés en la ciudad?

—Probablemente sería mejor que no lo hiciera, especialmente porque estaremos a punto de ir a juicio. No quiero darle la oportunidad de sacarme información.

—Ford nunca haría eso.

—Eso es lo que dices tú, pero no puedo correr riesgo alguno.

—¿Crees que Ryan correrá algún riesgo en lo que se refiere al futuro de Sue Ellen?

—No, claro que no.

—Pues él pasa bastante tiempo con Ford.

—No creo que sea lo mismo. Dudo que Ford tenga las mismas expectativas con respecto a Ryan.

—¿Estás insinuando que Ford utilizaría el sexo para sacarte información?

—Claro que no —respondió Emma, sonrojándose.

—Entonces, no creo que haya ningún problema. Tú eres una mujer dura. Dile lo que quieres que sepa y nada más.

—Creo que sería mucho más fácil que no le dijera nada.

—A mí me parece que estarías desperdiciando a un buen hombre. Estarías tirando una buena oportunidad de tener una relación.

—Si quisiera tener un hombre en mi vida, lo tendría —dijo Emma, aunque la verdad era que no había aceptado la invitación de ningún hombre para salir con él hasta que lo había hecho Ford—. Y no quiero tenerlo en Winding River. Ni quiero que ese hombre sea Ford.

—Bueno, creo que te equivocas. Me da la sensación de que el tiempo me va a dar la razón.

Emma seguía dando vueltas a las palabras de Cassie cuando llegó a la cárcel para hablar con Sue Ellen. Encontró a Ryan en la celda de su cliente, con la puerta ligeramente abierta.

—La seguridad es algo permisiva en esta cárcel, ¿no? —bromeó.

—Solo estaba charlando con Sue Ellen. Estaba empezando a desanimarse un poco. Cree que todos los habitantes del pueblo la culpan de lo ocurrido.

—Eso no es cierto —replicó Emma, recordando la conversación con Ford—. Nadie te culpa, y mucho menos los que conocen los hechos.

—Eso es lo que yo le he dicho —afirmó Ryan, mientras le agarraba la barbilla a Sue Ellen—. Quiero ver esta barbilla bien levantada, cielo. Emma va a sacarte de aquí enseguida.

—¿Y después, qué? —preguntó Sue Ellen—. No tengo ningún sitio al que ir.

—Tienes una hermana en Montana. Puedes quedarte con ella durante un tiempo —observó Ryan.

—Necesitaré trabajar —dijo Sue Ellen, muy deprimida—. ¿Qué puedo hacer? Hace años que no trabajo.

—Hay que cruzar un puente cada vez —replicó Ryan, con firmeza—. Cuando llegue el momento, tendrás muchas opciones.

A Emma le dio la sensación de que la vida con el sheriff iba a ser una de ellas.

—¿Vas a venir a hablar con Sue Ellen cuando yo haya terminado? —le preguntó Emma.

—Claro.

—Bien. No tardaré mucho —afirmó Emma.

Cuando Ryan las hubo dejado solas, Sue Ellen afirmó:

—Es un buen hombre, ¿verdad?

—Siempre lo ha sido. Ryan es el mejor.

—Ojalá...

—¿Ojalá qué, tesoro?

—Ahora ya es demasiado tarde —respondió Sue Ellen, encogiéndose de hombros.

—Nunca es demasiado tarde —insistió Emma—. Ryan tiene razón. Tendrás mucho tiempo para tomar decisiones cuando hayas salido de aquí. Podrás volver a empezar.

—¿Cómo podré hacerlo? ¿Cómo podré volver a ser feliz? —susurró Sue Ellen, con los ojos llenos de lágrimas.

—Porque te mereces ser feliz —respondió Emma, con decisión.

—No, eso no es cierto. ¿Cómo puedo serlo? Donny está muerto y es por mi culpa.

—No, es por culpa suya. Iba a dispararte, Sue Ellen. Tú solo te estabas protegiendo.

—No me habría disparado. Donny me amaba...

—No, maldita sea, no te amaba. Si te hubiera amado, nunca te habría tratado del modo en que lo hizo. Nunca —afirmó Emma, agarrando con fuerza las manos de Sue Ellen—. Quiero que lo creas. Lo que Donny sentía por ti era lo opuesto al amor. Necesitaba controlarte, poseerte. Eso no es amor —añadió, mientras Sue Ellen lloraba en silencio—. Quiero que un psicólogo venga a hablar contigo. Necesitas ayuda para comprender que lo que Donny te hizo estuvo mal. Eres una persona maravillosa, Sue Ellen. Yo lo veo perfectamente, igual que Ryan y que la mayoría de los habitantes de Winding River. Es hora de que tú lo veas también. ¿Quieres hablar con ese psicólogo?

Durante un momento, la esperanza volvió a reflejarse en los ojos de Sue Ellen. Entonces, asintió con la cabeza.

—Estupendo —dijo Emma—. En ese caso, lo organizaré todo. Mientras tanto, voy a darte mi número de Denver. Si me necesitas, sea la hora que sea, llámame. Ryan te facilitará un teléfono. Yo volveré dentro de un par de semanas, o incluso antes.

—¿De verdad regresarás?

—Claro. Estamos metidas en esto juntas y no te defraudaré. Te lo prometo.

—No sé por qué estás haciendo todo esto por mí, Emma, pero te estoy muy agradecida.

—Lo hago porque eres una buena persona, Sue Ellen —le aseguró Emma. Antes de salir de la celda, le estrechó la mano afectuosamente—. No descansaré hasta que te lo creas.

—Gracias —susurró Sue Ellen. Entonces, se tumbó en el camastro que había en la celda.

A Emma no le gustaba tener que dejarla allí, pero hasta el juicio, no había nada que hacer. Fue al despacho de Ryan y llamó a la puerta antes de entrar.

—Cuídala, ¿de acuerdo? —le dijo—. Me preocupa que esté tan deprimida.

—Sí, lo sé. Paso con ella todo el tiempo que puedo.

—Ha accedido a que yo le envíe un psicólogo. Lo organizaré todo antes de marcharme mañana.

—¿Vuelves a Denver? Yo creía que...

—No puedo quedarme aquí indefinidamente, Ryan. Volveré tan frecuentemente como sea necesario.

—¿Y Ford?

—Ford, nada.

—¿De verdad? Como si pudieras engañarme.

—Preferiría hablar sobre lo que sientes hacia Sue Ellen —replicó Emma.

—Yo nunca he negado lo que siento por ella... —replicó él, a la defensiva.

—Eso ya lo sé. Solo quiero que comprendas a lo

que te enfrentas. Va a tardar mucho tiempo en volver a confiar en otro hombre. Tal vez nunca pueda hacerlo.

—Supongo que ya lo sabía. Sin embargo, tengo que intentarlo. Me he pasado toda la vida queriéndola. Ahora, no puedo dejar de hacerlo.

—Esperaba que dijeras eso —observó Emma, con una sonrisa—. A pesar de todo lo que ha ocurrido, Sue Ellen es una mujer de suerte. Tú eres uno de esos buenos hombres tan escasos.

—Solo espero que uno de estos días ella también lo vea así.

—Si hay alguien que puede ayudarla a salir del estado en el que se encuentra, ese eres tú. Solo tienes que tener paciencia, Ryan.

—He esperado muchos años. No creo que importen unos cuantos más.

—Eres un hombre maravilloso, Ryan Taylor —susurró Emma, acercándose a él para darle un beso en la mejilla.

—Ford también lo es —afirmó él.

—Lo sé...

—Entonces, dale una oportunidad.

—¿A qué se debe que mi familia y mis amigos crean que tienen opinión en este asunto?

—Porque te queremos.

—Eso es lo que dices tú. En estos momentos, me vendría bien tener un poco menos de amor y un poco más de confianza de que sé lo que es mejor para mí.

—Lo siento —comentó Ryan, con una sonrisa—.

No te va a servir de nada. Vas a tener que soportarnos de todas formas.

—Esa no es la mejor manera para conseguir que pase más tiempo aquí.

—Eso es porque eres muy testaruda.

—Probablemente.

—Solo una cosa más, Emma. Hace mucho tiempo que tú y yo nos conocemos. Sé que tienes mucho orgullo, así que, permíteme que te avise de algo. No hagas esto solo por altanería, porque podrías ser tú la que termine sufriendo.

Por mucho que odiara admitirlo, Emma sabía que, probablemente, sería un buen consejo.

XII

—Emma se marcha a Denver mañana por la mañana —anunció Ryan, cuando pasó por la redacción del periódico, después de ir a la iglesia el domingo a mediodía.

—A mí no me dijo nada. ¿Cuándo ha decidido marcharse? —replicó Ford.

—¿Cuándo la viste tú por última vez?

—Esta mañana.

—Entonces, me imagino que fue entonces cuando lo decidió.

—¿Qué quieres decir con eso, Ryan?

—Nuestra Emma se marcha muy asustada.

—¿De mí? —preguntó Ford, atónito—. Bueno, en realidad, me imagino que no es tan descabellado como suena. A mí me parece que es muy dura, pero no lo es tanto en lo que se refiere a las relaciones.

—No. En lo que se refiere a eso, se siente como un pez fuera del agua. ¿Y tú? ¿Piensas en tener una relación cuando estás con Emma?

En realidad, en lo que Ford pensaba era en el sexo, pero, sí, incluso el pensamiento del ir más allá de eso le había cruzado la mente... aunque luego había salido huyendo. Sin embargo, sabía que no quería que ella abandonara Winding River.

—¿Por qué crees que es tan tímida en lo que se refiere a los hombres? ¿Estás seguro de que no sabes nada más que lo que me contaste sobre su matrimonio?

—No sé nada más —admitió Ryan, mostrando con el gesto de su rostro que no le había pasado desapercibido el cambio de tema—, pero creo que su actitud va incluso más atrás en el tiempo que su matrimonio. ¿Te acuerdas de que te dije que Emma nunca salió con muchos chicos? Estaba demasiado centrada en lo que quería alcanzar. No sé lo que hizo en la universidad, pero me imagino que no cambió mucho. Entonces, se casó, tuvo una hija y se divorció en un corto espacio de tiempo. Ese podría ser el resumen de su experiencia total con los hombres. Desde entonces, me da la impresión de que se encuentra totalmente absorbida por su carrera, probablemente porque ella lo ha elegido así. Bueno, ¿qué vas a hacer tú sobre su decisión de marcharse?

—¿Y por qué debería hacer algo?

—Sois los dos penosos. Ella lo niega todo. ¿Y tú, Ford? ¿Vas a empezar a negar que te interesa o solo vas a esquivar mis preguntas también?

—No, no voy a esquivar nada. A mí me interesa —dijo, aunque era una descripción muy poco entusiasta del modo en que Emma le hacía sentir.

—Bueno, entonces, ¿qué vas a hacer?

—Sinceramente, no lo sé. ¿Alguna sugerencia?

—Ve detrás de ella.

—¿Y qué hago? ¿Evitar que se marche?

—No creo que todos los marines de los Estados Unidos pudieran impedírselo —comentó Ryan, riendo—. Está decidida a salir corriendo. Yo me refería a ir a Denver, quedarte allí unos días, mostrarle que estás dispuesto a comprometerte...

—¿Comprometerme sobre qué?

—Sobre el futuro. Sobre cómo y dónde vais a vivir. Sobre lo que haya que comprometerse para que la cosa funcione.

—Ahora eres tú el que está loco. Yo no voy a irme a vivir a Denver. Ya he tenido bastante de las grandes ciudades. Me gusta vivir aquí y, por si se te ha olvidado, dirijo el periódico local.

—¿Te importa eso más que estar con Emma?

—No se trata de una competición. ¿Por qué tengo que elegir? ¿Tengo yo que tomar una decisión solo porque ella no quiera hacerlo?

—¿La deseas o no?

—Sí —admitió Ford—, pero tal vez no lo suficiente.

—¿Crees que lo sabrás con toda seguridad si tú te quedas aquí y la dejas marchar?

—Muy bien. Tienes razón —admitió Ford—. Intentaré hablar con ella antes de que se marche. Al menos, podré tomar otra lectura de la situación.

–¿Y qué vas a hacer? ¿Hablar del tema hasta que los dos os aburráis? Emma necesita acción, algo dramático que le haga prestar atención, algo que le diga que tú la pones en primer lugar.

–¿Y crees que irla persiguiendo hasta Denver se lo dirá?

–Sería un comienzo. Lo que hagas después de que llegues allí se encargará del resto.

–No sé –susurró Ford, expresando sus reservas en voz alta–. Vine aquí para quitarle complicaciones a mi vida, no para meterme en una situación que no se pueda resolver sin que alguien tenga que renunciar a demasiadas cosas.

–Tú eliges –replicó Ryan, encogiéndose de hombros–, pero esto te lo dice un hombre que ha estado esperando demasiado tiempo para encontrar la oportunidad que busca. Cuando aparece la mujer adecuada, no hay que perder ni un minuto. Nunca se sabe lo que el destino nos tiene guardado a la vuelta de la esquina.

–¿Estás hablando de Sue Ellen y de ti?

–Sí –admitió el sheriff–, ¿no es mala suerte? He tenido que esperar más de diez años hasta que su marido se muere para poder tener una oportunidad real con ella y ahora, por el modo en el que murió, podría ser demasiado tarde.

–¿De verdad crees que es así? Yo pensé que tenías fe en la habilidad de Emma para sacarla de esto.

–Claro que la tengo, pero eso es lo que menos importa. El hecho es que Sue Ellen tiene que llevar una pesada carga sobre los hombros. No se sabe si va a poder deshacerse de ella alguna vez. Deberías haberla visto cuando éramos unos críos –añadió, con una triste sonrisa–. Era tan encantadora, tan frágil y, a la vez, tan llena de vida. Donny, literalmente, se la arrancó a golpes, pero de vez en cuando, cuando la miro a los ojos, veo un destello de la mujer que era entonces. Por eso sigo esperando. Quiero ayudarla a encontrar a la Sue Ellen que solía ser.

–Ten cuidado de no estar confundiendo la caballerosidad con otra cosa.

–No estoy confundiendo nada. Llevo amándola desde mucho antes de que ella necesitara ayuda.

–Entonces, tiene mucha suerte...

–Eso ya lo veremos. Mientras tanto, tú concéntrate en Emma. El hombre que se quede con ella será muy afortunado.

Ford pensó en estas palabras mientras iba camino del rancho de los Clayton. Casi no había pisado el porche cuando Caitlyn salió corriendo a recibirlo.

–Estaba esperando que vinieras a verme. Has tardado mucho.

–Bueno, tenía cosas que hacer –respondió Ford, con una sonrisa.

–Lo sé. Mi madre dice que tú publicas un periódico. Yo no sé lo que es eso, pero suena muy importante.

–No sé si lo es, pero me lleva mucho tiempo.

–Ahora que estás aquí, ¿quieres venir a ver a mi poni?

En aquel momento, Emma salió al porche y estudió a Ford con cautela.

—No creo que Ford tenga tiempo para ir a visitar a tu poni, Caitlyn.

—Claro que lo tengo —replicó él, cuando le pareció escuchar un desafío en la voz de Emma—. ¿Quieres venir con nosotros? —le dijo a ella.

—Sí —respondió Emma.

—Tal vez podrías montar mi poni alguna vez —comentó Caitlyn, mientras iba bailando delante de ellos—, aunque puede que sea un poco pequeño para ti. Tienes las piernas muy largas —añadió, mirándolo de arriba abajo—. Para mi es perfecto, aunque el abuelo me ha dicho que, cuando sea mayor, me comprará el caballo que yo quiera. Ya lo he elegido.

—¿De verdad? —preguntó Emma, mirándola con sorpresa?

—El abuelo me llevó al otro rancho después de la iglesia para que pudiéramos ver los caballos. Allí tenían el caballo más bonito que he visto nunca. Era dorado, como el caballo mágico de un cuento. No podré tener ese mismo porque pasará mucho tiempo hasta que yo sea adulta, pero el abuelo dice que me encontrará uno igual que ese.

—El abuelo te mima demasiado.

—Lo sé. Es que me quiere mucho.

—Ya lo sé —afirmó Emma, con resignación.

—¿Es eso un problema? —le preguntó Ford, cuando la niña se les adelantó un poco más.

—Solo porque significa que mi padre se va a disgustar mucho cuando nos marchemos.

—Según me han dicho, os vais mañana. ¿Es verdad?

—Sí. ¿Es eso lo que te ha traído aquí?

—De hecho, sí. No me dijiste nada cuando te vi esta misma mañana.

—El viernes por la noche te dije que probablemente me marcharía el lunes. Tengo que regresar a Denver. Tengo un juicio la semana que viene.

—¿Es un caso importante?

—No especialmente. De hecho. Si yo me hubiera salido con la mía, nunca habría llegado a juicio, pero el cliente se negó a negociar, así que aquí estamos, a punto de gastar un montón de dinero de los contribuyentes en un caso que seguramente vamos a perder.

—Pensaba que tenías mucha seguridad en tus habilidades como abogado.

—Y así es, pero yo soy la primera en admitir que no tengo el corazón puesto en ese caso. Sin embargo, si publicas eso, lo negaré. Estaré caminando por la cuerda floja en ese tribunal, tratando de defender a mi cliente sin utilizar el tecnicismo que podría dejarlo libre.

—No querrás perder, ¿verdad?

—Solo quiero justicia. Desgraciadamente, está el jurado. La ley es la ley, pero ellos representan el factor humano y nunca se puede saber si los hechos y las pruebas les parecerán lo que yo espero.

—Sin embargo, estoy seguro de que puedes ser muy persuasiva cuando quieres.

—¿Y por qué crees eso? A ti no te he podido persuadir para que te mantengas alejado de mí.

—Eso es porque soy una persona muy segura de sí misma. Creo que puedo hacerte cambiar de opinión.

—Habría sido mejor que no te hubiera parecido un desafío. Así, ya habrías perdido el interés.

—Lo dudo. Los dos sabemos que hay muchas cosas por las que esto no puede o no debería funcionar, pero no parece que pueda convencerme para mantenerme alejado de ti. Supongo que tendremos que ver cómo van las cosas.

—Pareces resignado.

—¿De verdad? Confía en mí. No me siento así. Casi no puedo esperar.

Cuando Ford se inclinó sobre ella para besarla, sintió el temblor que la sacudió de la cabeza a los pies. Aquello lo tranquilizó y le convenció de que Ryan estaba en lo cierto. Aunque fuera arriesgado, tendría que seguirla hasta Denver a la primera oportunidad que se le presentara.

Sin embargo, primero le daría un poco de tiempo para que empezara a echarlo de menos.

Emma estaba deseando marcharse de Winding River. Ford no hacía más que sorprenderla, turbándola con besos inocentes que le robaban el aliento.

A su lado, en el coche, Caitlyn estaba haciendo pucheros. Casi no había dicho una palabra desde que, la noche anterior, Emma le había dicho que se marchaban.

—Regresaremos pronto —le prometió.

—No veo por qué... —empezó Millie. Sin embargo, el padre de Emma le impidió seguir.

—Déjala en paz. Emma sabe lo que tiene que hacer.

Tiene obligaciones en Denver —dijo. Entonces, se inclinó por la ventanilla del coche y le dio un beso a Caitlyn en la frente—. Sé buena.

—Yo quiero quedarme contigo —susurró la niña, mientras las lágrimas le rodaban por las mejillas.

—Esta vez no, bonita, pero regresarás pronto. Ya has oído cómo lo prometía tu madre. Os queremos mucho a las dos, hija —afirmó.

—Lo sé, papá. Yo también te quiero —susurró Emma, también con los ojos llenos de lágrimas. Entonces, arrancó el coche y lo enfiló en dirección a la autopista.

—No sé por qué nos tenemos que marchar —dijo la pequeña.

—Porque mamá tiene que regresar al trabajo.

—Odio Denver. Y te odio a ti.

Emma sintió que se le hacía un nudo en la garganta. A pesar de todo, suspiró y apretó con fuerza la mano de Caitlyn.

—Lo sé, pero yo te quiero mucho. Y, pase lo que pase, siempre te querré.

Después de un rato, la niña se durmió y no se volvió a despertar hasta que estaban a punto de llegar.

—¿Puedo invitar a Kelly y a Laura Beth? —le preguntó, en cuanto entraron por la puerta, sabiendo instintivamente cómo sacar partido del sentimiento de culpa de Emma—. Quiero contarles lo de mi poni y lo del rancho del abuelo y lo del gatito que me voy a traer la próxima vez que vayamos.

—Claro —afirmó Emma—. Yo hablaré con sus madres.

—¿Pueden quedarse a dormir?

—Por supuesto. Pediremos una pizza —dijo, resignada.

—En realidad no te odio, mamá —afirmó la niña, con una sonrisa—. Solo lo dije porque estaba enfadada.

—Lo sé, cielo. Ahora, llama a tus amigas antes de que sea demasiado tarde.

Emma habló con las madre de las niñas, asegurándoles que no le importaba que las niñas se quedaran a dormir.

—Podrían venir todas aquí —dijo Darla, la madre de Laura Beth—. Seguro que tú estás muy ocupada.

—No. Caitlyn estaba muy triste por tener que dejar a sus abuelos. Le vendrá bien ver que aquí también se puede divertir.

—¿A qué hora voy a recoger a Laura Beth mañana?

—Yo la llevaré a tu casa sobre las nueve. De todos modos, tengo que ir a mi despacho temprano.

—Entonces, deja a Caitlyn conmigo —le sugirió Darla.

—¿Estás segura de que no te importa?

—Claro que no. Venga, hasta pronto. Estoy deseando que me cuentes todo lo de esa reunión, aunque, como sé que tienes trabajo, me conformaré con una versión reducida. ¿Algún hombre guapo?

—Bueno, uno... —dijo Emma, pensando inmediatamente en Ford.

—En ese caso, tal vez nos lleve más de lo que había pensado —comentó Darla riendo.

Cuando Emma colgó el teléfono, tenía una sonrisa en los labios. No eran amigas íntimas, pero se conocían bien y se veían mucho desde que sus hijas se habían hecho amigas. Sin embargo, no quería contarle demasiado sobre Ford. Conocía a Darla y empezaría a mandar invitaciones de boda antes de que se diera cuenta.

La mala suerte quiso que, justo cuando Darla y Laura Beth llegaron, el teléfono empezara a sonar.

—¿Ford? —dijo Emma, al escuchar su voz. Darla le hizo una señal de victoria—. No esperaba que llamaras.

—Solo quería asegurarme de que habíais llegado bien. ¿Algún problema?

—No.

—¿Ya has vuelto a tu rutina?

—No, en realidad, Caitlyn tiene invitadas. Dos de sus compañeras de clase van a venir a dormir.

—¿Detecto un intento de soborno?

—Efectivamente —admitió Emma.

En aquel momento, llegó Kelly y los gritos de alegría se hicieron aún más fuertes.

—Parece que ya tienes la fiesta montada —comentó Ford—. Te dejaré en paz. Solo quería que supieras que estoy pensando en ti.

—Gracias por llamar.

—De nada.

—¿Emma? —dijo Ford, antes de colgar.

—¿Sí?

—No te sorprendas si uno de estos días me presento en tu casa.

—¿Cómo?

—Dulces sueños —susurró. Entonces, colgó antes de que Emma pudiera decir nada.

¡Menudos dulces sueños! Después de aquello, Emma tenía más de lo que preocuparse.

—¿Era él? —preguntó Darla.

—Sí.

—Casi no has llegado a casa y ya te está llamando. Debes de haberle causado una gran impresión. ¿A qué se dedica?

—Es el dueño del periódico de Winding River.

—Muy prometedor. No hay nada más respetable que eso.

—Supongo que eso depende del punto de vista. Los periodistas no están entre mis profesiones favoritas.

—Pues no sé por qué. Tú eres una maestra utilizando los medios de comunicación para ayudar a tus clientes.

—Sin embargo, prefiero mantener las distancias con ellos. Nunca he salido con un periodista.

—Tal vez deberías hacer una excepción. Yo me casé con uno y no me arrepiento. Se llama Ford, ¿verdad? Bueno, te sugiero que le des una oportunidad. Se que lo pasaste muy mal con tu divorcio, pero no todos los hombres son iguales. Yo me llevé una joya con mi Jimmy, y sé que hay más como él por ahí.

—¿Cómo supiste que Jimmy era una joya? —preguntó Emma, con auténtica curiosidad.

—Lo vi en sus ojos. Es un caballero. Además, no me vino mal que fuera inteligente y guapísimo.

—¿Supiste enseguida que él era tu hombre?

—En la primera cita —confirmó Darla.

—Yo creí que también lo sabía en la primera cita que tuve con Kit. Me equivoqué. ¿Quién me asegura que me ha mejorado el buen juicio?

—¿Se trata de eso? ¿No confías en tu buen juicio? Yo puedo remediarlo. Haz que ese Ford venga a Denver y yo lo comprobaré por ti. Tengo un récord como celestina entre mis amigas. Pregúntales.

—No estoy segura de querer que venga a Denver.

—Es el miedo el que habla. Lo vi en tu cara cuando te diste cuenta de que era él quien llamaba, pero sí que quieres que venga. De hecho, se ve que te gusta mucho. Niégamelo a mí, pero no te lo niegues a ti misma. Bueno, me marcho ya. Si Laura Beth mete mucho jaleo, amenázala con castigarla sin ver la televisión. Eso siempre funciona.

—Lo tendré en cuenta. Hasta mañana. Y gracias por el consejo.

—Adiós, pero no me des las gracias. Sigue mi consejo. Sé de lo que estoy hablando.

Emma suspiró cuando Darla se marchó. Debía de ser muy agradable tener tanta confianza en la intuición de una misma. Sin embargo, Darla estaba en lo cierto sobre una cosa, que a Emma no le daba miedo admitir. Efectivamente le gustaba mucho Ford Hamilton, aunque no estaba segura de tener el valor suficiente para hacer algo al respecto.

Emma turbaba los sueños de Ford como un sensual fantasma. No había sentido tanta pasión por una mujer desde hacía mucho tiempo. Normalmente, no se molestaba con mujeres inalcanzables y prefería quedarse con las que se alegraban de verlo tanto como él a ellas. Tal vez se debía a que, en un lugar tan pequeño como Winding River, no había muchas opciones, pero, si era completamente sincero consigo mismo, sabía que había mucho más.

Emma lo habría atraído en cualquier lugar, incluso en un bar lleno de mujeres. Era inteligente, atractiva y misteriosa, con una cierta vulnerabilidad bajo una apariencia de hierro.

Sabía que ella se había sorprendido mucho cuando le dijo que iría a Denver, pero no la había dejado reaccionar. Quería dejar que la noción se adueñara de ella durante unos días antes de que se acostumbrara a la idea. Entonces, iría a verla.

Sin embargo, la espera lo estaba matando a él. Había conseguido superar una semana, pero no creía que pudiera aguantar dos. De hecho, cuando consiguió terminar la edición del periódico de aquella semana, supo que había perdido la batalla. El ansia por verla le hizo meterse en el coche y dirigirse al sur. Cuanto más se acercaba a Denver, más contento se ponía. Iba a ser fascinante enfrentarse a Emma en su propio terreno.

XIII

Emma se sentía aliviada de haber vuelto a su trabajo en Denver. El caso de Sue Ellen no era suficiente para mantener su mente ocupada al cien por cien. Aquella era la vida que comprendía, la vida que había deseado llevar. Allí tenía objetivos, respeto y un trabajo que hacer y, lo más importante de todo, volver a Denver le había dado la oportunidad de distanciarse de Ford Hamilton. A pesar de que le había prometido ir a visitarla, no lo había hecho aún ni había vuelto a llamar, por lo que Emma había llegado a la conclusión de que había decidido no hacerlo. Sin embargo, no le parecía que formara parte de la naturaleza de Ford rendirse de aquella manera. ¿Cómo se podía sentir atraída por un hombre tan arrogante e insensible como él?

Tuvo que admitir que no era insensible. Se lo había demostrado en varias ocasiones, con Caitlyn y con su familia. De hecho, se había ganado a todo el mundo con su encanto.

En cuanto a su desacuerdo sobre el caso de Sue Ellen, Emma tenía que admitir que comprendía su punto de vista. Ford consideraba sagrado el derecho a la vida, fueran cuales fueran las circunstancias. Sin embargo, en el caso de Sue Ellen, no había sido testigo de los años de maltrato y de la desesperación de la mujer al sentir que, en aquella ocasión, su vida estaba en peligro. No obstante, Emma era consciente de que se podían sacar argumentos en favor de ambos puntos de vista.

De momento, el caso de Sue Ellen había cobrado un segundo plano. El caso que la había llevado a Denver era el de un buen cliente del bufete, que había sido arrestado por conducir bajo los efectos del alcohol. El hombre se había empeñado en que fuera Emma quien lo defendiera. Ella había tratado de conseguir que se declarara culpable, pero su cliente se había empeñado en ir a juicio. Emma decidió que haría todo lo posible por ganar el caso, pero no la apenaría en absoluto que su cliente lo perdiera.

Cuando llegaron a los tribunales, el juicio fue tal y como Emma se había temido. Las pruebas eran tan concluyentes que ella no pudo hacer mucho por su cliente. Mientras estaba dando su alegato final, vio a Ford sentado en la última fila del juzgado, se quedó tan atónita que perdió el hilo de lo que estaba diciendo. Tras tomar un sorbo de agua, recordó lo que estaba diciendo y logró continuar, aunque con un profundo sentimiento de desconcierto.

Cuando el juicio se interrumpió para que el jurado pudiera deliberar hasta la mañana siguiente, Emma se despidió de su cliente y empezó a recoger sus papeles. Cada nervio de su cuerpo estaba en tensión. Cuando Ford se acercó a ella, se convenció de que se había equivocado cuando creyó que, con el tiempo, se podría olvidar de él.

—Lo has hecho muy bien, pero era una causa perdida —dijo él.

—Eso espero.

—Me sorprende que defendieras tan apasionadamente a alguien a quien querías que se le condenara.

—Condenar a una persona no es mi trabajo —replicó—. Todo el mundo se merece la mejor defensa que pueda conseguir.

—¿Cómo puedes racionalizar eso cuando sabes que tu cliente es culpable?

—Nunca utilizo tácticas que sean cuestionables ni trato de ganar con un tecnicismo. Creo con cada fibra de mi ser que la justicia triunfará.

—Me alegro de no ser tú.

—Hay días en los que yo también desearía no ser yo misma. Este es uno de ellos. Bueno, ¿por qué estás aquí? —preguntó ella, por fin.

—Eres una mujer inteligente. Creo que ya sabes la respuesta.

—Es una mala idea —respondió, a pesar de que se deshizo por dentro al saber a lo que él se refería—. Lo era en Winding River y lo sigue siendo.

—Es inevitable —la corrigió Ford—. He estado pensando mucho en esto desde que te marchaste, Emma.

Creo que tenemos que hacer algo al respeto y luego tratar de ver hasta dónde queremos llegar.

—Esa sí que es una propuesta romántica —replicó Emma, con el ceño fruncido—. ¿Te suele ayudar esta técnica a conseguir a la chica que te gusta?

—Es sincera. No quiero que haya malentendidos entre nosotros. Me siento atraído por ti y creo que tú te sientes atraída por mí. Está ahí, tanto si nos gusta como si no. El sexo es algo muy poderoso que pierde su poder cuando se reconoce y se acepta.

Emma lo miró, muy divertida. ¿Sería Ford de verdad tan ingenuo o era solo una táctica? ¿Estaba esperando debilitar su resistencia haciéndola adicta al sexo?

—¿De verdad piensas eso?

—Es una teoría.

—¿La has probado alguna vez?

—No, ¿y tú?

—No, pero tengo mucha curiosidad. Además, no estoy muy segura de lo que siento a la hora de meterme en la cama con alguien solo con la esperanza de no querer volverlo a hacer. Esto es lo que estás esperando demostrar, ¿verdad?

—No se trata de no querer volverlo a hacer. Solo quiero dejar al margen el factor de la urgencia.

—Se trata de una teoría muy interesante.

—¿Quieres que la probemos?

Como Ford tenía razón, como, a pesar de todo lo que los separaba, lo deseaba de un modo en el que no había deseado a nadie en mucho tiempo, Emma asintió. Probaría todo lo que pudiera poner fin a aquel inexplicable anhelo que se despertaba en ella cada vez que estaban juntos.

Entonces, sacó un trozo de papel y, tras escribir algo sobre él, se lo entregó a Ford.

—¿Qué es esto? —preguntó él, aunque no se dignó a mirar lo que había escrito. Solo miraba los labios de Emma.

—Mi dirección.

—Soy periodista, cariño —replicó él, con una sonrisa—. Hace días que la tengo.

—Entonces, sabrás cómo llegar allí —susurró ella, antes de salir por la puerta.

Así era. De hecho, Ford llegó a su casa diez minutos antes que ella.

Mientras realizaba el trayecto a casa, Emma había empezado a tener dudas. Cuando se encontró a Ford esperándola a la entrada de su casa, apoyado sobre el coche, vestido con vaqueros, botas y una camisa con las mangas remangadas, se le olvidaron todas. Entonces, tragó saliva y, como pudo, abrió la puerta de la casa.

Se dirigió directamente a la cocina para buscar una botella de vino. Por una vez en su vida, necesitaba algo que la animara. Estaba peleándose con el sacacorchos, cuando oyó que entraba en la cocina.

—Emma...

—¿Qué quieres? —susurró ella. Entonces, él estiró la mano y la colocó encima de la de Emma.

—Tranquilízate —dijo, suavemente—. No se trata de una carrera.

—¿No? Pensé que tú tenías algo que demostrar

—Así es, pero no en los próximos cinco minutos. ¿Dónde está Caitlyn?

—Esta tarde tiene clase de natación. Después de eso, el ama de llaves la va a llevar por ahí a cenar. Eso nos da aproximadamente dos horas.

—En ese caso —observó él, agarrando la botella de vino. Terminó de abrirla y les sirvió una copa a cada uno—, sugiero que pospongamos este experimento mío.

—¿Que quieres posponerlo? ¿Por qué? Era una idea brillante —replicó, algo entre desilusionada y enojada.

—Porque estás al borde de un ataque de nervios y el tiempo que tenemos es demasiado breve para estar tranquilos. Cuando tú y yo terminemos juntos, quiero que tengamos todo el tiempo del mundo, no solo dos horas que podrían acortarse por la llegada inesperada de tu hija.

—De acuerdo —dijo ella, sabiendo que tenía razón—. ¿Y ahora qué?

—Ahora, nos tomaremos una copa de vino... Bueno, tal vez un poco menos para ti —añadió, con una sonrisa, y charlaremos. Me gustaría que me enseñaras tu casa, para que te pueda imaginar aquí cuando regrese a mi cama solitaria de hotel.

—¿Te alojas en un hotel?

—Creo que es lo mejor.

—¿Durante cuánto tiempo?

—Durante un par de días, hasta que tenga que regresar para preparar la siguiente edición del periódico.

Emma trató de sobreponerse a la desilusión que

sintió. De algún modo, se había hecho a la idea de tenerlo cerca, de ver cómo encajaba en su vida.

—Ven aquí —dijo Ford, tras dejar su copa sobre la encimera.

Cuando ella se acercó, le quitó la copa de vino y la dejó al lado de la suya. Entonces, la besó. Sus labios estaban fríos y sabían a vino, pero, en cuestión de segundos, se caldearon a medida que se prolongó el beso. Cuando Ford rompió el beso, Emma estaba temblando.

—Pensé que habías dicho que no teníamos suficiente tiempo.

—Así es, al menos para algo más que esto —susurró él, volviéndola a besar.

Sin saber por qué, Emma se relajó y se dejó llevar por las sensaciones que los besos de Ford despertaban en ella. Se abrazó a él, deseando más, necesitando sentir el calor de su cuerpo... Aquel beso era mágico. Tan ligero como una fantasía un minuto, y luego oscuro y misterioso. Emma saboreaba cada matiz, cada segundo. Cuando la lengua de Ford le trazó el perfil de la boca, separó los labios con un suspiro, lo que él aprovechó para profundizar el beso de un modo aguerrido y primitivo, tan ardiente como el fuego. De repente, Ford gimió y se apartó de ella.

—No —susurró ella—. Más...

—Cariño, si seguimos lo más probable es que nos metamos en un buen lío. Toma un sorbo —añadió, dándole la copa.

—Es un sustituto muy descafeinado —murmuró, muy desconsolada.

—Me alegro de saberlo.

—Dado que tu plan ha fracasado estrepitosamente, ¿quieres escuchar el mío?

—Claro, no me importa que las mujeres tomen la iniciativa.

—Caitlyn estará en la cama a las nueve. Y el ama de llaves vive con nosotras. Podría ir a tu hotel...

—Entonces, ¿no has tenido dudas?

—Casi no puedo pensar. Si hay algún modo de hacer desaparecer esta desazón, quiero probarlo.

—¿Es entonces este el mejor momento para tomar una decisión?

—¿No serás tú el que esté teniendo dudas?

—Después de esos besos, ¿cómo voy a tenerlas? Ni hablar.

—¿Entonces...?

—De acuerdo. La habitación del hotel, pero con una condición.

—¿Cuál es?

—Que me dejes invitarte primero a cenar. Quiero llevarte a algún lugar elegante. Quiero verte vestida con algo bonito y sensual...

—¿Qué te parece si llegamos a un acuerdo?

—Tú dirás.

—¿Servicio de habitaciones y mi salto de cama más bonito?

—Entonces, ¿tenemos que esperar a las nueve?

—Podría dejar una nota y luego llamar a Caitlyn desde el hotel para darle las buenas noches. Desgraciadamente, está demasiado acostumbrada a que yo tenga que trabajar hasta muy tarde.

—En ese caso, para una vez que estás en casa antes que ella, no quiero estropeárselo. Nos marcharemos cuando ella se vaya a la cama.

—¿Te vas a quedar aquí?

—¿Quieres que me quede?

—No estoy segura de lo que siento sobre el hecho de que ella sepa que estás aquí. Ya te aprecia mucho. No quiero que se haga ideas equivocadas ni que cuente contigo. Su padre la defraudó terriblemente. No quiero que se lleve más desilusiones.

—Probablemente tengas razón. Cuando tú y yo sepamos qué camino vamos a tomar, podré pasar más tiempo con ella.

—Casi parece que lo estés deseando.

—¿Y por qué no? Es una niña estupenda y tiene un gusto excelente para los hombres. Ya le gusto yo —añadió, tras darle un beso—. Volveré sobre las nueve en punto, pero esperaré fuera en caso de que ella todavía no esté en la cama.

—Puedo ir en mi coche o tomar un taxi.

—No. Cuando tengo una cita, me gusta recoger a mi pareja —dijo. Entonces, volvió a besarla y se marchó.

Emma consiguió llevar a cabo el ritual de todas las noches con Caitlyn, pero sintiendo un gran nudo en el estómago. Los nervios que había sentido durante los últimos días se habían convertido en un deseo irrefrenable.

Estaba a punto de bajar las escaleras cuando el timbre empezó a sonar. Sorprendida, bajó corriendo a abrir la puerta antes de que Caitlyn se despertara.

Cuando la abrió, se encontró a un oficial de policía con un avergonzado Ford. La señora Harrison salió de la cocina al mismo tiempo.

—¿Qué pasa? —preguntó Emma.

—Vi a este hombre rondando por la casa. Como no quise mencionarlo delante de Caitlyn, decidí llamar a la policía —dijo la mujer—. Joven, debería estar usted muy avergonzado de sí mismo.

—Me temo que aquí ha habido un error —replicó Emma—. El señor Hamilton es amigo mío.

—¿Usted lo conoce, señora? Entonces, ¿por qué diablos estaba acechando entre los arbustos?

—Sugerí que me esperara hasta que yo hubiera acostado a Caitlyn. Temía que verlo la pusiera demasiado nerviosa.

—Dios mío, lo siento mucho —se disculpó la señora Harrison.

—No importa —dijo Ford—. Me alegra saber que usted se muestra tan protectora hacia Emma y Caitlyn.

—Es cierto —añadió el policía—. Es mejor prevenir que curar. Bueno, si todo está en orden, yo me marcho.

—Gracias, oficial.

—Bueno, yo me marcho a mi habitación —dijo el ama de llaves, después de lanzar una mirada de disculpa a Ford.

—Cuide de Caitlyn —le pidió Emma—. El señor Hamilton y yo vamos a salir.

—Por supuesto. Que se diviertan.

En cuanto estuvieron solos, Emma lanzó una sonrisa a Ford.

—Uno nunca se aburre a mi lado —dijo—. Bueno, espera un momento que voy por mis cosas.

Emma bajó en menos de diez minutos, con nada más que un pequeño bolso en la mano.

—¿Eso es todo? ¿Vas a ir desnuda al tribunal mañana?

—Volveré aquí mucho antes de tener que ir al tribunal. ¿Te importa?

—¿Me estás diciendo que vas a salir de una cama cálida para volver a tu casa a medianoche?

—Sí. Por Caitlyn.

—Muy bien. En ese caso, sugiero que aprovechemos al máximo el tiempo que tenemos. Nos iremos en mi coche.

—¿Estás seguro? ¿Y cómo regresaré yo? Tú no tienes por qué levantarte solo porque yo quiera hacerlo.

—Sí, claro que sí. La decisión está tomada. Yo te traeré de vuelta. Tú pusiste las reglas para la primera entrevista y yo las pongo para la primera cita. Además, tardaste mucho en llegar hasta aquí desde el tribunal. No quiero perder ni un segundo.

—Yo no tardé.

—¿No?

—Bueno, tal vez un poco —admitió.

—Muy bien. ¿Ha sido tan difícil? No hay nada malo en tener miedo, cariño. La verdad es que yo mismo estoy un poco intranquilo.

—¿Tú? ¿Por qué?

—Eres una mujer formidable. ¿Y si yo no soy lo suficientemente excitante para ti?

—No creo que nos tengamos que preocupar por

eso. Voy camino de la habitación de tu hotel, ¿verdad? Confía en mí. No es algo que yo haga por un capricho.

—Yo tampoco —le aseguró Ford—. No sé lo que significa nada de esto, pero estoy completamente seguro de que no es un capricho.

Emma tenía la sensación de que descubrir lo que estaba pasando entre ellos iba a llevar mucho más tiempo que una única noche en un hotel, pero tal vez Ford tenía razón. Tal vez era un buen lugar para empezar.

El salto de cama nunca salió de la bolsa, como tampoco miraron siquiera el menú del servicio de habitaciones. Cuando llegaron al hotel, lo único que los dos tenían en mente era averiguar si los sentimientos que tenían significaban algo.

Lo primero que Emma vio al entrar en la habitación, fue una enorme cama de matrimonio. Aunque la habitación era espaciosa, la cama lo dominaba todo.

—Buen colchón —comentó, pícaramente, mientras iba a sentarse encima.

—Me alegro de que te guste —susurró él. Entonces, se sentó a su lado y la besó.

Irónicamente, aquel beso la tranquilizó, aunque solo fue durante un momento. Cuando Ford profundizó el beso, el infierno empezó a arder dentro de ella.

—¿Tienes hambre? —preguntó Ford, tras separar sus labios de los de Emma. Ella, abrumada por la sensación que había experimentado, solo pudo negar con la cabeza–. ¿Quieres cambiarte?

—No, esto es lo único que quiero —susurró, abrazándolo.

Ford aceptó el desafío. Hacía el amor tal y como lo hacía todo, lenta y metódicamente. Estudiaba a Emma como si fuera la mujer más hermosa con la que se hubiera encontrado jamás.

Tras besarla de nuevo de un modo que le quitó el aliento, concentró toda su atención en la suave curva del cuello. Las sensaciones que ella experimentó en aquel momento fueron sorprendentes. El fuego líquido que creaba la lengua de Ford la hacía temblar por dentro. Sin embargo, aquello solo fue un adelanto de la atención que les prestó a los senos. Le quitó la blusa completamente y luego le desabrochó delicadamente el broche del sujetador, como si fuera un ritual erótico, para terminar liberándole los senos de los confines del encaje.

Cuando la acarició por fin, lo hizo con un único dedo, deslizándolo por la suave curva del seno hasta llegar al duro pezón. Emma contuvo la respiración y, por fin, él se lo introdujo en la boca, creándole unas sensaciones tan increíbles que la hicieron gemir de placer. Ford se tomó su tiempo para satisfacerla, excitándola con los delicados movimientos de la lengua. Cuando por fin pareció satisfecho, le quitó la falda. Emma se quedó vestida solo con sus braguitas, un liguero y las medias. La pasión que ella vio en los ojos de Ford fue suficiente para abrasarla.

Entonces, empezó la exploración con las manos.

Las ligeras caricias se fueron haciendo más delibera-
das y más lentas. Las manos eran pícaras, los labios
provocativos y la lengua lo era aún más. Ford la estaba
volviendo loca de pasión. Sin embargo, nada parecía
ser suficiente para él. Le pidió más y más, hasta que
Emma alcanzó un nivel desconocido de necesidad.
Solo entonces le permitió desabrocharle la camisa y
apartársela frenéticamente para poder tocarle el firme
tórax. Solo entonces le permitió bajarle la cremallera
del pantalón y dejar libre su palpitante masculinidad.

—Ahora —suplicó, sin poder soportarlo más—. Ford,
date prisa. Te quiero dentro de mí. Quiero... alcanzar
el orgasmo contigo, por favor.

Ford debió entender la urgencia del mensaje porque apartó rápidamente los pantalones y la penetró
con un duro movimiento que la hizo gemir de placer. Emma se aferró a él, clavándole las uñas en el trasero, gozando con la sensación de verse llena tan
completamente. Entonces, él comenzó a moverse
con un ritmo que la aliviaba y la atormentaba a la
vez, como había ocurrido antes con sus caricias.
Cuando un magnífico orgasmo se adueñó de ella,
gritó de placer, aunque el sonido quedó ahogado por
los labios de Ford, mientras se unía a ella con un clímax propio.

Después de que remitieran los temblores, Emma
se dejó caer sobre las almohadas, agotada y trémula.
Nunca había experimentado un placer tan exquisito
ni una atención tan cuidadosa. Sin embargo, sabía
que a pesar del momento tan maravilloso que habían
compartido, había dos cosas que no habían cambiado.

En primer lugar, Ford seguía siendo periodista. A ella seguía aterrándole confiar en su integridad. Mientras el destino de Sue Ellen siguiera dependiendo de ella, aquello siempre se interpondría entre los dos. En segundo lugar, e igual de turbador, era que lo deseaba aún más de lo que lo deseaba antes de hacer el amor.

XIV

Ford se estaba recuperando del orgasmo más poderoso que había sentido en toda su vida cuando se dio cuenta de que Emma se levantaba de la cama como si acabara de recordar una cita de la que dependiera su vida.

—¿Qué pasa, Emma? —le preguntó, agarrándola de la mano. Enseguida, sintió la tensión que emanaba de ella—. ¿Adónde vas?

—Tengo que volver a casa —dijo ella, sin mirarlo a los ojos.

—Todavía es temprano. Llama a la señora Harrison para asegurarte de que todo va bien. Luego podremos pedir la cena que te prometí.

—No tengo hambre.

—Entonces, quédate mientras como. Me gustaría tener compañía.

—Creo que no. No tienes por qué acompañarme. Llamaré a un taxi.

—¿A qué viene todo esto? ¿Por qué quieres huir?

—No estoy huyendo —replicó ella—. Solo porque tengo responsabilidades no significa que esté huyendo.

—Hablamos de los planes que teníamos para esta noche. Íbamos a compartir una cena, a hacer el amor y luego yo te iba a llevar a tu casa. Aparte de la secuencia de los dos primeros hechos, ¿qué es lo que ha cambiado? ¿Es que no has disfrutado tanto tú como lo he hecho yo? Si es así, dímelo.

—Típico ego masculino —dijo Emma, con sarcasmo—. Lo único que os preocupa a todos es vuestra actuación en la cama.

—No. Lo que estoy tratando de hacer es llegar al fondo de tu cambio de humor.

—¿Es que me tiene que pasar algo solo porque me quiera ir a casa? —le espetó ella, echando chispas por los ojos.

—No, no porque te quieras ir a casa, sino porque quieres hacerlo justo en este instante. Tampoco hay nada malo en eso, pero creo que me merezco una explicación. Evidentemente, algo te ha molestado. Venga, Emma. Habla conmigo. Si no es por el sexo, ¿por qué es? ¿Es por nosotros?

—¡Por el amor de Dios! No te vas a quedar satisfecho hasta que te lo diga, ¿verdad?

—No.

—De acuerdo. Entonces, es por el sexo.

—Muy bien —susurró él, preparándose para lo peor.

¿Cómo podía haber sido tan diferente para ambos?–. Tú dirás.

–Ha sido bueno. De hecho, ha sido muy bueno –contestó ella, de mala gana.

–¿Y eso es malo?

–Es horrible. Se suponía que esto iba a poner fin a la atracción, ¿no? ¿No era eso lo que los dos esperábamos?

–No sé... De hecho, he de admitir que no era lo que yo esperaba...

–Pues yo sí. Quería que todo se terminara después de esto, porque tú no me puedes importar.

–¿No? –preguntó él, con cautela. ¿No eran siempre los hombres los que temían el compromiso? Era mala suerte que se encontrara con una mujer que temiera un futuro juntos cuando era lo único que él estaba empezando a pensar.

–Por supuesto que no.

–Pero, de alguna manera, después de esto, ¿te importo? –quiso saber Ford. Ella asintió de una manera tan triste que él estuvo a punto de echarse a reír–. Cariño, vas a tener que explicármelo.

–No ha cambiado nada. Tú sigues siendo periodista y yo no me relacionaré con una persona que trabaja para la prensa. Esto... Esto está mal –añadió, señalando la cama–. Nos hemos equivocado.

–Creo que dices eso algo tarde. Ya tenemos una relación. Decirlo no cambiará nada.

–Claro que lo cambiará. No tengo por qué volver a verte, al menos no de este modo. Había esperado que tú no quisieras, pero he cometido un error, un tremendo error.

—No. Efectivamente, no tienes por qué volver a acostarte conmigo, pero me sentiré muy desilusionado si no lo haces. Para ser sincero contigo, creo que tú también. Estamos bien juntos, Emma. Más que bien. Increíble.

—En la cama, tal vez.

—En la cama, por supuesto. Y en otras cosas también.

—Bien, pues no va a ser así, ni el sexo ni nada. Ya está. No pienso dejar que formes parte de mi vida. Debo de haber estado loca para llegar hasta este punto. No hay futuro para nosotros.

—¿Y todo eso por mi profesión?

—Sí.

—Muy bien —dijo él, cansado de verse acusado de lo que otros periodistas pudieran haber hecho—, si eso es lo que quieres, te dejaré marchar, no solo esta noche, sino para siempre... pero con una condición.

—¿Cuál?

—Que me digas lo que tienes en contra de los periodistas. Creo que me merezco saberlo, especialmente cuando tú dices que es la única razón por la que no podemos estar juntos.

—No son de fiar —replicó ella—. Y yo no puedo estar con alguien que no sea de fiar.

—¿Y sí puedes ir a un tribunal y defender a un tipo que es culpable sin ningún dilema moral?

—Una cosa no tiene nada que ver con la otra...

—Vas a tener que esforzarte más. No pienso dejarte escapar así como así. Quiero algo más específico

–insistió. Entonces, para su asombro, vio que ella se echaba a llorar–. ¿Emma?

–No quiero hablar de ello...

–Creo que necesitas hacerlo. Por favor, cuéntamelo. Te lo he preguntado una y otra vez y no has querido decírmelo, pero tengo que saberlo. ¿Tergiversó alguien tus palabras?

–Si hubiera sido algo tan sencillo...

–Entonces, ¿de qué se trata?

–Ni siquiera hablé con ese hombre –susurró ella, con los ojos llenos de tristeza–, ni siquiera una vez, pero nadie lo creería nunca...

–¿Ese hombre?

–Un periodista de uno de los periódicos de Denver.

–¿Qué ocurrió?

–Fue un artículo sobre un caso del que yo me ocupaba. Mi cliente era una persona de alto nivel. La defensa era algo complicada. Todos creyeron que yo le había dado información confidencial sobre mi cliente a un periodista. Mis socios estaban a punto de echarme. Después de todo, estaba escrita en una página de periódico una información que solo yo podría haber sabido, información suficiente para meter a mi cliente en la cárcel. Tal vez era allí donde debía estar, pero no se trataba de eso. Yo nunca habría hecho algo tan poco ético.

–Te creo –susurró Ford–. Sé que tú nunca serías capaz de hacer algo así.

–¿De verdad?

–Claro. ¿Conseguiste limpiar tu nombre?

—Sí.

—¿Cómo?

—Demostré que otra persona había revelado aquella información y que el periodista sabía que esa información no provenía de mí, pero que la había ligado a mi nombre por un precio.

—¿Quién fue capaz de hacer algo tan terrible?

—Mi exmarido...

—¿Cómo? —preguntó él, atónito—. ¿Y por qué diablos iba a hacer algo como eso?

—Para que me despidieran. Quería que yo dejara de ejercer como abogada. Hizo todo lo que pudo. Tenía que controlarme. No podía soportar que yo fuera su igual, que ganara tanto dinero como él. Restaba importancia a lo que yo hacía cada vez que tenía oportunidad.

—¿Y tú lo soportaste? —preguntó Ford, comprendiendo por fin por qué el caso de Sue Ellen significaba tanto para ella.

—Durante demasiado tiempo. No me siento orgullosa de ello, pero él era el padre de mi hija. Quería creer que una vez que viera lo buena que era, se sentiría orgulloso de mí.

—Pero no fue así.

—No. Como no conseguía nada, decidió desacreditarme, hacer que me echaran del colegio de abogados. Habló con un conocido suyo, un tipo con pocos escrúpulos, y le dio la información sobre mi cliente con la condición de que me citara a mí. Naturalmente, la historia era demasiado jugosa como para que aquel tipo la despreciara.

—¿Conseguiste que ese hombre confesara ante las autoridades y que admitiera que Kit era el responsable de todo?

—No. Afirmó que protegía a sus fuentes y que nunca había dicho que hubiera sido yo la que le había dado la información, pero lo escribió de tal modo que no hiciera falta ser una lumbrera para imaginarse que había sido yo.

—Entonces, ¿cómo sabes tú que fue tu marido?

—Contraté a un detective. Él descubrió que había un ingreso en la cuenta corriente del periodista que él no pudo justificar. Esa cifra encajaba exactamente con un reintegro que Kit había hecho de nuestra cuenta. Cuando me enfrenté a Kit, no lo negó. Me dijo que lo había hecho porque me amaba.

—Dios santo... Lo siento, pero estoy seguro de que sabes que no todos los periodistas son así. Hay algunos corruptos, pero la mayoría son personas honradas y trabajadoras que adoran su profesión.

—Mi intelecto lo puede aceptar, pero mi corazón no puede separaros al resto de aquel gusano que conspiró contra mí por encargo de mi exmarido.

—Es comprensible, pero voy a conseguir que cambies de opinión, Emma. Te prometo que voy a hacer todo lo posible para demostrarte que no todos somos iguales.

Desgraciadamente, no sabía cómo iba a hacerlo. La desconfianza de Emma estaba muy arraigada y no iba a ser tan sencillo como hubiera deseado. Le iba a llevar tiempo y paciencia. Además, como solo era el caso de Sue Ellen lo que la llevaría a Winding River con cierta frecuencia, iba a tener que trabajar rápidamente o la perdería para siempre.

Al mirar la dulce curva de sus senos, sintió una nueva erección. El corazón empezó a latirle a toda velocidad, lo que le ayudó a alcanzar rápidamente una conclusión. Perder a Emma no era una opción.

Emma no podía creer que le hubiera contado su horrible historia a Ford. Pocas personas conocían lo que Kit había sido capaz de hacer con tal de controlar su vida. Era parte del acuerdo que había alcanzado con él cuando se divorciaron. Había prometido que no diría nada mientras él no se opusiera al divorcio y le ayudara a limpiar su nombre. Como su carrera era tan importante para él, había accedido. Emma no le había dado elección.

Habría hecho lo mismo para quedarse con Caitlyn, pero el amor que entró en la vida de Kit había evitado que Emma tuviera que emplearse a fondo también en aquello. Kit salió rápidamente de su vida.

Cuando pensaba en aquellos días, no podría creer que hubiera podido superarlos. Había estado al borde de la desesperación, pero había conseguido salir de ello sin ayuda. Su determinación, el compromiso con su carrera y Caitlyn le habían dado fuerzas, aunque le había quedado el lastre de la desconfianza en los periodistas. En realidad, en lo que no confiaba en realidad era en su buen juicio en lo que se refería a los hombres.

Sin embargo, de algún modo, Ford había conseguido superar sus defensas y acercarse a ella más de lo que ningún hombre lo había hecho en años.

Después de aquella noche en el hotel, había tenido dificultad para dormir durante una semana. El deseo que había esperado terminar entonces solo se había intensificado. La perspectiva de volver a Winding River la excitaba y la aterrorizaba al mismo tiempo.

Él la había llamado al día siguiente y a la noche siguiente. De hecho, la había llamado con regularidad, pero ella no había respondido a ninguna de sus llamadas. No quería permitir que su resolución flaqueara. Prolongar el contacto no era lo más indicado para ellos. Sin embargo, sabía que no podía posponer el regreso a Winding River indefinidamente. La fecha del juicio de Sue Ellen se había fijado ya y tenía que preparar su defensa. Estaba mirando el calendario para tratar de tomar una decisión, cuando su secretaria la llamó.

—Tiene a Lauren Winters por la línea dos —dijo.

—Gracias, Liza —respondió Emma, mientras apretaba el botón correspondiente—. Vaya, creía que estabas localizando exteriores para tu próxima película.

—Así es, pero esto del teléfono móvil es una tecnología increíble. Funciona incluso en las llanuras salvajes de Vancouver.

—Muy graciosa. ¿Para qué me llamabas?

—Solo quería saber cómo estás. Sé que llevas unas semanas alejada de Winding River. ¿Te estás escondiendo?

—¿Por qué dices eso? —preguntó Emma, dolida por la acusación.

—Te conozco, Emma. Ford Hamilton te tiene aterrada. Me di cuenta cuando saliste pitando de la ciudad.

—No seas ridícula. Regresé porque tenía que ocuparme de un caso.

—Si tú lo dices... Bueno, ¿ha ido Ford a Denver?

—Sí.

—Ya me parecía. ¿Qué tal os fue?

—Estuvo aquí solo una noche. Le dije que no iba a funcionar y se volvió a Winding River. Fin de la historia.

—¿Aceptó un no por respuesta? —replicó Lauren, muy desilusionada.

—En realidad, no le di otra alternativa.

—¿Y no te ha llamado?

—Sí, pero yo no he respondido a sus llamadas.

—¿Y por qué no?

—Porque no tiene sentido. Él está allí y yo aquí. Es periodista, y yo no confío en los periodistas. Las lista de razones es interminable.

—Podrías estar en Winding River con él. En cuanto a eso de los periodistas, nunca lo he comprendido. Sé que tiene algo que ver con Kit, pero no creo que puedas echarle a Ford la culpa de eso.

—Confía en mí. Tengo buenas razones para sentir lo que siento.

—Estoy segura, pero, ¿no te parece injusto? Ford nunca te ha hecho mal alguno...

—Cierto.

—Entonces, sé justa. No esperarías que un jurado lo condenara por algo que no ha hecho, ¿verdad? ¿Cómo puedes hacerlo tú?

—No es tan sencillo.

—Claro que lo es. Vete a casa y dale una oportunidad. Sé de buena tinta que ese hombre es muy respetado.

—¿De buena tinta?

—Cassie, Karen, Gina... Cuenta con la aprobación de las tres. Y con la mía. Si no quieres darle una oportunidad por tu propio bien, hazlo por el mío.

—¿Por qué tiene que importarte lo que yo haga con Ford?

—Porque si le das una oportunidad, podrías terminar viviendo en Winding River. Así, cuando yo regrese allí, me será más fácil reunirme con todas mis amigas.

—¿Con qué frecuencia estás pensando regresar? Reconócelo, Lauren. Estás tan agobiada por el trabajo como yo. Además, el tuyo te lleva por todo el mundo.

—Sí, bueno... He estado pensando sobre eso.

—¿Cómo?

—Cuando termine esta película, tal vez regrese a Winding River para siempre.

—¿Quieres decir que vivirás allí entre película y película?

—No, quiero decir permanentemente.

—¿Cómo? ¿Cuándo has decidido eso?

—Llevo pensándolo mucho tiempo. Quiero estar cerca de la gente que de verdad me importa.

—¿Y vas a dejar de hacer cine?

—Sí. O tal vez haga alguna película de vez en cuando, cuando tenga un guion maravilloso que me sea imposible rechazar. Ya veré. En estos momentos, solo deseo que mi vida sea diferente.

—¿Me estás ocultando algo? No estarás enferma, ¿verdad?

—No, solo muy sola. Yo no estaba hecha para esta vida. No es de verdad.

—En ese caso, debes regresar a casa. De hecho, si puedes hacerlo este fin de semana, toma un avión. Yo iré en coche. Podemos hablar de esto e incluso te permitiré que trates de darme un poco de sentido común en lo que se refiere a Ford.

—Eso sí que es un incentivo. Allí estaré.

—No te prometo que tengas suerte.

—Cielo, he persuadido a millones de personas de que sé actuar. Estoy segura de que puedo persuadirte a ti para que le des una oportunidad a un hombre guapo y honrado.

Emma no sabía si Lauren podría o no. Sin embargo, mientras colgaba el teléfono, se dio cuenta de que una parte de su ser deseaba de todo corazón que Lauren se saliera con la suya.

Emma tenía razón. Hacer el amor con ella había sido un grave error. Tras haberla tenido en sus brazos, Ford sabía que nunca podría dejarla marchar.

No podía olvidarse de ella. Ni siquiera le molestaba el hecho de que se negara a aceptar sus llamadas. En realidad, lo consideraba buena señal. No estaría evitándolo si no temiera volver a estar frente a él.

Por su parte, Ford se había dado cuenta de que, casi sin darse cuenta, se había enamorado de ella. Era la mujer más inteligente que había conocido y también la más apasionada, no solo en la cama sino en la vida. Sentía que podrían superar todos los inconvenientes. Incluso el hecho de que ella trabajara en Denver era algo superable. No le importaba que ella se quedara allí e incluso estaba dispuesto a viajar a diario entre Denver y Winding River si era necesario, pero le daba la sensación de que Emma estaba más que dispuesta a regresar a su lugar de nacimiento. Parecía estar más cómoda y relajada rodeada de los suyos. Mientras estaba allí, había reído con más facilidad e incluso su perpetuo ceño fruncido había desaparecido. Solo con regresar a Denver, la tensión y el ceño habían regresado instantáneamente.

Se preguntaba si ella era consciente de aquella transformación y de sus implicaciones. También se preguntaba hasta cuándo se iba a estar escondiendo para no admitir que no era verdaderamente feliz en Denver y que deseaba regresar a Winding River.

Tenía aquellos pensamientos en mente cuando levantó la mirada de su taza de café y vio a Cassie mirándolo con curiosidad.

—¿Va todo bien? —le preguntó.

—Debería ser yo la que te preguntara eso —replicó ella—. ¿Has sabido de Emma? —añadió, sentándose enfrente de él.

—No.

—¿Has intentado hablar con ella?

—En varias ocasiones, pero no contesta a mis llamadas.

—Bien. De hecho, es genial.

—Eso es lo que yo había pensado, pero me gustaría que me explicaras por qué crees que es bueno.

—Es prueba de que te considera un riesgo. Emma no se asusta de nada, pero, aparentemente, se siente aterrada por ti.

—¿Cómo puedo romper esta situación?

—Debes esperar. Regresará. De hecho, Lauren me llamó anoche y me dijo que había conseguido hacer que Emma regresara para el fin de semana. Emma cree que viene a evitar que Lauren tome una decisión muy drástica para su carrera. Esa parte no la entiendo muy bien, pero lo importante es que podrás ver a Emma en persona. Emma no es capaz de ser grosera con nadie cuando está cara a cara con esa persona.

—¿No me dará con la puerta en las narices?

—No.

—¿Cuándo llega?

—Supongo que el viernes por la tarde, pero lo comprobaré con su madre y, si conozco bien a la señora Clayton, estará más que contenta de que tú seas el comité de bienvenida. De hecho, me imagino que insistirá en que así sea.

Ford se imaginó la sorpresa que se reflejaría en el rostro de Emma cuando descubriera que él era el encargado de darle la bienvenida. Fue esa misma imagen la que la ayudó a superar el resto de la semana.

XV

Emma tenía su equipaje preparado y estaba a punto de llevarlo a la planta baja cuando sonó el timbre.

—Ya voy yo —gritó Caitlyn, alegremente. Estaba deseando ponerse en camino y había estado sentada en las escaleras desde hacía algún tiempo, esperando que su madre terminara—. ¡Tío Matt!

Atónita, Emma se asomó por la barandilla. Efectivamente, era su hermano. Estaba sin afeitar, con el pelo revuelto y con una maleta en la mano.

—Tienes un aspecto terrible —comentó ella, mientras bajaba la escalera.

—Pues sí que sabes dar ánimos, hermanita —replicó Matt, con una débil sonrisa.

—¿Cómo es que has venido a vernos, tío Matt? —preguntó Caitlyn.

—Vamos a la cocina para prepararle a tu tío un café y algo para desayunar. Estoy segura de que entonces responderá a todas nuestras preguntas.

—Pero, mamá —dijo la niña, muy desilusionada—, tenemos que irnos. El abuelo está esperándonos.

—¿Por qué no vas a llamar al abuelo y le dices que nos vamos a retrasar un poco? —sugirió Emma, para así quedarse a solas con su hermano.

—¿Tenemos que hablar de esto ahora? —preguntó Matt, cuando la niña se hubo marchado—. Lo único que quiero es dormir. He estado conduciendo casi toda la noche y estoy agotado.

—Eso ya lo veo, pero eso significa que resistirás menos y que te podré sacar algunas respuestas.

—Es una técnica injusta.

—Lo sé, pero si no quisieras hablar, me habrías evitado y te habrías marchado a un hotel —dijo Emma, tomándolo de la mano—. Siéntate. Te preparé café. ¿Quieres huevos?

—Sí, gracias.

—¿Os habéis vuelto a pelear Martha y tú?

—Podríamos decir eso.

—¿Sobre qué?

—En realidad, mamá, papá y ella se unieron contra mí.

—¿Para qué?

—Para hablarme del futuro, ¿de qué si no?

—¿Y cuál fue el resultado?

—Me echaron a patadas.

—Muy bien —replicó ella, tratando de no soltar la carcajada—. ¿Qué planes tienes?

—Me echaron anoche. ¿De verdad crees que he tenido tiempo de hacer algún plan?

—Tanto si quieres como si no, esto es lo que llevas años soñando —dijo Emma, mientras se preparaba el café.

—Un sueño no es un plan.

—Pero es el principio de uno. ¿Cuál es el tuyo? Si pudieras hacer cualquier cosa, ¿qué elegirías?

—Creo que tengo buena cabeza para los negocios —dijo Matt, tras una larga pausa—. Papá dice que el rancho nunca ha funcionado mejor y he ganado algo de dinero invirtiendo.

—¿De verdad? ¿Cuánto?

—Lo suficiente para pagarme los estudios en la universidad. No le he dicho nada a Martha, porque lo de invertir en Bolsa la pone muy nerviosa. Cree que lo de trabajar en un rancho ya es bastante imprevisible.

—Si tienes el dinero para pagarte tus estudios, ¿por qué diablos has estado esperando?

—Ya sabes por qué. Por papá. Ahora veo que ha sido un error. Estaba deseando deshacerse de mí.

—Sabes que eso no es cierto. Tú mismo acabas de decir que te confesó que el rancho nunca había ido mejor y eso es por ti. Lo único que quiere es que seas feliz haciendo lo que quieres hacer. No es demasiado tarde para matricularse para el semestre de otoño en el campus que la universidad de Colorado tiene en Boulder. Te podrías quedar aquí y traerte a Martha y a los niños —le ofreció. Desde que había regresado de Winding River, con la familia y Ford a su alrededor, su vida en Denver le había parecido más vacía que nunca—. Hay mucho sitio y a Caitlyn le encantaría teneros aquí.

—No puedo imponer mi presencia de esa manera.

—Claro que puedes. Además, ¿desde cuándo es una imposición que un hermano visite a su hermana?

—¿Durante cuatro años? ¡Menuda visita!

—Si no te gusta vivir conmigo, tendrás esa motivación para terminar antes —comentó ella, con una sonrisa.

—Emma, ¿estás segura? Este es un gran paso para ambos. Ni siquiera has tenido tiempo de pensarlo.

—Claro que estoy segura. Si no eres feliz aquí o si el constante viaje para asistir a tus clases es una carga muy pesada, dentro de unos pocos meses te puedes buscar algo más cerca de la escuela.

—Tengo el dinero para las clases, no para el alojamiento.

—En ese caso, Martha encontrará un trabajo. Ya se ha ofrecido para hacerlo y yo os ayudaré. Una de los inconvenientes de ser abogado es que se tiene mucho dinero, pero no tiempo para gastarlo. Estaría encantada de invertir un poco en tu futuro, especialmente si terminas tus estudios y te conviertes en un especialista en inversión y me triplicas mis ahorros.

—Creo que estás siendo demasiado optimista. El mercado es algo complicado.

—En ese caso, tú evitarás que cometa tonterías. Quédate, Matt, por favor. Hazlo por ti mismo y por Martha y los niños.

—¿De verdad crees que puedo?

—Estoy segura, al igual que el resto de la familia. Tú eres el único que tiene dudas.

—Muy bien. Si puedo conseguir una licenciatura a mi edad, estoy seguro de que también me puedo preparar un par de huevos. Idos Caitlyn y tú. Sé que la niña tiene muchas ganas de llegar a Winding River. Seguro que está deseando ver a su poni. Ha estado llamando a papá constantemente.

—Lo sé. He visto la factura del teléfono. ¿Quieres que le diga a mamá y a papá lo que has decidido?

—No. Ya los llamaré yo. Les diré que ya vais de camino y que yo me mudo a Colorado. Tal vez no se sintieran tan desilusionados si supieran que tú regresas a Winding River para quedarte.

—He dicho que compartiría mi casa contigo, no que te la daría —bromeó ella—. Volveré dentro de unos días. De hecho, ayudaré a Martha recoger las cosas y me la traeré conmigo. Tú concéntrate en matricularte en la universidad antes de que te eches atrás. Lo vas a hacer estupendamente —añadió, dándole un beso.

—Espero que tengas razón.

—Siempre tengo razón.

—Eso es lo que crees tú —replicó Matt. Emma se dispuso a salir de la cocina—. Eh, hermana.

—¿Qué?

—Ahora que he reunido el valor para hacer un cambio tan dramático en mi vida, tal vez sea hora de que tú hagas lo mismo. Sé de buena tinta que un cierto periodista te aprecia mucho...

—No te pases, hermanito. Todavía te puedo poner en la calle.

—Eso me gustaría verlo —dijo Matt, reclinándose en la silla—. Esta casa me está empezando a parecer muy cómoda.

Emma salió riendo de la cocina. Sin embargo, le daba la sensación de que ella sería el siguiente reto para sus padres, tras el éxito que habían conseguido con Matt. Era una pena que Ford Hamilton no pudiera formar parte de su futuro... a pesar de que no podía quitárselo de la cabeza.

A Emma no le gustó el modo en el que el corazón se le aceleró al ver a Ford sentado en el balancín del rancho de sus padres. Tampoco le agradó que Caitlyn comenzara a sonreír y saliera del coche rápidamente para abrazarse a él.

—¡Te he echado mucho de menos! —gritó la pequeña, llena de entusiasmo.

—Y yo también, tesoro.

—Hablar contigo por teléfono no es tan bueno como verte —dijo Caitlyn,

—No, pero es mejor que nada.

Emma se sintió como si le hubieran dado un puñetazo en el estómago. No tenía ni idea de que Ford había estado hablando con su hija.

—Caitlyn, ¿por qué no vas a buscar a tu abuelo? —le dijo—. Estoy segura de que está en el establo.

—En realidad, tu madre y él han ido a Laramie para cenar y ver una película —anunció él.

—Pero Matt los llamó. Sabían que veníamos en camino...

—Por eso estoy yo aquí.

—¿Te pidieron que vinieras a recibirme para cuando llegara?

—Sí. De hecho, a tu madre le pareció una solución espléndida.

—¿Una solución para qué? Yo tengo llave. Podría haber entrado en la casa yo sola.

—Sí, pero podrías haberte sentido algo abandonada. Ahora que yo estoy aquí, no hay posibilidad de eso. Os voy a llevar a cenar a las dos al restaurante de Tony. Gina cocina esta noche. Ha prometido preparar la pizza favorita de Caitlyn.

—Eres el mejor —dijo la niña, dándole un beso en la mejilla.

—Caitlyn —replicó Emma, algo molesta con aquel plan—, lleva tu bolsa a tu habitación. Tengo que hablar con Ford antes de que vayamos a cenar.

—Pero...

—Vete —le ordenó a la niña. En cuanto la pequeña hubo desaparecido, se encaró con Ford—. ¿Qué diablos has hecho? ¿Sobornarlos para que se vayan?

—¿Y por qué iba yo a hacer algo así?

—Porque seguramente no te gustaría que estuvieran presentes cuando te dijera que eres un ser despreciable, vil y mentiroso.

—No, claro que no me gustaría. Además, no dice mucho de ti que me llames esas cosas cuando sabes que no son verdad. De hecho, he sido muy sincero contigo sobre la dirección en la que veo que se encamina lo nuestro.

—No me refería a eso.

—Lo sé.

—Además, quiero que me digas por qué has estado hablando con mi hija a mis espaldas.

—No lo he hecho a tus espaldas. Yo llamaba. Ella respondía. Y hablábamos. Tú no querías hablar conmigo.

—Con buen criterio.

—En tu opinión.

—Ford...

—Espero que tengas hambre. Le dije a Gina que preparara una pizza familiar.

—Yo no voy a ir a cenar contigo.

—¿No? ¿Y qué le vas a decir a Caitlyn? Ella sí que tiene ganas.

—De acuerdo, tú ganas —admitió Emma, con un suspiro—, pero no tiene por qué gustarme.

—Claro que no —replicó él. Entonces, se levantó y le dio un beso en la mejilla—. Sin embargo, haré todo lo posible para que sea así.

Ford estaba muy satisfecho consigo mismo por lo bien que había ido todo. Emma había terminado cediendo, aunque no sin protestas. No obstante, aquello era algo que él ya había anticipado. En situaciones como aquella, se requerían medidas desesperadas.

Llegaron al restaurante de Tony antes de la hora habitual de cenar. El restaurante estaba vacío, pero Gina los estaba esperando, dado que Ford la había llamado cuando salían del rancho.

—Acabo de meter la pizza en el horno —anunció—.

Peggy tiene descanso hasta las cinco, así que yo seré vuestra camarera.

—Ni hablar —replicó Emma—. Tú te vas a sentar con nosotros.

—¿Y cómo va a ir la pizza de la cocina a la mesa?

—Dado que esta cena ha sido idea de Ford, se ocupará él.

—Por supuesto. Siempre estoy dispuesto a impresionar a las mujeres más hermosas de Winding River con mis excelentes modales. Ahora, siéntense, señoras. Volveré con sus bebidas dentro de un momento —bromeó—. No te importa, ¿verdad, Gina?

—Claro que no —respondió ella—. De hecho, estoy encantada de poder descansar unos minutos. Yo tomaré una copa de vino.

—Yo también —dijo Emma.

—¿Estás segura? —observó Ford—. Yo hubiera dicho que querías tener los sentidos al cien por cien.

—No hay necesidad. Tengo a Gina para que me proteja.

—Muy bien. ¿Y a ti qué te apetece, cielo? —le preguntó a la niña—. ¿Un refresco?

—Sí —respondió Caitlyn—. Uno bien grande.

—No, uno pequeño —le corrigió Emma—. Cuando termines, te puedes tomar otro.

A los pocos minutos, Ford regresó con las bebidas y la pizza. Dejó que las dos amigas charlaran y comprobó cómo Emma se relajaba visiblemente. Cuando terminaron de cenar, Gina sonrió a Caitlyn.

—Tengo un deseo repentino de ir a la juguetería antes de que cierre. ¿Quieres venir conmigo?

—¿De verdad?

—Claro. Podemos ir a ver si Barbie tiene algo nuevo. Además, creo que Ford y tu mamá tienen cosas de qué hablar.

—Eso no es cierto —replicó Emma—. Yo os acompañaré —añadió. Sin embargo, Ford la agarró de la mano.

—Vete con Gina, Caitlyn —le dijo a la niña—, pero no trates de que ella te compre la tienda entera.

—No hay posibilidad. Mi límite es de un juguete.

Cuando las dos se marcharon, Ford le dijo a Emma:

—Gracias.

—¿Por qué?

—Por no haber salido corriendo.

—Estoy más que harta de que todo el mundo me acuse de huir de las cosas.

—Entonces, deja de hacerlo.

—Yo no he hecho nada de eso. Mira, creo que esto no es buena idea. Me marcho con Gina y Caitlyn —afirmó, mientras se ponía de pie.

—Te estás tambaleando —dijo él.

—Eso no es cierto —replicó Emma, aunque no pudo hacer otra cosa más que sentarse.

—Deberías dejar de tomar vino.

—Lo sé. ¿Por qué me permitiste que lo tomara?

—¿Permitírtelo? ¿Podría yo habértelo impedido?

—No, pero, además, querías que me pusiera algo alegre, ¿verdad?

—Se me ocurrió que podrías acceder más fácilmente si no tenías la cabeza del todo clara.

—¿Acceder a qué?

—A salir a bailar conmigo después de que llevemos a Caitlyn al rancho.

—Ni hablar.

—Entonces, mañana por la noche.

—Olvídalo.

—Tal vez te debería haber recomendado que te tomaras una segunda copa de vino. Bueno, al menos ahora que estamos juntos, hablemos de nuestra relación.

—No existe.

—Claro que existe. Tal vez todavía esté en ciernes, pero tenemos una relación y yo estoy dispuesto a esforzarme para que sea mejor aún. ¿Y tú?

—No. Mientras estamos hablando de las cosas que no quiero que se produzcan, te pediría que no volvieras a llamar a mi hija. Evidentemente, a ella le gusta mucho.

—¿Y por qué es eso malo?

—Porque no quiero que cuente contigo. Tarde o temprano, tú terminarás yendo por otra mujer y perderás interés en conseguirme a mí a través de mi hija.

—¿Es eso lo que crees que estoy haciendo?

—¿Me equivoco?

—Sí. Hablo con ella porque es una niña muy inteligente y me gusta hacerlo. El que sea tu hija es solo una ventaja extra.

—Claro. A todos los hombres de treinta y tantos años les encanta charlar con niñas de seis.

—Yo no puedo hablar en nombre de todos los hombres, pero a mí me gustan los niños. No son tan cínicos como algunos adultos que podría mencionar.

—Como quieras —dijo ella, poniéndose de pie—. Ahora, tengo que ir a la cárcel a hablar con Sue Ellen.

—Mala idea.

—¿Por qué?

—Dada tu condición, Ryan te va a hacer algunas preguntas.

—Yo me encargaré de que mis respuestas no den muy buena imagen tuya.

—No te creerá. Me aprecia.

—Pero a mí me aprecia desde hace más tiempo.

—Si no te hubiera escuchado dar tus argumentos ante un jurado —comentó, entre risas—, nunca me habría creído todo lo que se dice sobre tu don de palabra.

—¿Por qué?

—Porque he oído frases similares en un patio de colegio.

—Creo que estoy empezando a odiarte.

—¿De verdad? Es lo más prometedor que has dicho hoy. El odio y el amor son dos caras de la misma moneda. Creo que estamos progresando. Venga —dijo Ford, poniéndose de pie—, te acompañaré a la cárcel.

—¿Por qué?

—Para que pueda interceder por ti si Ryan decide arrestarte por estar bebida.

—No estoy bebida.

—¡Vaya! Podrías haberme engañado.

Emma abrió la boca para replicar, pero la volvió a cerrar. Entonces, se puso de pie con mucho cuidado y, tras mirar a Ford con desprecio, se dirigió a la puerta. Ford decidió no seguirla. Sabía que ya había confiado demasiado en su buena suerte y que la había exasperado bastante por un solo día. Por supuesto, tenía intención de seguir haciéndolo hasta que Emma se diera cuenta de que no iba a dejarla escapar. Sería el primer paso para la confianza que esperaba construir entre ambos.

XVI

La visita que Emma realizó a Sue Ellen no fue mucho mejor que su cena con Ford. La mujer estaba cada vez más deprimida. No solo no creía que Emma pudiera ganar el caso, sino que ni siquiera le importaba. Creía que merecía pasarse el resto de su vida en la cárcel. Por eso, cuando Emma salió de la celda, estaba completamente desmoralizada.

–¿Has visto a lo que yo me refería? –le preguntó Ryan–. Me da miedo.

–Haré que vuelva a venir el psicólogo a verla.

–Ya había pensado yo en eso, pero se negó. Me dijo que no le había caído bien.

–En ese caso, tendremos que encontrar a otro.

–No creo que esa sea la respuesta. Creo que le encontrará faltas al nuevo también. Estoy seguro que desaprobará a todos los que le digan que se merece otra oportunidad en la vida. Más o menos eso es lo que me ha dicho a mí. Las últimas veces que he tratado de hablar con ella, se ha limitado a tumbarse en la cama y a no prestarme ninguna atención. Ya ni siquiera me mira a los ojos.

—¿Lleva así desde que yo me marché?

—No. Ahora que lo pienso, estoy seguro de que empezó la semana pasada. Hasta entonces, había estado triste, pero no tanto. De hecho, hasta ese momento parecía más animada. Yo me pasé un par de tardes con ella en la celda jugando a las cartas e incluso se rio en un par de ocasiones.

—¿Sabes qué ha podido producir este cambio? ¿Ocurrió algo? ¿Tuvo alguna visita?

—Ha venido mucha gente a verla desde que fue arrestada. Por lo que yo sé, todos han venido a darle ánimos. Déjame que mire la hoja de visitas. Tal vez descubramos algo —dijo, abriendo uno de los libros que tenía encima de la mesa—. ¡Dios mío! —exclamó, tras examinar las visitas de las dos últimas semanas—. Mira esto —añadió, mostrándole la firma de Kate Carter.

—¿Has dejado que la madre de Donny entre a verla? —preguntó Emma, incrédula.

—Yo no. Mira la hora. Ocurrió en el turno de noche. Yo tenía una reunión con el ayuntamiento aquella noche y no estuve aquí. ¿En qué diablos estaba pensando Frankie?

—No le eches la culpa completamente a él. Sue Ellen debió de acceder a recibirla.

—Es cierto, pero, ¿por qué lo haría? Tenía que haberse imaginado que Kate no le diría nada bueno.

—Tal vez estaba esperando que la perdonara o al menos que la comprendiera.

—¿Kate? Se ha pasado toda la vida recibiendo palizas primero de su padre y luego de su marido. Seguramente piensa que eso es lo normal entre una pareja y que Sue Ellen debería haber aguantado. Había oído que Kate andaba diciendo cosas por el pueblo. Tendría que haber prevenido a Frankie para que no la dejara pasar, aunque Sue Ellen accediera.

—¿Qué clase de cosas?

—Lo que seguramente te estás imaginando, que Sue Ellen mató a su precioso hijo y que va a tener que pagar por ello.

—Si le dijo lo mismo a Sue Elle, no es de extrañar que esté deprimida. Voy a traerle a un psicólogo, tanto si le gusta como si no —afirmó Emma. Sin embargo, cuando fue a agarrar el teléfono, Ryan se lo impidió.

—En vez de eso, llama a un sacerdote.

—Buena idea. El reverendo Foster es amable y compasivo.

—Lo más importante es que también lo es el Dios en el que cree. ¿Y si esto no funciona? No servirá de nada que se presente en los tribunales creyendo que es culpable, ¿verdad?

—Eso ni lo pienses —le recriminó Emma—. Esto va a funcionar. Tiene que hacerlo.

Ford estaba sentado en su despacho, saboreando los progresos que había hecho con Emma aquella tarde, cuando entró a verlo una mujer, tambaleándose. Si no estaba borracha, le faltaba bien poco.

—¿Es usted el editor del periódico?

—Sí. ¿Quién es usted?

—Kate Carter. Ese diablo que está en la cárcel mató a mi hijo.

—Entiendo —dijo Ford, atónito.

—Quiero que escriba un artículo sobre lo buena persona que era mi hijo. Todo el mundo le dirá que así era. Donny Carter era un buen hombre.

—¿Por qué no se sienta y me habla sobre él? —preguntó Ford, con cautela.

—¿Tiene usted algo de beber? —quiso saber la mujer, mientras tomaba asiento.

—No, lo siento.

—Si hablo con usted, ¿cuánto me pagará?

—Yo no pago por entrevistas.

—He oído que los grandes periódicos pagan millones.

—Yo no, pero si quiere hablar sobre su hijo, la escucharé.

—¿E imprimirá lo que yo diga, palabra por palabra?

—Lo que imprima será exacto.

—Muy bien, saque papel y lápiz.

—Prefería utilizar una grabadora, para que no haya duda alguna sobre la exactitud de lo que escriba.

—Como quiera...

Ford preparó la grabadora cuidadosamente. Evidentemente, la intención de Kate Carter era hacer que se condenara a su nuera. Sabía que la versión que la mujer iba a darle no iba a ser imparcial, pero tenía que conocer algo más sobre aquel matrimonio, aunque estuviera solo a favor de Donny.

—¿Pasaba usted mucho tiempo con su hijo y su nuera?

—Yo tenía mi propio marido y mi propia casa de la que ocuparme. No podía ir a visitarlos todos los días, pero lo hacía con frecuencia y sabía lo que había.

—Cuando estaba usted allí, ¿discutieron Donny y Sue Ellen alguna vez?

—Nunca. Mi hijo era un hombre encantador. La adoraba y nunca le dijo una mala palabra.

—Eso no es lo que dicen los vecinos. Dicen que se peleaban casi todas las noches.

—Mienten.

—¿Por qué cree que lo hacen?

—¿Y yo qué sé?

—Hábleme de su propio matrimonio, ¿se llevaban bien su marido y usted?

—Mi marido lleva seis meses muerto, que Dios lo tenga en su Gloria. ¿Qué tiene que ver él con esto?

—Solo me preguntaba qué ejemplo le habría dado a Donny.

—Mi marido tenía carácter. Como algunos hombres. Es natural.

—¿Le pegó alguna vez?

—Nunca a menos que me lo mereciera...

—Entonces, ¿significa eso que Donny creció creyendo que eso era algo aceptable? —preguntó, para no decirle que ningún hombre tiene derecho a pegar a una mujer—. ¿Usted nunca le dijo que no era así?

—¿Está tratando de que le diga que mi marido le dio un mal ejemplo a mi hijo?

—¿Cree que eso es posible?

—No, claro que no. Donny era un buen marido. Sue Ellen debería haber estado agradecida.

—Entonces, si le pegaba de vez en cuando, es parte del matrimonio, ¿verdad?

—Exactamente. No —rectificó enseguida—, mi hijo nunca le pegó— Si escribe que le he dicho eso, diré que miente.

—Sus palabras están grabadas —le espetó. Entonces, la mujer agarró la grabadora y la estampó contra la pared.

—Encuentre esas palabras ahora.

—Lo haré. Muy bien, señora Carter, la entrevista ha terminado. Si voy a citarla como fuente, tengo que saber que es sincera.

—Por favor —suplicó la mujer, con los ojos llenos de lágrimas—, no dé una mala imagen de mi hijo...

—Siento mucho su pérdida —replicó Ford.

—Nadie cree que haya sido una pérdida —susurró—, pero para mí sí lo ha sido. Cuando su padre venía a por mí, él trataba de protegerme, incluso cuando solo era un niño. Más de una vez se llevó él las zurras. Lo menos que puedo hacer es proteger su memoria.

—Lo siento...

Cuando la mujer se hubo marchado, suspiró. Sabía que Kate Carter le contaría a todo el mundo lo que le había contado a él. Iba a tratar de convencer a todo el mundo de que Donny se merecía su pena, e incluso su respeto. Tal vez incluso lo hiciera delante de un jurado. Decidió que Emma debía conocer aquella visita y que pensaba publicar parte de aquella entrevista, lo que hacía que fuera más importante que nunca que dejara que su cliente hablara también.

Al imaginarse su reacción, suspiró. Sin duda, la cena a la que ella había accedido para la noche siguiente iba a dejarlos a los dos con indigestión.

—¿Que has entrevistado a Kate Carter? —preguntó ella, incrédula. Su voz resonó con fuerza en el restaurante de Stella, tanto que el resto de los comensales se volvieron a mirarla.

—Ella vino a hablar conmigo. Pensé que deberías saberlo.

—¿Vas a publicar lo que te dijo?

—Una parte.

—No me lo puedo creer... Eso no es nada imparcial.

—No tiene por qué serlo si me permites hablar con Sue Ellen.

—Ya te he dicho que no pienso hacerlo, y mucho menos ahora. Con el estado de ánimo tan imprevisible que tiene ahora, no puedo permitirlo. Seguramente diría que se merece que la condenen.

—¿Aunque eso signifique que solo sea la versión de Kate Carter la que se publique? Sabes que seré justo, Emma —dijo, tomándola de la mano—, pero no puedo hacerlo sin tu ayuda. Ya lo sabes.

—Lo pensaré —prometió, tras pensarlo unos segundos.

—Llevas semanas pensándolo. El juicio está a la vuelta de la esquina. No queda mucho tiempo.

—Maldita sea, no me presiones.

—Muy bien, piénsatelo y comunícame lo que decidas. Voy a publicar mi artículo esta semana, con la versión de Sue Ellen o sin ella.

—Muy bien. Me marcho —anunció Emma, de repente.

—Pero si todavía no hemos pedido.

—No tengo hambre.

—De acuerdo. ¿Qué prefieres hacer? —le preguntó, mientras dejaba dinero para pagar los tes que habían tomado.

—Tú quédate. Yo voy a dar un paseo.

—Voy contigo.

Cuando estuvieron en la acera, Emma se apoyó contra el edificio y cerró los ojos.

—Lo siento. Sé que he montado una buena escenita ahí dentro.

—No importa. ¿Te encuentras bien?

—¿Puedo serte sincera en una cosa?

—Claro.

—¿Confidencialmente?

—Por supuesto. Esto es una cita. Cuéntame...

—Tengo miedo.

—¿De qué?

—De perder este caso. Nunca me he ocupado de un caso en el que mi cliente pudiera pasarse la vida en la cárcel si yo no lo defendía bien.

—Eres una buena abogada. Claro que la vas a defender bien.

—No sé qué hacer. Tengo dudas sobre cómo va a presentarse en el estrado, tantas que no sé si debe declararse culpable e ir a por una reducción de condena.

—¿Crees que eso es lo mejor para ella?

—No. Esa mujer no se merece pasar ni un solo minuto en la cárcel.

—En ese caso, la estás aconsejando bien. Ningún cliente puede esperar más. ¿Por qué tienes dudas?

—Supongo que por muchas cosas. Sue Ellen está desanimada. Kate fue a verla y le dijo que ella era la culpable de todo, así que ahora no quiere luchar. Ryan tiene miedo. Y ahora tú me dices que has hablado con Kate Carter y que vas a publicar lo que ella te ha dicho.

—¿Sigues creyendo que Sue Ellen actuó en defensa propia?

—Con todo mi corazón.

—Entonces, no te queda elección. Debes seguir ocupándote del caso como lo has estado haciendo hasta ahora.

—Pero tú no estás de acuerdo conmigo, ¿verdad?

—No se trata de lo que yo piense...

—¿No? Si no puedo convencerte a ti, ¿cómo voy a poder convencer a un jurado?

—Emma, yo solo conozco la historia en parte, al menos de primera mano. Tú la conoces entera. Tengo que publicar esa entrevista. ¿Vas a llamar a Sue Ellen a declarar?

—Sí, claro. Tendré que hacerlo.

—¿Dudas por un segundo que el fiscal será más duro con ella de lo que lo seré yo?

—No.

—Entonces, creo que hablar conmigo podría prepararla para enfrentarse al tribunal.

—Tendría que haber ciertas reglas —afirmó ella, dándose cuenta de que era lo mejor.

—Las que tú digas.

—Yo tendría que ver antes lo que vas a publicar.

—Eso no puedo hacerlo. Vas a tener que confiar en mí.

—Pero...

—Así debe ser. Yo no someto mis artículos a la aprobación de nadie. Ningún periodista lo hace. Te aseguro que no quiero dejar en evidencia a Sue Ellen. Solo quiero verla.

Emma sintió que se le hacía un nudo en la garganta. Sabía que Ford no trataría de sabotear su caso porque sentía algo por ella y porque tenía algo que demostrarle. Sería justo con Sue Ellen.

—Lo prepararé todo —dijo, por fin, sabiendo que estaba en juego no solo el futuro de Sue Ellen, sino también el de Ford y el suyo propio.

—No te defraudaré —prometió él, tras darle un beso en la mejilla.

Por el bien de los tres, Emma rezó para que tuviera razón.

XVII

Ford sabía perfectamente lo que estaba en juego con aquella entrevista. Había conseguido que Emma confiara por fin en él y no pensaba tomarse esa confianza a la ligera.

Como la entrevista se había fijado para las dos, decidió pasarse la mañana leyendo los libros que había acumulado sobre violencia doméstica. Después, se metió en internet para buscar algunas cosas más sobre el tema y, además, leer en los periódicos de Denver la historia que había estado a punto de destruir la vida de Emma. Cuando terminó de leerlo todo, tomó el teléfono e, indignado, llamó al editor de aquel periódico, un tal Clay Jennings para ver qué había sido de aquel periodista, que se llamaba Guy Northrup. Al colgar de nuevo el teléfono, había averiguado que el periodista había dimitido y que no había vuelto a conseguir un empleo en los medios de comunicación. Sin estar seguro de la razón, Ford se sintió mucho mejor.

Mientras llegaba la hora fijada para la entrevista, Emma se estaba poniendo mucho más nerviosa de lo que lo estaría si la entrevistada hubiera sido ella. No había dejado de arrepentirse por haber accedido a aquella entrevista y, como resultado, no había pegado ojo en toda la noche. Cuando ya no pudo soportar más su compañía, se fue al restaurante de Stella. Lauren había llegado la noche anterior y habían quedado en reunirse allí para que la actriz le mostrara su apoyo.

Al entrar en el restaurante, se encontró no solo con Lauren, sino también con Karen, Gina y Cassie.

—Veo que has reunido refuerzos —le dijo a Lauren.

—Solo porque parecía que tú lo necesitabas. Todas estamos convencidas de que has tomado la decisión correcta.

—¿De verdad? ¿Y cómo podéis estar tan seguras?

—Lo sabemos —afirmó Karen, con una sonrisa.

—Y tenemos fe en tu buen juicio —comentó Cassie.

—Y confiamos en Ford —añadió Gina.

—Parecéis todas tan seguras...

—Todo va a salir bien, y no solo para Sue Ellen, sino también para Ford y para ti —le aseguró Cassie—. Nunca he visto dos personas más apropiadas la una para la otra.

—Prefiero no pensar en eso. Hay demasiadas cosas en juego en esta entrevista —replicó Emma.

—Muy bien. En ese caso, yo recomiendo que todas nos tomemos un helado —sugirió Lauren—. Cuando se ingieren tantas calorías, nadie puede sentirse deprimido.

Mientras se estaban tomando los helados, Ford entró en el restaurante y se fue directamente a una mesa en la parte de atrás. Las saludó a todas y luego miró fijamente a Emma.

—¿Apoyo moral? —le preguntó.

—Sí —respondió ella.

—No lo necesitas, ¿sabes?

—Ya se lo hemos estado diciendo. Siéntate con nosotras —le dijo Gina, acercando otra silla.

Emma puso mala cara, pero no protestó cuando Ford se sentó.

—Ha tenido que ser una conversación algo pesada si habéis tenido que digerirla con helado —comentó.

—Así es —replicó Emma.

—Bueno, yo tengo que regresar al rancho —dijo Karen, de repente.

—Yo voy contigo —añadió Lauren. Cassie y Gina se pusieron también de pie.

—¿Adónde vais?

—Yo tengo cosas que hacer —declaró Gina.

—Cole me está esperando —dijo Cassie, encogiéndose de hombros.

Ford observó las precipitadas salidas sin comentar nada, pero Emma frunció el ceño.

—Sabes muy bien cómo interrumpir una fiesta.

–¿Se trataba de eso? Pues a mí el ambiente no me pareció muy festivo. Mira, Emma, si no quieres que entreviste a Sue Ellen, podemos cancelarlo.

–Sabes que no puedo. Necesito que la gente conozca su punto de vista.

–Hay otros periodistas. Puedo contratar a alguien para que haga la entrevista...

–No. Tienes que ser tú –replicó. Si de algo estaba segura, era de que quería que Ford fuera el que hiciera las preguntas.

–No si va a estropear nuestra oportunidad de poder estar juntos. Tú significas mucho para mí y quiero que tengamos un futuro. Sé que si fracaso vas a hacer que esto se interponga entre nosotros, pero también sé que si no haces esto, nunca sabrás si puedes confiar en mí, por lo que también estropeará lo que pueda haber entre nosotros. Estás entre la espada y la pared, pero no te preocupes. Te aseguro que no pienso darte motivo para estropear lo que hay entre nosotros.

–Siento que tenga que scr así.

–Yo también. Por cierto, ¿sabías que ese periodista, Guy Northrup, dimitió por lo que te hizo?

–¿Cómo lo sabes?

–Lo he comprobado. Quería saber que había pagado por lo que te hizo.

–¿Pagado? ¿Llamas a eso pagar?

–Perdió su trabajo.

–Dimitió. No lo despidieron.

–Creo que lo habrían despedido si él no hubiera dimitido. El editor de ese periódico me ha dicho que no ha vuelto a trabajar para la prensa. ¿No te tranquiliza ver que los periodistas responsables arrancan las manzanas podridas del seno de su profesión?

—Me tranquiliza saber que no ha podido causar más daño a la vida de nadie, pero nunca pagará por lo que hizo. ¿Qué justicia hay en eso? Bueno, vamos por esa entrevista —añadió ella, poniéndose de pie.

—Te prometo que no te defraudaré, Emma. Tal vez no te guste todo lo que yo escriba, pero te juro que será justo y exacto.

—Lo sé. Si no lo creyera, no estaríamos a punto de entrevistar a Sue Ellen.

En la cárcel, Ryan los acompañó a su despacho.

—Cuento contigo, Ford —le dijo tristemente. Cuando Ford asintió, se dirigió hacia la puerta—. Voy por Sue Ellen.

Tardaron varios minutos en regresar. Sue Ellen entró en el despacho con expresión agobiada y, al ver a Ford, interrogó a Emma con la mirada, a pesar de que ella la había preparado para la entrevista la noche anterior.

—Sue Ellen, ya conoces al señor Hamilton —dijo ella—. Quiere hacerte unas preguntas.

Sue Ellen se retorció las manos, pero asintió y tomó asiento. Ryan le colocó una mano en el hombro, para darle ánimos.

—Haré todo lo que pueda para contestarlas —respondió.

Mientras Sue Ellen contestaba las preguntas de Ford, describiendo cómo era la vida con el hombre que había jurado amarla y honrarla, Emma observó a Ford. Él no dejaba de apretar los puños e iba palideciendo un poco más con cada respuesta.

—¿Fue su marido siempre así desde el principio?

—Sí —susurró ella, con las lágrimas rodándole por las mejillas.

—¿Y por qué no lo dejó?

—Lo amaba. Además, ¿adónde habría ido yo?

—Seguramente tiene familiares o amigos que la habrían ayudado.

—Tenía demasiada vergüenza. Además, Donny me decía que nadie me creería.

—Seguramente hubo hematomas, cortes, huesos rotos tal vez... Un médico lo habría certificado.

—Solo fui una vez al médico. Le dije que había tenido un accidente.

—Muéstrale el brazo —le dijo Emma, con suavidad.

Sue Ellen extendió el brazo derecho. Evidentemente, había sufrido una fractura que no había sido curada adecuadamente.

—¿Le rompió el brazo? —preguntó Ford, pálido.

—Sí.

—¿Recibió tratamiento para esa fractura?

—Donny me lo entablilló. Dijo que así se me curaría —respondió. Al escucharla, Ford susurró una dura expletiva.

—¿La había amenazado con una pistola antes de la noche en la que murió?

—Constantemente —susurró ella—. Tenía al menos tres en la casa que yo sepa. Una noche...

—Adelante, Sue Ellen —la animó Emma—, cuéntaselo.

—Una noche me la colocó contra la cabeza y me obligó a mantener relaciones sexuales.

Al oírlo. Ryan se apartó un poco, con los ojos llenos de furia.

—¿La violó? —preguntó Ford.

—Era mi marido...

—Claro que te violó —replicó Emma—. No me importa que fuera tu marido. Te violó.

En aquel momento, Sue Ellen se desmoronó. Se cubrió la cara con las manos y rompió a llorar. Ryan se arrodilló a su lado inmediatamente y le susurró palabras de ánimo. Al verlos, Emma suspiró.

—Bueno, creo que ya es más que suficiente —dijo. Ford asintió.

Sin mediar palabra, él se levantó y se marchó. Emma notó lo turbado que estaba y rezó para que acertara cuando eligiera lo que iba a redactar.

A lo largo de los dos días siguientes, vio a Ford visiblemente dividido por una guerra consigo mismo. Estaba siempre solo. Se sentaba en el bar de Stella, negándose a aceptar compañía alguna, ni siquiera la de Emma. Tan extraña era su actitud, que Emma empezó a preocuparse. Por eso, fue a hablar con Ryan.

—Creo que deberías hablar con Ford. No quiere hablar conmigo. Estoy segura que, dadas las circunstancias, cree que estaría mal, pero evidentemente está muy disgustado. Necesita un amigo.

—¿Crees que yo podría ayudarlo? Conoce muy bien mi postura en este asunto.

—Inténtalo, por favor.

—Estás enamorada de él, ¿verdad?

—No, yo...

—Emma, sé sincera conmigo. Los dos nos conocemos muy bien.

—Sí —susurró ella, tras una pausa—. Lo amo. No sé cómo ha ocurrido ni por qué, pero así es. Sin embargo, me temo que no podremos superar esto.

—¿Quieres un consejo de un viejo amigo?

—Como si tú fueras un experto.

—Tal vez no lo sea, pero llevo muchos años esperando a la mujer que amo. En todo este tiempo, el amor que siento por Sue Ellen no ha disminuido nunca. Eso debería decirte algo.

—¿Que eres masoquista?

—Sabes que no. Solo demuestra lo poderoso que es el amor. No se rompe tan fácilmente. Es algo tan fuerte que nada lo puede destruir a menos que uno lo permita.

—Ryan, eres un romántico...

—¿Qué te puedo decir? Eso es lo que siento por Sue Ellen. Solo rezo para que, cuando se termine todo esto, pueda sentir lo mismo por mí.

—Cuenta contigo. Lo veo en el modo en el que te mira y en el que se apoya en ti. Hay un gran respeto.

—Sí, ya lo sé, pero ¿cómo puede una mujer que ha pasado por lo que ha pasado ella volver a creer en el amor?

—Dale tiempo. Lo conseguirá —le prometió, mientras le daba un abrazo.

—Gracias. Va a ser estupendo volver a tenerte en casa.

—¿En casa? —preguntó ella, sin comprender.

—Cuando Ford y tú estéis juntos.

—Pero...

La protesta se le ahogó en los labios cuando se dio cuenta de que una parte de ella estaba preparada para dar ese paso. Caitlyn estaría encantada de ir al colegio de Winding River. Martha y Matt estarían en su casa de Denver, mientras que Ford y ella podrían explorar sus sentimientos sin que la distancia los separara.

—Vas a hacerlo, ¿verdad? —afirmó Ryan—. Vas a mudarte aquí...

—Sí, así es —respondió, aceptando por fin la decisión que había estado evitando durante tanto tiempo.

—Lo sabía. Ahora que has decidido que te vas a quedar aquí, creo que voy a ir a ver a Ford para darle las buenas noticias.

—¿No debería ser yo quien se lo dijera?

—En estos momentos no quiere hablar contigo. Además, creo que esta noticia lo animará mucho.

—No le des demasiada importancia. No voy a volver a vivir aquí por él.

—Sí, claro.

—Es cierto. Al menos, no exclusivamente por él.

—Como ya te he dicho —comentó Ryan, riendo—, esto lo va a poner de muy buen humor.

Emma se alegraba por él. Desgraciadamente, en aquellos momentos era ella la que se estaba poniendo de mal humor al imaginarse el regocijo que iba a reinar entre su familia y amigos.

XVIII

Ford llevaba días tratando de encontrar las palabras adecuadas. Miraba la pantalla del ordenador, escuchaba la cinta que tenía grabada con la conversación de Sue Ellen... Cada vez que escuchaba el duro retrato que ella había presentado de su marido, se ponía enfermo.

Conocía las estadísticas de la violencia doméstica, había leído artículos en los periódicos sobre otros casos, pero, en aquella ocasión, se trataba de alguien a quien conocía. La verdad era mucho peor de lo que había imaginado nunca. Lo que más le había llamado la atención era que, en más de una ocasión, Sue Ellen hubiera defendido a su marido. Mientras le contaba la historia, Ford había podido comprender el daño psicológico que había sufrido durante años de maltrato.

Aun así, tenía que escribir el artículo. Durante horas, se estuvo preguntando cómo podría empezar. Durante la conversación, Sue Ellen no había mostrado autocompasión en sus palabras. ¿Cómo iba él, un extraño, poder reflejar pena en su artículo cuando Sue Ellen no la sentía por sí misma? Desde el principio, había querido ser justo con las dos partes de la historia, pero, tras conocer la versión de Sue Ellen, sentía que la balanza de su opinión se inclinaba hacia ella.

Tras borrar una y otra vez la frase de inicio, se levantó y empezó a andar de arriba abajo por el despacho.

—Yo te recomendaría una copa —le sugirió Ryan, que entraba en aquel momento por la puerta.

—Si pensara que me ayudaría a resolver algo, me tomaría una botella entera de whisky —replicó él.

—Empecemos con una copa. Yo te invito. Vamos al Heartbreak, a escuchar un poco de música y a relajarnos.

—¿Cómo puede apetecerte eso después de lo que oíste el otro día? ¿No te apeteció darle un puñetazo a alguien?

—¿A quién? Donny está muerto. Además, no es la primera vez que escucho algo similar. ¿Sabes cuántas veces tuve que ir a su casa, cuántas veces me vi obligado a marcharme porque Sue Ellen no quería presentar cargos? Durante mucho tiempo, lo que más me apetecía romper era la cara de Donny Carter. Traté de hacer que buscara ayuda, pero él creía que solo era una manera de quitarlo de en medio para poder quedarme con Sue Ellen. Resultaba tan frustrante que solo quería pegarle yo mismo.

—Pero te contuviste. ¿Cómo?

—Haciendo exactamente lo que te recomiendo a ti, ir al Heartbreak y tomarme una copa.

—Está bien. Vamos —dijo Ford, mientras apagaba el ordenador—, aunque, si quiero terminar este artículo esta noche, es mejor que me conforme con un refresco.

—Por cierto —comentó Ryan, dándole una palmada en la espalda—, tengo noticias que podrían ponerte de mejor humor.

—¿Sí?

—No te las diré hasta que me tome esa copa.

Cuando Ryan tuvo por fin una cerveza en la mano, Ford lo miró atentamente mientras tomaba un sorbo de su refresco.

—Creía que habías dicho que tenías buenas noticias.

—Para ti. En realidad, para todo Winding River.

—¿Sí?

—Emma va a venirse a vivir aquí.

—¿De verdad? ¿Por cuánto tiempo?

—Para siempre.

—¿Cómo lo sabes?

—Antes estuvimos hablando. Yo se lo sugerí y, aunque primero protestó, luego no pudo negarlo y se dio cuenta de que era lo que había deseado desde el principio, aunque no quería reconocerlo.

—Entonces, tú la convenciste.

—No, solo hice que lo dijera en voz alta. Has sido

tú quien la ha convencido. Aunque ella no lo ha admitido, es evidente que está loca por ti. Caitlyn es feliz aquí y su familia vive en este pueblo. Creo que se veía venir desde la reunión de antiguos alumnos, sobre todo dado que sus amigas han ido volviendo una a una. Sin embargo, tú no pareces estar muy contento por la noticia.

—Lo estoy, créeme. No tenía muchas ganas de volver a ir detrás de ella hasta Denver, como tampoco me apetecía ir y venir desde allí todos los días. Sin embargo...

—Crees que el artículo sobre Sue Ellen podría estropearlo todo.

—Sí.

—Entonces, te diré lo que le dije a ella. El amor puede superarlo todo si dos personas así lo quieren. Si no es así, hasta los obstáculos más pequeños son insalvables.

—Emma me está poniendo a prueba. Aunque no me guste, sé por qué lo hace.

—De acuerdo. Te está poniendo a prueba, ¿y qué? ¿Eres objetivo como periodista?

—Claro.

—¿Honrado?

—Creo que sí.

—En ese caso, no tienes nada de qué preocuparte.

—Aunque entiendo mucho mejor la situación que antes, no puedo estar completamente del lado de Sue Ellen.

—Nadie espera que lo hagas.

—¿Estás seguro? Yo creo que eso es exactamente lo que espera Emma.

—Bueno, en realidad yo también —admitió Ryan—, pero los dos sabemos que harás lo que esté bien, aunque no estemos de acuerdo con lo que escribas. A menos que solo hables del punto de vista de Kate, yo no te voy a pegar una paliza, ni Emma te va a odiar.

—Ojalá estuviera tan seguro como tú pareces estarlo —susurró Ford, recordando el daño que le había hecho otro periodista y el hombre que había amado una vez.

Como la había estado evitando, Emma no sabía cómo resolvería Ford su conflicto interno hasta que no viera el artículo en el periódico. Ella se había mantenido al margen para que no se la pudiera acusar de que lo había estado influenciando. Como resultado de aquella discreción y aquel silencio, vivió un tormento mientras pasaban los días, esperando que el periódico se publicara. En aquellos momentos, cuando el semanal estaba ya en la calle, sintió miedo de leerlo. Lo colocó en la mesa, boca abajo.

—Venga —le dijo Cassie, mientras le servía una taza de café—. Léelo.

—¿Lo has leído tú?

—Cada palabra.

—¿Y?

—Creo que te va a gustar. Ford ha hecho un trabajo fantástico. No creo que nadie pueda leerlo sin comprender el infierno por el que ha pasado Sue Ellen. Incluso los comentarios de Kate dan más fuerza a sus palabras, aunque no creo que eso fuera lo que ella buscaba cuando fue a ver a Ford.

Emma respiró profundamente y le dio la vuelta al periódico. Entonces, comenzó a leer.

El artículo era austero y la recitación de los hechos algo sombría, pero el editorial que lo acompañaba era mucho más clemente de lo que Emma se había atrevido a esperar. El amor que sentía desde hacía semanas se profundizó gracias al respeto y a la comprensión de lo mucho que le había costado a Ford admitir que se había equivocado, que había juzgado la situación precipitadamente, sin meterse en la piel de Sue Ellen. Era generoso en la simpatía que compartía con Kate por la pérdida de un hijo, que solo había sido víctima del ejemplo que le había dado su padre. Cuando terminó de leerlo, tenía lágrimas en los ojos. La animosidad y la desconfianza que había sentido antes fueron dejando paso al algo que no había esperado volver a sentir por un hombre, y mucho menos por un periodista. Aunque se lo había negado a Ryan, sabía que Ford era la principal razón por la que quería regresar a Winding River. Por fin estaba dispuesta a dejar que el amor floreciera entre ellos.

Supo que había entrado en el restaurante sin necesidad de levantar la vista. Escuchó las felicitaciones de Stella y del resto de los clientes del restaurante a medida que él iba avanzando hacia su mesa. Cuando por fin llegó a su lado, tenía la expresión más vulnerable que le había visto nunca.

—¿Puedo sentarme? —le preguntó. Como el nudo que sentía en la garganta le impidió hablar, simplemente asintió—. ¿Lo has leído? —añadió, al ver el periódico abierto.

—Sí.

—¿Y?

—Lo que has escrito es maravilloso. Espero poder ser así de elocuente en los tribunales.

—Lo serás aún más –le aseguró–. Cuando este caso termine, tú y yo tenemos que hablar.

—¿Y por qué no ahora? Yo tengo un par de ideas en mente.

—¿Cuáles son? –quiso saber él, aunque con cierta cautela.

—He decidido que voy a venirme a vivir a Winding River. Caitlyn es feliz aquí y yo también. ¿Qué te parece?

—Ryan me dijo que lo habías estado pensando.

—En realidad, más bien me había estado oponiendo a la idea –admitió–. Entonces el otro día, mientras hablaba con él, todo pareció encajar. Solo tengo una pregunta. ¿Qué te parece?

—A mí me parece un buen plan –respondió Ford, con una sonrisa–. Para serte sincero, no me hacía mucha gracia estar yendo y viniendo todos los días desde Denver.

—Entonces, ¿no te importaría que yo viviera aquí?

—No me importaría en absoluto por un montón de razones.

—¿Te importa decirme cuáles son?

—En primer lugar, está el sexo –contestó él. Al oírlo, Emma se echó a reír.

—Muy bien. ¿Qué más?

—Quiero mucho a Caitlyn y a toda tu familia.

—Ya me he dado cuenta. Mi madre y tú os habéis hecho íntimos últimamente.

—Tenemos mucho en común.

—Solo se me ocurre una cosa: conseguir que yo me viniera a vivir aquí.

—Como he dicho antes, mucho en común —comentó Ford, riendo—. Además, estoy seguro de que ella y todos los demás tienen ciertas expectativas.

—¿Expectativas?

—Claro. En lo que se refiere a ti y a mí.

—Y, por supuesto, no te gustaría desilusionarlos.

—No, pero a la persona a la que sí que no quiero desilusionar es a ti.

—Aunque quisieras, no podrías hacerlo —afirmó ella, pensando en el artículo.

—¿Estarías diciendo eso si el artículo no hubiera sido lo que tú esperabas?

—Mientras fuera sincero, mientras los hechos fueran verdaderos y nada estuviera exagerado, sí.

—¿De verdad? Yo siempre voy a ser periodista, Emma. Siempre voy a contar las cosas tal y como las veo. Si vas a ejercer tu profesión aquí, habrá otros casos y otros artículos. No tergiversaré las cosas solo para acomodarme a ti.

—Ni yo querría que lo hicieras.

—¿Estás segura?

—Estoy segura —contestó Emma—. Completamente segura —añadió.

Ford asintió y la miró muy seriamente.

—Tal vez este no sea ni el lugar más romántico ni el momento más apropiado para esto, pero, dado que parece que tenemos público, lo haré de todos modos. Podría mejorar mis posibilidades de conseguir la respuesta que busco. ¿Quieres casarte conmigo, Emma? Yo estoy completamente seguro. Creo que me enamoré de ti en el momento en que me dijiste que era un idiota.

—¿Hace tanto tiempo?

—Sí, tanto tiempo. No hay muchas personas que puedan resultar tan atractivas cuando insultan a otra persona.

—Ni hay muchas personas que se lo tomen tan bien. ¿De verdad crees que podremos superar todos los desacuerdos que, sin duda, surgirán entre nosotros?

—¿Crees que habrá alguno más importante o más sentido que este?

—Espero que no, pero nunca se sabe.

—Cariño, yo creo que podremos superar cualquier cosa. Solo tenemos que asegurarnos que nunca dejamos de creer en el poder del amor.

—Yo creo que puedo hacerlo.

—No. Podemos hacerlo. De ahora en adelante somos un equipo...

De repente, Cassie, Lauren, Karen y Gina aparecieron al lado de la mesa.

—¿Y bien? —preguntó Lauren con impaciencia—. ¿Ha dicho que sí?

—¿A qué? —preguntó Ford, con una sonrisa.

—Si no le has pedido que se case contigo, entonces no eres el hombre que yo creía que eras —replicó Lauren.

—Claro que me lo ha pedido —dijo Emma—. Y, por supuesto, yo he aceptado.

–¡Gracias a Dios! –exclamó Gina–. Estaba empezando a preocuparme por tu sentido común.

–Ahora te toca a ti, Lauren –afirmó Emma–. Tú eres la única que queda. Todas las demás ya tenemos pareja.

–Bueno, no creo que haya que preocuparse mucho por eso –comentó Karen.

–¿Qué quieres decir? –preguntó Emma.

–Quiere decir que es una bocazas –replicó Lauren–. Además, este es el gran momento de Emma. Dejemos que lo disfrute.

–Estoy dispuesta a compartirlo –comentó Emma.

–Pues yo no. Cuando tenga noticias, vosotras seréis las primeras en saberlo, pero no pienso compartir el protagonismo en estos momentos.

–Como buena actriz –bromeó Gina–. Quiere asegurarse de que se lleva todos los titulares.

–¡Hola a todas! –exclamó Ford–. ¿Os acordáis de mí?

–¡Cómo no! –comentó Lauren, sentándose a su lado para darle un gran beso en la mejilla–. El futuro novio. ¿Cómo podríamos olvidarnos de ti?

–¡Oye! –protestó Emma–. Deja a mi chico.

–Siempre sintió celos de mí –explicó Lauren–, porque sabe que soy más guapa.

–Tal vez sí, pero Ford me ha elegido a mí. Ahora idos, estoy cansada de compartirlo con vosotras.

–Vale, vale, sabemos reconocer una indirecta –bromeó Lauren, levantándose otra vez. Rápidamente, todas se marcharon.

–¿Estás seguro de que quieres formar parte de nuestro club?

—Creo que las cinco me podréis suministrar historias para todos los años venideros.

—Probablemente. Es una pena que no vayas a poder publicar ninguna de ellas.

—Entonces, espero que encuentres algún modo de compensarme por ello.

—De eso estoy segura.

—¿Quieres empezar a compensarme ahora mismo?

—Por supuesto. ¿Te parece bien en tu casa dentro de diez minutos?

—Que sean cinco.

Emma consiguió llegar en cuatro. A continuación, le dio muy buen uso a cada uno de los segundos que no había empleado. Resultó sorprendente lo imaginativa que puede llegar a ser una mujer muy motivada.

EPÍLOGO

Ford y Emma se casaron en el rancho Clayton dos semanas antes de que se llevara a cabo el juicio de Sue Ellen. Fue una ceremonia íntima, solo con los familiares más cercanos, las componentes del Club de la Amistad y sus parejas, Ryan y Teddy. Caitlyn fue la dama de honor, mientras que Ryan ejerció de padrino.

Tres semanas después, Emma estaba con Sue Ellen en el tribunal, esperando que el jurado dictara sentencia. Ford estaba sentado en la primera fija, justo detrás de ellas.

—Te amo —susurró. Con aquellas palabras, Emma encontró las fuerzas suficientes para enfrentarse al jurado.

—Declaramos a la acusada, Sue Ellen Carter, inocente —leyó el portavoz.

—¿Estoy libre? —le preguntó Sue Ellen.

—Estás libre —respondió Emma, dándole un fuerte abrazo.

—No me lo puedo creer —susurró Sue Ellen, entre sollozos. Con la mirada, buscó a Ryan, que se acercaba rápidamente hacia ella.

De repente, Emma sintió que Sue Ellen se ponía rígida. Entonces, vio que Kate Carter se acercaba a su defendida. Rápidamente, Ford le impidió que se acercara.

—Por favor, necesito ver a Sue Ellen. No he venido para causar problemas.

—De acuerdo —dijo Emma.

—Lo siento —susurró la mujer, tras acercarse a Sue Ellen—. Yo quería mucho a mi hijo. Llevo varios días escuchando lo que se ha dicho en este juzgado y he aprendido mucho. Me avergüenza admitirlo, pero yo tengo parte de culpa de lo que hizo mi hijo. Me quedé con su padre por las mismas razones que tú te quedaste con Donny. Al hacer eso, le hice creer a mi hijo que lo que su padre me hacía era normal, que era lo que yo me merecía. Perdóname —añadió, con lágrimas en los ojos.

—Eso es muy fácil —respondió Sue Ellen—. Lo más duro será perdonarnos a nosotras mismas, pero te aseguro que lo voy a intentar.

Unos pocos días después del juicio, Emma fue a ayudar a Sue Ellen a hacer las maletas. Estaba decidida a marcharse de Winding River para vivir cerca de su hermana, en Montana, y empezar una nueva vida.

Durante las semanas que pasaron después, Ryan se pasó el tiempo yendo constantemente a visitarla, para tratar de convencer a Sue Ellen de que tenían un futuro juntos.

—Creo que por fin la he convencido —les dijo a Ford y a Emma, cuando fue a verlos después de su última visita.

—Entonces, ¿va a regresar aquí? —preguntó Emma.

—No tendrá que hacerlo —respondió Ryan, con una sonrisa—. He estado hablando con el sheriff del pueblo donde ella vive ahora. Tiene una oferta para mí.

—¿De ayudante? ¿Te vas a contentar con eso?

—Me contentaría con ser la mascota de la oficina del sheriff si eso significa que puedo formar parte de la vida de Sue Ellen, pero la verdad es que el sheriff se va a jubilar. Dice que, con mi experiencia, yo seré el mejor candidato para sustituirlo.

—Me alegro mucho por los dos —comentó Emma, y no pudo reprimir las lágrimas.

—No llores. Yo no me voy a ninguna parte —bromeó Ford, para conseguir que se tranquilizara.

—¿Nos invitarás a la boda? —preguntó ella.

—Espero que los dos seáis nuestros testigos. Sin vosotros, ¿quién sabe si podríamos haber tenido un futuro por delante? Bueno, creo que Emma tiene algo que decirte, Ford, así que me voy a marchar para que pueda hacerlo.

—Es imposible que me hayas leído el pensamiento —comentó Emma, frunciendo el ceño.

—Claro que puedo, siempre he podido. Enhorabuena —añadió, guiñándole el ojo—. Si es un niño, Ryan es un nombre muy bonito.

—Vete de aquí antes de que me estropees la sorpresa —le pidió Emma. Ryan se marchó rápidamente.

—Bueno, ¿de qué se trata? —preguntó Ford, mirándola con intensidad.

—Vamos a tener un niño —susurró, observándolo cuidadosamente para ver cómo reaccionaba.

—Un niño —repitió él, atónito—. ¿Tan pronto? ¿Estás segura?

—Muy segura. Me hice una prueba en casa y luego, como no me creía que hubiera ocurrido tan rápido, fui al médico.

—¿Cuánto tiempo hace que lo sabes?

—Con seguridad, desde esta tarde.

—¿Y cómo lo supo Ryan?

—Supongo que se lo habrá imaginado. Yo nunca lloraría porque se marchara con Sue Ellen. Tenía que ser por algo relacionado con las hormonas...

—Bueno, supongo que parte de esas lágrimas eran por él, pero no es que no lo vayamos a volver a ver. Los habitantes de Winding River siempre acaban regresando a su lugar de origen.

—Así es —susurró ella, con una sonrisa. No dejaba de pensar en el regreso permanente de Lauren para la semana siguiente.

—Bueno, ¿cuándo sabremos si es niño o niña?

—Todavía falta. ¿Te gustaría saberlo antes del parto?

—Ya sé que es un niño. No necesito una ecografía para saberlo —afirmó Ford.

—Es otra niña —dijo Emma, con la misma seguridad—. Caitlyn lleva tiempo pidiéndome una hermanita y tú le das todo lo que pide, ¿no?

—¿También vamos a discutir por esto? —preguntó Ford, entre risas.

—Hasta el día en que me ponga de parto —prometió, sonriendo—. Desde que me casé contigo, he descubierto que no hay nada tan estimulante como poner a prueba nuestras acaloradas voluntades...

—Ya te demostraré yo lo que significa la palabra acalorada, cariño.

Y así lo hizo.

Tiffany

Sherryl Woods

Atrapar a un ladrón

Gina Petrillo estaba huyendo
de sus problemas y necesitaba
el apoyo de sus viejas amigas.
Pero parecía que los problemas la habían seguido hasta
su casa de Winding River. El
abogado Rafe O'Donnell había seguido su rastro desde
la ciudad y no tenía la menor
intención de dejar escapar a
tan guapísima sospechosa. Pero convertirse en la sombra de
Gina podía llegar a ser un verdadero reto ya que, a pesar de
su desconfianza, los besos de
aquella mujer eran demasiado
irresistibles.

El dilema

Siendo solo unas adolescentes, las amigas de Emma habían
escuchado todos sus ambiciosos sueños. Diez años después,
cuando volvió a Winding River como importante abogada y
madre soltera, Karen, Gina y Lauren volvieron a apoyarla sin
condiciones. Lo que no conseguía entender ella era por qué
estaban tan empeñadas en que viera con buenos ojos al sexy
Ford Hamilton, su enemigo en el juzgado. Por si no tenía
suficiente con que su hija no dejara de alabar al guapísimo
periodista, su propio corazón la tentaba a aceptar la proposi-
ción de Ford para que unieran sus talentos...

HIJO SECRETO

ANNA CLEARY

Seis años después

Un sexy italiano debería ser suficiente para alegrarle la vida a Lara. Si no fuera porque ese hombre tan increíble no era solo su nuevo jefe, sino la última persona que ella esperaba ver de nuevo… ¡y el padre de su hija!

Ahora se encontraba a las órdenes de Alessandro y él tenía en mente algo más que trabajo. ¿Cómo debía contarle que tenía una hija? Él le había pedido que entrara en su despacho, ¡pero sus exigencias se habían extendido al dormitorio!

MICHELLE REID

Pasión oriental

Rafiq Al-Qadim era un tipo poco corriente: un príncipe mitad árabe mitad francés que ponía por encima de todo su orgullo y su lealtad a la familia… Y eso era algo que Melanie había descubierto hacía ocho años, cuando se había enamorado de él. Después, Rafiq había preferido creer unas terribles mentiras sobre ella y la había sacado de su vida sin pensárselo dos veces.

Pero Melanie nunca había dejado de quererlo y, sin que él lo supiera, había tenido un hijo suyo. Había llegado el momento en el que Robbie necesitaba a su padre y ella tenía que sacar fuerzas de flaqueza para enfrentarse a Rafiq. Melanie había tomado la determinación de hacer que aceptara a su hijo, aunque se negara a perdonarla a ella.

N.º 90

JULIA™

KAREN ROSE SMITH

ILUSIONES PERDIDAS

Seis años atrás, Sara Hobart había ayudado a una pareja sin hijos a encontrar la felicidad. Ahora era ella la que necesitaba un pequeño milagro. El instinto le decía que Kyle Barclay era su hijo. Sólo había una cosa que se interponía en su camino: el padre del niño.

REFUGIO PARA UN CORAZÓN

Sam Barclay aceptaría ser el padre y Corrie Edwards conseguiría el bebé que siempre había deseado. Parecía un buen plan, hasta que Sam, su donante de esperma, decidió que quería la oportunidad que el destino ya le había negado una vez, la de ser padre en todos los sentidos.

CONDENA DE AMOR

Ben Barclay nunca cometía errores, y menos aún errores surgidos de aventuras de una noche. Así que, cuando descubrió que el resultado de su arriesgado y único encuentro con una bella desconocida iba a tener consecuencias muy duraderas, decidió asumir sus responsabilidades.

Sierra Girard no esperaba que Ben Barclay llegara a formar parte de su vida, por eso estaba más que sorprendida al ver cuánto insistía el abogado para que se convirtieran en marido y mujer, aunque sólo fuera por el bien del niño.

JAZMÍN

JESSICA HART
CITA SORPRESA

Finn McBride, el jefe de Kate Savage, parecía sacado del mismísimo infierno; quizá fuera guapo, pero se pasaba el día entero pegado a su mesa. Sus amigas decidieron concertarle a Kate una cita a ciegas con un atractivo viudo. Pero cuando llegó al lugar de la cita ¡descubrió horrorizada que el hombre misterioso no era otro que Finn!

KAREN ROSE SMITH
UN CORAZÓN PROTEGIDO

Era alto, moreno y muy guapo; seguramente por eso Jed Sawyer estaba en boca de toda la ciudad, y Brianne Barrington era la última víctima de sus encantos. Ella andaba buscando al hombre perfecto mientras que él sufría una verdadera fobia hacia el compromiso. ¿Cómo una mujer que creía en el "felices para siempre" había conseguido arruinar sus planes de mantener una relación estrictamente profesional?

N.º 577

LUCY GORDON
EL HIJO DEL ITALIANO

El hombre con el que Becky Hanley había estado a punto de casarse acababa de volver a su vida. Habían pasado años, pero Luca Montese estaba más guapo y sexy que nunca y la atracción volvió a surgir entre ellos con una fuerza arrolladora. Pero entonces Becky descubrió que solo había regresado para tener un hijo con ella... y lo más sorprendente era que ella estaba embarazada.

DESEO
CATHERINE MANN

TODO LO QUE DESEO

El empresario Seth Jansen necesitaba una niñera temporal y Alexa Randall parecía apropiada para el puesto. Ella aceptó pasar una temporada en una exuberante isla de Florida con aquel hombre cuya pasión le hacía cuestionarse las decisiones que había tomado.

Los bebés le hacían pensar a Alexa en la familia que siempre había querido y las noches con Seth eran incomparables. El millonario podía ser el hombre de sus sueños… si no estuviera fuera de su alcance.

HONRADAS INTENCIONES

El comandante Hank Renshaw lo sabía casi todo sobre Gabrielle Ballard.

N.º 548

Casi todo salvo cómo sería acariciarla porque era la prometida de su mejor amigo. O lo había sido hasta que Kevin murió en el campo de batalla, después de hacerle prometer que buscaría a Gabrielle.

De modo que estaba en Nueva Orleans, en el apartamento de Gabrielle, viéndola darle el pecho a su bebé. No era el honor ni el sentido del deber lo que hacía que quisiera quedarse, sino el deseo que sentía por ella, así de sencillo; el deseo de tomar a la mujer a la que siempre había amado y, por fin, hacerla suya.

DESEO

MARY LYNN BAXTER
UN AUTÉNTICO TEXANO

Grant Wilcox estaba acostumbrado a conseguir todo lo que deseaba y lo que ahora deseaba era a Kelly Baker, la bella desconocida recién llegada a la ciudad que además era una excelente abogada capaz de sacarle de una situación complicada. La relación que en principio era exclusivamente profesional no tardó en convertirse en una apasionada aventura…

JILL MONROE
CÓMO SEDUCIR AL JEFE

Era la ayudante perfecta, o al menos lo fue hasta que accedió a que la hipnotizaran durante una fiesta. De la noche a la mañana, la eficiente y recatada Annabelle Scott se convirtió en toda una seductora que se pasaba el día pensando cuál de sus atrevidos atuendos sorprendería más a Wagner Acrom, su jefe.

N.º 547

ROCHELLE ALERS
HERIDAS DE AMOR

Renee Wilson necesitaba desesperadamente conseguir ese trabajo en la granja Blackstone. No podía marcharse, pero tampoco se atrevía a quedarse con el viudo Sheldon Blackstone, ni a negar el deseo que ardía dentro de ella cuando él estaba cerca. No pasaría mucho tiempo antes de que Sheldon admitiera que, con su vulnerabilidad y su encanto, Renee estaba destruyendo la coraza de hierro con la que protegía su corazón.